記憶に残る日本語

文豪一二四人の名言・名文

中村明

青土社

記憶に残る日本語　**目次**

記憶に残る日本語

文豪一二四人の名言・名文

心の底を叩いて見るとどこか悲しい音がする

森鷗外

作者の生年の早い順に、名表現をたどってみよう。一八六二年生まれの森鷗外から順に近現代の文章をとりあげる。

『百物語』は、「百物語」の催しに参加した記憶をたどる短篇。それも、「脳髄の物置の隅に転がっている」古びた想像を掘り起こす形で展開する。「百物語」というのは、「人が大勢集まり、蠟燭を百本立てて置いて、一人が一つずつ化物の話をして、一本ずつ蠟燭を消して行く」催しだ。そうすると、百本目の蠟燭が消えたときに、「真の化物が出る」と言われる。鷗外は、「神経に刺激を加えて行って、一時視幻聴を起こす」のだろうと推測する。

川開きの日に、上流の「寺島で百物語の催し」があるからと誘われる。出かけてみると、知った顔は依田学海のみ。この演劇評論でも知られた漢学者に挨拶したあと、施主の「飾磨屋」に紹介される。黙って丁寧にお辞儀をした相手は、かつて紀伊国屋文左衛門の再来、「今紀文」と噂され、その豪遊ぶりが新聞で話題になったが、今では破産の噂を耳にするほどで、けっして裕福には見えない。みずから傍観者をもって自任する鷗外は、そんな飾磨屋が今さら百物語のような催しをするのは、「過ぎ去った栄華のなごりを、現在の傍観者の態度で見ている」と想像する。

誰とも話をせず、前かがみになって坐ったままの主人を、美しい芸者の太郎が横からじっと見守っている。怜悧なあの女が、破産の噂を知らないはずはない。虱でも、死期の近い病人の体から離れるというのに、あの女は離れそうにない。まるで病人と看護士、それも報酬を期待しない見守りに見える。「財産でもなく、生活の喜でもなく、義務でもなく、恋愛でもない」と考えているうちに、女の捧げる犠牲がいかに大きいかがわかってきた。

黙って化物屋敷から出て、草の陰で蟋蟀の鳴く夕闇の田圃道を帰って来たという。施主の飾磨屋もいつのまにか二階に上がり、太郎に蚊帳を釣らせて寝たらしい。失礼をするような人ではないが、無頓着なところもある。鷗外は、「傍観者」というものは、いくらか人を馬鹿にしているように思えてくる。こんな紹介をしながら、そういえば学生時代に依田学海の子孫の家庭教師をしたなどという、何の関係もない大昔のことを思い出すのだから、傍観者に徹するのはむずかしい。

＊

年齢とともに次第に冷静沈着な文章に近づき、歴史小説、史伝に類する作品では、特に感情の波立ちを抑えた客観的記述を心がけたように見える。『阿部一族』は、肥後城主の細川忠利が病死し、殿の許しを得ていた十余人が切腹して後を追う作品だ。たしかに、「四月二十九日に安養寺で切腹した。五十三歳である。藤本猪左衛門が介錯した」というふうに、事実だけを列挙する記述が長々と続くあたりは、まさにそのような筆致である。

その一人である内藤長十郎の場合も、切腹当日の朝、「母は母の部屋に、よめはよめの部屋に、弟は弟の部屋に、じっと物を思っている」として、風鈴をつけた吊りしのぶ、手水鉢、柄杓にやんまが一匹とまっているなどと、居間のようすも事実をそのまま描いている。時の経過も、「一時立つ。二時立つ。もう午《ひる》を過ぎた」と、それだけが何の説明もなく記してある。

だが、それでもどこかに人のけはいがする。淡々と経過する時の流れを、こんなふうに感じる人の息づかいが聞こえるのだ。食事の支度は女中に言いつけてはあるものの、一家の主が切腹する日の、こんな家庭の雰囲気のなかで、はたして昼飯を食べる気になるか、うかがいをたてようと思いながら、ためらっているうちに、時は刻々と過ぎてゆく。そう感じている嫁の息づかいが感じられるのだ。じりじりしながら思案に暮れている人物の心の中を映し出す、作者の感情の起伏が、冷静沈着な文面をほのかに照らすのだろう。作品の体温と言ってもいい。

＊

今度は短い随筆『サフラン』をとりあげよう。子供のころから、凧を揚げることもなく、独楽を廻すこともせず、本ばかり読みふけっていたという。そのため、いろんなものの名ばかり覚え、実物を知らないことも多い。植物の名もそうだ、として本題に入る。

父親が蘭方医なので、子供のころからオランダ語を教えてもらったという。字書を貸してもらって文典を読んでいるうちに「サフラン」に宛てた三つの漢字に遭遇したとして、その文字の説明を始める。最初の一字は、活字にはないとして、「水」の偏に「自」と説明、二番目の字は「夫」、三番目の字は「藍」とある。「草の名」と説明があるが、見当がつかないので父親に訊くと、「花を取って干して物に色を附ける草だ」と説明し、「薬箪笥の抽斗から、ちぢれたような、黒ずんだ物を出して」見せてくれた。

これが「サフラン」に接した最初だが、干物だからどんな花なのか見当がつかない。実物を見たのは、それから何十年も経って「半老人」になってからだという。十二月に散歩の途中で、白山下の花屋の店に「干からびた球根から咲き出たのが列べてあった」のが目にとまった。それが、生きたサフランを見た最初だというのだ。早速それを二つ買って帰り、鉢に入れて書斎に置いたところ、「花は二、三日で萎れた」が、翌年の一月になると、「緑の糸のような葉が叢がって出た」とある。

「今私がこの鉢に水を掛けるように」として、一般論、社会批判へと展開する。「物に手を出せば野次馬と云う。手を引き込めておれば、独善と云う。残酷と云う。冷淡と云う」、それが世間の人の言いようだから、そんな「人の口を顧みていると、一本の手の遣所もなくなる」として、世評など気にしないように説くのである。あるいは、自身の受けた苦い体験がつい出てしまったのかもしれない。

＊

もう一編、『空車』をとりあげよう。タクシーの「くうしゃ」でも、「からぐるま」でもなく、「むなぐるま」と読み、ここでは、何も荷を積まずに通る大きな馬車をさす。何も載せていないから、よけい大きく感じる。その大きな車が「大道狭しと行く」。馬も「骨格が逞しく」、「馬の口を取っている」のも大男で、大股に歩く。

そのため、この車に出会うと、「徒歩の人も避《よ》ける。騎馬の人も避ける。貴人《きにん》の馬車も避ける。富豪の自動車も避ける。隊伍をなした士卒も避ける。葬送の行列も避ける」と、同じ動詞の同じ文型を六回もくり返して畳みかける。しかも、それが《人》から《車》、さらには《列》へと、次第に大きなものへと展開する。

そうして、軌道を横切るときには「電車の車掌と雖も、車を駐めて、忍んでその過ぐるを待たざることを得ない」と強調する。市街電車でさえも道を譲らなければならないほどの威厳だというのだ。

何も積まずに堂々と通る馬車一台に、それほど圧倒的な雰囲気を感じる背景にも、あるいは鷗外の心境が映っているのかもしれない。一切の官職を捨て去り、石見《いわみ》の国の一個人、森林太郎として死にたいという趣旨の遺書を、中村不折の筆に託し、「森林太郎墓」以外の文字を彫るべからずとした鷗外晩年の気持ちを、どうしても考えてしまうのだ。

夏目漱石

次に、一八六七年生まれの二人。まずは鷗外と並び称される夏目漱石から。小説『坊っちゃん』は国民文学と言っていいほど、たいていの日本人がその名を知っており、実際に読んだ人も多い。誕生後すぐに里子に出され、ほどなく他家の養子にされ、母親に抱かれる夢も叶わなかった幼時期の漱石自身を思わせる主人公の「坊っちゃん」が、不浄の地である現実社会に飛び込む。案の定、世間と対立して孤立し、暴力をふるった末に、唯一かわいがってくれた下女の「清」のもとに逃げ戻る。

その出立の日に、停車場まで見送りに来た清は、汽車が動き出してかなり遠ざかっても、まだ立っている。そのようすを、作品では坊っちゃん側からこう描いている。「汽車が余っ程動き出してから、もう大丈夫だろうと思って、窓から首を出して、振り向いたら、矢っ張り立って居た」と記し、「何だか大変小さく見えた」という短い一文を添えた。

発車する直前に、清が潤んだ目で、「もう御別れになるかも知れません」と言うので、生きて会う日はもう来ないと思っているらしく思い、涙が出そうになる。「もう大丈夫」というのは、ここまで遠ざかれば、いくら清でももう見送ってはいないはずだから、目を合わせて辛い思いをすることはない、という坊っちゃんの判断だ。ところが、清はまだ立っている。

そして作者は何の説明もなく、「何だか大変小さく見えた」という短い一文を投げ捨て、この序章を閉じてしまう。汽車が遠ざかったのだから、相手の姿が小さく見えるのは当然。それなのになぜ「大変」とわざわざ強調したのか。自分の予測以上に小さく見えたのだろうが、ひとり取り残される老人を憐れに思う気持ちに、初めて東京を遠く離れる自身の心細さも重なっているように読める。その前に「何だか」とあるのが、そういう心理的な読みを誘う。

作品の末尾で、「後生だから清が死んだら、坊っちゃんの御寺へ埋めて下さい」と清が願ったことを記し、「だから清の墓は小日向の養源寺にある」と作品を結ぶ。井上ひさしはこの作品末尾の一文を絶讃し、「だから」という接続詞は、百万巻の御経にも匹敵する供養になると強調している。

母親が急死した折に兄から、先祖代々の墓を移してもいいかと打診があった。故郷鶴岡の蓮台院という曹洞宗の寺に何百年も続いたはずの墓である。代々医者をしていた家系ということで、長男である兄は迷わずに医学部に進み、卒業後しばらく東京の病院に外科医として勤務し、手術をした俳優、歌手、力士などから贈られたというネクタイを自慢していた。その後、東北で医院を開業、病院を建てて入院患者もおり、遠くに墓参りに行くのもままならぬことから、先祖代々の墓を近くに置きたいと言う。もっともな理由だから即座に同意した。いつかは自分も当然そこに入るものと漠然と信じ込んでいたら、妙な展開となった。土地の慣習か宗派による違いか知らないが、その墓には長男しか入れないと、主張する人物が現れたのだ。家族はもちろん、親戚でもない下女の清でさえ坊っちゃんの家の墓に葬られたという『坊っちゃん』の末尾の一文を根拠に反論するのも大人げない。お先真っ暗となり、あわてて自分たちや子孫のための墓を建立した。好きな書体で苗字だけを彫った簡素なもの。もう何十年か経つが、さいわいまだ空っぽのはずである。

＊

次に『吾輩は猫である』の末尾近くをとりあげよう。猫の「吾輩」の主人にあたる苦沙弥先生の家に、われらが迷亭、寒月、東風、独仙ら、およそ世の中のためになることなどしそうにない連中が集まって、無駄話や役に立たない議論に時を費やしていたが、「さすが呑気の連中も少しく興が尽きたと見えて」帰り始める。一人去り、二人去りして「寄席がはねたあとのように座敷は淋しくなった」。短い秋の日はようやく暮れはじめ、「巻煙草の死骸が算を乱す火鉢のなかを見れば火はとくの昔に消えている」。

その少しあとに「呑気と見える人々も、心の底を叩いて見ると、どこか悲しい音がする」とある。この珠玉の一行をつぶやいて、語り手の猫「吾輩」は、客のコップに残ったビールをちゃぴちゃぴやり、酔っぱらって甕の中に落ち、溺れて生涯を閉じる。

＊

「山路を登りながら、こう考えた。」という一文に始まる作品『草枕』は、「智に働けば角が立つ。

情に棹させば流される。意地を通せば窮屈だ。」と、同じ文型の短い文が連続して、「兎角に人の世は住みにくい。」と流れる調子のいい書き出しだ。そのあとも、前文の「住みにくい」を承けて「住みにくさが高じると、安い所へ引き越したくなる」と続き、「どこへ越しても住みにくいと悟った時、詩が生れて、画が出来る」と、対になって流れ、散文とは思えないほどリズミカルに展開する。

冒頭だけではない。雲雀の声を聞く場面でも、姿が見えず声だけ聞こえるのを、「せっせと忙しく、絶間なく鳴いて居る」と書いたあと、「方幾里の空気が一面に蚤に刺されて居たたまれない様な気がする」と、その感覚を比喩的に表現して、読者を痒くてじっとしていられない気分に誘う。

そうして、「あの鳥の鳴く音には瞬時の余裕もない」と概括したあと、「のどかな春の日を鳴き尽くし、鳴きあかし、又鳴き暮らさなければ気が済まんと見える」と感想を述べる。そうして、「其上どこ迄も登って行く。いつ迄も登って行く」と、連続性を空間的と時間的の対にして、再び調子よく展開する。こういう漸層的な調子で盛り上がる流れの頂点に、「雲雀は屹度雲の中で死ぬに相違ない」という空想を据えた。「ひばり」に「雲雀」という漢字を宛てることもヒントになったかもしれないが、雲雀が雲にあくがれて死ぬと想像するロマンティックな発想が、それこそ登り詰めて姿を消しそうなこの文章自体の雰囲気と呼応し、読者を夢うつつの気分に誘う。

＊

もう一つ、『硝子戸の中』と題する随筆をとりあげよう。まずタイトルをどう読むかが問題だ。一編は「硝子戸の中から外を見渡すと」と始まり、「うち」と「そと」とを対比させたような書き出しで、事実、漱石自身の原稿にも「中」に「うち」とルビが振られているという。ところが、この随筆が掲載された東京朝日新聞に掲載された表題は「なか」と振ってあり、岩波書店から発行された単行本でもそうなっていたらしい。タイトルだけを切り離せば、どちらに読んでも違和感がない。しかし、ともあれ漱石が原稿を書きだす段階では、「ウチ」から「ソト」を見渡すという対比意識が働いたと思われ、そのほうが修辞的な意図にも沿う。

この作品は漱石が胃潰瘍の発作と発作との間を縫うように連載されただけに、死というものを真剣に考えた人間が、自分の人生をふりかえって、そのさまざまな風景をいとおしむ筆致で展開する。「霧の深い秋から木枯の吹く冬へ掛けて、カンカンと鳴る西閑寺（早稲田の通称夏目坂の生家にほど近い誓閑寺）の鉦の音は、何時でも私の心に悲しくて冷たい或物を叩き込むように小さい私の気分を寒くした」といった幼時の追憶がある。

「縄暖簾の隙間からあたたかそうな煮〆の香《におい》が煙と共に往来に流れ出して、それが夕暮の靄に融け込んで行く趣」といった懐かしい風景もある。また、「水に融けて流れかかった字体を屹となって漸《やっ》と元の形に返したような際どい私の記憶の断片に過ぎない」母親の思い出も描かれる。

そうして、最終回は、人類を広く見渡せる雲の上から、ここまで文章を書いてきた自分自身を見下ろし、「恰もそれが他人であったかの感を抱きつつ」微笑する。ここで文章を結んでもごく自然に思われる。

筑摩書房の月刊雑誌の企画で作家訪問のインタビュアーを担当し、一年間連載した。その初回で、帝国ホテルに宿泊しながら執筆活動中の吉行淳之介を訪ねた。作品の結び方を話題にすると、この作家はコーヒーを一口啜ったあと、短篇で一番いけないのは、ストンと落ちがついて終わるもの、あれは作者の衰弱だと語り出した。だから自分の場合は、そこを警戒しつつ、一度ぎゅっと締めて、ぱっと広がるように終わることを心がけているという。

そういえば、川端康成は小説『山の音』で、家族そろっての夕食場面をラストシーンに設定し、よそに女を抱える長男が真っ先に席を立って部屋を出る。夫に女がいる間は子を生まないと中絶する嫁の菊子、その潔癖さに老いのゆらめきを覚えて危険を感じる信吾が、「菊子、からす瓜がさがって来ているよ。重いからね」と話しかける声は、「瀬戸物を洗う音で聞えないようだった」として、さりげなく一編を閉じる。作品が終わったあとも、登場人物たちは生きてゆく、そんなけはいをそれとなく感じさせる結びだ。

『硝子戸の中』の結尾でも、そういう行き着いた感じで閉じることなく、「まだ鶯が庭で時々鳴く。春風が折々思い出したように九花蘭の葉を揺《うご》かしに来る。猫が何処かで痛く噛まれた米噛を日に曝して、あたたかそうに眠っている」と書き加える。そうして、「家も心もひっそりとしたうちに、私は硝子戸を開け放って、静かな春の光に包まれながら、恍惚《うっとり》と此稿を書き終わるのである」と書き加え、満ち足りた気分で作品を結びかける。

ところが、漱石はそのあとに「そうした後で、私は一寸肱を曲げて、此縁側に一眠り眠る積である」と、もう一文書き加えて閉じるのである。最後の最後に辿りついたこの最終文は、「ギュッと締めた手を、ふわっと緩めて放す」と吉行淳之介が比喩的に語った、絶妙の結びの一例であったように思われてならない。

幸田露伴

同じ年に生まれたもう一人、幸田露伴に移る。人気作家尾崎紅葉と並び称され「紅露」時代を築いた作家で、『五重塔』などの小説で知られる。この作品は、五重の塔を完成させ、身をもって暴風雨から守る、のっそり十兵衛の姿が印象的だ。のちに史伝や考証などを含む広汎な活動を展開した。幸田文はその次女。

ここでは『ウッチャリ拾い』と題する随筆をとりあげる。「うっちゃり」は「打ち遣る」意で、投げ捨てること。後ろに投げ捨てる相撲の「うっちゃり」と同語源。「ウッチャリ拾い」は、人が川などに投げ捨てた物を拾い上げることを仕事とする人をさすらしい。

いい天気の日に、船頭の漕ぐ舟に乗って、芝、愛宕、高輪、品川、鮫洲、大森、羽田と景色を眺めながらのんびりとした時間を過ごしていると、「例のウッチャリ拾い先生が例の神聖なる労働を仕て居る」ところに出会う。「海苔を束ねたとでも云いたいドンザを着て、下部《した》は同じく襤褸《ぼろ》の半股引一つ限り、リボンも何も無くなって仕舞った、鉢の開いた、孔の明いたお釜帽子の汚いのの上から、煮〆めたような手拭を」「スットコ冠りに冠って」いる。

そうして、「泥淤《へどろ》に交って汚い汚い塵芥《ごみ》や瓦礫や、へたくた種々の物の流れつく地勢のところを、汚い水をジョボジョボと音させて歩きながら」、「猫の屍骸の日を経て沈《しも》ったのや、骸骨になりかかった狗の頭や、茶碗や徳利の欠け損じたのや、歯の折れた馬爪の櫛の反りくりかえったのや、首が抜けて片脚折れて居る挿頭や、金具と袋と離れ離れになりかかった蝦蟇口」などを拾い取る。それが

「ウッチャリ拾いの職業」で「神聖なる労働」である。

そんな話をすると、連れの男が、「ライオン歯磨で磨いた真白な豪気な歯でもって、親や兄弟の臑骨《すね》などをガリガリ咬りながら、演劇改良論や外交論を仕て居るのよりは、ウッチャリ拾いの方が何程世間の為になるか知れやしません」と率直な感想を述べる。

そんな話をしているうちに、潮が募り、風も出て、「快い南風が一ト吹き吹いて来る」と、舟はたちまち走り上って、ウッチャリ先生の姿は見る見る小さくなる。

島村抱月

次は一八七一年生まれの作家だが、同じ年に生まれた候補者が四人もいる。最初に島村抱月をとりあげる。英文学を修め、美学を修めた批評家だが、新劇運動に力を入れ、芸術座を立ち上げた。主演女優の松井須磨子との情熱的な恋愛でも知られ、抱月の病死後に須磨子が後追い自殺を遂げたことも話題を呼んだ。本名の島村瀧太郎という名で『新美辞学』と題する修辞学すなわちレトリックの著書もある。ここでは、『書卓の上』という随筆を紹介する。

一編は「今朝もテーブルに向って腰かけたまま懐手をして二時間以上ぼんやりしていた。何をする気も出ない」という無気力な雰囲気で始まる。「曇り日の薄らさむい風が、かすかな気合いに触れて通る。やるせないように降り灑いだ昨夜の雨を、今日につなぐ知らせかと思った。ああと言って手を引くと軽い身顫が一つ出た」と、倦怠の気はどこまでも続く。

本を読むのも書くのも「みんな義務の塊」だし、机の上や周りに、本箱や本棚から取り出した書物や、図書館から借りた書物がころがっている。用済みの本は「脳を抜かれた蛙のように静まり返って横わっている」。「また用がある筈だと待ち構えている」のもあり、「二度も開かれないで悄気ている」のもある。そんなふうに頽廃の雰囲気が文面を覆っている。

手紙の返事も滞り、一月もすると束になるほどだ。西洋には朝の時間をその日の通信応答に当てる習慣のあることは知っていて、「他人に説法する場合にはその通りの事も聴かする」のに、自分で実行するのは容易ではない。しかし、世の中には「思想が一々実行を伴わなくとも、思想だけでも意味を成す場合がある」として、「紙幣と金貨の関係」を例に出し、何らかの条件のもとに実行されると信じさえすれば、「その信念が準備金貨になる」と説く。そうして、準備金貨の無い濫発紙幣も「思想界には交る」と本題に戻る。

ところが、そこでタイミングよく「取次のものが来客だという」として席を立つ。そうして、「そこら中一面に漲った頽廃の空気——義務に疲れ、義務に老いて行くものの頽廃の空気が、書冊の香いに交って漂っている」として一編を閉じる。読む側の気分も落ち込むが、心理的によく理解できるだけに身にこたえるのだ。

高山樗牛

次に、同じ年、しかも抱月と同じ一月十日に、斎藤林次郎として鶴岡の地に生まれた高山樗牛をとりあげる。父親の兄の家に養子に行き、高山姓となる。樗牛の縁戚にあたる斎藤求という美術の先生に中学で教わり、卒業記念にアネモネの絵を描いてもらったサイン帖が残っている。丸谷才一や藤沢周平、あるいは、高校一年の夏休みに英文法の家庭教師だった当時の上智大学生、渡部昇一といった、全国的に発信する物書きの誕生する、はるか昔に活躍した著名な文学者として、鶴岡城址の公園に樗牛の記念の像が建っていた記憶がある。

「文は人なり」という箴言めいたことばを発したことでも知られる。フランスの博物学者ビュッフォンが十八世紀の半ばに学士院会員に就任した際の記念講演で「（文章の）スタイルはその人自身を表す」という意味のことを述べたのがもとになっているらしい。個性尊重の風潮が出てくる前の時代だから、文章にはおのずとその人らしさが現れるという意味合いではなく、文章の本質はその人間の思想、考え方にあることを強調したものという。

樗牛は「文は是に至りて畢竟人也、命也、人生也」と述べ、のちに傾倒した日蓮の文章を「文に非ずして精神也」と評しているから、肝要なのは表現技術ではなく、何を考えているかという精神、すなわち、その人間そのものなのだ、というところに重点があるように思われる。

出世作の『瀧口入道』は「やがて来む寿永の秋の哀れ、治承の春の楽みに知る由もなく、六歳の後に昔の夢を辿りて、直衣《のうし》の袖を絞りし人々には、今宵の歓会も中々に忘られぬ思寝の涙なるべし」と始まり、「嗚呼《ああ》是れ、恋に望みを失ひて、世を捨てし身の世に捨てられず、主家の運命《さだめ》を影に負うて二十六年を盛衰の波に漂はせし、斎藤瀧口時頼が、まこと浮世の最後なりけり」と結ぶ、まさに美文、歌うように流れる一編だ。内容的にも文章の面でも『平家物語』の影響が見られ、感傷的なまでに抒情性の色が濃い作品となっている。

『わがそでの記』も、題の脇にドイツ語がついているものの、「世をうきものとはたが言ひそめし。想へば袖ふたつには包みかねしわがこころ、うたてや年をへし長きねざめの友となりぬ。はつ夏の月いと哀れなる夜半、われともなしに起きいでて、簾のつま引き上ぐれば、落つるは露か、雨か。秋ならぬ風に桐ひとは散りぬ」と書き出し、「飛陽つなぎがたく、流光ささへがたし。嘲風佳耦をむかへて室に芬蘭のにほひあり。われ残燈にむかひ孤影蕭然として今も尚ほ「はいね」を読む」として、またドイツ語を引用して結ぶなど、ハイネの甘美な抒情詩を意識しているという違いはあっても、文章の調子は相変わらず抒情性が表面に出ている。

『美的生活を論ず』と題する評論も、当時、反響が大きかったようで、与謝野晶子のロマンティシズムもここに発すると見る批評家もある。樗牛の唱える「美的生活」とは、「糧と衣よりも優りたる生命と身体とに事《つか》ふもの」だとする。つまり、「人性本然の要求を満足する所に存するを以て、生活其れ自らに於て既に絶対の価値を有す」る点で、人間にとって衣食住より大切なものだという主張のようである。

国木田独歩

国木田独歩も、異説はあるが、この年に生まれたとする説が有力らしい。新聞記者や編集者などで多忙ななか創作を続けた。『忘れえぬ人々』『牛肉と馬鈴薯』などもよく知られるが、ここでは、やはり代表作『武蔵野』の文章をとりあげ、その表現を味わってみよう。

「日は富士の背に落ちんとして未だ全く落ちず、富士の中腹に群がる雲は黄金色に染って、見るがうちに様々の形に変ずる。連山の頂は白銀の鎖の様な雪が次第に遠く北に走て終は暗澹たる雲のうちに没してしまう」と口調よく展開する。「落ちん」「いまだ」「見るがうちに」といった文語調の消え残る文章だが、純粋な和文調ではない。対句風の流れで、漢文訓読調の力感の伝わる、整然とした格調の高い響きである。

その先も、「日が落ちる、野は風が強く吹く、林は鳴る、武蔵野は暮れんとする、寒さが身に沁む」と、同じ文型の短文が続き、弾むようなリズムで流れる。

井伏鱒二は、描写に「しかし」や「そして」といった接続詞は不要だと考えているそうだが、理屈で解釈するのではなく、感覚でとらえたままに伝えるこの文章でも、当然、こういう点描風の箇所に限らず、一般に接続詞はめったに出てこない。

それだけではない。過ぎ去った一定の時点の事実を客観的に伝える際には、通常、文末を過去形で記述する。ところが、この文章では、過去形の文末もめったに現れず、「…落ちる。…吹く。…鳴る。…暮れむとする。身に沁む。」と畳みかけてきた全体を「其時」と承け、さらに、「路をいそぎ玉え、顧みて思わず新月が枯林の梢の横に寒い光を放ているのを見る。風が今にも梢から月を吹き落しそうである。」と続く。このような感覚的、比喩的な思考をも淡々と述べながら、文は少し長くなっても、ほとんどが現在形で、リズムよく展開する。

そうして、「突然又た野に出る。君は其時」として、「山は暮れ野は黄昏の薄かな」の「名句を思いだすだろう」と展開する。「名句」とあるから、独歩自身の句でないことは見当がつく。与謝蕪村の俳句と明記していないのは、当時のその文章の読者には常識的に明らかだと思ったからかもしれない。

京王線の芦花公園や大国魂神社、玉川上水の小金井堤や深大寺、あるいは埼玉県の平林寺など、武蔵野の景観を想像させる風景はまだいくらか残っているものの、独歩の逍遥した武蔵野の面影はほとんど様変わりした。その句で蕪村がとらえた風景もおそらく同じではない。それまで独歩の道案内で武蔵野の散策を続けてきた読者の眼前に、ここで突然、蕪村のとらえた風景が一瞬呼び出され、ほどなく消える。

独歩のたどる世界を近景とし、蕪村の世界を遠景とする、濃淡二枚の美しい風景画が読者の脳裏に浮かび、いわばその間の微妙な距離感が、この文章に奥行を与え、懐かしい感情をかきたてるように思われる。

徳田秋声

この年に生まれたもう一人の作家として、金沢出身の徳田秋声をとりあげる。加賀前田家の家臣という家柄という。尾崎紅葉の門を叩いたが、やはり金沢生まれの泉鏡花とは作風が異なり、自然主義文学の時代に『新所帯』や『黴』『爛』『あらくれ』などを発表。のちに『仮装人物』『縮図』などで現実を直視し、諦観を示した。ここでは短篇『風呂桶』をとりあげよう。

父親は、「犬に咬まれて、その犬を殺すために、長い槍を提げて飛出し」たこともあり、「煙管を振りあげて母を打とうとした」りしたという。年齢を重ねるにつれて、自分も似てきたようで、妻が「いつも頭脳を痛がるのは、自分の拳のためだと意識しながら、打たずにはいられなかった」し、人々に遮られたところで、「床の間にあった日本刀を持出して、抜きかけようとさえした」。そんな「野獣性が、どこかに潜んでいるようにも思えた」らしい。事実、「大工が張って行った、湯殿の板敷を鍬で叩きこわし」たこともある。

「半月もたってから」風呂桶を買い、「急拵えの煙突なし、炭を焚」き、「久しぶりで、内湯へ入ることができたが、周囲が小汚いので、気持は余りよくない。その窮屈な風呂桶の中に入りながら、「この桶は幾年保つだろう」と考える。そうして、「おれが死ぬまでに、この桶一つで好いだろうか」と思いながら、「其が段々自分の棺桶のような気がして来る」のだという。

全体の印象がどうにも重い。この文章の重い感じはどこから来るのだろう。それは、どうにもならないように書いてあるからであり、不可避というニュアンスが一文一文に沁み込んでいるからである。例えば、「打たずにはいられなかった」という表現は、悪いと知りながら、つい手が出てしまうことであり、いつも頭ではわかっているのに、気がつくとそういう結果になっている。つまり、不可避というニュアンスが文面を漂っているのだ。

その少し後に「子供じみた脅嚇《きょうかつ》に過ぎないのを愧じていたけれど、そんな事を遣りかねない野獣性が、どこかに潜んでいるようにも思えた」とあるのも、父親から受け継いだと思い込む《血》の意識を思わせる。湯殿の板敷を叩きこわす場面でも、「叩きこわしていた」とあり、やはり津島がいつのまにか自分がそういう行動をしていたことに気づくという表現になっている。

父親が犬に向かって日本刀で追いかけるとか、老いてから「まるで駄々っ子のように煙管を振りあげる」場面で、「母が惚《とぼ》けた手つきで踊りのような身振りをして、却って父を笑わせてしまった」とか、おかしい場面もないではないが、一瞬過ぎれば、また重苦しい雰囲気に戻る。作品自体が抜け道のない暗がりとして、読者の気持ちを取り囲む。

千七、八百年前に同時に型を脱し、同時に窯を出て、同じ墓壁に

島崎藤村

一八七二年生まれの二人のうち、まず二月に誕生した島崎藤村をとりあげよう。本名は春樹。岐阜県との県境に近い信州馬籠の本陣、庄屋を兼ねる旧家に生まれた。国学に親しみ、いわゆる文明開化の時勢になじめなかった父親の正樹が、文明開化の流れに反抗したあげく、憤りのあまり発狂し、ついに座敷牢で死ぬ。春樹は上京して明治学院で英語を習得し、キリスト教の洗礼を受けるとともに西欧文学にふれる。卒業後、『文学界』同人となり、北村透谷、戸川秋骨、馬場孤蝶らと浪漫主義文学を掲げて活動。

鶴岡南高校時代に、秋骨の末裔にあたる戸川先生と、孤蝶の末裔にあたる馬場先生に国語を教わったことを思い出すが、むろん藤村とは何の関係もない。藤村のほうは、その後、教職に就くが、教え子との恋に悩んだ末、教職もキリスト教も投げ棄てる。

藤村の文学的出発は詩作で、抒情詩集『若菜集』で花ひらく。それが日本の近代詩の幕開けとなった。散文としては『千曲川のスケッチ』という写生文の随筆に始まり、自然主義文学のさきがけと

なった『破戒』や、『家』『新生』その他の小説がある。なかでも、その集大成ともいうべき大長篇『夜明け前』が特によく知られる。

ここでは、そのあまりにも有名な作品の、雄大なスケールの書き出しをとりあげる。一編は、「木曾路はすべて山の中である」という、物語舞台のパノラマとも称すべき一行の概括で開演する。そして、「あるところは岨《そば》づたいに行く崖の道であり、あるところは数十間の深さに臨む木曾川の岸であり、あるところは山の尾をめぐる谷の入口である」と、その各箇所を点描して、「一筋の街道はこの深い森林地帯を貫いていた」という一文でまとめあげ、くっきりと描き出している。冒頭の一文が総論、以下の数文が各論、そして、この冒頭段落の末尾の一文でしめくくる構成になっている。

あまりにも有名なこの冒頭の一節、実は古文献『木曾道中記』を下敷きにしたものらしく、その口語訳に過ぎないという酷評もあるというが、今や作品の顔として大長篇をとりしきっている感がある。それほど雄大なスケールでそそり立つように思われる。

この作品冒頭の一段落に象徴されるように、この作品の視点は、これから描く対象となる舞台を広く見渡す位置にある。空間的にこれだけの視野をもつ作者の視点であれば、時間的にも広く見渡せるはずであり、日本の明治の夜明けを描く雄大なスケールのドラマの開演にふさわしい。

執筆に六年半を要し、四百字詰め原稿用紙で実に二千枚を超えるという、この一大長篇は、主人公の青山半蔵が世を去り、「旧庄屋として、また旧本陣としての半蔵が生涯もすべて後方になった。すべて、すべて後方になった」と、一個人の死をやや感傷的に述べる。だが、その後、「ひとり彼の生涯が終を告げたばかりでなく、維新以来の明治の舞台もその十九年あたりまでを一つの過渡期として大きく廻りかけていた」と、世の中や時代という大きなスケールに視野を拡大する。

そうして、「人々は進歩を孕んだ昨日の保守に疲れ、保守を孕んだ昨日の進歩にも疲れた」と、対句風の響きで高らかに謳いあげたあと、墓掘りの男の「鍬の響が重く」「はらわたに徹《こた》えた」という重いフィナーレが、そういう感傷や技巧的な歌を鎮める。一大長篇を旅してきた読者に、この末尾が冒頭の荘重な響きと呼応し、作品の大きな円環を結ぶように思われる。

樋口一葉

同じ年に生まれたもう一人として、三月下旬に誕生した樋口一葉をとりあげる。今の東京千代田区内幸町の、当時の府庁構内の官舎に生まれた。両親とも甲州の出身だが、父親が後に江戸へ出て御家人の株を買って八丁堀同心になり、一葉誕生のころは東京府の官吏だったからである。本名は、戸籍上は奈津、当人は夏子とも書いた。京王井の頭線の明大前駅の近くの寺で偶然、一葉の墓石を見つけた。たしか「樋口夏子の墓」と彫ってあったような記憶がある。

夏子自身は下谷、麻布、本郷などに住み、高等小学校で首席ながら家事見習いのために中途退学し、当時は珍しかったミシンも踏んだらしい。その後、中島歌子の萩の舎の全盛時代に入門して和歌に励んだが、長男が死亡、長女も次男も家を出たため、夏子が樋口家を継ぐ。父が事業に失敗して多くの負債をかかえたまま死亡。婚約中の相手はそれを知って一方的に解消、若い夏子の気持ちが傷ついた。そのせいか、のちに一葉の発表する小説の多くが失恋をテーマにしている。本郷菊坂町に家を構え、母と妹との三人暮らしを支えるため、針仕事や洗濯もので生計を支えた。

東京朝日新聞の記者、半井桃水の指導を受けて小説を書き始めるが、この師弟の関係が恋愛として醜聞化し、やむなく別れる。『文学界』の禿木、孤蝶、秋骨や藤村、上田敏らに近づくことで刺激を受けたという。下谷龍泉寺に引越して、荒物や駄菓子の小店を開き、土地柄、吉原遊廓の近くで見聞を積みながら、『大つごもり』『にごりえ』『たけくらべ』などの傑作を残し、鷗外や露伴の高い評価を得るが、本郷丸山福山町に移り、結核の病で死去。享年二十五、わずか二十四年の生涯を閉じた。

＊

まずは、『にごりえ』。舞台は作者の住む丸山福山町のイメージか。酒場が軒を連ねる街の一角で、客を呼びこむ女の声が乱れ飛ぶ場面から始まる。その一人、菊の井の看板女、お力が馴染み客の相手をしているところに、昔のなじみ、蒲団屋から人足に身を落とした男がやって来る。が、もう逢わないで帰したほうが当人のためだと、お力は相手のことを思って取り合わない。が、恋に狂って女房も離縁するほどの男の心に、そんな思いはとどかない。

そうして、「魂祭り過ぎて幾日、まだ盆提灯のかげ薄淋しき頃、新開の町を出し棺二つあり」とある。一つは菊の井から駕籠でひそかに出たお力で、もう一つは棒で担いだ男の棺。女は逃げるところを後ろから袈裟懸けに斬られたらしく、男は切腹して死に花を咲かせたという世間の噂。「恨は長し、人魂か何かしらず、筋を引く光り物の、お寺の山といふ小高き処より、折ふし飛べるを見し者ありと伝へぬ」として作品は結ばれる。

＊

「廻れば大門の見返り柳いと長けれど、お歯ぐろ溝に燈火うつる三階の騒ぎも手に取る如く、明けくれなしの車の行来に、はかり知られぬ全盛をうらなひて、大音寺前と名は仏くさけれど、さりとは陽気の町と住みたる人の申しき」と始まる『たけくらべ』の書き出しは、さらによく知られている。

花街吉原の界隈は、遊廓に関係する仕事の人が多く、子供たちもませていて、千束神社の祭りには山車や屋台に見栄を張って、そろいの浴衣で競い合う。鳶人足の頭の子、乱暴者の長吉が横町組を率い、秀才の誉れ高い龍華寺の信如もその味方だ。対する表町は、女金貸しの孫、正太郎が代表格、姉が全盛を誇る花魁で、自分もやがてその道に進む大黒屋の美登利という勝気な娘もその仲間。

育英舎の運動会で信如が根っこにつまずいて転んだ。その折、同じ学校の美登利が絹のハンカチで世話をやくと、その現場を目にした連中がやきもちをやいてからかう。それ以来、信如は露骨に美登利と距離を置く。雨の日、信如は大黒屋の寮の前で下駄の鼻緒が切れて困っていると、それを見かけた美登利が友禅の布切れを格子の間から投げる。が、信如は心引かれながら、拾わずに立ち去る。美登利はそれ以来誰とも遊ばなくなる。

ある日、誰が差し入れたのか、格子の門に水仙の造花があるのに気づき、美登利は懐かしい思いがこみあげる。信如が墨染めの衣に身を包む日のことであったという。

こんなふうに遊女になる美登利と僧になる信如との心の擦れ違いを、吉原界隈の四季を背景に描き出した作品で、束の間の穏かな日々をいとおしむ抒情的な筆致が人をとらえる。

柳田国男

次に、一八七五年に生まれた民俗学者、柳田国男の文章をとりあげよう。随筆調の論文ともいうべき『雪国の春』である。「花の林を逍遥して花を待つ心持ち、又は微風に面して落下の行方を思うような境涯は、昨日も今日も一つ調子の、長閑な春の日の久しく続く国に住む人だけには、十分に感じ得られた。夢の蝴蝶の面白い想像が、奇抜な哲学を裏付けた如く、嵐も雲も無い昼の日影の中に坐して、何をしようかと思うような寂寞が、いつと無く所謂《いわゆる》春愁の詩となった」と流れ、文学芸術の誕生する心理的条件を想像する。「花の林を」と和語が続くと「さまよって」でなく「逍遥して」と続け、「夢の蝴蝶の面白い」のように和語が目立つと、次を「坐って」とせずに「坐して」とするようなリズムが基調となって、心地よいリズムを刻んでいる。

「花の林を逍遥して」と「花を待つ」とが対になって「心持ち」に吸収される前半と、「微風に面して」と「落花の行方を追う」とが対になり、「ような」とおだやかにした「境涯」がそれを吸収する後半とが、また対をなすという文構造が、表現のなめらかな心地よい流れを実現している。

その「春愁」は、女性にとっての「春怨」だが、これは「単純な人恋しさ」ではなく、「近代人のアンニュイのように、余裕の乏しい苦悶」でもない。「好い日好い時刻」がまとまって浪費されるのを惜しみ、そういう「幸福な不調和を紛らす」ために、「春の遊戯が企てられ」、そこからおのずと芸術が誕生したというのである。

寺田寅彦

その三年後の一八七八年に生まれた寺田寅彦を次にとりあげる。東京麹町の生まれというが、寺田家は土佐藩士の家柄で、当人も土佐高知の風土を愛した。専門は科学者で、東京帝国大学理科大学で物理学を講じたが、熊本の五高に在学中、夏目漱石に学び、東京帝大在学中にも漱石の自宅を訪問したらしく、その影響もあって文学との出会いは早い。卒業後、妻を偲ぶ作品『団栗』を「ホトトギス」に発表。専門の物理学と文学芸術との接点として科学随筆を執筆、本名のほか吉村冬彦、藪柑子などのペンネームも用い、全集になるほど多くの随筆を残した。同門の小宮豊隆や内田百閒は文芸形式の高い境地を切り拓いたと高く評価したという。漱石の『吾輩は猫である』の登場人物、水島寒月のモデル。

＊

「花物語」中の一編「凌霄花《のうぜんかずら》」に、算術が嫌いだったという、物理学者としては意外な幼時のエピソードが出てくる。そのあたりから入ろう。算術の点数が悪いので親が心配し、夏休みに個人教授を受けさせる。いやいや通う村はずれの道から、その先生の家の松の木に美しい凌霄花がからんでいるのが見える、というところからのタイトルである。

問題集を出して、これをやってごらんと先生に言われ、考えてみても、さっぱりわからない。汗が出て「着物がひっつくのが心持が悪い」。庭に目を向けると「真赤な凌霄花の花が暑そうに咲いている」。頃合いを見て、先生が丁寧に説明を始めるが、よく呑みこめないので黙ってうつむいていると、水っ洟が出て垂れ下がり、あわててすすり上げる、それもつらかったという。いくら説明しても理解できないので、先生も悲しそうな高い声を出す。「それが又妙に悲しかった」とある。ほとんど成果の上がらないまま帰宅すると、何も知らない母親がやさしく出迎え、汗だらけの顔を冷たい水で拭いてくれる。こんなふうに「ちやほやされるのが又妙に悲しかった」として、この話は終わる。

千七、八百年前に同時に型を脱し、同時に窯を出て、同じ墓壁に

出口のないそのつらさ、情けなさ、悲しみがよく伝わってくるだけに、読んでいる側も、つらく悲しくなる。が、これが小説家でなく、物理学の大家となる人物の少年時代だから、慰められ、勇気づけられる面もある。そう考えると、妙におかしくなり、気持ちが明るくなるような気がする。

＊

もう一つ、『科学者とあたま』と題する有名な一編を、要点のみ紹介しよう。「頭」と書かずに「あたま」と仮名書きしたのは、おそらく頭部や頭蓋という具体物でなく、脳の働きや思考をとりあげるからだろう。「科学の歴史はある意味で錯覚と失策の歴史である」とマイナス評価し、「偉大なる迂愚者の頭の悪い能率の悪い仕事の歴史である」と極論して読者の関心をそそる。

また、「頭のいい、ことに年少気鋭の科学者が、科学者としては立派な科学者でも、時として陥る一つの錯覚がある」として、それは「科学が人間の智恵のすべてである」と思い込みやすいことだという。ところが、科学は、孔子のいう「格物」の学であって、「致知」の一部にすぎない。それなのに、現在の科学は、古代インドの哲学書「ウパニシャド」や古代中国の「老子」や古代ギリシャの「ソクラテス」の世界とまったくつながっておらず、「芭蕉や広重の世界」すなわち文学や芸術とつながる手がかり一つない。しかし、現代科学に無視されているそういう分野も、まさに人間の世界なのだから、科学だけが学問のように考えるのは思いあがりだ。そういう人間は「認識の人」にはなりえない。大筋はそのような主張のようである。

そのことを多様な比喩や逆説を交えて具体的にわかりやすく展開する。まず、科学者になるには頭がよくなくてはいけないというのが世間一般の通念で、「論理の連鎖」を正確に組み立てるためには、たしかに「緻密な頭脳を要する」。また、「紛糾した可能性の岐路に立ったときに、取るべき道を誤らないためには前途を見透す内察と直観の力」が必要だ。

しかし、「科学者はあたまが悪くなくてはいけない」という逆の命題もまた正しいとして、逆説的な命題の解明を多角的に展開する。まず、頭の悪さの程度の問題から入り、普通の意味で「頭が悪い」と言われる人より「もっともっと物分かりの悪い、呑込みの悪い」ことが必要だという結論に至る。頭の悪い人でも容易にわかる、何でもないことの中に「不可解な疑点を認め」、それがきっかけとなって科学の研究が始まるからだという。

次に、「頭のいい人」は「脚の早い旅人」と同様、目的地に早く到着するが、道に落ちている肝腎なものを見逃し、遅れてきた人がその「宝物」を拾って行く。頭のいい人は富士を裾野で眺め、全体を飲み込んだつもりで引き返すが、登ってみなければほんとうの富士はわからない。また、頭のいい人は「見通しが利くだけに」前途の難関を察して挑戦しないところを、頭の悪い人は前途がよく見えないだけに霧の中に入る。どうしても切り抜けられない難関は稀だし、どうしても無理だと中止するまでに、何かしらの糸口をつかむことも少なくない。頭がよくて無駄な試みとすぐ判断する人間は永久に出会わないような大事な糸口であることもある。「頭の力を過信する」人は、思わぬことに出会うと、何かの間違いだと思いやすく、また、思ったとおりの現象に出会うと、「別の原因のために生じた偶然の結果」である可能性を考えてもみない傾向がある。

また、頭のいい人には他人の仕事のあらが見えるから愚かに思い、自分のほうが賢いと思いやすく、他人から学ぼうという向上心が失われて進歩が止まる。その点、頭の悪い人は他人の仕事が立派に見え、また、悪いおかげで自分にもできそうに思い、大きな刺激を受ける。

千七、八百年前に同時に型を脱し、同時に窯を出て、同じ墓壁に

もちろん、頭がいい悪いにもそれぞれ程度がある。他人の仕事のあらは見えるが、自分の仕事のあらは見えない、という程度であれば、他人をけなしながら自分でも何かしら仕事をするから、「学界に幾分の貢献をする」こともある。もっと頭がよくて「自分の仕事のあらも見える」ようだと、結局、自分の研究結果を発表しないで終わるから、「実証的な見地からは」何もしないのと同じことになる。

逆に、「大小方円の見さかいも付かないほどに頭が悪いおかげで大胆な実験をし、大胆な理論を公に」する人もある。そういう人は、「百の間違いの内に一つ二つの真を見付け出して学界に何がしかの貢献」をする。その結果、たまたま正しかった部分の研究成果が認められ、「誤って大家の名を博する事さえある」と寅彦は書いている。「誤って」とあるのが滑稽に響く。科学の世界では「間違いは泡沫のように消えて真なるもののみが生き残る」から、何もしない人よりは何かした人の方が科学に貢献する結果となる。

科学だけが学問だと思いこむ科学者だけではなく、あらゆる学問の、ひいては人間そのものの思いあがりを戒める警鐘となるこの随筆を、一読して不快に感じる人は「羨むべき優れた頭のいい学者」であり、逆に、会心の笑みをもらす人は「羨むべく頭の悪い立派な科学者」であろうと、とぼけて一編を閉じる。ともに「羨むべき」とあるから、一般読者も反論のしようがない。

永井荷風

翌年、一八七九年に生まれた二人のうち、まず永井荷風をとりあげよう。東京小石川の金富町の生まれ。本名は永井壮吉。父の久一郎は尾張出身の高級官僚で渡米経験もあり、退官後、日本郵船の要職に就き、漢詩の素養もあった。荷風自身は小学校高等科を退学して英語学校に学び、高等師範の中学に編入するも、病気になり、学校にもなじめず、卒業はしたものの、高校入試に失敗。人情噺を志して落語家の弟子となるかたわら、小説や俳句を試みるが、のち、フランス文学のゾラに心酔し、西洋の文化に憧れる。父親が実業家への道を歩ませようと留学を勧めたのを機に渡米するが、アメリカの生活が詩情にとぼしいと感じ、フランスに憧れる。父の命令で銀行に勤務し、リヨン支店に転勤になったのを機に辞職し、長期のフランス滞在を実現して、市民社会の個人主義に浸った。この外国生活の体験を生かして『あめりか物語』『ふらんす物語』を発表。文科の刷新を図る慶応義塾大学の教授に就任、『三田文学』の創刊に尽力。ほかに『歓楽』『すみだ川』『日和下駄』『腕くらべ』『濹東綺譚』などがよく知られ、日記『断腸亭日乗』も話題になった。市川市八幡町の自宅で血を吐いて死亡しているのを通いのお手伝いが発見。胃潰瘍による吐血だったらしい。自分が大学院に進学した年に、フランス語の授業中、荷風が死んだのでと言い残し、教師が教室を後にした、あの日の記憶は鮮明に残っている。よほど近い親戚だったのだろう。

＊

荷風といえば、「抱き〆めるそばからすぐ滑りぬけて行きそう」だとか、「とろとろと飴のように男の下腹から肌の間に溶け入って腰から背の方まで流れかかる」だとか、女性美を誇張ぎみに描く官能的な描写がすぐに頭に浮かぶが、ここでは、主人公の老作家が玉の井で偶然お雪という女と出会う『濹東綺譚』の印象的な場面をとりあげよう。

「わたくし」が路地の入口の店で煙草を買い、釣り銭を待っていると、急に雨が降りだした。「白い

千七、八百年前に同時に型を脱し、同時に窯を出て、同じ墓壁に

上っ張を着た男が向側のおでん屋らしい暖簾のかげに駆け込」み、「割烹着の女や通りがかりの人がばたばた馳け出す」。「紙屑と塵芥とが物の怪のように道の上を走って行く」。「稲妻が鋭く閃き、ゆるやかな雷の響につれて、ポツリポツリと大きな雨の粒が落ちて来た」と、空が一変するようすを描いて、その場面に入る。

「わたくしは多年の習慣で、傘を持たずに門を出ることは滅多にない」。まして入梅中なので、その日ももちろん傘を持参しており、急に降り出しても驚かず、「静にひろげる傘の下から空と町のさまとを見ながら歩きかけると、いきなり後方から、「檀那、そこまで入れてってよ。」といいざま、傘の下に真白な首を突込んだ女がある。油の匂で結ったばかりと知られる大きな潰島田には長目に切った銀糸をかけている」。これが偶然のその出会いである。

「吹き荒れる風と雨とに、結立の髷にかけた銀糸の乱れるのが、いたいたしく見えたので」、「おれは洋服だからかまわない」と、傘を差し出す。「実は店つづきの明い燈火に、流石のわたくしも相合傘には少しく恐縮したのである」と、心理的背景を説明する。お雪は「じゃ、よくって。すぐ、そこ」と、「傘の柄につかまり、片手に浴衣の裾を思うさままくり上げた」として、物語に入って行く。これがきっかけとなって二人は馴染みとなる。

「そのあたり片づけて吊る蚊帳哉」とか「屑籠の中からも出て鳴く蚊かな」とかといった句の伝える寺島町の溝ぎわの家に住む玉の井の女お雪との偶然の出会い、印象的な場面として読者の記憶に残る。

＊

随筆風の小説に続いて、もう一編、季節と一体になって人生観をうかがわせる随筆『雨瀟瀟』の一節を紹介する。「その年の二百十日はたしか涼しい月夜であった。つづいて二百二十日の厄日も亦それとは殆ど気もつかぬばかり、いつに変らぬ残暑の西日に蜩の声のみわただしく夜になった。夜になってからは流石厄日の申訳らしく降り出す雨の音を聞きつけたものの然し風は芭蕉も破らず紫苑をも鶏頭をも倒しはしなかった」と、耳に心地よく流れる。

どことなく古風な響きが感じられるのは、「蜩の声だけ」とせずに「蜩の声のみ」とし、「気もつかない」とせずに「気もつかぬ」とし、「変らない」とせずに「変らぬ」とし、「声だけ」とせずに「声のみ」とする、文語的な用語の選択からくるのだろう。そのあとも、「このように」でなく「斯様に」とし、「いられない」でなく「いられぬ」とし、「だけでなく」を「のみか」とし、「どんなに」でも「どれほど」でもなく「いかに」とするなど、同様の調子で展開する。

そうして、「立つ秋の俄に肌寒く覚える夕といえば何ともつかず其頃のことを思出すのである」として段落を閉じると、次の段落を「その頃のことと云ったとて」と承け、「いつも単調なわが身の上、別に変った話のあるわけではない」と淡々と進行する。「その頃までわたしは数年の間さしては心にも留めず成りゆきの儘送って来た孤独の境涯が、つまる処わたしの一生の結末であろう」と、おのずと日が暮れるように静まりかえる。「此れから先わたしの身にはもうさして面白いこともない代りまたさして悲しい事も起るまい」と続き、「秋の日のどんよりと曇って風もなく雨にもならず暮れて行くようにわたしの一生は終って行くのであろうというような事をいわれもなく感じたまでの事である」として、文章も闇に消えてしまう。

自然と一体になった人生観、人生の秋に立った作家の感慨を綴ったこの文章自体が、こうして秋の

千七、八百年前に同時に型を脱し、同時に窯を出て、同じ墓壁に

黄昏のように薄れてゆく。この文章の流れを振り返ると、季節感を綴る先行箇所全体が、心境を述べる後続部分に対する、ある意味での比喩表現の役割を果たしているようにも読める。とすれば、真正のレトリックが作品の根幹をなす深層と深くかかわっている好個の例と見ることができるかもしれない。

正宗白鳥

同じ年に生まれた作家からもう一人、晩秋に岡山県備前に生を享けた正宗白鳥をとりあげよう。本名は敦夫。母の国讃岐の白鳥にちなんで号としたという。正宗家は二百数十年続いた旧家で、一族に洋画家や万葉学者などとして名を成した人物もいる。上京して早稲田の前身、東京専門学校に入学するとともに、内村鑑三の感化を受けてキリスト教に惹かれ洗礼を受けるが、やがて宗教から離れる。読売新聞社に入社して、歯に衣着せぬ鋭い論評を展開する一方、田山花袋や国木田独歩、柳田国男らと交わり、文学へと傾斜してゆく。藤村や田山花袋、徳田秋声らとともに自然主義作家として活動し、小説『何処へ』『入江のほとり』『牛部屋の臭い』、戯曲『安土の春』、批評『作家論』『今年の秋』などを残す。

＊

それらのうち、ここでは『何処へ』の文章をとりあげる。「両手で頭を抱いて目を瞑った」とあり、その一つの過去形の文を契機として、「すると帰宅の途中と同じい雑念が湧き上って留め度がない。

天井には鼠が暴れまわって、時々チュッチュッと鳴声がする。一家四人はすやすやと眠っているが、毎夜その寝息を聞くぐらい彼れに取って厭な気のすることはない」と、どうにも救いようのない無気力な自分の雑念がだらだらととめどなく続くようすを、まさにそんな無気力な筆致で綴る。

家庭の不和によって引き起こされる被害意識ではなく、強度の自己嫌悪、自分という人間のくだらなさ、醜さに気づいて、そういう自分を頼りに生活している家族が憐れになり、その寝息を聞くのさえつらいのだ。しかも、そういうかわいそうな家族のために立ち直ろうとする意欲さえ湧いてこない。ストイックな自己放棄の心さえ「果ては萎れてしまう」のだ。そういう夜が幾日も続き、最後はいつも「ぶっ倒れて、睡る気でなくても自然に眠ってしまう」。無力感だけが果てしもなく漂う。

改行して、「雨滴は同じ音を繰返し、鼠も倦みもせずに騒いでいる」という章末の一文が続く。これはもちろん表面的には、心の内面でなく外界を描く叙述だが、同時に書き手の内面を暗示する一行として、読者は心境を象徴するものと読み、黙ってしまう。

会津八一

このブロックの最後に、その二年後の一八八一年に新潟市に生まれた会津八一をとりあげよう。父親は地元の名門である市嶋家の一族だが、母方の会津家の姓を継いだ。叔父の影響で中学生の頃にすでに万葉集を読み、郷土の先輩良寛の和歌にも親しみ、正岡子規に傾倒して短歌・俳句を始める。上京して東京専門学校に進学するも文芸活動には加わらず、ギリシアや奈良の美術に関心を示した。在学中に失恋を経験し、生涯独身を貫く。恩師の坪内逍遥の招きで早稲田の教員となり、秋艸道人の雅号による短歌や俳句のほか、書道、美術研究に打ち込み、早大文学部芸術学専攻の主任教授となる。歌集『鹿鳴集』が斎藤茂吉に絶讃されるなど、独自の歌風が世に認められたが、孤高の態度を崩さず、以降は書の揮毫に励み、雄勁蒼古と評される書を多数残した。

＊

「かすがのにおしてるつきのほがらかにあきのゆふべとなりにけるかも」、すなわち、奈良の野に月が明るく照っている、すっかり秋らしい晩になった、そんな春日野の秋を謳歌する一首をはじめ、春日野の奈良の風物や美術を讃える格調の高い調べに心惹かれるが、ここでは散文、『奇遇』と題する随筆をとりあげる。「奇遇」といっても人と人との出会いではない。「骨董道楽などをするほどの余裕を持た」ず、「史的研究の必要から、常々いくらか標本類の蒐集を心懸けている」自分にも、最近ちょっと面白いことがあった。「二枚の磚《せん》の話である」として話に入る。

「磚」というのは「一種の煉瓦のようなもの」で、正方形のものも長方形のものも、表面や側面にほかに、「絵や文字」があるのも、何も書いてないのもある。「支那では古来「敷瓦」や「腰瓦」として用いたほかに、墓稜の内壁を築くに用いたものもある」。「一つの墓から数百数十も出て来るが、文字のあるものは割合に少い」。「文字があれば書風を味わうことが出来るし、時としては同時に年代を知ることも出来るので、書道史の研究家には最も重要とされて居る」。「最も少いのは絵のあるもの」だと前置きして、本題に入る。

骨董屋から絵のある磚が入ったからという連絡が入り、早速見に行くと、「漢式の磚で、図様は珍らしいほど精巧な人馬の絵であった。しかし惜しいことにその磚は上下二枚で一つの絵を成すべきものの下の半分だけで、馬に頭がない。乗っている人物も足だけで上体はない。馬車も車輪だけで、蓋も馭者も無い」。

前から別に一枚持っていて、そちらは上の半分と見えて「頭ばかりの馬や人物」だ。そこで、「若しやと云う心のときめきを感じながら兎も角も直ぐに買うことにきめた。そして翌朝届けて来るのを待ちかねるように合せてみると、正にピッタリと合う、人も馬も、車も、輪郭の線までもみんなピッタリ合う。のみならず、所々に灰被りらしい釉薬めいたものが附いて居る具合までも同じ」なので、「思わず一人で声を揚げた」と、心のときめきが伝わる表現で興奮ぎみに展開する。

考えてみると、「千七、八百年前に同時に型を脱し、同時に窯を出て、同時に同じ墓壁に用いられた、云わば兄弟の二枚が、一度発掘されてから長い間別々に流浪した末に、遂にこの私の家の食堂のテーブルの上でめぐり合ったものらしい。奇遇と云うものであろう」と感慨にふける。その間の年月を考えると、読者も同様だ。

前に手に入ったものは、台湾で愛蔵されていたものが東京に渡り、下谷方面の骨董店から自分が手に入れたものである。今度のは京橋の店から買ったものだが、それは中国の山東省からやって来たという。まるで一度離れ離れになって外国をさまよっていた兄弟が、それだけの年月を経て偶然にまた出会ったような、そういう来歴を考えると、読者もひとしおの感激を覚えるだろう。

宵闇に浮かぶ白い浴衣も、おぼつかない白粉の匂いも

斎藤茂吉

翌一八八二年生まれの歌人、斎藤茂吉を次にとりあげる。五月の半ばに山形県南村山郡の現在の上山市の農家、守谷家に生まれた。小学校高等科を卒業後に上京して浅草医院を経営する親戚の斎藤家に寄寓し、開成中学に入学。成績のいいのを見込まれたらしい。幸田露伴の文章に心酔して愛読する一方、佐佐木信綱の歌に親しむ。第一高等学校に進んで、貸本屋で正岡子規の『竹の里歌』を読んだのを機に歌人を志す。斎藤家に次女の婿養子として入籍し、東京大学医科大学（現在の東大医学部）に進む一方、伊藤左千夫に入門し、「馬酔木《あしび》」に発表するが、本格的な活動は「アララギ」誌発刊以降とされる。

実生活の面では、養父の創設した青山脳病院が完成して間もなく、大学を卒業して巣鴨病院に勤務して精神病学の臨床医として勤務する一方、「アララギ」の編集を担当し、活発な実作活動を展開する。歌集「赤光《しゃっこう》」が出て世間の注目を集める。その後、作風が次第に沈潜し、東洋的な自然観照へと向かって歌集「あらたま」を発表。三年に及ぶ欧州留学から帰国する直前に、青山脳病院が全焼、そ

の再建のために苦しい生活を送るが、万葉調による悲傷の歌が歌集「ともしび」の新しい歌境に達する。青山脳病院の院長に就任してからも、多忙の中を作歌活動を続け、敗戦の悲哀を経て、疎開先の大石田で歌集「白き山」の頂をきわめた。

＊

ここでは随筆『遍路』をとりあげる。熊野詣の二人旅であるが、途中で遍路に二人出会ったため、そちらを題としたのだろう。那智には勝浦から馬車に乗って着いた。そこで豪雨をやり過ごし、「雨装束」で瀧に向かう。華厳の瀧ほどの規模ではないが、それでも石畳の道を登ると息切れがする。「那智権現に参拝し」、この旅の祈願をすると、寺の庫裏口に「魚商人門内通行禁」と書いてある。

「先達を雇っていよいよ出発した」が、「この山越」は「難儀な」もので、敷いてある石が「荒廃して雑草が道を埋めて」いる。連れが、平清盛のすぐ引返した話などしてくれるが、「一足毎に汗を道におと」すほどだ。弁当を食って長く休んでいると、「遍路が通りかか」る。「今はこういう山道を越える者などは殆ど絶えて」、「寧ろ酔興に」思えるほどなのに、「この年老いた遍路は信濃の国」から出て来たという。もっとも、「諸国を遍歴してどこの国で果てるか分からぬというのではな」く、「国には妻もあり子もあ」り、「信心のためにこうして他国の山中を歩き」、「那智を参拝して、追々帰国しようという」予定という。

一夜明けて宿をたち、熊野本宮をめざす。登りかけると「細かい雨が降って来た」ので、しばし休憩し、合羽を身につけると、「遙向うの峠を人が一人のぼって行くのが見える」。「三十分もかかって、ようやく一つの坂をのぼりつめると」遍路が休んでいる。「先程見た一人の旅人はこの遍路で」、三十分も休んでいると言う。まだ若いが、眼が悪いということで、「一眼全く濁り、片方の瞳にも雲がかかってい」る。もとは大阪の腕のいい職人で暮らしに不自由はなかったが、「眼を患って殆ど失明するまでにな」り、医大で治療を受けたが思わしくなく、「一眼はつぶれて」もう片方の眼も見えなくなってきたので、「神仏にすがり四国遍路を思立」ち、それが終えたときには少しよくなったが、「信心に見きりをつけて浮世の為事をして見ようと思った」ら、また霞んできたので、「二たび遍路の身になってしまった」のだという。

そういう話を大阪弁で事細かに話したが、その現状に満足していないらしく、「若い身空」で「働きもせず、現世の慾望を満たそうともせずにいることが残念でならない」。その気持ちを「いまいましい」ということばで表現したらしい。遍路を「残して一足先に出発し」、「一山巡って、も一つ山にさしかかろうとする頃」に、ようやく「鈴の音が幽かに聞こえて」きたから、ようやく歩き出したようだ。本宮に着いたのが二時ごろで、熊野権現に参拝して帰路につく。「昨冬、火難に遭って以来、全く前途の光明を失っていた」とあるのは、青山脳病院が全焼したショックをさすのだろう。そういう時期の「感傷主義」のため、「曇った眼一つでとぼとぼと深山幽谷を歩む一人の遍路を忘却し難かったの」だとして、茂吉は一編を結ぶ。

志賀直哉

翌一八八三年生まれから四人とりあげる。まずは二月下旬に宮城県石巻に生まれた志賀直哉。父親が第一銀行の石巻支店に勤務していた関係で、物心がついてからは父とともに東京麹町の内幸町に移り、さらに祖父母のもとで育てられた。学習院に進み、内村鑑三の影響を受ける。『或る朝』などの習作を試みたあと、落第がもとで武者小路実篤と知り合い、同人雑誌の縁で里見弴、柳宗悦、有島武郎らと知り合って、雑誌『白樺』を創刊し、のちに白樺派と呼ばれる。多面的な文学活動を展開するもととなった時期である。「小説の神様」と呼ばれた時期もあり、谷崎潤一郎が『文章読本』で絶讃したことなどもあり、長く文章のお手本として目標にされた。『大津順吉』『清兵衛と瓢箪』『城の崎にて』『小僧の神様』『和解』『暗夜行路』などが広く知られる。

＊

雑誌の作家訪問の企画で、鎌倉雪ノ下の小林秀雄の自宅、塀とともに明るい無垢の板張りの家を訪ねた折、広い応接間の一角で、「あんまり技巧的な文章は僕は好かないですね」と前置きし、「志賀さんなんかの文章も、名文と言われているが、実は見たものを見たっていうふうな率直な文章です」と、まさに率直な言及があった。

まずは、そのへんから実際の原文にあたって確認しておこう。たとえば、『暗夜行路』の一節。主人公の時任謙作は、仲間と大山に登るその日、前日の「昼飯に食った鯛にあたったらしく、夕方烈しい下痢をして、妙に力が抜け、元気がなかったし」、寝不足もあって、これ以上は無理と判断し、少し休んで明るくなったら引き返すと告げ、「広い空の下に全く一人になった」。「疲れ切ってはいるが、それが不思議な陶酔感となって」、「自分の精神も肉体も、今、此大きな自然の中に溶込んで行くのを感じ」る。それは眠りに落ちてゆくように、自然に還元されるような快さだったという。つまり、死の恐怖を感じることもなく、そのまま死んでもいいような気分で、「膝に臂を突いたまま」眠ってしまったらしい。

目を覚ますと、「空が柔かい青味を帯びて」、「麓の村々の電燈が、まばゆく眺められ」、「外海の方はもう海面に鼠色の光を持ってい」る。「明方の風物の変化は非常に早」く、「山頂の方から湧上るように橙色の曙光が昇って来た」と続く。

「中の海の彼方から海へ突出した連山の頂が色づくと、美保の関の白い燈台も陽を受け、はっきりと浮び出した。間もなく、中の海の大根島にも陽が当り、それが赤鱏《えい》を伏せたように平たく、大きく見えた」と、夜が明けてくるにつれて変化する周囲の自然を描く。そして、目を転じて、「村々の電燈は消え、その代りに白い烟が所々に見え始めた」が、「麓の村は未だ山の陰で、遠い所より却って暗く、沈んでいた」と、村や人家のようすを描く。

そこで謙作はふと気づく。「今見ている景色に、自分のいる此大山がはっきりと影を映している」。それは「恰度地引網のように手繰られて来た。地を嘗めて過ぎる雲の影にも似ていた」。もはや何の説明も要らない。作者は自分の目で見たものをそのまま感動をもって表現している。連山の頂と三保の燈台との位置関係、大根島の形の印象、電燈と白い烟との数の変化、麓の村と遠くとの暗さの違い、自分のいる大山の影の動きなど、自分の目でとらえた対象を感じるままに書いてあるにすぎない。文章における描写の巧拙は、作者の感覚できまる。どこまで見えているか、はっきりと対象をとらえているかできまる。このシーンもまた、小林秀雄が目の前で語ったとおり、「見たものを見たっていうふうな率直な文章」であることがわかる。

＊

次に、谷崎が簡潔な文章の「見事なお手本」とした『城の崎にて』の一節を対象に、「最も分り易くて、最もその場に当て嵌まるもの一つだけを選ぶ」ために紙面が光る実例を探ってみたい。「或る朝の事、自分は一疋の蜂が玄関の屋根で死んで居るのを見つけた」と、まず総論を述べ、次いでそのようすを「足を腹の下にぴったりとつけ、触角はだらしなく顔へたれ下がっていた」と描写する。今度は周りの生きている蜂たちの態度を述べるのだが、これも「他の蜂は一向に冷淡だった」と、まずその態度を述べ、次に「巣の出入りに忙しくその傍を這いまわるが全く拘泥する様子はなかった」と、生きている蜂の行動を描きとる。

そうして、「忙しく立働いている蜂は如何にも生きている物という感じを与えた。その傍に一疋、朝も昼も夕も、見る度に一つ所に全く動かずに仰向きに転っているのを見ると、それが又如何にも死んだものという感じを与える」と、生と死の対照的なようすを、じかに観察した人間の感覚で描くのである。

そのあとも同様だ。「それは三日程その儘になっていた」と、毎日見届けた人間の判断を記し、「それは見ていて、如何にも静かな感じを与えた」と印象を述べ、「淋しかった。他の蜂が皆巣へ入って仕舞った日暮、冷たい瓦の上に一つ残った死骸を見る事は淋しかった」と、そのようすを見届けた人間の率直な感情を吐露する。そうして、小さな生きものの死に対する個人的な思いを離れ、「然し、それは如何にも静かだった」と冷静な状況描写に戻る。

次の段落の冒頭に、「夜の間にひどい雨が降った。朝は晴れ、木の葉も地面も屋根も綺麗に洗われていた」と状況の推移を述べ、「蜂の死骸はもう其処になかった」と、事態の変化を、確認しみずから発見した事実だけを、感情を交えない率直な表現で描きとる。雨で屋根がきれいに洗われたのは自分の目で見た判断だが、蜂の死骸は流されてしまったらしいという推測を含意している。

事実が感覚的に確認できなくなると、この作家は想像で補う。「死んだ蜂は雨樋を伝って地面へ流し出された事であろう。足は縮めた儘、触角は顔へこびりついたまま、多分泥にまみれて何処かで凝然としている事だろう」と、具体的に肌理細かな筆致でたどる。

このような表現態度は、もちろんこの箇所だけではない。人間にいじめられて逃げまどう鼠の姿は「首の所に七寸ばかりの魚串が刺し貫して」あり、「頭の上に三寸程、咽喉の下に三寸程それが出て」いて石垣に這い上がれない、そこに岸から石を投げられて水に落ちる。小川のほとりで蠑螈を見つけ、驚かしてやろうと小石を投げたら偶然それが当たって死んでしまう。それぞれの死ぬようすを、驚嘆すべき観察力で詳細に描きとる。

この作品は、作者自身が山手線の電車にはねとばされて怪我をし、その後養生に城崎温泉に来ていることから始まる。死んでしまっていたかもしれない体験をしただけに、小さな動物の死も他人事ではない。死ななかったことに感謝すべきだと頭では思うものの、喜びの実感はこみあげてこない。「生きて居る事と死んで了っている事と、それは両極ではな」い気がするのだ。生きものの哀しみを深く味わいながら、暗くなった路をとぼとぼと温泉宿に向かう。「遠く町端れの灯が見え出した」という主体化された情景描写の結びが、そこまでの文脈の重みで、読者の胸深くしみこむ。

＊

もう一編、『山鳩』という戦後の随筆にふれよう。『暗夜行路』に見られる絶対的な自我肯定という倫理観が力んで語られるわけではない。『城の崎にて』に象徴される、研ぎ澄まされた文章の緊迫感が感じられるわけでもない。思想は沈潜し、ユーモアさえ感じさせる文面の奥に、この作家らしい死生観やヒューマニズムが漂っているエッセイである。

いつも二羽で飛んでいて、すっかり「眼に馴染みになっていた」ので、山鳩の夫婦ということにしてある。ところが、ある日、一緒に広津和郎を訪ねることになっていた福田蘭堂がやって来た。洋画家青木繁の息子。当人は尺八の名手で、NHKの「笛吹童子」などの作曲もした。バスを待つ間に猟銃をかついで出かけ、山鳩と鵯と頬白を手に戻って来た。その翌日、「山鳩が一羽だけで飛んでいるのを見」て、心を傷める。「幾月かの間、見て、馴染みになった夫婦の山鳩が、一羽で飛んでいるのを見ると余りいい気持がしなかった」という。「撃ったのは自分ではないが、食ったのは自分だという事も気が咎めた」ようだ。

それから幾月かして、山鳩がまた二羽で飛んでいるのを見かけ、「山鳩も遂にいい対手を見つけ、再婚した」と思い込んで喜んだが、「そうではなく、二羽のが他所から来て住みつき、前からの一羽は相変らず一羽で飛んでいた」。

最近、また猟期に入ったらしく、近所の知り合いが、「血統書きのついた高価なイングリッシュ・セッターを二頭も飼っていて、猟服姿でよく此辺を徘徊している。然し、此人の場合は猟犬は警戒していなければ危いが、鳥は安心していてもいい腕前だそうだ。可恐いのは地下足袋姿の福田蘭堂」で、「今年はこの辺はやめて貰おうかな」というと、笑いながら「そんなに気になるなら、残った方も片づけて上げましょうか？」と言ったそうだ。「彼は鳥にとっては、そういう恐ろしい男である」として一編を結ぶ。近所の人や親しい友人をからかいながら、生きものに対する同情と親しみをさりげなく吐露する、円熟した作品となっている。

岩本素白

次に、同じく一八八三年の八月中旬、東京の品川に生まれた随筆の名手、岩本素白をとりあげよう。本名は堅一。父親は明治維新の折に函館の五稜郭に籠城したという。麻布中学を経て東京専門学校、現在の早稲田大学の文学部を卒業。同級の歌人の窪田空穂は終生の友人。教鞭をとった麻布中学の最初の生徒に広津和郎がいた。早稲田の高等学院に転じ、文学部の講師も務めるようになって随筆文学を担当。『山居俗情』『素白集』など、江戸情緒の残る東京裏町の風景を格調の高い文章で版画のように描き出したと言われる。

＊

『山居俗情』中の一編「街の灯」から、銭湯帰りの浴衣の女たちとすれ違う場面を紹介しよう。「山の手に比べると下町の夜は明るい」と概括し、「ネオンの灯の海の銀座を横ぎって」、「歌舞伎座近くになると、街の明るさはにわかに減」じ、築地も人形町通りに出るまでは「暗いという感じさえ起るほど、灯の少い静かな町」で、夏は「濃い宵闇に火影の涼しさを覚える」ほどだという。そういう町続きの家並みでは、「表通りの店から流れる火影に、道ゆく人の浴衣が白く、深い横町の灯は心細いほど幽かに見えて、ほの暗い軒下に置いた縁台に、夜涼を楽しむ人の煙草の火さえくっきりと見え」、それが涼しい感じをそそる。その築地橋のほとりは、上げ潮のときには岸すれすれに満々と水をたたえる。そのゆたかな川面に、昔は新富座のはなやかな灯影が映ったという。

「この川沿いの静かな片側町の奥深い客商売の家の入口には、火影を涼しく見せるために敷石から板塀まで、ふんだんに水が打ってあった。同じ町並みに塩湯があって、其処から出て来たらしい三四人連れの女達が何か睦じげに物語りながら、宵闇に白い浴衣を浮かせて通り過ぎた」。すると、「そのあとには覚束ない白粉の匂いが、重い夜気の中に仄かに漂って居た」とある。

「覚束ない白粉の匂い」とあるから、真白に塗りたくった厚化粧ではなく、白粉をさっとはたいただけの淡い化粧のかすかな匂いなのだろう。すれ違った人が「覚束ない」と感じるほどだから、何の匂いか特定できないほどの頼りなさだったにちがいない。あるいは、白粉の匂いがしたのかどうかさえよくわからない、書き手のそんなためらいも含まれているような気がする。はっきり白粉とわかる匂いではなく、湯上がりらしいわずかな石鹸の匂いに、白粉のようにも感じられる、何かいい匂いがほのかに感じられたのだろうか。ひょっとすると、若い女が近くを通り過ぎたときに漂う空気の匂いにすぎないのかもしれない。

その匂いは「重い夜気の中に仄かに漂って居た」とある。「宵闇に白い浴衣」という視覚的な色彩描写から、「覚束ない白粉の匂い」という嗅覚的な感覚表現、そこに「重い夜気」という触覚的な背景も加わって、多層的な感覚表現が読者の肌にしみこむ。こうして、「川沿いの静かな片側町」に人のけはいをまきちらして作品は思いがけない展開を見せる。

そこから「掘割について明石町の河岸に出て、暗い水を行く小舟の灯を見送ったり、川口に懸っている帆前船の灯を眺めたりして家へ帰った」。

それからわずか一日を隔てて関東大震災が起こり、そのあたり一帯が火の海となり焦土と化す。そうなると、「あの時ゆきずりに見た、夏の夜の入浴を楽しんで居たらしい町の人達も、果して無事に彼の劫火を免れ得たかどうかは分らない」と続くこの一節は、まさに実感だっただけに重い言及である。そのあたり一面に広がる焼け跡に立ちつくす身には、わずか二日前にすれ違った、宵闇に浮かぶ白い浴衣も、おぼつかない白粉の匂いも、まるで真夏の夜の夢のように思われたかもしれない。

そしてフィナーレ。「どこの縁日でも、露店の灯が疎らになって、それがもう尽きようとする辺りには、きまって価の安い玩具を売る店と、飴、菓子の屋台とが並んでいる」。「子供達が、母親の袂に縋って立ちよどむ」姿を描き、「酸漿屋、飴屋、煎豆屋、それらの火影を映す赤い大きな唐傘《からかさ》の色は、こういう町の中で育った子供たちの眼に深く沁みて」、やがて彼らが大人になり、東京の町を離れてからも、「都会の思出とも哀愁ともなって」、永く胸に残る。胸にしみる哀感を漂わせて、消えるように一編を閉じる。

高村光太郎

次に、同年の春、岡倉天心の弟子であった彫刻家、高村光雲の長男として、東京下谷に生まれた同じく彫刻家、詩人でもあった高村光太郎をとりあげよう。命名時は「みつたろう」だったが、青年期から「こうたろう」という読みも用いられたという。本郷駒込千駄木に長く住み、父が教授であった東京美術学校の彫刻家に進む。一方、与謝野鉄幹の新詩社の同人となる。日蓮宗、禅宗、キリスト教に関心を持つ一方、ロダンに傾倒して、ニューヨークに留学し、欧州を廻って帰国。詩にも本気で向き合う。智恵子に出会い、詩集『道程』を自費出版して程なく結婚。『樹下の二人』などを発表するが、智恵子に狂気が襲い、没するまでの回想をまとめて詩集『智恵子抄』を編む。宮沢賢治の縁で花巻に移り住み、農耕自炊の生活に入る。詩集『典型』を発表後、智恵子の面影を封じた裸婦像を完成、十和田湖畔に建つ。そのころから結核の病状が悪化し、アトリエで没する。春の大雪で東京の町が白一色に装いを新たにした明け方のことという。

＊

『永遠の感覚』というエッセイから入ろう。始めも終わりもなくどこまでも続くのを「永遠」とか「永久」とかと言っているが、芸術上で言う「永遠」という観念は何をさしているかと、この彫刻家、詩人は自問する。「永久」でも「悠久」でも「無限」でも「不朽」でも「不滅」でも、「その根本の観念として時間性を持たぬものはない」。

しかし、「永遠とは元来〈絶対〉に属する性質で、無始無終であり〈無限〉の時間的表現と見るべき」だから、「本来これは神とか、物質自体とかいう観念以外には用いられない言葉であるはずで、もともと人間の創作に成る芸術圏内に之を使うのは言葉の転用に過ぎない」とする。だから、「芸術作品が永遠性を持つというのは、既に作られたものが、或る個人的観念を離れてしまって、まるで無始の太元から存在していて今後無限に存在するとしか思えないような特質を持っている事を意味する」。

例えば、「夢殿の観世音像は誰が作ったという感じを失って」、「まるで天地と共に既に在ったような感じがする」し、これからも「天地と共に悠久であるように思われる」。「芸術の究極の境」はそういうところにある。「今日あって明日は無いような芸術的生命から脱却したいと思うのは」「至極当然なことである」とする。しかし、「永遠性とは果して時間の問題か」と自問し、「芸術に於ける永遠とは〈感覚〉であって、〈時間〉ではない」と自答して、「これが根本である」と強調する。

そうして、「芸術作品の持つ永遠性」とは「永遠時への予約や予期」ではないし、「不滅とは不滅を感ぜしめる力であって、決して不滅という事実の予定認識ではな」く、「無限持続の感覚なのである」。その「永遠の時間性は又空間性に変貌して高度な普遍性につながる」と展開するのだが、その芸術上の永遠性がどこから来るかとなれば、「人間精神と技術芸能との超人的な境に於ける結合から来る」としか言いようがないという。

*

今度は『山の春』と題する随筆。こちらは理屈ではなく、自然観察の一編だ。東北の山の季節を、見たまま感じたままに写しとっている。「三月にはまだ山の春は来ない」と概括し、「春分の日というのに、山の小屋のまわりには雪がいっぱい」で、「消えるのは五月の中ほど」。「氷のように冷たい空気が、五月頃になると、急に北の方へおし流されて、もう十分あたたかくなっている地面の中の熱と、日の光とが、にわかに働きだして、一日一刻も惜しいような山の春があらわれ、又たちまちそれが夏にかわってゆく」。「リンゴ、梅、梨、桜のような、いわゆる春の花の代表が、前後する暇もなく、一時にぱっと開」くから、東北の春はあわただしい。

季節そのものは「毎年規律ただしくやってきて」、「地面の下に用意されていたものが、自分の順番を少しもまちがえずに働きはじめる」。「枯れたように見える木の枝など」も、内部で活発に生活が営まれ、「来年の花を咲かせるよろこびにみちている」。「枯枝の梢を冬の日に見あげる」と、枝々が「うれしげ」に見えるという。つららは極寒のころでなく春先に大きなのがぶら下がるから、寒さのしるしではなく、むしろ暖かくなる前兆であり、春が近いことの象徴なのだという。つららが盛んになると、水田にかぶさっていた「雪の原に割れ目ができ」、雪の断層が「廊下のようにな」り、それが崩れて「南側の日あたりに枯草の地面が顔を出す」。その日光を慕って蕗の根から「ぽっかり青いフキノトウが出る」。「青い、やわらかい、まるい、山の精気にみちた、いきいきしたやつ」を、夕食の時に囲炉裏の金網で軽く焼き、味噌を塗ったりして「少々にがいのをそのままたべる」と、いかにも旨そうに説明する。

「低い山々の地肌にだけ雪がのこって、寒さに焦げた鉾杉や、松の木が、その山々の線を焦げ茶いろにいろどっているところへ、大和絵のような春霞が裾の方をぼかしている山のかさなりを見ているとと」と描写したあと、この芸術家はなんと「出来立ての大きなあんぱんが湯気をたてて、懐紙の上にいくつも盛られている」ように見え、「うまそうだなあ」と思って眺めるという。ゆたかな想像力が読者の心もふかふかにする。

佐々木邦

同じ年に生まれた作家でもう一人、ユーモア小説の作家佐々木邦をとりあげる。静岡県の沼津の生まれだが、幼くして上京し、芝の小学校、青山学院の中等科を卒業後、慶応義塾の予科から明治学院に進む。卒業後、岡山の旧制六高、慶応の予科、明治学院高等部などで英語や英文学を講じた。漱石や欧米のユーモア小説に興味を持ち、『いたづら小僧日記』を発表。翻訳という形をとったが、実際には自らの処女作とされる。『珍太郎日記』『苦心の学友』『愚弟賢兄』『夫婦百面相』『ガラマサどん』

『苦心の学友』などが広く知られる。

＊

『いたづら小僧日記』では「此方のよりか擦れちがい電車に必ず美人が余計に乗っている」という真実を発見する。これは別に運が悪いわけではなく、自分が乗っている車両では周りの人しか見えないが、すれ違う電車は全車両が見えるから、論理的には当然なのだが、そういう成人男子の心理を見抜く小僧の洞察力は鋭い。『ぐうたら日記』には、「若い綺麗な女学校の先生が生徒を引率して来た」ら、中学校の男の先生が、運動会そっちのけで、それに「見惚れているところを写真に撮られた」とある。撮るほうも物好きだが、撮られたほうの人間は今さら表情を変えても間に合わないから、訂正もできず、たまったものではない。

小説のほうは笑いが絶えないが、随筆となるとまるで感じが違う。電車の中で眼鏡をはずしてみると、車内広告の文字が意外に不自由なく読める。そして元どおり眼鏡をかけると、さらに鮮明に見える。あたりまえのことだが、この作家は「こんなにハッキリ物を見る必要があるのだろうか」と疑問に思う。そうして、たしかに、文字や景色などははっきり見えたほうがいいが、人間などの場合はあんまりはっきり見えないほうがいい場合もあるような気がする。たしかにそういう場合も少なくないと読者は思うだろう。

『注意の偏在』という随筆でも、「私は汽車の中で書物というものを読んだことがない」とあり、書物はすべて「著者が自然界や人間界から得た記録」だが、汽車のほうは、その「現ナマの人間」が目の前にいるし、「現ナマの自然が窓外に展開」するのだから、そんな「二番煎じを飲む必要がない」

という理窟らしい。たしかに一理ある。

もう一つ、『一日の可能性』という随筆を紹介しよう。さらに深刻な内容だが、矛盾に満ちた人間の気持ちを正直に語った一編である。長女の「遺骸を病院から家に移した」十年前の晩、「もうどんな電話がかかって来ても驚かないぞ」と言ったら、「長男が悲壮な笑い声を洩らして同感の意を表した」という。「病院からの電話が数日間険悪な容態を伝え続けた後だった」というから、その気持ちは実によくわかる。その「長女の葬式を大晦日に行って、淋しい元日を過ごした」と続く。するとその夕刻、電話が鳴って、「友人寺尾幸夫君が脳溢血で倒れたという知らせ」が飛び込んだ。「直ぐに駈けつけた」ら、「真赤な顔をして大鼾をかいてい」て、「間もなく息を引き取った」という。いくら強がりを言っても、そこは人間。すぐに矛盾した行動に走る人間らしい行為に、読者は笑いながら、そういう人間というものの弱さや愚かさが、もうひとごとではなくなっている。

荻原井泉水

荻原井泉水は、翌年、一八八四年の六月に東京芝に生まれる。本名は藤吉。正則中学入学時から俳句を始める。麻布中学から一高、東京帝大の言語学科に進学。この頃から井泉水の俳号を用い、碧梧桐の新傾向運動に参加。卒業後、東京時事新報の俳壇を担当。ゲーテやシラーの詩にヒントを得て印象的象徴的な自由律の句作を発表。妻と母とに死別し、遍路となって小豆島を巡拝したのち、旅に出ることが増えたという。門下に尾崎放哉、種田山頭火ら。句作のほか、芭蕉や一茶に関する研究など、理論的な著作も多い。

＊

『星を拾う』と題する随筆は、溜息が聞こえるような書き出しになっている。書斎の窓を開くと星空が見える。眺めていると、人間というものの存在、特に自分という存在がいかにも小さく感じられるという。目の前には夜空がはてしもなく広がっていて、そこには無数の星が見える。その「無数にかかっている星が何れも一つ一つの世界である事を考える」と、「その大きな宇宙の中の、小さな地球の上の、小さな日本の国で、この国より外には通じない芸術で、一番小さな詩形といわれている俳句というものに、自分の精魂をそそいでいるだけの私」と考えてくると、ますますその思いを強くする。

そんなふうに感じたのは、あるいは、「層雲」という句集に入れる句を選んでいて、なかなか「これという光った句を見出しかね」て「ボーッとしていた時であったからかもしれない」とある。そうして、「茫漠として砂原の中に宝石を捜してあるいているような甚だ頼りない気持」になる。しかし、「人生というものは塵芥の中から宝石を見出すという事である」ということばに勇気づけられ、「再び朱筆を執る」と展開する。

選句を続け、たまたま「宝石のように光る星」に行き当たると、「この句はたしかに一つの世界をもっている、一つの宇宙的存在としての輝きをもっている」と、「一つの星を拾ったということに微笑む」。こうして「新しい句集に編まれてゆく」と記している。

そういう時は、「疲労を忘れて、快く引きしめられた頭を、秋の気に触れさす為に、再び窓を明ける」。「月のない空はびろうどのように黒く、遠くで浪の音がばさりばさりと大きく息をしている」ように感じ、星月夜には「空一ぱいにぎっしりとつまった星」の中から「自分の好きな星を拾い出そうとする」。そんなふうに選句に打ち込んでいるときには、「自分というものが如何に小さく、又自分の仕事というものが殊に小さいものだという事なぞは考えてもいない」として一編を閉じる。

小宮豊隆

同じ一八八四年の三月に福岡県に生まれた独文学者、小宮豊隆をとりあげよう。夏目漱石の弟子で、『夏目漱石』と題する名著でもその名を知られる。旧制一高から東京大学独文科に進学。同期に安部能成、中勘助、野上豊一郎らがいる。ロンドンで漱石と同宿した従兄の紹介で漱石の家を訪れ、在学中の保証人を頼んだのがきっかけという。在学中から漱石の面会日いわゆる木曜会に参加し、高浜虚子、寺田寅彦、森田草平、鈴木三重吉らを識る。漱石主宰の「朝日文芸欄」で阿部次郎と親交を結ぶ。修善寺の大患に際し郷里から駆けつけて半月間看病。阿部次郎の勧めで東北大学で独文講座を担当、仙台に住む。山田孝雄、土居光知、岡崎義恵らと芭蕉の研究会を始め、木下杢太郎も参加。岩波書店の『夏目漱石』の著述や同じく『漱石全集』の編集に打ち込む。戦後しばらくして、安部能成の学習院大学に迎えられ、日本と西欧との伝統芸術の研究にも打ち込んだ。

*

やはり『夏目漱石』をとりあげよう。大学に入る前にこの本を読んで、漱石の文学というよりは、へそまがりの正義感を含むその人間性にふれて方向転換し文学の道に迷い込むきっかけとなった運命の著書である。また、当時、著者が学習院の教授をしていると知り、弟子入りしようと一瞬思うが、国文でなく独文の教授と知って断念したという、お粗末な自慢にならない失敗談もある。

序文に、「伝記に必要な事は、冷静な客観的な態度」であって、「科学的な、細緻な、精到な、私のない」、そういう叙述態度が求められる、と明記している。しかし、自分にとって漱石は「敬愛する先生」であるため、どうしても感情移入しやすく、「叙述の筆の調子に狂いを来す」結果となりやすい、と自戒の念を表明する。

小説『坊っちゃん』に「是でも元は旗本だ。旗本の元は清和源氏で、多田の満仲の後裔だ」と息巻く場面がある。文献によれば、旗本の中にたしかに清和源氏の流れを汲む「夏目」という家があり、漱石の家は旗本でなく名主だが、これも満仲の弟である満快から八代目を祖とする。また、漱石の誕生日、慶応三年正月五日は庚申にあたり、その日に生まれると大泥棒になるという言い伝えがあって、その難を逃れるために「金」をつけて「金之助」と名づけた。このあたりは、たしかに事実に基づく客観的な記述となっている。

一方、漱石には古い手紙を庭で燃やす習慣があり、その現場に来合わせた寺田寅彦が「焚けて行く手紙を残り惜しそうに眺めていた事を、私は今に忘れない」といった個人的な感慨も記されており、また、漱石は、自分の母が遊女屋の娘であったことを死ぬまで知らずにいたらしいと推測する箇所もあり、他力本願の「キリスト教や仏教に帰依して、神だの仏だのから救われる事を欲しなかった」と著者が断定する記述も見える。さらには、「この下宿こそ」「立て籠って「文学論」の著述に専念した下宿」であり、この下宿こそ「漱石を英国嫌いにした下宿だった」といった昂った筆致も見える。さらには、「すべての」「何を書いても」「打ち込んでいないものはない」「必ず漱石の刻印を担っている」と力説するあたりには、著者の息づかいさえ感じられる。

『吾輩は猫である』を書き出した時期の漱石は、そこに集まる「太平の逸民」たちとともに「こせこせねちねちした世の中を、笑って笑って笑いぬく」ことがよほど楽しかったと見えて、「虚子が猫をよむ僕がきく二人でげらげら笑って御蔭で腹がへった」という漱石自身の手紙の一節を紹介し、小宮は感慨にふける。読み進むにつれて苦味を増してゆくこの長篇の笑いを考えると、最初期のユーモアが、心にゆとりのあった健康的な漱石の手で書かれていたことが想像され、読者の心に複雑な思いがよぎる。

桐の花の色もちらつかせ、カステラの手ざわりも匂わせたい

武者小路実篤

その翌年、一八八五年生まれから三人、まずは五月に東京麹町に生まれた武者小路実篤をとりあげる。画家の中川一政は「武者さんを小説家だというとxが残る。画かきというと矢張りなにかが残る。宗教家、哲学者といっても何かが残る」と呆れ、「人間であるというより仕方がない」と呆れたほど、枠を超えた個性的な人間らしい。学習院を経て東京大学社会学科中退。学習院で志賀直哉らと親交があり、やがて『白樺』となる回覧雑誌を始める。後期印象派の主観的摂取を主張、岸田劉生との親交が始まる。我孫子に移り住み、『新しき村』を創刊。その実行として日向への移住運動を起こし、十年近く住む。埼玉県入間郡に第二の『新しき村』を建設。『お目出たき人』『友情』『真理先生』などが有名。

＊

一九六九年の十一月二十七日の午後、雑誌の作家訪問の企画で、東京調布市若葉町にあったこの作

家の自宅を訪ねた。京王線の仙川駅で下車し、数分歩いたような記憶がある。すぐそばまで来ていた冬が突然遠ざかったような日で、大きく開かれた応接間の窓は、もう林の中、いつもお目覚めを待っているというおことばどおり、十数羽の尾長が集まって来た。

文学を志した動機という月並みな質問から入ると、満で十七、八のころまでは特に文学に関心がなく、作文が下手だったという。兄貴(のちにドイツ大使となる公共)が、僕に直接言うと食ってかかって一時間でも二時間でも食い下がるので、母(秋子)に「作文が下手なのは損だ」と言ったらしい。それまでは、文章なんか誰かに書かせればいいと思っていたが、政治家は嘘をつかなくちゃ出世しないし、命令されるのはつまんない、正直に生きるには文学がいいと、才能はまるでなかったのに高等科のときに文学に決めたという。

母親が、頭は兄貴よりそう劣っていないから勉強すりゃできると言う。兄貴は勉強ができるたち、こっちはやろうとしてもできないたちだから、しょうがないと理屈を言う。姉が肺病で死んだら、母は生きてりゃいいと思ったのか、何も言わなくなったという。

「大学は中退なさったわけですね」と話を変えると、「入るときからやめるつもりで」とまともな顔で言い、「あの時分は学校出れば無試験で入っちゃうんで」と補足した。「落第すればひとりでにやめる」と説明を始めるが、すぐに「やまるんだけど」と正確な言い方に訂正し、「入るときから、やめる決心して」と言う。「先生はいやいや講義してる、聴くほうもいやで、三年間損する」とはなはだ論理的。そんなことをすっかり忘れていて、講談社の雑誌から、落第して偉くなった人の弁という取材があったおり、「落第したこたあないよ、志賀(直哉)の間違いじゃないか」と言ったら、平謝りして帰って行ったという。

飾りが少なく率直な文章だと感想を述べると、頭に浮かんだことをそのまま書くからだと言い、考えることをせずに造物主にまかせ、自分は筆記してるようなものだ、頭に浮かばないときは書かない、と徹底している。だから、初めから筋が決まっていた作品はない、『友情』だって、あの二人（大宮と杉子）が愛し合ったなんてことに気がつかず、『愛と死』も夏子が死ぬことになって、あとは泣きながら書いたという。書きながら読者を意識するかを問うと、「昔から考えたことがない」。戯曲を書くときは風景が浮かんでこないから、描写ができないという話なので、「自然の描写は絵のほうで」と口をはさむと、「絵のほうは想像じゃ頭に浮かばないとのこと。その点、岸田劉生は天狗でも桃太郎でも話より先に絵ができているらしい。

絵に讃をつけるときは絵かきとしてでなく文学者として書く。絵を描くときは、対象が新鮮で生き生きしていて内から生命があふれているから、ことばのことも人間のこともまるで考えない。だから文学と絵と両方やりたくなる、どっちもかけがえのないものだから。

古代人の一途さと大きさが感じられた。玄関でいとまを告げ、門までの長い坂を登りながら、眼を細めて話されたあの池はどこにあるのだろうかと眺めると、右手の林の奥から子供たちの声が聞こえる。木々の間にかすかに光るものがあり、声は水面に響いて遠くから流れてくるらしい。

＊

最初期の作品『お目出たき人』の文章を眺めてみよう。「自分は鶴を恋していた。そうして女に飢えていた自分は一日も早く鶴とせめて許嫁になりたかった」と心のうちを率直に述べ、「兄が結婚するまではそういう話を聞くのさえいやだという先方の答えだったと聞いた。その後一度、偶然に甲武電車で逢った。それは四月四日だった。その後鶴には逢わない」と続く。口も利かなかったことを書き添えるわけでもなく、作品の筋にとっても読者にとってもほとんど意味のない情報だ。しかし、当人にとっては大事なことばかりで、自己本位に展開するわがままな文章だともたしかに言える。

そのあとも、「自分はまだ、所謂女を知らない。／夢の中で女の裸を見ることがある。しかしその女は純粋の女ではなく中性である。／自分は今年二十六歳である。／自分は女に飢えている。」と、短い一文でひらひらと展開する。めちゃくちゃに素人くさい、一見、稚拙な文章だ。事実、へたくそな文章なのかもしれない。しかし、ここには、書き手の息づかいといってもいい、確かな雰囲気が感じられる。一つの欠点もない、やたらに巧い文章と比べ、どちらが読む者の心をとらえるかは歴然としている。

くりかえし出てくる「自分」や「そうして」といった用語にしても、一定のルールにしたがって使用しているようには感じられず、でたらめでないとすれば、せいぜい気持ちのリズムに乗っているのだろう。文末表現の語形も時制も、あるいは一文の長さも同様だ。女に飢えているとか、女の裸を夢に見るとか、こんなじめじめした内容をこれほど簡単に書く人はいない。この作家はただそれだけしか書かない。しかも、行間にたゆたう言外の情緒もない。こんなそっけのない文章が人を惹きつけるのは、そこにあるだけの過不足のない率直さのせいなのだ。からりとした表現態度が除湿の役を果たし、内容からは奇跡的と思えるほどの軽快なテンポが生じた。文面の飛躍が生の躍動のストロークを思わせる。

＊

『友情』からも基本的に同じ印象を受ける。作者自身を思わせる「野島」は、志賀直哉を思わせる親友の「大宮」に、自分が杉子を愛していることを告げる。杉子が自分に好意をもっているのを薄々知りながら、大宮は野島への友情を大事にして、自分が日本にいなければ二人がうまく行くかと考え、単身ヨーロッパに渡る。ところが、杉子は大宮のあとを追う。さすがの大宮も、自分の自然な感情のままに生きようと考え直し、杉子の思いを受け入れ、その経緯を小説に仕立てて野島に送る。

「野島はこの小説を読んで、泣いた、感謝した、怒った、わめいた」末に、「君の惨酷な荒療治は僕の決心をかためてくれた」。淋しくても、君たちには同情してもらいたくないと、対抗意識を剝き出しにして、「仕事の上で決闘しよう」と結ぶ。作家訪問の日に「あの二人が愛し合ったなんてそのときは」気がつかなかったと語った「あの二人」は、この大宮と杉子のことである。録音で確認しながら雑誌のインタビュー記事を起こすのだが、意味がよくわからない発言があって、後日、電話で確認すると、「オーサン」と聞こえる箇所は「王さん」だとのこと。

あの日に訪問した武者小路邸が今では夢のように思い出される。現実にはもう建物は残っていないだろう。跡地は今「実篤公園」という名になっているらしい。が、なぜか、再訪する気にはならない。

中勘助

次に、同じ一八八五年の五月下旬に東京神田に五男として生まれた中勘助をとりあげる。小石川小日向に移り、のちの府立四中を経て一高に進み、夏目漱石に英語を教わる。安部能成、小宮豊隆、岩波茂雄らを識る。東京大学英文科でも漱石に英語を習い、同級に鈴木三重吉がいたという。漱石辞任後に国文科に転科。小宮の推薦で文筆生活に入り、『銀の匙』を執筆して漱石に送る。東京朝日新聞に連載されて広く読まれた。常に文壇の外で活動。

＊

作者自身の幼少期を浮き彫りにしつつ子供の世界を描写した作品。作品名の由来から入ろう。生まれるときに難産で、産後の肥立ちが悪く元気のなかった実母に代わって、連れ合いを亡くした伯母が育ててくれた。幼児期は虚弱体質で知恵の発達も遅れ、また、臆病で人見知りもはげしかったという。その子の口に薬をふくませるために伯母が特別に探してきたのが「銀の匙」だったという。今でも書斎で小箱から取り出して、丁寧に曇りを拭いとって眺めることがある。

生まれた神田から、医者の勧めもあって空気のいい小石川の高台に引っ越す。それからしばらくして、お恵ちゃんという女の子が隣に越して来た。同い年だが、勝ち気で人慣れしていて女王のように君臨する、そういう形で一緒に遊んでいた。泣きまねが上手で、「私」の膝に顔を隠しておいおい泣く。機嫌を直そうと必死になっていると、「さんざてこずらしておいてから」「べろっと舌をだして」笑いこける。「すべっこい細い舌だった」と続くから、それを眺めていることがわかる。父親が亡くなり、母の里に帰ることになったその女の子が、暇乞いにやって来るが、襖の陰で声を聞きながら、なぜか玄関に出て行けない。そうして会わずに別れたことを、「私」はいつまでも後悔する。

ある年の夏休みに友達の家の別荘に一人で滞在していたら、京都に嫁いだその家の姉様が立ち寄り、数日間一つ屋根の下で過ごす。なるべく顔を合わせないようにしていたが、姉様は明日帰るから今晩いっしょに御飯をと誘う。その会食で姉様が梨を剝く場面。「長くそった指のあいだに梨がくるくるとまわされ、白い手の甲をこえて黄色い皮が雲形にまきさがる。ほたほたとしずくがたれるのを姉様は」「皿にのせてくださる」。姉様のほうはさくらんぼを食べるのだが、そのようすを真正面から眺める「私」はこう描きとっている。

「口へいれながら美しいさくらんぼが姉様のくちびるに軽くはさまれて小さな舌のうえにするりと転《まろ》びこむのをながめている。貝のような形のいい腭《あご》がふくふくとうごく」とある。「私」は息をこらして一瞬も見逃すまいと目を見張って、眺めている。この「姉様」の口にふくまれる瞬間のさくらんぼは、ひときわ美しく見える。軽く挾まれるとわかるのも、小さな舌と形容できるのも、男の子がじっと見つめているからである。桜桃が舌の上に転がり込むのを、「するり」ととらえ、「まろびこむ」と美化するのも、まばたきもせずに見つめている人間の個人的な感覚であり、目が釘付けになって心を吸い込まれている作者の主観である。こういう表現の雅を味わいながら、読者もその感動にひたる。

口の中で桜桃を噛むとき、自然に腭も動く。だれでもそういう事実は同じだが、この書き手はそういう動きを見逃さず、「貝のような形のいい顎」と、そこに「貝」を連想する。それをじっと眺めている人間のとっさの比喩表現なのだろう。そうして、その形のいい顎は「ふくふくとうごく」と擬態語で表現される。美しい顎がやわらかな動きを見せ、そういう豊かな感じがしあわせな気分に誘う。

翌日、姉様が別れのことばをかけても、少年はそれに応えることができず、聞こえないふりをして黙っている。美しい姉様の姿が消えてから、花壇に立ち尽くし、泪を拭う。そうして、部屋に戻ると、置いて行かれた水密桃をてのひらで包むように唇に押しあてて、甘い匂いをかぐ。美しい女性に出あった男の子のとまどいが素直に伝わる作品である。

同じ年の生まれからもう一人、最後に、一八八五年一月二十五日に福岡県の柳川に生まれた詩人、北原白秋をとりあげよう。本名は隆吉。北原家は代々海産物問屋として知られたようだが、父の代に酒造業に変わる。柳河藩の城をめぐって水路が造られ、それを交通路としたため、水郷として特異な風物があり、また、切支丹や南方文化が異国情緒を漂わす雰囲気のもとに育った。旧制中学の時代に「白秋」の号で短歌を投稿。早稲田大学英文科に進み、若山牧水と同級になったが、やがて中退し、与謝野鉄幹・晶子夫妻の勧めで新詩社に入り、吉井勇、木下杢太郎、石川啄木、高村光太郎らを識る。森鷗外の観潮楼歌会に出席し、伊藤左千夫、斎藤茂吉らと交わる。処女詩集『邪宗門』、抒情小曲集『思い出』、処女歌集『桐の花』はよく知られる。鈴木三重吉の『赤い鳥』で童謡面を担当し、一千編にも及ぶ創作童謡の多くは山田耕筰らの作曲を得て、広く歌われた。近所の多磨墓地に大きな墓碑が建っている。

＊

ここでは、『桐の花とカステラ』と題する詩的なエッセイをとりあげる。一編はいきなり「桐の花とカステラの時季となった」という唐突な一文で始まる。そうして、「私は何時も桐の花が咲くと冷めたい吹笛の哀音を思い出す」と続く。「吹笛」をここでは「フルート」と読ませる。「花」という視覚的な存在から、「フルートの哀音」という聴覚的な印象を感じとる。

そうして、「五月がきて東京の西洋料理店の階上にさわやかな夏帽子の淡青い麦稈のにおいが染みわたるころになると」と今度は嗅覚に転じ、そこから「妙にカステラが粉っぽく見えてくる」というに触覚がらみの視覚表現に流れこむ。そうして、「若い客人のまえに食卓の上の薄いフラスコの水にちらつく桐の花の淡紫色とその暖味のある新しい黄色さとがよく調和して」と色彩感覚に転じ、「晩春と初夏とのやわらかい気息のアレンジメントをしみじみと感ぜしめる」と、抽象化した触覚表現へと展開する。

今度は、「ばさばさしてどこか手ざわりの渋いカステラ」という触覚的印象が「懐かし」く感じられ、「同じ黄色な菓子でも飴のように滑っこいのは」「ぬめぬめした油絵や水で洗いあげたような水彩画と同様に近代人の繊細な感覚に快い反応を起しうる事は到底不可能である」と、味覚に、視覚における触覚的な要素がかかわることを力説している。

また、「短歌は一個の小さい緑の古宝玉」であり、「古い悲哀時代のセンチメントの精（エキス）であって、「二千年来の悲哀のさまざまな追憶（おもいで）に依て」「悲しい光沢をつけられている」し、「古い日本の笛のような」素朴なリズムが動いているから懐かしく感じる。

自分の「詩が色彩の強い印象派の油絵ならば私の歌はその裏面にかすかに動いているテレビン油のしめりであらねばならねばならぬ。その寂しい湿潤が私のこころの小さい古宝玉の緑であり一絃琴の瀟洒な啜り泣である」と文学芸術を語り、「しみじみと桐の花の哀亮《あいりょう》をそえカステラの粉っぽい触感を加えて見たい」と、またその主題の喩えに戻る。

「声あげて泣く人の悲哀より、一木一草の感覚にも静かに涙さしぐむ品格のゆかしさが一段と懐しい」とし、「じっと握りしめた指さきの微細な触感にやるせない片恋の思をしみじみと通わせたい」

のだという。「風情ある空気の微動が欲しい。そのなかに桐の花の色もちらつかせ、カステラの手ざわりも匂わせたい」と、この比喩をくりかえす。

そうして、自分の作品に欲しいのは「気分である、陰影である、なつかしい情調の吐息である」と、みずからの文学に対する信念を、どこまでも詩的に語った芸術論である。

谷崎潤一郎

翌一八八六年の夏に、東京日本橋の蛎殻町に谷崎倉五郎の長男として生まれる。祖父が谷崎活版所を経営して財をなしたが、相場師の父が稼業に失敗して窮乏生活を強いられ、築地の精養軒に書生として住み込むが、小間使いとの恋愛が発覚して追われる。東京帝大の国文科に進み、小説家志望を固める。なお、弟の精二も創作の道に進んだのち、早稲田大学で英文学の教授として文学部長も務めた。潤一郎は授業料未納で東京帝大を退学したが、『三田文学』の誌上で永井荷風に高く評価され、新進作家としてデビュー。マゾヒズムと女性崇拝の芸術至上主義の作品を発表。関東大震災を機に関西に移り住み、『痴人の愛』『蓼喰う虫』『春琴抄』を経て大作『細雪』にとりかかる。

＊

有名な随想的評論『陰翳礼讃』から入ろう。住宅に関する思いがけないアイディアも示される。たとえば、理想の便所。「トイレ」を丁寧に「おトイレ」と呼ぶと、「音入れ」という連想から、逆になまなましい印象に変わる。たしかに音響を発しやすい場所だから、そういう面でいろいろと神経を遣う。谷崎はできるだけその音を消すためにさまざまな工夫を考える。床には楠の板を張り詰め、木製の朝顔に青々とした杉の葉を詰めると、眼に快いだけでなく、音が立ちにくい。明るくするのは「不躾千万」で、清浄と不浄のけじめをぼかすのがいいと言う。現代生活では実現困難に近いが、美意識はよくわかる。

＊

次に座敷。「元来書院と云うものは、昔はその名の示す如く彼処で書見をするためにああ云う窓を設けたのが、いつしか床の間の明り取りとなったのであろうが、多くの場合、それは明り取りと云うよりも、むしろ側面から射して来る外光を一旦障子の紙で濾過して、適当に弱める働きをしている。」という一文は、百数十字にも及ぶ長いセンテンスだ。続いて、「まことにあの障子の裏に照り映えている逆光線の明りは、何と云う寒々とした、わびしい色をしていることか。庇をくぐり、廊下を通って、ようようそこまで辿りついた庭の陽光は、もはや物を照らし出す力もなくなり、血の気も失せてしまったかのように、ただ障子の紙の色を白々と際立たせているに過ぎない。私はしばしばあの障子の前に佇んで、明るいけれども少しも眩ゆさの感じられない紙の面を視つめるのであるが、大きな伽藍建築の座敷などでは、庭との距離が遠いためにいよいよ光線が薄められて、春夏秋冬、晴れた日も、曇った日も、朝も、昼も、夕も、殆どそのほのじろさに変化がない」と長いセンテンスが続く。「そして縦繁の障子の桟の一とコマ毎に出来ている隈が、恰も塵が溜ったように、永久に紙に沁み着いて動かないのかと訝しまれる」と長々とした文が連続する。

読者がゆったりとした気分で読んでいると、作者は「その夢のような明るさをいぶかりながら眼をしばだたく」として、「何か眼の前にもやもやとかげろうものがあって、視力を鈍らせているように感ずる」と続け、その折の気分をこう綴る。

「ほのじろい紙の反射が、床の間の濃い闇を追い払うには力が足らず、却って闇に弾ね返されながら、明暗の区別のつかぬ昏迷の世界を現じつつあるからである」とそのわけを説明したあと、そんな座敷に入ると、「部屋にただようている光線が普通の光線とは違うような、それが特に有難味のある重々しいもののような気持がし」て、「時間の経過が分らなくなって」、「知らぬ間に年月が流れて、出て来た時は白髪の老人になりはせぬか」と、まるで浦島太郎のような心配が記してある。それを「悠久」に対する一種の怖れと説明するから、読者もそういう気分に浸る。このように、幽明の境に漂う光に「悠久」というものに対する怖れを感じとる、その深い感動的発見には、読者も時を忘れそうだ。

＊

次に長篇小説『細雪』の花見のシーンをのぞいてみよう。大阪船場の旧家蒔岡家の四姉妹のうち、長女の鶴子は本家で婿を取り、夫の転勤で今は東京の渋谷に住んでいる。次女の幸子は貞之助と結婚して蘆屋に住み、悦子という娘がいる。まだ独身の三女雪子と四女妙子もその家に一緒に住み、そこが作品の舞台となるが、ここでは花見のシーンをとりあげよう。毎年、祇園の夜桜に始まり、嵯峨や嵐山などでの花見を終えて、最後に平安神宮の桜を観賞するという豪華な花見の最終日である。そこの紅枝垂《べにしだ》れが洛中でもっともみごとな名花で、今や京洛の春を代表するという。最終日のそれも「最も名残の惜しまれる黄昏の一時を選んで」神苑の花の下をさまよい、池のみぎわ、橋のたもと、廻廊の軒先などに咲いている桜の前で嘆息し、「限りなき愛着の情を遣る」。目をつむれば一年中、花の姿が瞼に浮かんでくるという。

「毎年廻廊の門をくぐる迄は」もう遅くはないかと気をもみながら、「あやしく胸をときめかす」、今年も同じ思いで門をくぐると、「夕空にひろがっている紅の雲を仰ぎ見」て感嘆の声を放つ。一年もの間、待ちわびた瞬間だ。桜花のあえかなピンクのひろがりを「紅の雲」ととらえる古典的な発想も、伝統行事を語るこの文章にしっとりと融けあい、雅の世界を謳いあげる。

しかし、作品の視点人物である幸子の胸には、同時に複雑な思いが去来する。今年も雪子が同行し、花の下にその姿を眺められるのは喜ばしいが、いつも来年はもう嫁に行っているだろうと思い、当人のためにそれを望む。幸子は満開の桜を眺めながら、「花の盛りは廻って来るけれども、雪子の盛りは今年が最後ではあるまいか」と思う。婚期を逸しかけている妹を傷ましく思う幸子の複雑な気持ちが伝わって、読者の心もうっすらと翳る。

こうして、今を盛りと咲き誇る桜と、美しさの絶頂をまさに行き過ぎようとしている清楚な女性とが、読者の目に二重写しになる。はなやかな自然の奥に、人の心の哀しみを描きとる作者の表現のありようが、文章の奥行をひろげる。

首だけが、ひとりでに高く登って行く様な気持ち

里見弴

それから二年後の一八八八年の七月半ば、横浜に生まれた里見弴をとりあげる。本名は山内英夫。父の有島家は島津藩、母は南部藩の流れを汲むというが、母の弟の養子となり、山内家を継ぐ。長兄武郎は小説家、次兄生馬は洋画家として知られる。学習院を経て東京大学に進むも中退。志賀直哉・武者小路実篤らのいる白樺派に参加。唯美と倫理との揺れを心理の彩で掬いとると評され、語り口の巧みさから「小説家の小さん」とも呼ばれた。作中人物の息づかいまで伝わるような短篇『椿』はその極致。会話は「まごころ」哲学の具象化とされる。『多情仏心』や『銀次郎の片腕』『極楽とんぼ』など。

＊

例の作家訪問という月刊雑誌の企画の第六回として、一九七六年の三月二十五日、鎌倉の里見弴を訪ねるために「山内」という表札の出ている門をくぐった。「作品の幅」という問題から入り、『善心

悪心』『或る年の初夏に』といった自伝風の作品と、『桐畑』とか『美事な醜聞』とかといったフィクションとを交互に書くという噂から入った。すると「昔話みたいなことになっちゃうけど」と前置きして、「自分自身をそのまま出したくなることもあるし、自分から見た傍《はた》を書きたくなることもあらアな」と認め、「代わり番こ」ということはないという。「まず主人公がいて、その奥に作者がいて、一番奥に山内英夫という個人がいる」と考えると、『桐畑』に「親身の兄弟よりもはるかに仲のいい友達だった」という地の文があって、（兄弟というものは、大抵の場合、存外隔てのあるものだが）といった注釈がつく、この種の添え書きは、作品を効果的に仕立てるための語り手の配慮なのか、それとも作者が顔を出すのか、どういうレベルのものかを問うと、「ずぼらでやってたように思うよ」というそっけない応答。

『縁談窶《やつれ》』という作品で、地の文の中に「薄気味悪く笑いかけて」とか「いやに若々しい」とかと出てくるが、そう感じているのは語り手か作者かと問うと、「それが作者の語彙」。『俺だって』という考え方が、すぐ『俺が』になり、続いて、『誰よりも一番俺が』まで行ってしまった」とあるのは、ことばへの関心が生のまま現れた典型だと指摘すると、「癖ってもんだろう。鼻の脇を掻く人だの、頭を掻く人だの、いろいろあらァな」と応じ、「君の言うことにこだわっちゃうと、面白く話ができないから、承知で誤解も挟んで、君の言うことと違うことも話す」と解説する。初めから「最大な意義」とあれば、すうっと読めるのに、その前に「或は」がついたり「と云うより」と続いたりするから、読者としては、そこに作者というものの存在を意識すると感想を挟むと、「ああ、そうか。そりゃ君の新発見かもしれねえや」とからかわれる。会話の写実度ということで、「そい（れ）から」「こけえ来て」と崩したり、「従来」に「これまで」、「行為」に「しうち」とルビをつけたりという例を並べ、「稚拙」を「へま」と読ませる例を加えると、「ありゃうまい」と何人かに言われたと嬉しそうな表情をする。

そうして、泉鏡花は小説を書きながら、たとえば「傘をさそうとしたら月が出ていた」という場面で、実際そういうしぐさをしたことを述べ、自分の場合は口の中で言ってみるぐらいのことはする、だから知らない人には変に思われるという体験談もうかがった。最後に文章観を問うと、言い足りなくては意味が通じないが、よけいなことばは一つも入れない、つまり「過不及なし」、それが君の質問に対する答えだな、と信念を語った。全般的に「だいたい、君はだナア」という調子で、ざっくばらんに本音を「過不及」なく述べる。

＊

まずは短篇『椿』。文章が巧すぎると呆れられたこの作家が、みごとな描写で腕の冴えを示した作品である。「三十を越して独身の女」が「臥《ね》ながら講談雑誌を読んでい」る、そばに並べて敷いた寝床で、その姪にあたる「二十歳の娘」が寝息もたてずに眠っている静かな夜ふけ、パサッという音で眼を覚ました娘が、床の間の大輪の椿が散ったのに気づき、その真赤な花を「血がたれてるよう」だと気味悪がる。そういう目で見ると、電燈の覆いのせいで屛風絵の元禄美人が「死相を現わしている」ように見え、恐怖におののく。叔母のほうはとりあわずに蒲団をかぶる。たかが赤い椿とわかると、これほど恐怖を覚える自分が奇妙に感じられる。森閑と寝しずまった夜ふけで声を出して笑うのははばかられる。叔母のほうも笑いをこらえ、息苦しい時間が流れる。ついにこらえきれずに笑いをもらすが、声がたてられない。声を抑えた二人の笑いが、女の部屋のあでやかな空気を揺るがして広がってゆく。わずかそれだけの筋だが、女の息づかいはもちろん、体臭までが伝わってくる名場面として、その語り口は名人芸と賞讃された。「うますぎる」という評価さえあったほどだ。

「だしぬけに叔母が、もう耐らない、という風に、ぷッと噴飯すと、いつもなかなか笑わない人に似げなく、華美《はで》な友禅の夜着を鼻の上まで急いで引きあげ、肩から腰へかけて大波を揺らせながら、目をつぶって、大笑いに笑いぬく」。その「可笑しい心持」が「姪の胸へもぴたりと来た。で、これも、ひとたまりもなく笑いだした。笑う、笑う、なんにも言わずに、ただもうくッくと笑い転げる……。それがしんかんと寝静った真夜中だけに、――従って大声がたてられないだけに、なおのこと可笑しかった。可笑しくって、可笑しくって、思えば思えば可笑しくって、どうにもならなく可笑しかった……。」として一編が結ばれる。「結ぶ」というよりも「はてしなく広がる」ような末尾である。

こらえきれずに漏れた笑いが波のように広がり、どうにも止まらなくようすを活写したあと、「笑う、笑う、なんにも言わずに、ただもうくッくと笑い転げる」から「可笑しかった」。可笑しくって、可笑しくって、思えば思えば可笑しくって、どうにもならなく可笑しかった」の文章に見られる息苦しいほどの反復リズムは、まるでそれ自体が笑いの模写ででもあるようにさえ感じられる。真夜中で大声を出せないためによけいに募るおかしみが、読者に感覚的、生理的に伝わってくる文章である。

＊

次に『父親』の前半の一節と末尾をとりあげる。「きん助は、愛嬌笑いをして、マッチ箱ほどの小さな髷へちょっと手をやってみながら、――花崗石《みかげ》の甃石《しきいし》に利休の歯を鳴らしながら、女湯の格子戸に手をかけた。そこには、二月末の弱弱とした夕陽が、塀の外へいやにひねくり出した赤松の影をうつしていた」と、「きん助」という老妓のちょっとしたしぐさと、その女の目に映る冬の終わりの風景を描きとっている。「いやに」というあたりに、そう感じている「きん助」の視点が投影している。

　この齢になるまで客というものに寄生してきたきん助は、引退した今でもそういう習性が抜けない。さんざん飲み食いをして金も払わずに帰って行く昔の客「木田」を憎々しげに見送りながら、「おてる」と道で出会うことを気にする。たがいに知らないはずだが、実の父と娘だからである。「ドキドキと、胸が高く鳴り出した。舌の上に苦い味がのぼって来た。と思うと、全く思いがけない泪が、頬骨の飛び出したきん助の頬を伝って流れ落ちていた……。」として改行し、「夕立めいた、激しい降りになって来た……。」という一行を投げ捨てて、作品は消え終わる。このあたりも、老妓の感覚に映じた夕立の風景なのだろう。

＊

　もう一つ、『縁談窶』を例に、会話の間合いを堪能しよう。「お前さん、それをすっかり聞いてたのかい」「ええ、聞いてたわ。だって、お茶の間にいたんですもの、いやでも聞えて来るじゃァないの」「いやはや、押しの利かねえことおびただしいもんだね」「え」「いいえさ、子供というやつァ、うっかり油断がならないッてことさ」と、「小父さん」と「都留子」のやりとりが続く。また、「でも、御幸福だわね」「え？　誰が？」「小父さんだって、あの方だって」「御幸福は恐れ入ったな」と続き、「ますます苦笑いで」という地の文の切れ端を挾んで、また「然し、男と女とが一緒に住んでりゃァ、それで御幸福と思えるくらいが花かも知れないよ。小父さんも、もう一度そういう気持になってみたい」「あら、可厭《いや》だ！　そういうわけじゃァないけど……」「いいよ、わかってるよ」と会話だけが続く。

話は何となくつながっているものの、ことばが指し示す情報で論理的に展開するわけではない。「聞いてたのか」という小父さんの問いに「聞える」と答えるあたりは意味の連関がたどれるが、それに対する「押しの利かねえ」は意味のつながりではなく、とまどいをつぶやいているだけだ。都留子が「え」と聞き返すのは、その間の論理の隙間をとっさにうめられないからである。その「え」に対する「いいえさ」という応じ方も、子供は油断がならないという次のことばも、相手の問いにまともに応じていない。都留子の受け答えも同様だ。どの受け答えも、論理的な情報にまともに応じることなく、関連の及ぶ範囲で微妙にずれている。

こういう不即不離の切れ続きで、情報べったりのやぼったさを回避し、風通しのいい展開がすっきりとした流れを実現し、作品の粋なふくらみを印象づけるのだろう。

内田百閒

翌一八八九年生まれの四人の作家のうち、まず五月末に生まれた内田百閒をとりあげよう。岡山の造酒家の一人息子として生まれ、祖父の名を継いで本名は栄造。百閒とも百鬼園とも号した。岡山中学時代から琴や書をたしなむ異色の生徒だったという。旧制の六高在学中に俳句を始め、また写生文を試みて夏目漱石に送って批評を受ける。東京帝大独文科に進学し、胃腸病院に入院中の漱石を訪れて、門下生に加わる。木曜会で小宮豊隆、鈴木三重吉、森田草平らを識る。陸軍士官学校、法政大学などで教鞭を執る一方、『漱石全集』の編纂で原稿整理や校正を担当。この時期の日記がのちの『百鬼園日記帖』となる。幻想的小品『冥土』、『山高帽子』や『凸凹道』を経て、『百鬼園随筆』で地位を固める。戦後は小説『サラサーテの盤』『贋作吾輩は猫である』『実説艸平記』のほか、随筆の阿房《あほう》列車シリーズが人気を博す。芸術院会員の推薦を受け「いやだからいやだ」という理由で断る。世間では偏屈扱いするが、当人としてはいい気分で本望だったことだろう。ひょっとすると、尊敬する漱石があくまで博士号を拒否した一件に憧れた面もあったかもしれない。

＊

まずは『特別阿房列車』から入ろう。「一番いけないのは、必要なお金を借りようとする事である」と、意表をつく文がいきなり出てくる。「必要のない金を借りる」とあれば「いけない」というのは予測がつくが、通常、金を借りるのは「必要」だからであって、明らかに常識に反している。読者がどういうわけかと次を読むと、「借りられなければ困るし、貸さなければ腹が立つ」と素直に続き、何の説明にもなっていない。

今度は「必要になった原因」を比較する。「道楽の挙げ句だとか、好きな女に入れ揚げた穴埋めなどと云うのは性質《たち》のいい方で、地道な生活の結果脚が出て家賃が溜り、米屋に払えないと云うのは最もいけない」と続く。ここでも「道楽」より「地道な生活」のほうが「性質が悪い」という、世間の常識と逆転した主張だ。このように非常識な判断が重なるのは、借りる側の事情ではなく、貸す側の心理に重点があるからだ。つまり、借金における善悪は、借りる側と貸す側とで逆転するからだ。この発想は、みずからの体験に発するらしい。借金しようとしたら友人が「放蕩したと云うではなし、月給が少くて生活費がかさんだと云うのでは、そんな金を借りたって返せる見込は初めから有りゃせん」と言ったという。返せるはずのない金を借りるのは先方の迷惑になるから悪い、いたって論理的な価値判断である。人情の世界とは両立しない。

＊

『山高帽子』に移る。顔の長い同僚に一言「貴方の顔は長い」と言ったら、相手はすかさず「貴方の顔は広い」と反撃し、「一月ぐらい前から見ると、倍ですよ」と言う。そこで、「寝てばかりいるから太るんですよ」と言いわけすると、「いやいや、それは太ったと云う顔ではありません。ふくれ上がっているのです。はれてるんです。むくんでるんです」と病的に扱う。「思わず自分の顔を撫でた」ら、敵は「もう一息で、のっぺらぼうになる顔です」ととどめを刺す。その鬱憤を晴らすために、相手の顔の長さをあてこするだけの目的で、手紙を半日かけて制作する。その労作には印刷の難しい箇所もある。

「長長御無沙汰致しました」という手紙らしい挨拶で始まる。「長々」でなく「長長」となっているが、ここまでは特に不自然な感じはない。ところが、直後に「と申し度いところ長ら」と続く。ここには「長い」という意味がまったく含まれていない。無理にも「ナガ」という音を探して「長」という漢字をあてはめて、「長」の字をちりばめ、「長」の模様を描きたいのだ。「光陰が矢の如く」の次も「流れ」でなく「長れても」、「流し目」も「長し目」、「眺めて」も「長めて」と書く。それどころか、「まっくら長（なガ）ラス戸の外に、へん長（な柄）らの著物を著た若いおん長（女が）たっている」と続き、その女が「長し目」をして消える。そして、「ふしぎ長（なが）っかりした気持」がするのである。

それでも気が済まない場合は、「生憎なんにも用事」の次に、「長」の字を上下逆に書いて「い」を送り、「用事がない」とむりやり読ませる離れ業まで演ずる。もはや「子供っぽい」という段階を超えて執念さえ感じる。「長」のちりばめられた滑稽な模様が哀しい。

＊

次は『掻痒記』の比喩的な誇張を鑑賞したい。頭が痒くなり、朝起きてみると、夜中に引っ掻きまわしたらしく、むしりとった髪の毛が「掃き集める程散らばっている」。湿疹らしいから乾かしたほうがいいと、洗わないでいたら、「頭の痒さは言語に絶する」までになった。仕方なく大学病院の皮膚科を受診すると、看護婦が鋏で頭を刈る。その「やり方が痛烈を極め、髪の毛を切っているのだか、頭の地を剪み取っているのだか」解らない。それが気に入って、「深く頭の皮を剥いでくれればいい」と思う。治療が済んで頭に包帯を巻くと「白頭巾を被った」ようになる。その巻き方がきつかったので、頭の周りがぎゅうぎゅう締めつけられ、「何だか首を上の方に引き上げられる」ような感じになる。そのせいで、首だけが、ひとりでに高く登って行く様な気持がして、「上ずった足取りで家に帰って来た」と比喩的な誇張表現が続く。感覚と心理が通いあう百閒独特の表現に酔っているうちに読者は笑いが込みあげる。

＊

次は身につまされる『居睡』。陸軍幼年学校では、精神鍛錬の結果、生徒は「姿勢を崩さないのは勿論の事、ちゃんと眼を開いたまま、正面を向いて居睡りをする」という。教師時代の体験らしく、あてても反応がないので、慣れない教師は面くらう。落語家の志ん生はどうだか知らないが、教員側が講義中に居眠りを始めたという話は聞かない。だが、先生も人間だから、大学の演習などで、学生が長く発表している時間はおのずと眠くなる。百閒は自身の体験なのか、そういう折の心理を「眠いだけならいいけれど、時時辺りがぼんやりして、何も解らなくなる」と迫真の筆致で伝える。「学生の声も聞こえている様な、いない様な、妙な工合になる。それから、しんとしてしまう」というのである。いびきをかく百閒は、いびき以上に、いびきが「咽喉にひっかかり、ぐわばっ、という奇声を発した途端に、はっと思って目がさめるのではないかと云う懸念」が大きかったという。

日常茶飯事に近い学生の居眠りに比べ、教員側の恐怖ははるかに深刻だ。眠るのではないかと考えただけでぞっとする。百閒も同様だったらしい。仮に自分が居眠りしていびきをかいても、学生たちは「それを荒だてて、兎や角云うような不行儀な事はしそうもない」。だから困るのだという。「何事もなくすんだと云う事は、私の鼾をかかなかった証拠にならない」から「いつも不安に堪えない」というのだ。体験者にしかわからないそういう気持ちを、百閒は論理的に記述する。教員経験者にとって笑っている場合ではないが、無性におかしいことにかわりはない。

＊

もう一編、『弾琴図』を紹介したい。大学騒動で法政大学を退職した。それを百閒は「やめられて」と書く。ようやく退職の希望が叶ったというニュアンスが生ずる。ともかく通勤して授業をする必要がない。家に坐って考えてみると、「顔と云うものがいらなくなった」と極端な言い方をする。他人と顔を合わせる必要がなくなったからだ。それでも、むろん「目や口が、急になくなっては困るし、鼻はなくても済むように思うけれど、有れば有ったに越した事はない」と続く。そうして、そういう「道具がもとの儘に残ってさえいればいいので、そう云うものを並べた配置から生ずる顔は、不用になった」と、きわめて論理的に運ぶ。書いてある限りでは筋が通るが、よくそういう発想が思い浮かぶものだ。

人に会わないから、顔は自分でなでる以外に用がない。そこで無精をきめこんだら、鬚が伸びてきたが、学生に会うわけではない。通行人が変に思っても「そんな知らない人に対してまで」「気をつかってはいられない」。顔のあちこちが痒くなってきたが、「時時掻くのも楽しみの一つ」とほっておいた。人を訪問する気はないし、相手が訪ねて来て驚くのは先方の「自業自得だから」、こっちの知ったことではないと、ここもきちんと筋が通る。

しかし、髪も鬚も伸び放題にしておいたら、鏡に映る自分の人相が物騒に見えてきた。やむなく久しぶりに行きつけの床屋に出かけると、親方に「どうかなさいましたか」、お風邪でもと問われ、否定したら、とたんにものを言わなくなった。相手の心中をあれこれ推測する。病気でないとすると、しばらく留置所に入っていたと疑うかもしれない。留置所にも床屋があるから、さっぱりして出られるらしいが、親方は知らないだろう。いろいろ気をまわして疲れたので、次回は百何十日ぶりに今度は初めての店に出かけた。今度は前回以上にぼさぼさで汚いから、親方が留置所の理髪施設を知っていれば、脱獄かと疑うか、頭の調子が正常でないと思うか……と気を遣っているうちに、「うっかり顔の筋を動かす事も出来なくなった」とある。この客の気のまわしようが、きわめて理にかなっていて説得力がある。読者も顔がこわばって、背筋を動かすにも気を遣う思いに駆られる。

久保田万太郎

同じく一八八九年に生まれた作家として、次に五月初旬に東京浅草の袋物製造業の家に生まれた久保田万太郎をとりあげよう。慶応義塾普通部のころから文学書に親しみ、文科に進む。前年に永井荷風が創刊した『三田文学』に小説を寄稿、一方、戯曲を小山内薫に認められて幸運なデビューを果たし、泉鏡花の知遇を得る。母校の作文教師の職を辞し、東京放送局の嘱託として愛宕山に通って演出に取り組む。文学座を創立し、新派のための脚色を手がける。繁栄している世界より、滅びゆくものを悼む作風で、独特の間を重視した抒情的な作品を残している。代表作に『末枯』『春泥』『市井人』『うしろかげ』など。あくまで余技と称した俳句でも、「神田川祭の中をながれけり」「湯豆腐やいのちのはてのうすあかり」など多くの名品を残した。相撲放送に招かれて即興の句を披露していたようなぼんやりした記憶も甦る。梅原龍三郎邸で会食中に赤貝を誤嚥して窒息死したとされる。

＊

例えば『雨空』は、「姉さんが好きだった。……約束もした。……だが、そんな……そんな約束なんか反故みたいなものだと思って断念めようとした。……だけど、駄目だ。断念められねえ。……。……ただ、お末ちゃん、お前が、……お前が優しくして呉れるので立つ瀬が出来た。……俺は、改めて、お前に、礼をいうぜ」という調子で流れる。『春泥』も「一杯」はじめた時分。――八丁堀の空にも雨はふっていた。……みぞれをまじえたその雨がかれの耳にも冷え冷えと音をたてていた……」という流れである。このように、文面に「……」というリーダーが、あるいは「――」というダッシュが頻繁に出てくるから、読まなくても眺めただけで、この作家の作品とすぐわかる。語りに時間的な空白を置いて、心理的な間を暗示して、ことばにできない、言いよどんでいるけはいを暗示し、何かを言い残している雰囲気を伝える。まさに芝居の演出である。

＊

ここでは『末枯』の一節をとりあげよう。「べったら市が来た。」という極度に短い一文は、それに続くしっとりとたゆたう語りの流れを引きしめ、抒情に流されるのを防ぐ。

そのあと、「……東京の真中に遠いこのあたりには、毎日、暗い、陰鬱な空ばかりが続いた。そうかといって降るのでもなかった。八幡さまの銀杏がいつか裸になって、今戸焼屋の白い障子、灰いろをした瓦竈。そこに、坂東三津五郎の住居の塀のはずれに、隅田川のドンより無精ったらしく流れているのが窺われた。」とある。

そこで改行し、「鈴むらさんは朝湯……といってもそれはもう十時すぎ……のかえりにブラブラ中の渡しのほうまであるいた。今戸橋の近所のことにすると、其処いらは、末枯の、どこか貧しい、色の褪めたような感じのするところだ。寺がたくさんある。……ある寺の門の前に、「あやしき形に紙を切りなして、胡粉ぬりくり彩色ある田楽みるやう、裏にはりたる串のさまもをかし」と一葉が「たけくらべ」のなかに書いたような熊手の仕事をしている家があった。」と続き、「……鈴むらさんは来月はもう酉の市かと思った。」と段落を閉じて改行する。去り行く東京の下町情緒と季節感をあざやかに切りとった一節である。

この作家特有の、度重なるリーダーの使用で間合いをとり、その隙間から抒情の風をとりいれる手法は、ほかにも効果的な例が多い。このあたりもそうだろう。「主人に言葉をかけられて、年をとった病身な犬は、甘えるように、鈴むらさんの膝のそばへ来て体を擦りつけた。……日本橋時代からの奴僕《しもべ》だ。……日本橋から深川、深川から浅草、十年あまりの間、主人とすべて運命をともにして来た殊勝な奴僕だ。……鈴むらさんも、鈴むらさんの御新造も……ことに御新造は幼児のように鍾愛《いっくし》んだ。」という流れである。

たびたびリーダーを挟んで時間的な空白を意識させ、たっぷりと思い入れを吹き込む箇所は多い。おそらく読者は、単なる時間の経過として受けとるよりも、語り手の支配する主体的な時間にとけこんだ、言いよどみや沈黙という、語りの間として心理的あるいは生理的に読みとることだろう。それが久保田万太郎の文学空間である。

うれしさ、恥ずかしさのやり場はこれ以外になかった

室生犀星

同じく一八八九年八月初旬に金沢市裏千日町に生まれた室生犀星をとりあげる。本名は照道。小畠と名乗る父親の小島は加賀藩士で、廃藩置県後は道場で剣術指南したが、すでに隠棲して果樹などを栽培していた。妻に先立たれた父と、女中との間に生まれた子だが、世間体を恥じて命名もせずに、近所の赤井ハツの私生児として出生届が出されたという。ハツは真言宗の寺の住職、室生真乗の内縁の妻である関係から、住職の養子として室生の姓を名のる。ハツのヒステリックな虐待を受けながら、雨宝院の庫裏で育つ。実父が死去し、実母が行方不明となって以後消息が知れなかった。金沢の高等小学校を中途退学し、裁判所の給仕をしながら、裏町の宗匠に俳句の手ほどきを受ける。一方、北原白秋の作品にふれて詩への情熱が高まり上京するも、窮乏に耐え切れず金沢に戻る。そこでも文学仲間の中傷に苦しみ、失恋もあって東京に戻るが、放蕩、無頼の生活を送りながら、「ふるさとは遠きにありて思ふもの」など、『小景異情』を発表して屈折した心情を歌いあげた。

白秋主宰の雑誌に発表した詩を歌人の斎藤茂吉に高く評価され、まだ無名だった萩原朔太郎から感

動の手書きの便りを受けとって盟友関係に入る。詩壇に注目されて山村暮鳥、佐藤春夫、高村光太郎らを識る。養父真乗の死後、寺を手放し、自分の生家で金沢在住の小学教員淺川とみ子と婚礼をあげたという。詩に行きづまりを感じ、すでに芥川や谷崎と知り合ったことも影響して、小説の勉強を始め、雑誌『中央公論』に投稿した『幼年時代』が掲載されることとなり、続いて『性に眼覚める頃』も発表されて新進小説家としても文壇に登場する。『あにいもうと』のあと、戦後はしばらく低迷したが、自分の生涯と娘の生き方を描いた長篇『杏っ子』が東京新聞に連載されて人気を博したほか、『かげろふの日記遺文』などの王朝ものも手がけた。

＊

詩人の犀星が小説を書き出して間もない時期の作品『愛猫抄』は、ぼんやりと始まり、ぼんやりと終わる。「その白い哀れな生きものは、日に日に痩せおとろえてゆくばかりで、乳も卵もちょいと眺めただけで振りかえりもしなかった」という書き出しを読んでも、いきなり「その」という指示詞で書き出され、それが何を指すかさえ示されない。その「生きもの」の名前がないばかりか、魚なのか虫なのか飼い犬なのか、あるいは生まれたばかりの人間の赤ん坊なのか、読者にはそれさえも知らされず、ぼうっとしたまま作品世界へ引き込まれる。

次の文を読むと、「綿のように柔らかい毛並みはみな尾の方になびき」だとか「小さい鼻からひいひい息をはずませる」だとかと、そのヒントはあるものの、依然として生きものの種類は特定できない。その次の文を読むと、「目ばかりがうっとりと美しく優しい明りをもっていて」とある次に「蠅や蛇を詮方なくうるさそうに、永い間熟視ていたり」とヒントは増えるが、まだ何という生きものなのかはっきりしない。

こうして読者をぼんやりとした雰囲気に誘いこみ、その次の文で「女はその白い猫をよく抱きあげて」とようやくその「生きもの」が「猫」であることを伝える。女に可愛がられている死にそうな猫は、そのあとも「かれ」とか「生きもの」とかと曖昧な存在に描かれる。猫だけではない。女が「なまじろく、うどんのような捩れたかおをしながら、しずかに、ふふ……と微笑った」り、作品全体が曖昧模糊と描かれるのだ。

恩人が危篤だという電報が届いて、死人の顔を見るのはいやだなと思いながら駆けつけると、予感どおり白い布がかぶさっている。そして帰宅すると、「白い生きものがまだ眼をあけたまま柔らかくなってい」て、女が「お出かけになると間もなく息を引とりました」と、「くしゃりと潰れたように、脊骨を抜かれたもののようになって坐り込んで、顔は真白になって」いる。

そうしてラストシーンに流れこむ。「女は突然、愚かにも言い出した。／「あした掘って見ましょうか。」／「何を掘るんだ。」男は問い返した。「あそこに猫がいるかどうか……。」／と言って女は執念深い蒼白い顔をさっと微笑ませた。まるで彫ったような深い、砥石のように冷たい顔だった。」とあり、二人は永い間見つめ合う。男が女の言ったことばをくりかえすと、「女が硫黄のように蒼く烟があがっているように見えた……。」として、作品そのものも、まさに烟のように薄れて消えてしまう。現実と妄想とのけじめも定かでないこの物語の展開の果てにこの結び。結ぶというよりもぼんやりと消えてゆく。

＊

今度は東京新聞に連載されて人気を博した『杏っ子』の、やはりラストシーンをとりあげよう。変な親子がある。「親父だか友達だか、どこからか、雇われて来た口達者な男だか判らない奴がぬけぬけと喋った」とある、まさに友達みたいな親子だ。父は小説家。その娘は小説家志望の男と結婚するが、その夫は小説家として身を立てることができず、やけを起こして、義理の父に反抗する。その荒れ果てた小説家崩れの夫との間で悩む娘は、ついに夫を思い切り、父親のもとに戻る。

ところが、この変わったほんものの小説家は、世間一般の父親とは違い、腫れ物に触るような扱いはしない。それどころか、むしろ積極的に、その失敗した結婚生活の話にふれ、「四年間の分をみんな遊べ、おれと出かけろ」とけしかける。それどころか、「出来るだけ綺麗になれ、かまうものか、べたべた塗れ」とけしかけ、「おれがよその女と口をきいても妬くな」と、世間では避けるような話題をことさら口にして刺激を強める。

娘のほうも同様だ。亭主という「兵営」から戻って来た、この若い女の兵隊は、「紅い肩章に黄いろいズボンをはいて」、「唐時代の官女のように、頭のてっぺんに髪を結いあげて」登場する。人生のやりなおしにふさわしい異様ないでたちだが、親と子のユーモラスな対話にはぴったり。「男なんかいないと、さばさばするわ、生れ変ったみたいね」と、奇妙な親の期待に応える。

そうして、ラストシーン。「この憐れな親子はくるまに乗り、くるまを降りて、街に出て街に入り、半分微笑いかけてまた笑わず、紅塵の中に大手を振って歩いていた」と、リズミカルにステップを踏んだまま、作品を通り抜ける。親離れ、子離れの悪いべたべたした親子関係に見えて、実はその対局にある。たがいに相手の人格を尊重して、さっぱりとつきあう。どこか漫才もどきの対話の奥に、離婚の痛手を忘れようと気負っている娘と、それをありのまま受け入れようとけしかける父との深刻な冗談。「憐れな親子」の踏む軽いステップの奥を、人生の哀しみが流れ去る。

岡本かの子

同じ一八八九年生まれの作家から、もう一人、三月初めに東京赤坂の青山南町で生まれた大貫カノ、のちの岡本かの子をとりあげよう。大貫家は大地主で幕府の御用商を務めた旧家。兄の一人は一高・東大で谷崎潤一郎らと『新思潮』を創刊した文学青年で、かの子はその影響で早くから文学に目覚めたらしい。跡見女学校在学中に与謝野晶子に師事し歌才を認められていたが、当時の画学生、のちの漫画家の岡本一平の求愛に応じて結婚し、翌年に岡本太郎が誕生。一家をあげての渡欧から小説に挑戦、芥川をモデルにした『鶴は病みき』で足がかりをつかみ、『母子叙情』『老妓抄』ほかの名品を残した。

＊

ここでは小説でなく『秋の七草に添えて』と題する随筆をとりあげる。「たゆたい勝ちにあわれを語る初更のささやき、深くも恥らいつつ秘むる情熱――これらの秋は日本古典の物語に感ずる風趣である。秋それ自身は無口である。風と草の花によって僅にうち出ずる風趣である」と語ったあと、「萩、桔梗、女郎花は私に山を想わせ、刈萱は河原を、そして撫子と藤袴は野原を想わせる」とみずからの連想を語る。

「すんなりと伸びた枝先にこんもりと盛り上る薄紅紫の花の房、幹の両方に平均に拡がる小さい小判形の葉。朝露にしっとりと濡れた花房を枝もたわわに辛うじて支えている慎ましく上品な萩。地軸を揺がす高原の雷雨の中に葉裏を逆立て、今にも千切り飛ばされそうな花房をしっかりと抱き締めつつ、吹かるるままに右に左に無抵抗に枝幹をなびかせている運命に従順な萩。穏やかな秋の陽差しの中に伸び伸びと枝葉を拡げている萩。」とその姿を描いたあと、比喩的な連想を展開する。

そうして、「萩は田舎乙女の素朴と都会婦人の洗練とを調和して居るかと思えば、小娘のロマン性と中年女のメランコリーを二つながら持っている」とし、「その装いは地味づくりではあるが、秘かな心遣いが行き届いている」と連想ゆたかに描きとるのである。

坪田譲治

その翌年の一八九〇年生まれの作家から、まず童話の坪田譲治をとりあげよう。三月初旬に現在の岡山市に生まれた。早稲田の予科に入学したころからトルストイに傾倒し、また、国木田独歩の作品を愛読。大学の同級生に、のちの批評家の青野季吉、作家の直木三十五らがいたらしい。結婚して早大の図書館に勤務し、また、童話の小川未明の門に出入りする一方、東大独文の相良守峯らと同人雑誌を刊行し、『正太の馬』を発表して児童文学の畑でスタート。しばらくして鈴木三重吉主宰の『赤い鳥』に『河童の話』を発表して童話作家の道を歩み始める。山本有三の勧めで『善太の四季』を発表。東京朝日新聞に『風の中の子供』、都新聞に『子供の四季』を発表。小川未明没後は童話作家の最長老として新人作家の育成を図り、童話雑誌「びわの実学校」を創刊。

＊

作者が子供になりきって描いた『風の中の子供』から、子供の姿を生き生きと描き出した実例を紹介しよう。善太と三平の父親が陰謀にはまって私文書偽造の罪を着せられ、警察に連行されて、財産も差し押さえられる。母親は足手まといになる下の子を自分の兄の家に預け、上の子に家事を手伝わせながら、自分の働き口を探そうとしている。ところが、三平は高い松の木に登ったまま日が沈みかけても家に戻らなかったり、河童を見てくると言って姿を消し、青年団が山狩りする騒ぎになったり、この子は危なくて預かりきれないと親もとに連れ戻される。そういう場面だ。

「善太がお使から帰って来ると、玄関に子供の靴と女の下駄がぬいであった。「三平らしいぞ。」／思わず微笑が頬にのぼって来る。それでも真面目くさって、／「唯今。」と、上にあがって行く。座敷で、お母さんと鵜飼のおばさんとが話している。お辞儀をして側に坐る。「三平チャンは？」とききたいのだけれど、何故か、その言葉が出て来ない。立って、その辺を歩いて見る。茶の間にも、台所にも、奥の間にもいない。玄関の帽子掛けにチャンと三平の帽子があり、その下に背負いカバンも置いてある。聞かなくても、三平は帰っている。此度は外へ出て見る。柿の木の下へ行って見ると、そこにお母さんの大きな下駄がぬいである。」と続く。

むろん、善太たちのお母さんが木登りしているわけではない。そこには「三平がのぼっているのである」と明記してある。子供の小さな足で大人用の大きな下駄を突っかけて柿の木まで行ったと善太は考えているからであり、もしも玄関にあれば、「大きな」とは書かなかったはずだ。その下駄を見つけて善太はすぐに木登りを始める。「木の上で、二人は顔を合せた。ニコニコして見合ったのであるが、言葉が出て来ない。一週間ばかりしか別れていないのに、二人とも少し恥しい」。いつまでもニコニコしあっているわけにもいかず、三平が木をすべり降りると、善太も降り、「やい、三平」と誘うと、「何だい」と応じ、二人は取り組む。「うれしさ、恥しさのやり場はこれ以外になかった」と、ここでようやく作者の解説が続く。

日夏耿之介

同じく一八九〇年の二月下旬に長野県の伊那飯田に生まれた詩人、英文学者の日夏耿之介をとりあげる。サトウハチローは若いころ、「耳」偏に「火」と書く「耿」の字が読めず、「ふけりのすけ」と読んでいたことを面白おかしく書いているが、正しくは「こうのすけ」と読む。本名は樋口国登。先祖は清和源氏につながる名門という。飯田中学で雑誌を編集。早稲田の高等予科に進み、西條八十らと詩の雑誌を創刊。英文科卒業の年に芥川龍之介、西條八十らと愛蘭土《アイルランド》文学会を起こす。早大文学部に勤務。外国の詩の翻訳も多い。『明治大正詩史』で第一回の読売文学賞を受ける。『美の司祭』で文学博士となる。三好達治、中野重治らとまとめた『日本現代詩大系』で毎日新聞社出版文化賞、『日夏耿之介全詩集』で日本芸術院賞を受ける。飯田市の名誉市民。

＊

詩ではなく、随筆をとりあげよう。『ほととぎすを聴くの記』と題する、やや長めの一編である。「カッコウと啼く閑古鳥は、中伊豆天城山中でしばしば聴いた。テッペンカケタカの時鳥は、山国生れの癖に五十六年未だ聴いたことがなかった」と始まる。どちらもホトトギス科の鳥だが、郭公のほうが少し大きく、背中は灰色、腹は白に黒い横縞、夏は山間部に棲み、冬は南方に渡る。カッコーという鳴き声からの命名で、閑古鳥とも呼ぶ。一方、ほととぎすの方は、「時鳥」と書いたり、「子規」とも「不如帰」とも宛てる。背は灰褐色、腹は白と黒の横縞模様で、初夏に渡来、冬は南に帰る。鳴き声はテッペンカケタカと聞こえると言われ、古来、詩歌に詠まれた。その声を「五十六年」もの長い間、一度も聴いたことがないと言い切ったあと、気になったのか、もっともそのうちの「四十年は都住居であった」と書き添えて正確を期する。

「高崎が空爆されたと仄かに聞いて心配していたら、忽ち此度の訃音が至った」と、「不遇の旧友の死をきいて、一人で薄昏い四畳半に坐っていると、このとき突然僥倖のようにテッペンカケタカという時鳥の啼声のカケタカの音をありありと思わしめるような啼き声がうしろの栗林の方角からきこえて来た」という。使用人を呼んで、それを聴かせると、まちがいなくほととぎすだという。

その啼き声は「二度三度夕暮れる林中の透明な空気を伝ってひびいて来た」らしい。もう「少年のように嬉しくて」ならない。この鳥の「啼声は旧書古文辞に沢山出て、抽象的には陳腐すぎるまで親しむでいたのに、残念乍ら一向実感が伴わなかったのを、今初めてその現実の啼声の音をはっきり耳にした」と、胸弾むような筆致で記している。

そうして、「ほととぎすの声は、鋭くして寂しい語韻のやや含み声である」と分析解説したあと、「暮れまさる水辺山林の真夏の黄昏の、栗里亭の一間に寂然たる予は、不幸なる友人の死を思いながら、この風雅鳥の声の余韻を十分味わう神経的心構えでいつまでも坐りつづけていた」と本文をしっとりと終え、「科野《しなぬ》なる菅のあらぬの片ほとり九里やまかけてゆくほととぎす」の一首を投げ捨てて消えてしまう。感慨の迫る一編である。

宇野浩二

翌年に生まれた二人の作家のうち、まずは宇野浩二。一八九一年七月下旬に福岡県で国語漢文の教師の家に生まれたが、父が急死したため、神戸、大阪と親戚の家で過ごす。天王寺中学の時代に宗右衛門町の花柳界に接する土地で過ごした体験が、精神形成に影響を与えたとされる。早稲田大学の英文科に入学し、文芸活動を始めるが、単位が取れずに中途退学。広津和郎の紹介で、島村抱月訳のトルストイ『戦争と平和』の分担訳に参加し、その間に同宿滞在した広津との交友が深まる。「文章世界」誌に『蔵の中』、『解放』誌に『苦の世界』を発表して新進作家の位置を確保。浅草を舞台にした『子を貸し屋』を『太陽』誌に発表。プロレタリア文学の勃興の時期、精神に異常を来し入院。しばらく静養の時期を経て『枯木のある風景』を『改造』誌に発表。各誌に分載した短篇を統合した『器用貧乏』の評価も高い。盟友広津とともに松川裁判に抗議、広津の理論的批判に対して『世にも不思議な物語』という随筆風の小説を発表して援護し、ついに全員の無罪を勝ち取る。

＊

小説『蔵の中』は「そして私は質屋に行こうと思い立ちました」という奇妙な書き出しとなっている。なんと一編の作品が、いきなり「そして」という接続詞で始まるのだ。作者の口上も、作品の状況設定もない。作中人物の会話から始まるわけでもない。幕が開いて芝居が始まるのではなく、幕が開いたら、もう芝居が始まっていた、そんな唐突感とも違う。いきなり場面を提示する場合は、そういう説明をしている人間の存在が特に意識にのぼらないが、この入り方は、じかに読者に向かって話しかける人間の顔が目の前にあるような気分になる。

しかも、最初のことばが接続詞。「そして」だろうが「ところで」だろうが、そもそも接続詞というものは、すでに述べた何らかの情報に対して、それとの関係を示すことばだから、まだ何の情報も発していない作品の書き出しに立つことは論理的にありえない。それも、この作品冒頭に出るのは「しかし」という逆接の接続詞なのだ。いったい何を打ち消そうとしているのか、読者は何が何だかわけもわからず読み始めなければならない。まさか読み手をからかっているのではあるまい。気がついたら自分が作中の現場にいる、おそらくそういう臨場感をねらった冒頭なのだろう。

話が始まったばかりで、もう「そして私が質屋に行こうと思い立ったのは——話が前後して、たびたび枝路にはいるのを許していただきたい。どうぞ、私の取り止めのない話を、皆さんの頭で程よく調節して、聞きわけして下さい。たのみます」といった、作者の口出しが始まる。

「それは、四六時ちゅう殆ど止み間なしに、下宿人たちや、彼等の客たちや、それから下宿の女中たちが、まるでスリッパをはいた兵隊が行進するように、どたばたとがさつな音を立てて、私の部屋の前の廊下を往来することなのです。」とあり、「外の部屋が廊下に面して一間の障子をかまえているにひきかえ、私の部屋は僅かに半間で廊下と対しています。その比例から推して、私が四六時じゅう悩まされている廊下の足音の約二倍を外の部屋の客たちが聞いていたとしますと、彼等が如何に無神経であるとしても、安閑とおちついていられる筈がないと私には思われるのです。」と続く。実に論理的だ。部屋が廊下に面している部分の面積をもとに、外の部屋の住人が味わっているはずの足音の被害を正確に類推する。その点だけではまだ恵まれているはずの自室で、「まるで廊下で四股を踏まれるような」と相撲に喩えて強調した廊下の足音の騒音に悩まされ、「気になって気になって、何も手につかないままに、顔の筋肉を自分でもわかる程ぴくぴくさせながら考えた」結論を、以下に事細かに記す。その説明がまた、細部にわたって数量的な分析や類推を示しながら、きわめて論理的に展開するのである。

「まず、外の下宿屋は、たいてい一つの庭をかこんで」と説明を開始したと思うと、もう「ちょうど女郎屋の或る種の造りと同じように」というところで「いやしい例を取ってすみません」と詫びを入れ、「蹄鉄形に部屋がならんでいるものですが、この下宿屋はその半分の鉤の手形だけしか部屋がないことです。そこで、私の部屋よりも玄関に遠い部屋に住んでいる客たちが、外出するにも、便所に行くにも、洗面に行くにも、かならず私の部屋の前を通らねばならない」し、「しぜん、それらの部屋に出入りする客たちや下宿の女中たちが、ことごとく私の部屋の前を通る訳」になる。これも理屈はきれいに通る。

「つぎに、私の部屋から玄関に遠いほうの隣りが二階への階段になっていること」をあげ、そのため「二階の客とその附属人物がことごとく私の部屋の前を通ることに」なる点に言及する。そして、さらに重要な点として、「私の部屋の前で廊下が曲り角になっている事」を強調する。「その曲り角の廊下においては、往く者も来る者も、みな、私の部屋の前で二度ずつ足踏みをする事になる」と、これもまた論理的に記述する。角だから、たしかに二度ずつ足踏みをするわけだ。

そうして、また、「くわしくいうと、また少しうるさいかもしれませんが、辛抱して聞いて下さい」と語り手が口をはさみ、「私の部屋に何の用事もない如何なる通行人も、ことごとく私の部屋の前に来ると、あたかも私の部屋にはいって来るような足踏みの状態と、つぎに私の部屋から出て行くような足踏みの状態とになること」と悪条件を追加し、「その上に、すぐ隣の二階への階段が、更に、二階へあがる人と二階からおりる人が足踏みをする所になっています」と当然の事実を、事細かに並べ立てる。足音によほど悩んでいるから執念深く怨み言を延々と述べたてるのだろうが、いちいち読まされる側も気が変になりそうだ。それもすべてきちんと筋が通り、論理的な破綻を来さないからなおさらだ。

このような調子はどこまでも続く。「うるさいでしょうが、もう少し申し上げておきます」と続け、「もう一つお話することを許して下さるでしょうか、聞くに堪えない方は、耳をふさいで下さい」とまで言って、さらに続け、「もういい加減に切り上げましょう。つまらない話を、こんな風にしていたら、本当にどこまで行って、おしまいになるやら、自分でも見当がつきません。今、しまいます」と言って、さらに続け、最後に「おや、もう聞き手が一人もいなくなりましたね」として、ようやく終わりになる。

まさに人を食った表現態度である。語り手の口出しで小説世界が寸断され、読者はゆったりと物語に浸っていられなくなる。そのことが、いらいらして気が狂いそうなまでに落ち着かない語り手の気持ちを、読者が神経ごと体感する思いに誘う。

この文章の奇妙なおかしみは、世にもつまらぬことを異常なまでの緻密さで観察し、驚異の思考粘着力で展開する手法からにじみだす。読者はいつか「文学とは何か」といった、ふだんは思ってもみない問いをぼんやりと考えている自分に、はっとする。

広津和郎

同じく一八九一年に『黒蜥蜴』『今戸心中』の作者、硯友社の作家広津柳浪の次男として東京牛込の矢来町で生まれた広津和郎を次にとりあげよう。麻布中学在学中に上級生だった正宗白鳥の作品にふれて自分でも小説を書き始める。早稲田大学に進んで相馬泰三、葛西善蔵、谷崎精二らと同人雑誌「奇蹟」を創刊。卒業後、モーパッサンの「女の一生」を翻訳、宇野浩二とともにトルストイの「戦争と平和」の翻訳にも加わる。その後、『神経病時代』で文壇に登場。プロレタリア文学の嵐のなか『風雨強かるべし』を発表。のちに自伝的文壇回想録とされる『年月のあしおと』を残し、また、「松川裁判」批判の矢面に立って、社会批判を展開した。

＊

ここでは『夢殿の救世観音』という随筆をとりあげる。文芸春秋社が講演者たちを奈良に招待した旅行の折、広津和郎は美術行脚に参加した。他の画家たちが黙々と壁画の模写をしている、法隆寺の蛍光灯で明るい金堂の中を、中村丘陵がモンペ姿で案内しながら、壁画ばかりでなく、仏像という仏像がみなすばらしいので、ここで仕事をしているのが実に愉快だと嬉しそうな表情を浮かべる。日本の仏像には珍しくエキゾチックな感じの四天王像を見てまわりながら、力の籠ったすばらしい彫刻なのに、稚拙だといって片づける学者がいると笑う。

交渉の結果、夢殿も拝観できることになり、二十歳過ぎの若い坊さんが、「ちびた草履を穿き、無造作に鍵を手にしながら」案内してくれる。連れの森君が「見たら吃驚しますよ。大したものではありませんよ」とささやく。そう思うかもしれないという意味なのか、自分でそう思っているのかわからない。救世観音の厨子を開く前に、坊さんは香を焚き読経。その儀式のおかげで、やがてお姿を現す秘仏に対する心の準備ができたらしい。そして、「静かに厨子が開かれた時」、森君の言うとおり、「期待程でもない平凡な感じが」したという。ところが、「じっと仰ぎ見ていると」「素晴しい美しさで働きかけ」る。「姿態の美しさ、手の美しさもさる事ながら、その頬のあたりの魅力——少し微笑を浮べているようにも見えるし、浮べていないようにも見える」複雑な表情だ。

　じっと見つめていると、自分の「心に静かににじみ拡がって来る」ものがあり、「崇高」というひとことで済ませるわけにはいかない。「もっと肉感的であり、地上的であり、われわれの直ぐ側をそのまま平然と歩いている」感じで、「往来ででもすれ違いそうなそういう人間的な卑近感」を含んでいる。だが、その「気易い親しさに溺れかけようとすると」、「にやりとわれわれに微笑を投げかけて、そのままの姿で今度は高く高く何処までも高く昇って行ってしまいそうな気高さを見せ始める」という。「天上と地上とを併せ得たようなゆったりとしたおおどかな広さと大きさ」のシンボル。「清濁併せ呑んで」いて、「酸いも甘いも知りつくし」、「御自身も品行上の過失を」犯し、「人一倍煩悩にも悩まされた経験」がありながら、「雲の上まですっと昇って行ってしまわれそうに気高く、清純で、透明なのである」。

　「人々の過失や煩悩を微笑をもって理解し、それを許しながら、そのまま人々を温く救って行きそうな気がする」。どうしてこれほど複雑な大きさ、「人生の労苦煩悩の全体を含めて、それを静かな微笑でゆるしているような大きさが、一個の仏像」という彫刻に具現できたのかと、広津はどうしても信じられず、「驚異の眼を瞠って仰ぎ見ずにいられない」。翌日、大阪の町を歩いている間も、「瞼には夢殿の観音が浮んでいた」という。

そうして、この随筆はこんなふうに消えてゆく。厨子を閉ざしかけた時、田舎びた中年夫婦が婆さんの手を引くようにやって来る。「その足音を聞くと、若い坊さんは厨子を閉ざしかけていた手を一寸休め、その人達の近づいて来るのを待」ち、「拝み終るのを見済ましてから、静かに厨子の扉を閉ざした」とある。高徳の僧になったことだろう。

秋の雨自らも、遠くへ行く淋しい旅人のように

堀口大學

翌一八九二年に生まれた三人のうち、まず詩人の堀口大學をとりあげよう。「大學」という珍しい名づけには地理と歴史の二つの意味合いがあるという。地理的には、生まれた家が東京本郷にある東京大学のいわゆる赤門の前に位置したこと、歴史的には、父親の九万一がその大学の法学部に在学中だったことで、その二重の意味の「天然記念物」だったからという。父は随筆家で漢詩も詠む外交官で外国の地にあることが多く、その郷里である新潟県の長岡で、妹とともに祖母に育てられた。上京して旧制一高の受験に失敗。吉井勇の短歌に惹かれて新詩社に入り、和文脈の短歌技法を身につける。与謝野夫妻の勧めで佐藤春夫ともども慶応義塾の文学部に入り、永井荷風、馬場孤蝶、戸川秋骨の教えを受けて詩作を始め、『三田文学』誌に寄稿。父の任地メキシコに渡り、ベルギー、スペイン、ブラジル、ルーマニアで過ごす。海外から帰国して日本に腰を落ち着けたのは三十代に入ってからという。詩作と翻訳に専心し、詩集『月光とピエロ』や訳詩集『月下の一群』など厖大な著書を刊行。好きでたまらない詩を訳すというこの詩人は、たとえば、ジャン・コクトーの詩を「シャボン玉の中へ

は／庭は入れません／まわりをくるくる廻っています」と訳した。特に大きな影響を与えたのは、ポール・モーラン作の小説を訳した『夜ひらく』で、横光・川端らの活動を刺激し、新感覚派の誕生に大きな影響を与えたとされる。

＊

今では遠い昔になるが、一九七〇年の九月二十二日、堀口大學を葉山の自宅に訪ねた。秋に入って何日後か、急に真夏に逆戻りしたような日の午後、二階は海が近かった。おばあちゃん育ちの性格という話題から入った。すると、父が外交官で内地勤めはほとんどない、しかも後添えが外国婦人だから、なおさらだ。三つの時に母が亡くなって、みなしごになり、祖母に育てられた、これが溺愛。甘えん坊のくせに頑固だったという。それが作品にどう影響したかうかがうと、若いころの作品は書きっぱなしで、全然推敲しない。与謝野鉄幹先生が亡くなった直後、晶子先生に形見の品を渡された。鉄幹の短歌手帳だ、開けてみると、べた一面に推敲の跡がある。なぜこれをと不審に思っていると、以前、寛（鉄幹）が「堀口君の歌は三十一文字じゃなくて二十八文字ぐらいだ」と言っていた、つまり推敲なしで和歌になっていないという意味らしい。推敲するようになったのはそれからだという。そこで、「スタンダールは推敲しない、バルザックは推敲する、真っ直ぐ前へ伸びる人と、自己へ還る人、両者は文体が違うと言う人もいるそうですが」とよけいな口を挟むと、推敲しないで、いいものが書ければ天才、それがほんとの芸術家だし、晶子先生はほとんど推敲しない、語感とか特殊な才能があるからという。自分の場合は虚弱で肺結核の血統でやたらと喀血する、医者も長くて三十までというから、何か残すには推敲なんかする間はなかったと悲壮な話に発展した。次に、短歌と詩は並行して作ったのかと問うと、鉄幹先生が自分と佐藤春夫に向かって、短歌では窮屈な題材もあるし、詩も作ってみてはどうかと奨めた。これはありがたかった、歌ではいつまで経っても晶子先生の右に出られない。

詩に見られるウイットに話を移すとすかさず、それは生まれつき、ウイットは弱者の武器だからという。だが、いつまでも「ウイットとエロティシズム」で片づけられちゃかわいそうだと本音を覗かせる。「詩のことばは、これ以上ねじを巻いたら切れちまうところまで張り詰めなくては」という持論を述べた詩として、「難儀なところに詩は尋ねたい／ぬきさしならぬ詩が作りたい（略）言葉と言葉がこだまし合って／果てて果てない詩が作りたい／難儀なところに詩は求めたい」と朗読し、「無駄なものは全部取り去って、それでがっちりしてて動かない詩が作りたい」と理想を語った。

最後に、詩の実作や翻訳を通じて、日本語の特徴をどう感じているかを尋ねた。すると、「最高の特徴」は、主語が省略できることだとし、人間が三人いても三十一文字（短歌）で表せる言語はどこにもないという。川端康成の『古都』の翻訳の話題になり、娘が湯豆腐の道具を持ってって父親といっしょに食べる場面で、薬味の葱を刻むところがある、その葱はわれわれの感覚では長葱、根深。ところがフランス語の訳では oignon となっている、英語の onion だね。フランス語にも長葱をさす poireau というりっぱなことばがあるのに。「生活を知らないってことですか」と口をはさむと、「そう、そう、そう、そう」と四回も肯定したあと、葱と玉葱が別だと知らなかったんだねと受け、「こわいな、たくさん翻訳してるから、こういうミスを数知れずやってるんじゃないかと思って、ぶるぶるっとした」と笑う。

和服姿の詩人は終始親しげに語りながら、懐紙を折って差し出されるなど、温かい心づかいを示された。あの日に頂戴した『堀口大學詩集』のとびらに「来話の思い出に」と書いた達筆のサインがある。さきほど朗読された「難儀なところに詩は尋ねたい」で始まる詩のページにしおりが挟んであった。「読んでくださいよ、読んでくださいよ」という著者の声が、逗子駅で横須賀線に乗り込んでからも、愛情と確信に満ちた詩人の声が追ってきた。批評とか研究とかという狭い枠のことではない。芝生で、水辺で、この詩人と向き合うときにも、ほんとに読んでいるのかと自分に問いかけることだろう。

＊

ここでは『柚子の話』という随筆をとりあげよう。「猫にマタタビ」と言うが、この詩人、祖母に柚子坊という愛称で呼ばれたという。柚子の葉を食い荒らす毛虫がそういう名で呼ばれているらしいが、そんな知識はなく、祖母も知っていたかどうかわからないから、「柚子の香ばかり慕う坊や」という意味だったのだろう。柚子煎餅や柚餅子《ゆべし》が好きで、「柚子の香が、なんとも言えない」。その大好きな柚子が、二十歳から三十過ぎまで暮らした欧米の諸国には無かった。それが「外遊十四年間の僕の郷愁の最大」のものだったという。

トリュフ入りの鵞鳥の肝の煮こごりで辛口のシャンパンを飲む夜ふかしに飽きて帰国すると、「江戸の昔から伝わって、東京の下町に残っている衣食住の、レファインされた生活上の伝統」が、美しくもあり楽しくも感じられて、靴や靴下ではなく「白足袋の清潔と、革雪踏《せった》の軽快を愛するようになり、食べものでも肉とバターでなく「サヨリの糸づくりや、白魚の澄汁」を愛するようになり、「田楽豆腐の木の芽、鮎の塩焼きに添えるたで酢」、「焼松茸にしたたらせ、香味の相乗を楽しむ青柚子」などの香辛料に、「民族の叡智を、祖先の感覚の繊細を、まのあたり見る思いがした」という。

そこで、柚子の木を庭の真ん中に植えるほどのこだわりを見せて、常緑樹を花壇の真ん中に植えては日あたりが悪くなると反対する植木屋の親方と対立する。仏頂面の親方が引き揚げたあと、「縁がわに腰を据え、初めてゆっくり、小さな庭いちめんを物議の市にして、こしいれして来たこの花嫁さんをゆっくり僕は眺めたが、背丈ばかりひょろ長く、過ぎたひと冬の風雪に古葉の尾羽打ちからした恰好の、まことに蕭々とした姿である」。それが「花ざかりの花壇のまんなかに立った姿は、片身をそがれた大きな草ぼうきを逆さに立てた」ようだが、ともかく「多年の宿望が叶った」から満足だったという。

「移植したのが四月のなかば、すぐ五月のなかばには、満木真白になるほど一面の馥郁たる花を咲かせた」という。「柚子坊」は年老いたが、それでも「花蕾を摘んで吸い物椀に浮かべることも、花のおさまったばかりの子房を爪先で二分、酒杯に沈めることも忘れなかった」と、嬉しそうに書き進め、一年後には「早くも八十個の黄金の実を緑葉の間に飾り、二月の末ごろまで冬枯れの庭にさながらクリスマス・ツリーの如くであった」と、いかにも満足げに一編を結ぶ。いつか、読む側もしあわせな気分になっている。

芥川龍之介

同じく一八九二年に生まれた作家として、次に芥川龍之介をとりあげよう。三月一日に東京京橋入船町に、牧場持ちの牛乳業者、新原家の長男として誕生、辰年龍月龍日の龍の刻に生まれたところから龍之介と命名。澄江堂主人とも号した。俳号は我鬼。生後まもなく母親が精神に異常を来したため、その実家である芥川家の養子となり、幼少期は下町の本所で過ごした。読書欲旺盛で江戸末期以降の文学書を読みあさり、学業成績優秀のため無試験で旧制一高に進学、同級に久米正雄、菊池寛、山本有三ら。東京大学英文科に進み、世紀末の文学を吸収するとともに自らも作品を書き始める。が、『帝国文学』に発表した『羅生門』も最初は注目されなかったらしい。漱石の木曜会に参加し、第四次『新思潮』の創刊号に発表した『鼻』を漱石が激賞。卒業後、教員生活を経て大阪毎日新聞社に入り、結婚して田端で文筆生活を送る。室生犀星、瀧井孝作、菊池寛らとの交際が始まる。今昔物語などの古典から筋を借りて近代的な心理解釈を加える『地獄変』『藪の中』などや、江戸時代を舞台にした『或日の大石内蔵助』といった作品のほか、『蜜柑』『トロッコ』『秋』などの現代小説にも挑戦したあと、「将来に対するぼんやりした不安」を感じ、睡眠薬を多量に飲んで自殺。『歯車』などの遺稿がある。

＊

まずは、『東洋の秋』を例に、この作家が文章のあらゆる面に神経を遣っていたことを確認しておこう。まず、書き出し、すなわち、「おれは日比谷公園を歩いていた」という一文だけで改行し、「空には薄雲が重なり合って、地平に近い樹々の上だけ、僅にほの青い色を残している」と続く。作品への導入の仕方がこのようにきわめて正統的である。第二は、書き手の行動や心理と、その対象である公園や人物の描写とが、段落単位に交互に並ぶなど、構成上の著しい規則性が見てとれる点である。第三は、作品中の映像展開が、段落単位に人物と対象である公園とが交互に登場するというイメージの規則正しさがあげられる。第四として、「ひっそり・しめやか・蕭条・静まり返る・静に・黙然」では〈静〉、「しっとり・濡れた・湿った・洗う・浸す・露・霧・水たまり・噴水・池・海」では〈湿〉、「黄昏・枯草・落葉・黄色い葉・火の消えた葉巻・腐る・捨てる・破れ衣・秋」では〈終〉というふうに、漢字一字で象徴されるような共通の感覚を含んだ語群が使用されているという象徴的語詞の多用が特徴となっている。このような神経の行き届いた、息苦しいまでに整いきった意識過剰の文章に、読む人はとかく、事を整然と描き尽くそうとする気負い、あるいは傲慢な態度を感じやすい。が、むしろ、がんじがらめの文章にこだわることで自らの行く手を狭めてしまった才能ある作家の悲劇が読みとれるような気がしてならない。

＊

しかし、手紙などを読むと、また違った一面もあることがわかる。俳句でもそうだ。時には小説作品の中に現れることもある、俳味を帯びた複雑な心境である。たとえば『或日の大石内蔵助』の末尾を引いてみよう。前年の師走半ばの夜、吉良邸に討ち入って上野介の首を斬り、亡君の遺恨を晴らしたあと、仇討ちに参加した赤穂浪士の面々は、公議の沙汰を待つ間、細川家などにお預けの身となって、しばらく時を過ごす。春まだ浅い座敷は肌寒く、まれに咳払いの音がしても、「微《かすか》に漂っている墨の匂を動かす」ほども響かない。内蔵助は良心のやましさはないものの、「復讐の挙が江戸の人心に与えた」反響に驚き、満足感に翳がさす。座敷の中では赤穂浪士に細川家の家臣も加わって、途中で去って行った仲間への非難が始まる。内蔵助は自らを顧みても、敵を欺くために遊興三昧の日々を過ごした折、その島原や祇園での日々に、本来の目的を忘れる瞬間がなかったかどうかわからない。

忠義の士と脱落者とにそんな決定的な違いはないような気がして、厠へ立つのを口実に座を外し、複雑な気持ちで部屋を出る。

日の色が薄れ、植え込みの竹の陰から黄昏が広がる時分、縁側の柱によりかかって、寒梅の老木が花をつけたのを眺めていると、座敷の障子の中から相変わらず賑やかな話し声が聞こえてくる。すると、「一味の哀情が、徐に」自分を包んでくる。「このかすかな梅の匂につれて、冴返る心の底へしみ透って来る寂しさは、この云いようのない寂しさは、一体どこから来るのであろう」と不思議な気持ちで、「内蔵助は、青空に象嵌をしたような、堅く冷い花を仰ぎながら、何時までもじっと彳んでいた」と芥川はしっとりと一編を結ぶ。屈折した複雑な気持ちを背景にして読むと、観念的な記述が作品の底に沈み、読者はみずからも「たたずむ」思いにひたるような気がする。

佐藤春夫

同じく一八九二年に生まれた作家として、もう一人、詩人、小説家の佐藤春夫をとりあげよう。四月九日に和歌山県の現在の新宮市に医者と農家を兼ねる名家の佐藤豊太郎の長男として生まれた。新宮中学に入るも文学書を読みすぎて落第するが、雑誌『明星』に投稿した歌一首が石川啄木の選に入る。『スバル』創刊号に短歌十首を載せて以降、詩作に転向。上京して生田長江に師事、与謝野夫妻の東京新詩社に入って堀口大學を識り、ともに慶応に進んで終生の交友が始まる。慶応を退学して一時、新劇女優と同棲、油絵を始めて二科会に入選したあと、『西班牙《スペイン》犬の家』を発表。『田園の憂鬱』を書き始め、また、谷崎潤一郎との交友が始まる。谷崎夫人千代に対する恋愛感情が高じて谷崎と絶交。失恋感情を詠んだ『殉情詩集』を発表。谷崎との交友が復活し、谷崎と離婚した千代と結婚。戦前の国粋主義思潮、古典尊重の気運に同調し、国文伝統表現の長所を説く。作家として従軍し、愛国詩集を刊行。現在の佐久市に疎開して詩集『佐久の草笛』を発表するが、戦後は戦争協力者としての批判もあり、『晶子曼荼羅《まんだら》』などのほか随筆が多くなる。ラジオの録音中に「私の幸福は……」と言いかけて心筋梗塞のため急死。代表作『田園の憂鬱』など。

＊

ここでも、やはり、あの『田園の憂鬱』から二箇所の韻文的な散文の絶唱をとりあげよう。まずは薔薇の絶唱。「日ましによい花を咲かせて、咲き誇らせて居たのに、花はまたこの頃の長い長い雨に、花片はことごとく紙片のようによれよれになって、濡れに濡れて砕けて居た。砕けて咲いた」とある。散文詩の絶唱とされるが、その美しさは発想というよりも、「長い長い」「濡れに濡れて」「砕けて居た。砕けて咲いた」など、〈反復〉という、ことばの操作という、表現の浅い面から出てくる。

「こうして幾日かはすぎた。薔薇のことは忘れられた。そうしてまた幾日かはすぎた」という箇所も出てくる。雑誌の企画で井伏鱒二を訪問した折、佐藤春夫さんは「そして」の大家で、「そして」でいい文章にしちまう、天才だという話が出た。ここも、「こうして」と「そうして」で散文詩のような雰囲気を漂わせている。

こんな一節もある。「或る夜、庭の樹立がざわめいて、見ると、静かな雨が野面を、丘を、樹を仄白く煙らせて、それらの上にふりそそいで居た。しっとりと降りそそぐ初秋の雨は、草屋根の下では、その音も雫も聞えなかった。ただ家のなかの空気をしめやかに、ランプの光をこまやかなものにした。

そうして、それ等のなかにつつまれて端坐した彼に、或る微かな心持、旅愁のような心持を抱かせた。そうして、その秋の雨自らも、遠くへ行く淋しい旅人のように、この村の上を通り過ぎて行くのであった。彼は夜の雨戸をくりながらその白い雨の後姿を見入った」。

まず語彙面で、「ざわめく」「仄白い」「しっとり」「しめやか」「こまやか」「微か」など、やわらかい感触のことばが多いことに気づく。「降りそそぐ」「通り過ぎる」「見入る」のような複合動詞もやわらかい感じを与える。「樹立」「野面」「草屋根」「音」「心持」「旅人」「後姿」なども漢字が並んでいるが、すべて大和ことばで、感触は同様に抒情的な性格が濃い。「煙る」も「雨が野面を、丘を、樹を仄白く煙らせて」と使われたり、「包む」も物体でなく抽象体に「つつまれて」と使われたりすると、やはりソフトな肌ざわりになる。また、「野面を、そして丘を、さらには樹を」とつなげることもせず、「野面と丘と樹とを」とまとめて鳥瞰的な構図に一括することもなく、接続詞や接続助詞を介さずに、このように「野面を、丘を、樹を」と展開するのは一種の点描であり、映像が非連続に展開するイメージを誘い、感情の昂りを意識させる。

瀧井孝作

その二年後の一八九四年に生まれた作者のうち、まず瀧井孝作をとりあげよう。四月四日に岐阜県の高山に生まれる。祖父は大工の棟梁、父親は大工から指物師となり「名人」と呼ばれた腕の持ち主。孝作は隣に住む文学青年に俳句を習い、十五歳の折に新傾向俳句運動の全国行脚中の河東碧梧桐に会い師事する。上京して特許事務所に勤めながら、俳句雑誌『海紅』の編集助手となり、早稲田で講義を聴講するかたわら、博物館で六朝の書を研究、能楽観賞に耽り、また、芥川龍之介を識る。『無限抱擁』の松子のモデル榎本りんと結婚した翌年、志賀直哉に会い、生涯の師と仰ぐ。りんの死後、志賀の住む千葉県我孫子に移り、さらに志賀を追って京都、奈良と移転、志賀の媒酌で篠崎リンと結婚。芥川が「手織木綿の如き、蒼老の味のある文章」と高い評価を寄せる。八王子に居を移し、以後定住。芥川賞選考委員を長く務める。『松島秋色』など風景小説を発表。『野趣』で読売文学賞、自伝的長篇『俳人仲間』を発表。芸術院会員。

*

一九八六年七月三十日の午後、雑誌の企画で八王子市子安町の自宅を訪ねてインタビューし、飾らない人柄そのままの率直なお話を拝聴した。創作態度の話題から入り、「自身の直接経験を正直に一分一厘も歪めずこしらえずに写生した」と『無限抱擁』の自作解説に書いているのは、文学上の信条なのかと問うと、硯友社（尾崎紅葉ら）の文章は面白いかもしれないが、文章がふわふわして弱い、自分の経験をまっすぐ書いたほうがしっかりする。俳句でも自分の経験を詠んだほうがいいのができる、それで小説でもそうした。面白いだけで文章の弱々しいのが喜ばれるのは、世間が堕落した証拠だという。そこで、「説明」よりも「描写」をというわけですねと確認すると、即座に「説明はよくない、眼にありありと映るように書く、一つの世界を構築するのが作品だから」という答え。「作者自身が感動の渦のなかにあると、興奮して落ちつかない文章になるせいか、経験してから長い期間を経て作品にしているケースが多いと水を向けると、『無限抱擁』は五、六年以上経ってから書いたし、『俳人仲間』なんかは何十年も経っているとのこと。そういう場合でも記憶で書くのか、それとも記録をもとに再現するとかと問いかけると、即座に「いや、日記はつけたことがない、頭の中にレコードみたいなものが入っていてそれが回りだす」という。俳句で、よく観察する習慣がついている……と言いかけると、「よくものを観て頭にしみこませる習慣がついている」とことばを引き継いだ。

狐の鳴き声がコンコンでなく「シャアッ、シャアッ」で、蛙もゲロゲロでなく「コト・コト、コロ・コロ、ギル・ギル」となっているのも実際の印象を写生したものかと問うと、「子供の時分に飛騨高山の家の近所で狐が鳴いたのをそう聞いたんだ、おじさんが狐が鳴いたと保証してくれたから」。『野趣』にもいろんな音が出てくると続けたら、あの作品の読後感は？と逆に質問されてびっくり。読書メモに「絵画的な好短篇」と生意気な感想が書いてあると応じ、自然の観察が非常に詳しい、草花ひとつでも、と関連質問を向けると、田舎の病院に十日ばかり入院したら絶えず田舎の音が耳に入る、音だけじゃなくて色彩や野の動きを書きたかったとのこと。「おとなしくセロ、手エベイ焼かイテケツカル、坊は盲腸ベイおこイテ、大くらいの食いしんぼうダニョ」なんていうのは相模弁を記憶で再生したものかと確認すると、八王子に住んでいると、そういうことばが自然に耳に入るという。

「青年」と書いて「わかもの」、「対面」と書いて「かお」と読ませるような宛て字の例を出し、「音沙汰」を「あたり」と読ませる例を加えると。それは特別だと、釣り竿を垂れていて「おとさたがない」じゃおかしいから「あたり」という釣の用語をルビにつけたとのこと。「失望」を「はんがり」、「怠惰」を「なまかわ」と読ませる例を追加したら、芥川龍之介の思い出を語る。飛騨には怠け者をさす「なまかわ」ということばがあると言ったら、芥川は「生皮」そりゃすごいことばだなと驚いた由。その芥川が「ゴツゴツしてるが凝った文章だ」と評したそうだが、当人としては？と尋ねると、上手な文章を書こうとは思っていない、実感を伝えるという初心を大事に。書き慣れては駄目だという。谷崎潤一郎も『文章読本』で「ゴツゴツした悪文だが誰にも書けない魅力がある」と述べていることを紹介し、「あの人も眼はあった人だと思う」と笑う。「眼が」と言われたのかもしれないが、ともかく自分とは文体が違うと考えているようだ。後日、『釣の楽しみ』という著書が、瀧井孝作自筆の宛名に落款を捺して送られてきた。

＊

ここでは『積雪』をとりあげる。「老父は七八日病臥したらしかった。病臥して介抱などそうあてにせず、覚悟のよい大往生のようであった。裏に出ると、中庭に丈余の積雪が、軒端まで堆高く、凍りつめた固雪が縁端に白壁築いた姿であった。これで座敷は雨戸がなく直接冷やされていた体《てい》で、室内は冷蔵庫であった。八十二歳の老父は茲《ここ》のものすごい固雪に向って、辛抱していたのだ」とある。引用冒頭の一文は「らしかった」、次の文は「ようであった」と結ぶ。ともに推測だからである。次の「白壁築いた姿であった」という断定は、自ら見て確認した事実だからだ。次に「直接冷やされていた体で」と推測めいた表現が続くのは、体感した事実ではないからである。つまり、事実は事実として、推測は推測として表現し分ける忠実な表現態度が見てとれる。「辛抱していたのだ」の文末「のだ」は、抑えきれずに漏らした感動の吐息であったかもしれない。

ちょっと後に「老父は痩顔白骨の如く、冷めたく、左右の足首が淡く色がちがって、霜やけのひどいので、これは左足が大方痺れて以前から不自由であったが、此冬はかくひどい霜やけも来たのであった」とある。冷たくなった老父の姿も観察した事実を描くだけであり、納棺に際しても「ぼくがこの足の方持上げ、和三郎が抱上げ、手際よく納棺できた」と動作しか描かない。「仏ヶは膝を抱いている工合であった。白麻被ぶせて数珠も入れた」これですべて、ともに感情にはまったくふれていない。そうして、「畳もかえたざしきに、棺をすえた。障子に中庭の積雪の明りがうつった」と短い文が二つ続くだけの段落、このあたりは、過不足のない描写とは何かを示し、鮮明な情景描写がそれだけでどれほど深い感動の表現となりうるかを語る。無言の表現の重みに懸ける文体の一例と言えよう。

福原麟太郎

次に、同じく一八九四年の十月下旬、岡山県に生まれた英文学者、随筆家の福原麟太郎をとりあげる。地元の福山中学を出て上京し、東京高等師範学校の英語科に進学。『茶の本』の著者岡倉天心の弟にあたる英文学者の岡倉由三郎の厳しい指導の下に英語英文学を学ぶ。在学中に石川林四郎教授の推薦でチェスタートンの探偵小説を翻訳して雑誌『英語青年』に連載、研究社との深いつながりが始まる。卒業前後に、チャールズ・ラムの『エリア随筆』を翻訳した平田禿木を訪問。母校の東京高師の助教授となり、幸田雛恵と結婚し、小石川の大塚に住む。文部省の在外研究員として英国で過ごし、四時のお茶の時間の意義を体得。母校の後身である東京文理大学教授となり、のち名誉教授。芸術院会員、文化功労者と相次いで栄誉を受ける。『福原麟太郎著作集』『福原麟太郎随想全集』がある。『チャールズラム伝』は広く知られる。

＊

まずは『交友について』から入ろう。安部能成が「家庭は休養所でもあり仕事場でもあり、むやみにかきまぜられたくない」と書いているのを読んで、「救われた気持ちになる」という。書斎に入って来て、この雑誌もらってゆくよと言われると、一心同体的愛情を披瀝された感じになり、その意気に感ずべきだと「どうぞ」と答えざるを得ない。しかし、そういう浪花節的な友情は「寛容を強いる」ものであり、近代の生活には合わない。寛容は大切だが、もともと個人同士は相容れないものだからだ。真の友情は「相容れないものを容れるところに成立する」のだが、「その寛容を強いないでほしい」。それが自分の「望む個人主義の友情の要諦」だという。そんな冷やかな友情なんぞあるものか、人生の真の解放を知らないとモンテーニュは笑うかもしれない。なるほど自分はベーコンのように、自分に与えられた小さな盃で、私の人生の酒を飲んでゆく。君達は、大杯を傾けて自由に酔っぱらいたまえ。抱きあって、ころがりまわって、その喜びを満喫したまえ。私たちは微吟浅酌だ。あるいは静かに語る。それもまたいいものだという。読んでいると、日頃はベーコンのように浅酌して研究し、時にはモンテーニュのように仕事を忘れて友人と酔っぱらうのが理想的なように思えてくる。

＊

『好色の戒め』にさらりとふれよう。戦後の急激な人間性開放によって、好色的に民主化し、電車の中でも新聞雑誌でも「閨房の秘戯」がくりひろげられ、陶酔境をさまよっている乗客も目につく。好色文学も社会の生態を描写するのが目的ではないらしいし、好色本は下手な小説だから、すぐ飽きて捨てられるとも言うが、「小説が下手か上手かの見わけのつく読者のところへは、そんな本は行かないのだから始末がわるい」というのは正論だろう。「おしゃれが過ぎると、いやな気持がするのは、好色が露出しているからで、つつしみの無さをいやに感じるから」だとし、「ほのかな艶が好ましい」として喜多六平太の能舞台の例が出る。「したたる如き美しさ」でありながら「仄かな花」であり、とらえようとすると消えてしまう。日本人が伝統的に「いき」「さび」「洒脱」「枯淡」として好んできたのは、すべてそういう「仄かな艶」であったことに気づく。

＊

次は『読書ということ』。「よい本は自分で所有したくなる」。「新しく手あかをつけて、書だなへおいて、時々出して愛撫してやりたい」という。本は貸すとなかなか返ってこない、また貸しされたり、相手が疎遠になったり、遠くに転勤になったりする。だから、大事な本は貸さない勇気が大事だという。恩師の岡倉由三郎先生は、買って積んであった本が夜ふけに書庫でその不幸を嘆いているのを聞いて、その罪滅ぼしのためにすぐ退職し、読書生活に入ったという。速読して全体の機構を知ってから精読にかかるのも一法だとある。

＊

『プログラム』という一編は身にしみる。「朝起きて犬をつれて散歩して、帰って朝食にする」。九時までに学校へ行って講義を始める。講義がなければ自分の部屋で本を読み、昼は茗渓会館で食事。学校へ戻って講義の準備や学生のペーパーを読み、一般研究室で外国の新聞雑誌を読んでいる間に四時のお茶になり、紅茶とスコーン。帰宅して雑誌を読んだり手紙の返事を書いたり、訪問客の相手をしたりして一風呂浴びて夕食。犬の散歩のあと二階に上がって勉強や原稿書き、「十一時になったら日記をつけてねる」。「土曜日の午後にはテニス」、日曜日には音楽会か展覧会か遠足。平曜日のうち一晩ぐらいは友達と学問・芸術・文化の話をする。「そういう暮しをしているあいだに、いつのまにか年をとって」死ぬ。「そういう生活が理想」だが、プログラムどおりにはいかず、年をとることだけはまちがいなくやっているという。たしかにだれしも人生というものは理想どおりにいかない。

＊

『老大国』は、「おいぼれた国だという意味ではなく、すぐれた文化を持ち、強大な国勢を維持して長い年月の経験をくぐって来ている国」という意味で、イギリス人の考え方、生き方を紹介する。「一体にものは永持ちしない」という感じでいる日本人は、たいて消耗品としてものを買う。福原個人も日本製の洋服はみなだめになり、今なお着られるのはロンドンで作った一着のみ。悔しいがそれが事実。帽子も形崩れしていないのが一つあって、裏を見るとロンドンとある。万年筆もライターもしかり。安くてすぐこわれるものは生活を豊かにしないと考えるから、消耗品でも二十年は使える。そういうものを消耗品と思っている国民が「老大国民」なのだと、福原は恥ずかしそうに書いている。

＊

『イギリスの乳離れ』に、イギリス人は午後の四時半になると権利としてお茶を飲みながら休憩するのは昔からの習慣だが、今では朝の十時過ぎにもお茶の時間がある。それでも確かに仕事はやっている。職工がタバコをくわえながら働いているのにも驚く。福原は「器械に使われているのではなく、人間が器械を使っているという風情が、むしろ気に入った」と書いている。「悠々として能率を上げている」。「懶惰というのではなく、懶惰の風情が好きなのであろう」というのが英国人に対する福原の感想である。

＊

『英京七日』は戦後に数人で英国政府に招かれ、「丁重にひっぱりまわされ」て「夜は綿のごとく疲れて風呂へも入らずにねてしまう」というあわただしい旅の記録である。古代英語の教授に、「東京帝国大学はどうなったときかれ」て、「帝国」がなくなったと伝えると、「何てことだ」と一蹴される。忙しいなか、宿を出てウェストミンスター橋の欄干から名刺を一枚落とし、テムズの川波をしばらく眺める場面もある。朝日新聞編集部の和田豊彦が『英文学』と題する大きな企画を福原に依頼し、時折その原稿の仕上がった分を受け取りに自宅を訪れる。その不定期な訪問を福原は「随筆的」と評する。その何度目かの訪問の際、福原が英国政府の招待で海を渡ると知り、自分は一生ロンドンを訪れる機会はないだろうから、チャールズ・ラムに敬意を表すためテムズ川に自分の名刺を流してくれるように頼んだ。十和田操というペンネームで小説も書いていたので、ラムの随筆を愛読していたのだろう。福原がゆっくり寝る間もないほど窮屈な旅先で、わざわざテムズ川に向かったのは、そういう知人の依頼に応えるためである。それから何十年も経って、チャールズ・ラムゆかりの地を訪ねる旅に出た庄野潤三も、その川波をじっと眺めたという。ラムを慕う文人たちの心の交流がほほえましい。

その翌年、一八九五年の三月の下旬、茨城県の土浦に生まれた高田保、家は代々藩主の祐筆を務めたという。地元の土浦中学から早稲田大学の英文科に進学。在学中に宇野浩二、片岡鉄平らと劇団に参加、卒業後に映画雑誌の編集に携わったのち、浅草オペラ華やかなりし時代に、浅草公園の金龍館の楽屋に泊りこむなど、なかば放浪生活の末に、帝劇の戯曲懸賞募集に当選するなど、新進の劇作家として注目される。帝国主義戦争の矛盾をえぐるプロレタリア劇団に登場して共産党シンパの容疑で検挙され、以後は運動から離れる。大磯に転居、喀血して療養生活に入り、戦後、新聞に『風話』『ブラリひょうたん』などのエッセイを連載し、諷刺とユーモアの横溢する筆致で名声を得る。胸部疾患のため自宅で没する。相前後して母親も、たがいに相手の病状を知らぬままに没したという。

＊

この異彩の文学者の本質は、おもねることのない独特の正義感にあるかもしれない。早稲田の学生だったころの思い出を語った一文に、こんなエピソードがあった。試験中に先生が席を外した隙に、学生たちは教科書だか参考書だかで調べて答案を仕上げたが、高田だけは本を忘れたのか、何も見ないで書いた。その答案を返却する際に、教師はこんな批評をしたらしい。ほとんどが同じ文章なので本をそのまま書き写したに違いない。高田だけは、的外れだがそんなことはないから合格点をやろうと言うと、高田は、これは知識の試験であって人格の調査ではないのだから理屈が通らないと抗議を申し込み、落第したという美談である。事実であれば、これもつむじ曲がりの正義感である。

＊

たしかこんな話も載っていたような気がする。創立者の大隈重信の銅像とは別に、その夫人の銅像を建てるという案が持ち上がったことがあったらしい。それに反対する人たちもあったのだろう、両方の側から働きかけがあったのか、賛成か反対か、学生の意見を問われた際、高田は銅像の出来によると答えたという。出来が悪ければ建てるべきでないし、出来がよければ、大隈夫人でも神楽坂の芸者でもかまわない、それが文学部の学生の意見だと答えたというのだ。夫人の銅像の扱いを問われたのに、彫像の芸術的評価によると応じたわけで、質問の趣旨には応じていない。胸の透く回答で筋は通るが、今度は大隈候自身の銅像の芸術的評価が気になる。低ければ、取り壊すのか知らん？

＊

恋人は捨てられても、恋文はなかなか棄てきれない、なるほどと思わせる、そんな心理を述べたエッセイもある。結婚後、妻には、大事な書類だから開けてはいけないと言い聞かせてあった。ある日、会社に近所が火事だという電話があり、心配して帰宅すると、妻が例の「書類」を大事そうに抱え、これだけは何よりも先に持ち出したからご安心くださいと得意げな表情を浮かべている。そんなもの焼けたって何の損にもならないと一瞬思いながら、妻が無性に愛しくなったとあったような気がする。それが人間だろう。

＊

今度は『ブラリひょうたん』の中から、「若芽の雨」と題する一編を、少し詳しく紹介する。「モウパッサンはバッシイの養老院で、小石をばらばら花壇に投げつけていったそうだ」と始まり、「来年の春になって雨が降ったら、こいつがみんな芽を出して、小さなモウパッサンが生えるんだ」と続く。こんな逸話を紹介すると、「モウパッサンの文学などに何の感心も持たぬ連中でも面白がる」と続け、「ゴシップの興味」だという。

相手が「実につまらんことを知っているね」と皮肉を言ったら、「そうだよ、僕はまったくつまらんことしか知っていない」と認め、その具体例を並べる。ピカソについては、同棲した女が「読書している姿なんて、一度も見たことがない」と言ったことを述べ、「ドビッシイも読書をしなかったそうだ」と書き、ピカソの絵もドビュッシーの曲も語らない。そのあと、池大雅についても「学問をしなかったから、晩年の画は駄目になった、と富岡鉄斎が批評したそうだ」と、芸術家についての芸術以外の知識を披露する。そして、「芸術家についての知性と感性の問題」とまとめて、閃きをちらりと見せながら、「深入りすると底がみえる」と謙遜し、「ひらりと体をかわして外の話にうつる」と読者を煙に巻く。

そうして、低姿勢のままフィナーレに入る。自分のような「軽薄きわまるもの」は排斥されるべきで自分としても同感だと述べたあと、「今日こそは堂々たる、内容たっぷりな、いかにも瞑想的で憂鬱な文章を書こうとおもい立ち、すわり直して眉をしかめ、さてしずかに窓前に目をやると五月の雨が降っている」。そのとたん、「モウパッサンは」と出てしまったのだという。「モウパッサンの小石が果して芽を出したかどうかは知らない」と続け、「自分のような馬鹿がこの世にあることを軽蔑したいから、小石を蒔くようなことはしない」と神妙に述べたあと、「窓前の雨はしとしとと降っている」と現実に戻る。

「若芽を濡らした明るい雨、眺めているといつか何もかも忘れてしまった」と絶対境に入りかけて、「何もかも忘れた中でまた一つ、つまらぬことを思い出した」として、「一生を馬鹿で過せたらこんな幸福はない」という古代ギリシャの悲劇詩人ソフォクレスのことばを置き去りにして消えてしまう。そこに馬鹿になりきれない奇才の、あるいは鬼才の苛立ちを読みとるのは、はたして深読みにすぎるだろうか。

井伏鱒二

その三年後の一八九八年生まれの作家から、まず二月半ばに広島県の加茂村に生まれた井伏鱒二をとりあげる。中ノ土居と呼ばれる豪壮な屋敷に、次男として生まれ、本名は満寿二。ひどい近眼ながら寮生活で眼鏡を禁じられて人生苦を味わう。日本画家をめざして京都の橋本関雪の門をめざすが断られる。中学五年の折、新聞に『伊沢蘭軒』を連載中の森鷗外に、「朽木三助」の名で史実の誤りを指摘する手紙を送り論破されるが、三助は死去した旨の手紙を送る。鷗外は三助の書簡を作中で紹介する。兄の勧めで早稲田の仏文入り、日本美術学校で絵も習う。もし自分が画家になっていれば、レオナール藤田（嗣治）かアンリ井伏かと言われる存在になっていたと、周囲に冗談を言ったと聞く。在学中は吉田絃二郎の小説・随筆の講義に惹かれる一方、青木南八と親しく交わり、早世したこの友人を偲んで、のちに抒情的な短篇『鯉』を発表。文学部長の職にあった片上伸の病的な行動を避けたため休学となり、因島でしばらく過ごしてから復学願を提出したが拒否されて学生生活を断念。同人誌の仲間が左傾し、「気無精」から脱退。結婚して井荻村下井草に住む。のちの杉並区清水町、井伏の住所である。一時出版社に勤務し、そこで太宰の来訪を受けた。奥付のない本を造ったことを恥じて退職したとも言われる。ナンセンス文学と呼ばれて直木賞を受けた時期もあるが、やがて純文学の大家という評価が高まり、『厄除け詩集』などの詩、『多甚古村』『本日休診』『黒い雨』『珍品堂主人』などの小説、『荻窪風土記』ほかの随筆など厖大な作品を残した。

＊

一九七五年の十二月十三日の午後、中央線の荻窪駅で下車し、北側の青梅街道を西に向かって数分歩き、右に折れてほどなく、左側に杉並区清水町の井伏鱒二邸があった。本に載った幾枚かの写真からこの作家の顔を思い描きながら、自分はいつかにこやかな笑顔で迎えられるものと想像していた。無造作に「井伏」と書いた紙切れを表札代わりに画鋲でとめた門をくぐり、玄関に向かった。あとから知ったが、ちゃんとした木の表札を出すと、受験生が縁起かつぎに持ち去るかららしい。

編集者とカメラマンとともに、インタビュアーである自分は玄関で奥様にご挨拶をし、ご案内どおり廊下を右手に進んだ。座敷の入口で声をかけたが、返事がない。なにかしらの音響を伴ったけはいはあるものの、それは客を迎える主人が発するはずの言語音とは思いようがない。襖が少し開いていて、炬燵に向かった後姿が見える。もう一度声をかけ、「失礼します」と室内に踏み込んだ。役割の関係で自分が真向かいに坐ると、井伏は今度は斜めを向いて編集者とことばを交わす。初対面の相手が苦手なのだろう。とっさに人見知りのひどい赤ん坊を連想した。大仰なはにかみで、対談が始まっても話がぎくしゃくしてなめらかに流れない。が、奥様がアップルパイを運んで来られ、紅茶をすする頃には、腫れぼったい雰囲気がほぐれ、炬燵の正面には、小説と随筆というジャンルの違いを原稿料の差だとはぐらかす、あのいたずらっぽい笑顔があった。これが殺気だった「珍品堂主人」に向かって「蘭々女」にタンマを言わせる作者の素顔なのだ。それから先は、後日、「あの井伏があんたによくしゃべったね、将棋や釣の話なら別だけど」と永井龍男がびっくりするほど、井伏は丸顔で「自分の文章」について雄弁に語った。

ジャンルによる姿勢の違いから入ると、「詩は行をあけた随筆」のようなもので、小説を書いてて、ふとできるという。「詩を書こうと思うとなかなか書けないとか」と口を挟むと、「妙にこさえてしまうから不愉快」だという。「作り物になってしまうんですね」と確認すると、「三好（達治）君なんかもこさえようと思えばできると言ってた」。

区別の難しい作品があるので「随筆」と「小説」との関係は?と意識の違いを問うと、「嘘を書けば小説」という明快な答え。しかし、フィクションであるかどうかを見わけるのは容易ではない。「そう決めてるんだが、小説欄に入れたほうがいいこともある」と続くので、緊張すると「原稿料が随分違う」と笑う。小説は嘘を書いてもいいから突っ込んで書けて、他人に訴えるはずなんだけれども、難しくてたいてい失敗する。特に戦後の人は学問し過ぎたせいか感動がないと語る。自分の目できちんと観る力を失ったのかと意見を挟むと、「うまいけれども感動がない」と斬り捨てた。井伏文学と言えばユーモアとよく言われるが、その意図を問うと、広島県人はセンチメンタルだから、それを消す役割を果たすのだという。

次に「だった」という文末を嫌うという話を向けると、「のだった」「そうした或る日」んてのはゾッとするらしい。接続詞の話に移り、自分は目で見るほうで、観念的なのは駄目だ、「そして」や「しかし」を使うほうは、と言う。『珍品堂主人』の中に「骨董は女に似ている」という論法が出るが、あれには体験が……と水を向けると、即座に「あれは小林秀雄の考えだ、どちらも惚れていない人には価値がない」と言って、「彼、夢中だったからね」と言う。「どっちにですか」ととぼけると、「小林君は昔、茶碗が欲しくて家を売ったり、刀の鍔とか勾玉とか」と話は尽きない。

『本日休診』に「彼女に対して画期的な行為を敢てした」といったぼかしが出てくるが、あれはテレかと水を向けると、「ありふれた言い方でなく、末梢的なことで飾りをつけるのが趣味だ」とか。最後に『厄除け詩集』に載っている漢詩訳で、「サヨナラダケガ人生ダ」というあたりは、意味だけなら「別れ、それが人生だ」としても、「人生は別離である」としても似たようなものだが、あの訳の魅力は?と水を向けてみた。すると、「五七調にすると上品になって肩が張る、それを七七調の土俗趣味にした、安来節で唄えますよ、櫓の上で」と解説してくれた。今でも、あの嬉しそう笑顔が目に浮かぶ。

編集者が謝礼を差し出すと、即座に「そりゃ要らんよ」と言う。井伏さんだけ只というわけにいかないから、わずかばかりで恐縮ですがとねばると、だんだん機嫌が悪くなり、それじゃ引き受けなければよかったと言う。雑誌に載せられないと大変なので、編集者も諦めた。帰路、あとが大変なんだ、ああそうですかというわけにいかないから、社長が手土産でも持って挨拶にうかがわなければならないとのこと。後日のことは知らないが、当人としては、もの書きが雑談して報酬なんか受け取れるかという気持ちだったのかもしれない。わかるような気もするが、武者小路実篤から小林秀雄に至る十五人のインタビューで、誰もそういう態度を示した作家はなかったから、印象に残る。

＊

『鼾について』という随筆から始めよう。「バルザックの小説は大鼾をかいているように生気がある」と書き始め、「生気」という抽象的な言葉に個性をもたせるためであり、「鼾それ自体はみっともない」と続く。気絶した子供が鼾をかきはじめれば親はほっとするが、たいていは迷惑だとして、「小さな鼾」と「微かな鼾」との区別に入る。前者はプラスの平仄《ひょうそく》、後者はマイナスの平仄なのだという。また、「大鼾」と「高鼾」とも違い、前者は寝ながら咽喉や鼻から出る音、後者は眠っている状態だという。何人かで宿屋に泊まった折、自分の鼾で馬場孤蝶を悩ましたらしいことを述べ、団体旅行は苦手だと結ぶ。

＊

次に『ツララ』という随筆。樹氷とツララは、いずれも「意味ありげに、冷気を一身に集めた趣で、しんとして垂れさがっていて」「明朗でけなげなところがある」と概説したあと、その形は「洞窟のなかの鍾乳石と同様にタケノコを逆さにしたような恰好」だとあり、「鯨の歯のように、何枚も平べったいのが並んで」いて、「順々に小さくなっている」のを順に杖で軽くたたくと「ド、レ、ミ、ファ、ソ、ラ、シと色わけして音を出す」。石筍の場合は「地獄絵で見る針の山とそっくりだから」、地獄絵のヒントになったかもしれない。そちらは「陰惨な感じ」がするから、自分は「ツララの方に好感を持つ」として、「つらら」と題する詩を披露する。

＊

次は『艶書』と題する一編を紹介しよう。「恋文」である。「ラブレター」とすると軽い感じになる。大学の裏門前の横町に、学生の読書と喫茶のための店があると始まる。そこを増築しようと物置小屋を取っ払ったら、塀の脇の竹の枝に「結文が括りつけてあった」。おみくじのように結びつけた手紙だ。三通あって、どれも女子学生からのもの、「稚拙な文章」だが、「通読するとしみじみとさせられる」という。主人は「足長蜂の巣を取った記憶」があるが、同じように「どきどき」したという。その手紙を見たいと言ったら、仏文の村上菊一郎先生に差し上げた、随筆の材料にするというので、とのこと。

雑誌の編集者が艶書の見本をいくつか、受信者の承諾を得て持って来たが、「発信者の気分を考慮しなくてはいけない」として、書き出しの部分だけ例があげてある。「青い空をふと見上げる時間があった」ら目を通してくれと始まり、相手を「教祖様として偲んでいる」とある。また、一枚は「単刀直入」を「単当直入」と誤字で書き出し、いきなり「貴男様と結婚したいと思います」と始まるわずか十一行の「処方箋のような」艶書。年下の友人から艶書の書き方を教えてくれと言われて、「豊臣秀吉が淀君に送った手紙の写しを見せた」という体験も披露、側近の者が読む怖れもあるから簡潔だったという。

その「年下の友人」というのは、戦後に自殺したとあるから、後輩の太宰治のことらしい。その艶書には、小説を脱稿したとか新しい作品に取りかかるとかと仕事の予定などの事務的な内容を記し、欄外に片仮名で「コヒシイ」と書きこんでいるとあるから、明らかに太宰が恋人に送った手紙を、井

伏は頭に置いて書いているのだろう
手に入った七十通あまりの艶書の束を日付順に整理し、約三十通を「恋愛篇」、そのあとの約三十通を「愛欲篇」、最後の十通ほどを「絶望篇」とそれぞれ小見出しをつけ、封筒は一まとめにして「附録篇」とし、總見出しは「一読断腸」を二行に割り、その下を「磯子の小夜風」としたとある。小説の材料としてでなく、暇つぶしに遊ぶためだから、その後誰かにやってしまった。後日、村上菊一郎にその話をしたら、「すべて恋愛の名残の品は、恋愛と同じく消えて行くのですね」と、しみじみと言ったらしい。「この先生は古風だから、酒を飲むと感傷的な言葉をよく口にする。不意にヴェルレーヌの「雨の唄」を口誦んで、同席の者をぎょっとさせることもある」という。

*

もう一編、「かみなり」と題する、内田百閒がらみの随筆を紹介することにしたい。中央線の沿線に落雷の被害があったと新聞に載ったが、その日、「衛生病院に落ちたらしい」と誰かが駈けて行く。わが家の長男が生まれた荻窪の病院で、井伏宅にも近い。「宗達の風神雷神」を思い出すほどで、「こんなに大きく鳴りつづける雷鳴を聞いたことがない」とある。そこで雷嫌いの内田百閒を思い出したという。座談会で顔を合わせた折、雷の話題になると百閒は急に声を落とし、「西の空を見ると、ぴかりぴかり遠く光って」、「またぴかっと光る。足がすくんでしまいました」と言うので、遠雷を見て足がすくむとは、と笑いだすと、「笑いごとではありません」と声をひそめる。「内田さんの顔色は青ざめて、目は虚空を見つめて」いる。「不断、いかなることがあっても動じない内田さんが、雷の話になると一たまりもなく子供のようになってしまう。そのくせ怖い雷のことに話を触れたがる。」そこで、井伏は釣に行って落雷のあとを見た話をする。「裏山の松の木に雷が落ちた」、「稲妻が裏口の戸を叩いたかと思われる」音で、「根本に穴があいて」いる。「どのくらいな深さか知れんほど深い穴」と聞いて見に行くと、「地面に穴が二つあいていて、「マッチ箱を縦にすると入るぐらいの狭い穴」、深さは「釣竿をつなぎあわして」測ると、と言うと、百閒はその話を抑えるかのように両手を出して、「そんなことをしてはいけません」と厳しく云ったという。

相手を怖がらせて楽しんでいる、その井伏自身が雷を怖がっているのだから、執拗な話の運びがよけいおかしい。地震が起こると外に飛び出して、震源地はこっちだと見当をつける井伏の行動は、どうやら逃げ出すのが先で、震源地に対する関心はそのあとらしい。わたしをどけて真っ先に飛び出すという井伏夫人の証言がそれを物語っている。

横光利一

同じく一八九八年の三月十七日、福島県の東山温泉に生まれた横光利一を次にとりあげる。本名は「としかず」と読むらしい。父親は大分県の出身だが、土木関係の請負業者で、各地を転々としたらしい。比較的長く住んだのは滋賀の大津と、母親の生家のあった伊賀、現在の三重県というから、そのあたりが故郷という意識だったようだ。当時の三重県立三中、のちの上野高校で野球部の花形であったかたわら、講演部で弁論をふるい、学園雑誌に二編の作品を発表。早稲田の高等予科に入学し、以降、数年早稲田に籍を置いたが、神経衰弱などで教室へはほとんど姿を見せなかったが、中山義秀、吉田一穂らとの交友が始まったらしい。習作期の『御身』が書かれ、菊池寛を識り、菊池を介して川端康成と交わる。『文芸春秋』の同人となって反プロレタリア文学の姿勢を示し、『日輪』『蠅』を発表して新進作家としての地位を固め、「文芸時代」を創刊して川端ともども新感覚派として活動。『春は馬車に乗って』に描かれる同棲者小島ミキの死後、鶴岡の女性、日向千代子と結婚。ちなみに、高校の同級生、日向君のおばにあたる。『機械』で感覚から心理へと脱皮し、小林秀雄、河上徹太郎らの高い評価を得て「小説の神様」と呼ばれた時期もある。未完の大作『旅愁』の途中で終戦を迎え、反動で戦後は厳しい批判を浴びて不運なままに病死。世の中が落ちつくにつれ、再評価の機運が高まる。

＊

未完に終わった『旅愁』から、いくつかの描写を眺めてみよう。「日没の光りに山山の頂きはほの明るく照りわたっていた。その下を羊の鈴の音が交響しながら、それが谷谷に木魂して戻って来ると倍の響きとなり、立ち上る蚊の大群のように空中に渦巻いた。チロルの唄はその中を貫く一本の主旋律となって、羊の流れを高く低く呼び集めて近づく」。視覚的にも聴覚的にもよく描きとっている。

「噴水はそれぞれ無数の水粒を次ぎから次ぎへ噴きのぼらせていた。ある頂点で水粒は一度頓狂な最後の踊りをすると、どれもこれも力を崩し、速力を増して落ち散り、無に戻る運動を繰り返し、そうして、絶えず地中の法則というような姿だけは崩さず保って流動していた。ときどきは風のままに散る方向は変っても、噴きのぼるときには、風を突きぬけた気力の若若しい緊張がある上に、頂きで跳ね踊る姿のみな違うその面白さ」という一節を見ても、噴水の姿を多角的に実によく描きとっている。

戦時中の昭和十八年、『新潮』四月号に、上林暁はこんなことを書いている。谷崎潤一郎の『細雪』も、横光の『旅愁』も、あくまで描写を楽しんでいる点は同じで、『旅愁』に出てくる「日に解け湿った土から蕗が勁い芽を出し、傍の小石もその芽に押し動かされた様子が見えた」という一節などは、「俳句の鍛錬の影響が瞭《あき》らかで、僕は思わず眼を瞠《みは》った」と書き、「激しい気魄など振り翳さなくとも、極く自然にこのような境地に到り得るのであろうと思われた」という感想を述べている。

そうして、谷崎も横光も「描写に生命を賭ける意匠の作家であって、意匠が即ち思想であるという種類の作家である」とし、谷崎が関西弁の細かなニュアンスを捉えようとするのに対し、横光は好んで東洋とか西洋とか、科学とか道徳とか、形而上的な問題を扱うところに違いが見られるとして、そこに気質の違いを探ることができると対比してみせた。

老年の凍りつくようななさけなく

川端康成

その翌年、一八九九年に生まれた作家三人のうち、まず新感覚派の横光の盟友、川端康成をとりあげよう。六月十四日に大阪北区に開業医の長男として誕生したが、ほどなく父が死亡、四歳までに四人の肉親と死別、祖父にひきとられる。数年後には、別の親戚に預けられていた姉とも死別して、しばらく祖父と暮らすが、やがてそれとも死別して孤児となる。上京して旧制一高に入り寮生活を続ける。『伊豆の踊子』はこの時期の生活を描いた作品。東大文学部に進学し、新進作家として菊池寛を訪ね、長期にわたり知遇を得る。「文芸時代」で盟友横光利一らと新感覚派として活動したあと、十年がかりで戦後に完結した『雪国』や、戦後に相次いで発表された『千羽鶴』『山の音』で不動の地位を築き、ペンクラブの会長として社会的に活動、その後、『みづうみ』『眠れる美女』『古都』などを発表した。

＊

肉親を相次いで失い、自分の気持ちを素直に出せない、ひねくれた「孤児の感情」に悩み、ありのままの自分を見つめなおそうと伊豆の旅に出る。「道がつづら折りになって、いよいよ天城峠に近づいたと思う頃、雨脚が杉の密林を白く染めながら、すさまじい早さで麓から私を追って来た」と、作品『伊豆の踊子』は軽快なリズムで耳に心地よく始まる。

その旅先で出会った旅芸人の一座の人びとの素朴な好意、なかでも薫という踊子の、自分とは違う無垢の素直さに出会い、次第に心を開いてゆく。その踊子がお座敷に呼ばれて夜ふけまで馬鹿騒ぎの相手をさせられる晩は、「踊子の今夜が汚れるのであろうか」と悩ましい。翌朝、「仄暗い湯殿の奥から、突然裸の女が走り出して」来て、脱衣場の先で両手を広げて叫ぶ。見ると、「手拭もない真裸」の踊子、自分を見かけた「喜びで真裸のまま日の光の中に飛び出すほど子供なんだ」と、笑いがとまらない。

やがて別れの日がやってくる。下田の港で踊子一行と別れ、汽船で東京湾を目ざすと、涙が出てとまらない。横に寝ていた少年が、何か不幸でも……と声をかける。「今人に別れて来たんです」と素直に答えている自分に驚く。「頭が澄んだ水になってしまっていて、それがぽろぽろ零れ、その後には何も残らないような甘い快さ」と感覚的に表現し、「美しい空虚な気持」とまとめあげている。

＊

次は『雪国』。その初めのほうを『夕景色の鏡』という短篇として発表した際には、「濡れた髪を指でさわった。その触感をなによりも覚えている、その一つだけがなまなましく思い出されると、島村は女に告げたくて、汽車に乗った旅であった」と官能的に描かれていたという。現行版は「国境の長いトンネルを抜けると、雪国であった」という有名な書き出しになっている。水蒸気で曇った窓ガラスを拭くと「女の片眼がはっきり浮き出て」島村は声をあげそうになる。のちに葉子とわかる女の乗客の眼である。

「鏡のなかでは牡丹雪の冷たい花びらが尚大きく浮び、襟を開いて首を拭いている駒子のまわりに、白い線を漂わした。／駒子の肌は洗い立てのように清潔で、島村のふとした言葉もあんな風に聞きちがえねばならぬ女とは到底思えないところに、反って逆らい難い悲しみがあるかと見えた。／紅葉の錆色が日毎に暗くなっていた遠い山は、初雪であざやかに生きかえった。／薄く雪をつけた杉林は、その杉の一つ一つがくっきりと目立って、鋭く天を指しながら地の雪に立った」という絶唱で『雪国』はしばらく閉じられていた。薄く雪をつけた杉の木が一本ずつ真上に向かってすっくと立つ姿を目にくっきりと刻みながら、その奥に《天》と《地》とが対峙する雄大なスケールで、ひとつの世界を象徴的に描きだしたフィナーレである。

戦後になってさらに書き加え、現行版は火事の場面で終わりになっている。散歩に出た島村が途中で駒子に出会って間もなく、「突然擦半鐘が鳴り出」した。「繭倉が焼けている」と駒子は駆け出す。天の河にいっぱいの星が一つ一つ見えるばかりでなく、ところどころ光雲の銀砂子も一粒一粒見えるほど澄み渡っている。「大きい極光のようでもある天の河は島村の身を浸して流れて、地の果てに立っている」ように感じる。繭倉の二階から女が失神したまま水平に落ちて来た。駒子がよろけながら踏ん張った顔の下に、葉子の昇天しそうにうつろな顔が垂れていた。駒子は自分の犠牲か刑罰を抱いているように見える。そうして、「さあと音を立てて天の河が島村のなかへ流れ落ちるようであった」と作品は消えてゆく。

＊

次に、茶道の世界を描こうとしたという作品の『千羽鶴』の一節を紹介する。ヒロインの太田文子が、取り乱して書き、切手を貼るのも忘れて投函した手紙を、相手が読む前に取り戻そうと、三谷菊治の自宅を訪れる。そんなことを知らない菊治は、手紙が来てましたよと目の前で封を切ろうとする。あわてた文子は「いや、いや。御覧にならないで」と菊治の手から奪おうとする。とっさに手を後ろにまわされ、はずみで菊治の膝に手をふれるが、しなやかにかわす。文子がぐらっとのしかかって来るけはいで、きゅっと体を固くした菊治は、文子の意外なしなやかさに、あっと、声を立てそうになる。「あり得べからざるしなやかさ」だ。「文子の重みが強くかかるものと思っていたところへ、文子は温かい匂いのように近づいただけであった」。「烈しく女を感じ」る場面である。やがて文子は姿を消し、多くの謎を残して作品も消えてしまう。旅先で川端の創作メモが紛失したか、盗まれたかしたためとも聞いたような記憶がある。のちにその続きとして『波千鳥』と題する小説が発表されるが、どこか雰囲気が違う感じがあり、結局それも中断してしまう。

＊

今度は、『千羽鶴』とほぼ同じ時期に書かれた『山の音』をとりあげたい。当時、広く読まれたのか、三鷹の駅前でそういう名前の喫茶店を見かけた記憶がある。初めのほうに「山の音」というものを耳にする場面があり、「八月の十日前だが、虫が鳴いている」と始まる。大昔、アメリカの夏に、全国から集まるアメリカ人の学生を相手に、この作品を講じたことがある。暦の上でまだ秋になっていないということは説明すればわかるが、「虫が鳴く」というところは、そういう小さな音に耳を傾ける習慣がないと大変、アメリカでも虫が鳴くと、その録音でも聞かせればよかった。

原文はそのあと、「木の葉から木の葉へ夜露の落ちるらしい」と続き、「そうして、ふと信吾に山の音が聞えた」と続く。「鎌倉のいわゆる谷（やと）の奥で、波が聞える夜もあるから、信吾は海の音かと疑ったが、やはり山の音だった。／地鳴りとでもいう深い底力があった」とある。「耳鳴りかと思って、頭を振ってみた」とあり、行が変わって「音はやんだ」という極端に短い一行段落が続く。そして、「音がやんだ後で、信吾ははじめて恐怖におそわれた。死期を告知されたのではないかと寒けがした」と展開する不気味な一節である。

息子の修一は菊子という嫁がありながら、別に絹子という女をつくり、別れられないでいる。ほぼ同じ時期に妊娠したとわかった潔癖な菊子は、自分で処理してしまう。信吾はそんな嫁の菊子が不憫でならない。ある日、信吾はネクタイを結びかけて、結び方を忘れてしまう。それからしばらく経ったある日、「菊子、別居しなさい」と唐突に言う。はっと振り向いて、信吾に近寄り、小声で「こわいんです」と言う。「もし別れましたら、お父さまにどんなお世話でもさせていただけると思いますの」と言うのにかぶせて、信吾が「それは菊子の不幸だ」と言うと、「いいえ、よろこんですることに、不幸はありませんわ」。「菊子の情熱の表現であるかのようで、信吾は」はっと、危険を感じる。

＊

永井龍男を訪問してインタビューした最後のほうで、「繊細な感覚の文章となると、川端康成といった名も浮びますが」と話題を向けてみた。すると、『眠れる美女』なんてのはいいんじゃないでしょうかと受け、川端さんの花が咲いたようなところがありますね、と高く評価した。この作家の最後に、その『眠れる美女』という作品をとりあげよう。

舞台は、薬で深く眠らされた裸の若い女の脇で、「安心できるお客」が「たちの悪いいたずら」をせずに一夜を過ごす、老人専用の「秘密くらぶ」。「眠らされ通しで目覚めることのない女のそばに一夜横たわろうとする老人」ほどみにくいものはない。時には、眠っているはずの娘がいつのまにか死んでいたり逆に老人のほうが死ぬこともあるようだ。

江口老人は、眠っている裸の娘に「乳児の匂い」を嗅いで驚く。そんなはずはないと理屈では思いながら、ひょっとすると、この幻覚は、「自分の心のふとしたうつろのすきま」から浮かび出たのかと、「かなしさを含んださびしさに落ちこ」む。ここまでは哀感の域を出ない。

しかし、この作家は、さらに、それは「かなしさとかさびしさとかいうよりも、老年の凍りつくようななさけなさであった」というところまで登りつめ、読者は震撼とする。

尾崎一雄

次に、同じく一八九九年の十二月二十五日に三重県宇治山田の神宮皇學館の教授の長男として生まれた尾崎一雄をとりあげよう。家は代々神奈川県下曽我にあり、祖父の代まで宗我神社の神官を務め、母も沼津の神官の長女。小田原の県立二中に進学、父との齟齬に悩んで志賀直哉の『大津順吉』を古本で読み、すっかり傾倒して作家志望を固める。新設の早稲田高等学院に入学し、京都に志賀直哉を訪ね、念願を果たす。丹羽文雄らと文芸雑誌を創設、早稲田派の中心の一人となるが、プロレタリア文学に対する反感から小説が書けなくなる。金沢生まれの山原松枝と結婚。志賀文学の呪縛から脱して『暢気眼鏡』を発表、遅れて芥川賞を受けるが、太平洋戦争が勃発、胃潰瘍で吐血し昏倒、ほとんど瀕死の状態になるが、少し落ち着いた時期に、長年住み慣れた「ぼうふら横丁」を後にし、家族に支えられて故郷の下曽我に帰り、長い病臥生活に入る。『虫のいろいろ』『まぼろしの記』などで日本芸術院会員となるが、実生活については、自伝的回想『あの日この日』に詳しく語られている。

一九七六年四月の末日、例の雑誌企画のインタビューで、小田原市下曽我の自宅を訪問、障子を開け放した座敷の縁側で、尾崎一雄から親しく話をうかがう機会が訪れた。『虫のいろいろ』に「八畳の南側は縁で」とある、その場所だ。作品は「その西はずれに便所がある」と続き、「男便所の窓が西に向って開かれ、用を足しながら、梅の木の間を通して、富士山を大きく眺めることが出来る」と展開する。その話をして実地検分を申し出、その場所を見せてもらった。用は足さなかったが、窓から外を眺めてみた。梅の木の間を通して富士山を探したが、あいにく少しく曇っていて、その姿は見えなかった。

「文学的出発は志賀直哉への感動と同じ時期でしょうか」と質問を開始すると、すかさず「ほとんど同じですよ」と応じ、その頃のことを語りだした。「読む方では早熟」で小説好きだったが尊重はしていなかった、「面白おかしくでっち揚げて読者のご機嫌をうかがってる」。漱石は『こころ』から読み始めたが、『明暗』の途中で亡くなる。そのころ、志賀直哉の『大津順吉』を古本で読んだ、当時は無名だったから「直哉」を「ちょくさい」と呼んでたという。文章を飾らないから「言いたいことがじかに伝わってくる。内容が父親との喧嘩、こっちも親父と対立してた時期だからインスパイヤーされた」という。武者小路でなくて志賀の文章に惹かれたのは……と問うと、「天衣無縫といえば武者さん」だが、文章が野放図すぎる、「およそばからしい」とか「とてもいい」とか、用法を乱したのは武者さんだという。「鷗外や露伴は始祖だからいいけど、芥川はペダントリー（衒学）をやりたいから「ドッペルゲンゲル」なんて書く。最初から「二重人格」と書けばいい」。

『暢気眼鏡』など芳兵衛ものの「芳枝」という人物は、モデルである奥様と比べ、事実をふくらませてあるのかと、作者自身に尋ねてみた。すると、モデルのほうが新聞のインタビューで「わたくしは、あの芳兵衛という女にだんだん似てくるような気がする」と言ったとのこと。最後に、あの理不尽な奴（『まぼろしの記』）とか、超越体や神が「抵抗の対象」として出る背景を尋ねた。すると、「みんなそう感じてるんじゃないですか」と応じ、その対策として、キリスト教は神ってものを作ってるし、仏教ではお釈迦さんが救ってくれると言う。「仏教は突き詰めて行くと無神論になる、神道は、死ねば八百万の神になる」として、自分は結局、汎神論かな、それとも無神論か。とにかく、キリスト教のような一神論には同じられないと語気を強めた。

この雑誌「インタビュー」はその後、中央公論社の『ペンの散歩』という尾崎さんの著書にも、「わが文学随感」と題して集録された。形式も対談となり、よく見ると、わが名がその相手に格上げされて、尾崎さんと並んでいる。面映いが、ご厚意をありがたく拝受。

＊

まずは、志賀直哉を模範とすることを断念して、自分らしく書き出した最初の出世作、芳兵衛ものの第一作『暢気眼鏡』から入ろう。自伝的なこの作品は、貧乏暮らしの年若い妻が、金の暴騰で今が売り時という時計屋の広告を見て、自分の入れ歯の金冠をはずし、「金色の妙な恰好したもの」を夫の目の前につきつけながら、「これェ、要らないんだけどどうする?」と訊く。「これ自分で売りに行って、ドラ焼買おう」というのだ。「その歯、そんなにして、当分治せるあてはないじゃないか」と怖い顔を見せたものの、いくら貧乏したからといって、こんな子供じみた女房にいたわられてはやりきれない。そんなやりきれない思いを味わいながら、「貧乏し切って何も彼もなくなり、金歯を入質して米を買ったが、それを喰う段になり弱った」という笑い話を、苦々しく思い出す。この作品の「追記」にこんなことが書いてある。芳枝が「死んで了えば何も彼もなくなるのね」と言い、「苦しいことも、悲しいことも」と念を押すので、「そうだよ。本来東西なし、いずくんぞ南北あらんや」と応じると、「麻雀のこと?」と頓珍漢な反応をする。訪問時にそのことを話題にすると、会話ってものは受け答えがずれる場合があり、そこに面白みが出てくると説明した。そういう子供っぽい妻にほっと救われることもあり、作品では「暢気眼鏡」をかけているのは作者自身かもしれないと一編が結ばれる。

＊

次は『虫のいろいろ』。訪問の際に実際にのぞいてみた、あの「梅の木の間を通して、富士山を大きく眺めることが出来る」あの「窓の二枚の硝子戸の間に、一匹の蜘蛛が閉じ込められているのを発見した」場面。「硝子にへばりついていた蜘蛛は、二枚の硝子板が重なることによって、幽閉されたのだ。足から足三寸ほどの、八畳にいるのと同種類の奴だった。硝子と硝子の間には彼の身体を圧迫せぬだけの余裕があっても、重なった戸のワクは彼の脱出を許すべき空隙を持たない」。

「用便のたび眺める富士は、天候と時刻とによって身じまいをいろいろにする。晴れた日中のその姿は平凡だ。真夜中、冴え渡る月光の下に、鈍く音なく白く光る富士、未だ星の光りが残る空に、頂近くはバラ色、胴体は暗紫色にかがやく暁方の富士そういう富士の肩を斜めに踏んまえた形で、蜘蛛は凝っとしている」。「幽閉を見つけ出したその時から、彼のあがきを一度も見たこと」がない。「根気負けの気味で「こら」と指先で硝子を弾くと」「仕方ない、と云った調子で、僅かに身じろぎをする」。それだけだったという。

訪問時に作者自身が「鶏を裂くに牛刀を用いる」と表現したとおり、このあたりは、こんなふうに格調高く描かれる。ここに登場する蜘蛛は、そう描かれても位負けしない堂々たる存在なのだ。「幽閉」ととらえること自体がすでに人間扱いであり、「私が、根気負け」するのも、「こら」と呼びかけるのも同様だ。「彼は、仕方ない、と云った調子で、わずかに身じろぎする」あたりにも人間じみた雰囲気が漂っている。この蜘蛛の「人物」の大きさが強調され、作者と対峙するにふさわしい堂々たる存在に描かれている。その貫禄を引き立てるのが富士の姿である。この小さな作品そのものが、この「蜘蛛」に似た存在に見えてくるから不思議である。

＊

長篇エッセイ『あの日この日』にも軽くふれておきたい。病を得て、あの若い妻に支えられながら下曽我の自宅に帰って来た場面。「振り返って南方を見る。鳥居をこえて、足柄平野、その端れの旧東海道にならぶ松並木、そして相模灘、右手の、箱根につづく伊豆の山から、その先に初島をくっつけて黒く突き出た真鶴岬――。急に涙が出て来た。「とうとう帰って来たな」腕を支える松枝に言った。／「もう安心ですね」／「うん。もうこれで、いい」――私は、もうこれで、死んでも、という気持だったが、そこまでは言わなかった」。として、こう続く。「伊豆半島の年の暮だ。日が入って、風物総てが青味を帯びて見られる頃だった」。そして数行あとに「志賀直哉に、再び逢えるだろうか。それにしても一月末に訪ねておいてよかった——そんなことを考えながら、「さァ、もうひといきだ」と立ち上り、また二人に支えられて坂をのぼり始める。右側の、自家《うち》の入口への石橋に立つ小さな母の姿が見えた」と続く。その自宅を訪問したあの日、この作家は、『あの日この日』の場合は、と縁側から外を指さし、「この坂を登って来る、そこをフィナーレにしようと決めてて、文句も初めからできてた」と語った。この作家がみずからの文体の創意を明かした貴重な発言として、今でもあの日をはっきりと思い描くことができる。

石川淳

同じく一八九九年生まれからもう一人、石川淳をとりあげる。三月七日に東京の浅草に生まれ、本郷の京華中学から神田一ツ橋の東京外語に進み、卒業後、アナトール・フランス『赤い百合』の翻訳を刊行。アンドレ・ジッド、モリエールなどフランス文学の翻訳を手がけたのち、革命思想に関って教職を離れる。長い沈黙を経て『普賢』で芥川賞を受け、大戦中は太田蜀山人などの江戸時代の作に没頭、戦後は『焼跡のイエス』のあと、その後作風を一変させ『鷹』などを残すが、『紫苑物語』では主題が詩的な純度に高まったとされる。

ここでは、その『紫苑物語』を眺めてみよう。「岩山のいただきには、岩に彫りつけたほとけだちが何体か」あり、その中に首の部分が欠け落ちた一体があった。「崖のはなのうつくしい岩の、あたまの部分がすなわちほとけの首になっていて、その岩のあたまがくりぬいたようにけずり落されたので、ほとけの首もまた落ちた。しかし、首は谷の底までは落ちこまなかった。つい真下の岩のくぼみにころげて、くぼみに支えられて、そこにとどまった」。すると、その首は、ものすごい形相となり、「これを見れば三月おこりをふるうほどに、ひとをおびやかした」ので、それが元あった位置の、岩のあたまの部分に戻すと、「悪鬼の気合はウソのように消えて」「大悲の慈顔とあおがれた」。

ところが、「夜になると、たれも手をつけるものがいるはずはないのに、首はおのずから落ちて、真下のくぼみに移った。また元にかえすと、また落ちる。ついに、その落ちたところからうごかないようになった。そこに、崖のはなの、ほどよきところに、ほとけだちの立ちならぶあいだから、悪鬼はぬっと首を突き出して、四方のけしきをみわたしていた」。

そして、そこから作品は、歌うようになめらかに流れる。「月あきらかな夜、空には光がみち、谷は闇にとざされるころ、その境の崖のはなに、声がきこえた。なにをいうとも知れず、はじめはかすかな声であったが、木魂がそれに応え、あちこちに呼びかわすにつれて、声は大きく、はてしなくひろがって行き、谷に鳴り、崖に鳴り、いただきにひびき、ごうごうと宙にとどろき、岩山を越えてかなたの里にまでとどろきわたった。」と、これが散文かと疑うほど、和文体でリズミカルに流れる。

躍動するリズムではなく、歌うようなリズムだ。美しく歌いあげる繊細なリズムでも、朗々と胸を張って唱える詩吟のリズムでもない。土の匂いのしみた民謡のリズムとも違う。俗謡と評するには格調が高すぎる。長く語り継がれるにつれて、おのずから洗練されてきた民話調の《語り》のリズムとも言うべき、なめらかな調子の響きだ。読む人を深く酔わせ、ゆったりと流れるリズムである。土っぽいと同時に、読む者の心を心地よくゆさぶる、温かみと軟らかさを兼ね備えた、いわゆる民話調の調べとは微妙に差がある。スケールの大きさ、高さ、張りが違うのだ。その独特の格調とリズムは、主としてこの文章を流れる対句的な響きから生じるのだろう。「空には光がみち、谷は闇に閉ざされる」という調子、「風に猛り、雨にしめり」も、「音はおそろしく、またかなしく」もそうである。

さらには、「谷に鳴り、崖に鳴り、いただきにひびき、ごうごうと宙にとどろき、岩山を越えてかなたの里にまでとどろきわたった」と、「鳴る」「ひびく」「とどろく」「とどろきわたる」という漸層調の長文により、音は響きわたり、その音の広がりが読者の耳に感覚的に届く流れが実現している。

網野菊

その翌年、一九九〇年に生まれた三人のうち、まず小説家の網野菊をとりあげることにしたい。一月十六日に東京の麻布に、馬具製造販売業を営む、父亀吉、母ふじの長女として生まれたが、小学校に入学する年に、母親が家を去り、その後、何人もの母をもつこととなる。千代田高等女学校在学中、のちに早稲田大学教授となる伊藤康安に作文の高い評価を受ける。日本女子大英文科に入学、中条(宮本)百合子がいた。家を出た実母と再会する複雑な心理を描いた、いわゆる「光子もの」の小説を執筆。母校の同窓会の雑誌の編集を担当し、英語の授業ももつ。早稲田大学の露文科の聴講生となり、翻訳も手がける。関東大震災を体験し、「一期の思い出に」と京都に志賀直哉を訪ね、以後、奈良の志賀家に出入りし、志賀の配慮で『文芸春秋』誌に作品が載る。戦後、『金の棺』で女流文学賞、『さくらの花』で女流文学賞、『一期一会』で読売文学賞を受ける。

＊

一九七六年の八月二十七日の午後、例の雑誌の作家訪問の企画で、大塚の護国寺裏の網野宅を訪れ、親しくお話をうかがった。この作家は淡々と語る。ことばは常に少なめで、つなぎのへたなインタビュアーとの対話は、すぐにぷつんと切れる。でも、そこに、気づまりな沈黙という雰囲気はまるでなく、どちらも話していない、ただそういう時間がしばしば訪れたというだけのことである。満足して礼を述べ、腰を浮かしたとき、手つかずにあった和菓子をさっと懐紙に包んで差し出された所作に、思わず目を見はった。実に無造作に、さりげなく、やさしく。これが現実を冷酷に凝視したあの作品にこもる不思議な体温なのかと、今にして思う。

早稲田で沢庵禅師の開山によるという品川の東海寺の住職だという伊藤康安先生の講義を聴いていたら、学生運動の集会があるのか、大勢の学生が出かけて行くのを昔の文学部の教室の窓から見下ろし、先生が「ああ、僧兵が行く」とつぶやいた、自分の学生時代の思い出を話し、網野さんもその伊藤先生から綴り方の指導を受けたそうですが、とインタビューを始めたかもしれない。すると、綴り方は小学校のときからわりに好きだったが、女学校（千代田高女）の時に、早稲田の五十嵐力（『新文章講話』の著者）先生のお弟子さんだった伊藤康安先生が、学校を卒業してすぐ国語の先生として女学校へいらして、当時としては珍しく口語体の綴り方を書かされたという。そこで、それまでは文語体でお書きになっていたんでしょうかと念を押すと、いいえ、口語体が多かった、子供の時から夏目漱石さんのものが好きで読んでたけど、何といってもわかりやすいのが一番、とのこと。『吾輩は猫である』の「猫」を「物干し台」に変えて作品を書いたこともあるらしい。そこで、師事なさった志賀直哉より前に漱石の影響があったのかをうかがうと、うなずかれた。

文部省で、綴り方の上手なのを集めて本にしたときに、自分のは作文でなく歌ばっかり、万葉集が好きで読んでいたせいかもしれないという。そこで、谷崎の文章が和歌的なのに対して、志賀は俳句的、お弟子さんの瀧井孝作さんも尾崎一雄さんも俳句に関心がある。網野さんが和歌とうかがって意外に思ったけれども、平安朝風のはなやかな技巧的文章でなく、万葉集の直截的な表現なら納得できる、と生意気な口をたたいた。

小説のつもりで書いた作品が随筆集に入れられたこともあるように、随筆的な小説が多いのは意図的かと尋ねると、小説にしようと思っても随筆みたいになる、フィクションを入れたいんだけど想像力がなくて、という反応なので、フィクションを入れたいというのは作品の幅を広げたいのかと問うと、一つうなずき、「私小説家としてスタンプ捺されると肩身が狭い」という。

最後に「いい文章」の例を尋ねると、「わかりやすくて正確な文章」と概括し、「志賀先生以外では」として庄野潤三の名をあげたあと、「上林（暁）さんのものもいいですね」と言い、病気で倒れる前、娘が女子大の試験を受けるのに付いていきて、試験の終わるのを待つ間、自分のアパートで話をしたという昔話になった。その折、英国で（チャールズ）ラムがもてるという話を出したら、「英国人って大人なんだな」と応じた。それが頭に残っているという。

『言語感覚と文体意識を探りだす、雑誌の連載企画で、十五人の作家のインタビューを終えて、『作家の文体』と題する単行本にまとまった折、もちろんこの作家にも献本した。すると、「御本有難うございました　いづれ退院の節御挨拶申し上ます」と黒インクで記したはがきが小石川の消印で届いた。しかし、心待ちにしていたその日は、ついに訪れなかった。「上林さんもエッセイ風の小説だけど、心に残る。やっぱり、わかりやすいのが一番。むずかしい文章は読む気がしない、悪いけど」と微笑んだ顔が今でも目に浮かぶ。

＊

この作家は淡々と話す。そして、淡々と書く。背伸びもせず、ことさら腰を低くすることもなく、その時どきの心境を自分のことばで記すのだろう。平易な日常語で、まったく飾らない文章だが、気どらないことを気どっているようにも見えない。『風呂敷』も同様。数年前に夫の木原と満州で暮らしていたころ、ミツは気に入って大事にしていた風呂敷を道に落とす。すぐに気がついて引き返したが、見あたらない。自分の「すぐあとから支那人のバタヤが拾いもの入れの大籠をしょって歩いていた」のを思い出したが、もう遅い。家に帰って夫に話すと、「いいじゃないか、その代り、その風呂敷を拾って喜ぶ奴があったら」と言う。こういう考え方に「ひどく感心した」。ところがその後、離婚した夫の再婚相手が、二人で嫁入り先を探していた娘だと知って驚く。自分が悲しくても、一方に喜ぶ人がいればいいいわけだが、人間と風呂敷とは違うと、忌ま忌ましくて居ても立ってもいられない。

それからしばらく経ったある日、風呂から上ろうとしてからだをふいている時、ミツは、ふと、自分が、外国の唱歌をうたっていることに気づく。恩師も不治の病ではなく、追追い快方に向っている。自分もどうやら、離婚と、相手の再婚、という痛手から回復したらしい。病気の回復と同様、「一種のさわやかさと悦びがある」ことを感じる。「痛切に」とも「しみじみと」とも書かず、淡々と記している。文章の爽やかさはこういうところから生じる。

＊

次に『さくらの花』。妹が病死し、夫が「その菊の花も入れて下さい」と、棺のそばに居た葬儀屋に言うと、伊藤という付添看護婦が「いいえ、菊の花は入れないで下さい。奥さんは、菊の花はおきらいでしたから」ときっぱり言うので、葬儀屋が白菊の花を足もとに捨てた。よし子が見ると、「それが、ゆう子の入院してまもなくの大晦日に、正月の花にと思って二本自分がゆう子の病室へ持参したのと全然同型同色の中輪の白菊の花だった」ので、ハッとした。いきなり、ガクンと頭をなぐられたようなショックだった。死んで口のきけなくなったゆう子が、伊藤の口をかりてよし子をやっつけた、という風に思われたからで、「悲しんで居られぬ気持」になる。「すてられた二輪の白菊の花は、やがて、みんなの足にふまれて泥まみれになった」と記し、この作家は主人公の精神的反応にはまったくふれずに、火葬のようす、遺骨の行き先へと筆を進める。

＊

今度は『宿なし犬』と題する随筆。「来客の折など食物のにおいをかぎつけたピケ」（犬の名）が座敷の縁先きに来ると、私は当惑せざるを得ない。私は習慣的にシッと叱り、叱って了ってから恐い眼をしてにらめた顔や自分のつれなさを客に見られて恥ずかしいと思って赤面するのである。／遠くへ「疎開した飼主は愛犬の末路を見なくて気安かろうが、残された犬と近所の人達は、つらい思いをするのである」として終わる。戦時中の作品だが、戦争の責任がまったくない犬たちにもこんな悲劇が訪れていたことを知って、今さらながら胸が痛む。

『志賀先生の御家庭』に移る。「志賀夫人の母親が安産のお札を送って」よこしたのを、志賀に気がねして戸棚の中に入れ、水をやっていたが、夜に夫人が入院したので、翌朝は網野菊が夫人の部屋に水をやりに行ったところ、戸棚の前に志賀先生が立っていて、もう水やりを済ませてあった。夫人に対する志賀のこまやかな思いやりを知り、その愛情に心をうたれたという。

次は『愛情の手紙』。志賀直哉は暮れに蒲郡のホテルから、夫人にこんな手紙を出したらしい。「暮れで物騒だから夜は熊ははなして置き、戸がしまって熊が自分の家にはいれないと風邪をひくから、入口の戸は必ずナワでいわえて置くよう」と書いてある。「生きもの好きの先生は本当の熊も飼われたことがあるが、このはがきの熊は犬の名」だとある。葉書の文面以上に、「熊」が犬の名だと、あとから知らせる網野の紹介の仕方が滑稽である。

最後に、もう一つ、『石』と題する作品を紹介しよう。この作家が女流文学賞を受ける際に志賀先生に話したら、真珠も大きいのだったらあなたには似合わないから、翡翠に変えてくれるように出版社に電話をしてくれたが、指輪は真珠会社の寄贈ということで、そういうわけにはいかなかったという。その後のある日、志賀家を訪問すると、夫人が指環に先生の石を使ったらと言う。早合点して「先生の胆石の石ですか」と言うと、志賀直哉は笑って、「胆石の石はもろくて、指輪になんかなりませんよ。私が子供の時分から持って居る石の中から選んで、それを磨かせて指輪にしたら……と康子が考えついたのです」と説明したという。八十四歳の「先生が七十年も持っていらっした石だから、私にとっては、翡翠よりも、ダイヤよりも貴い石となる」。弟子として、この作家は、しみじみとそう思わずにはいられない。

中谷宇吉郎

同じく一九〇〇年に生まれた三人のうち、次に物理学者で随筆も多い中谷宇吉郎をとりあげよう。七月四日に石川県の加賀市に生まれ、東京大学の物理学科を卒業。大学で寺田寅彦の薫陶を受けてその学風を受け継いで発展させ、理化学研究所で電気火花を研究後、英国に留学して軟エックス線の究明にとりくみ、帰国後、北海道帝国大学の教授として低温科学研究所の所長を兼務、雪氷学の開拓者として雪の結晶の研究で学士院賞を受ける。随筆選集を刊行するまでに科学随筆の多いのは、寺田寅彦に倣ったものと思われる。寅彦と同じ漱石門下だった小宮豊隆は、「物の理」を学ぶ科学者であると同時に、「物のあわれ」を知る詩人的な感覚を併せ持つと評したという。

＊

まずは戦後ほどなく発表された有名な随筆『立春の卵』から。「立春の時に卵が立つという話は、近来にない愉快な話であった」と、興味をもったきっかけから始める。立春直後の、二月六日付の新聞各紙は、ちょうど立春の時刻に卵が立っている写真を添えて、新発見と騒ぎ立てたらしい。この科学者も、「全紙面を割いてもいいくらいの大事件」だと煽り立てて随筆を始める。

「コロンブスの卵」という諺があるほどで、卵というものは昔から立ちにくいことになっている。それが立春の日だけ例外的に立つということになると、地球の回転に特異な現象が現れたのか、卵自体に神秘的な力があるのか、いずれにしても「現代科学に挑戦する一新奇現象が、突如として原子力時代の人類の眼の前に現出」したことになる、そんな大仰な筆致で読者をあおる。そして、科学者らしく事実の確認からスタート。朝日新聞は中央気象台の科学者が集まって実験した結果と称して、机の上に九個の卵が立っている写真を、毎日新聞は日比谷のビルでタイプライターの台に十個の卵の立っている写真を、それぞれ掲載している。地元の札幌の新聞にも五個の卵の立っている写真が出ている。新聞報道を信じるかぎり、立春の日に卵が立つという現象は認めないわけにいかない。

すると問題は、それが立春の日に限るのかどうかということになる。騒ぎになったのは日本だけではないらしく、卵の値段が十倍以上にはねあがったという。「数千年の間、中国の古書に秘められていた偉大なる真理が、今日突如脚光を浴びて、科学の世界に躍り出」たという大仰な筆致で、読者の興味をかきたてる。しかも、「立春は二十四節季の第一であり、一年の季節の最初の出発点」だから特別なのかもしれないと煽り、「春さえ立つのだから卵ぐらい立ってもよかろう」と軽口をたたく。

気象台側の説明では、寒いと卵の密度が濃くなり重心が下がるからとなっているが、写真で見る限り、夜会服一枚でいい程度に暖房が利いているはずだ。また、「卵の内部が流動体であることが理由」とする大学の学部長の説明も、立春だけに限らないことになる。そこで中谷は自分で実験を試みる。日曜日に挑戦してみたところ、なめらかな花梨の机の上に数分で立った。今度は寒さが影響しているかを調べるために茹でてやってみても立つ。殻を破って縦に切ってみても、黄味は真ん中にあり、重心も下がっていない。要するに、卵というものは根気よく重心をとれば立つものなのだ。「実験をしないでもっともらしいことを言う学者の説明は、大抵間違っている」と、胸のすくような発言をする。

「世界中の人間が、何百年という長い間、目の前にある現象を見逃していた」ことになる。その事実を発見したのだから、「新聞全紙を割いて報道するだけの価値がある」とし、人類の盲点という雄大なスケールの話にまとめる。

＊

次に『花水木』。「水木」は水分が多いところからの命名という。また、遠望の美しさから「燈台木」とも呼ばれるらしい。俳人の讃に、海棠の色っぽさと、山茶花の寂びとを兼ね備えているとあるという。わが家の庭に植えてある、花水木と海棠と山茶花、来年はぜひ、そういう目で眺めてみたい。版画や装丁で名高い恩地孝四郎画伯は、美術館通いの道すがら、実生の花水木を拾って持ち帰り、「僕が死んでから花が咲きましょう」と中谷に書き送ったという。

『アラスカ通信』に、地理の教授を引退して狩猟と魚釣に興じているワイラーという人物の話が出てくる。鱒釣に水上機でアラスカ半島まで出かけるとか、周囲の沼沢地方を釣をしながら一周するとか、平気な顔で話すから驚き、雪なら日本がすごい、北海道では五メートルも積もると、一矢を報いようとしても、「アラスカの万年雪で覆われている地帯では一度に十メートルも積もる」と撃退される。相手は誇張しているわけではないから、そのスケールに圧倒されてしまう。

時枝誠記

同じく一九〇〇年生まれからもう一人、作家でなく国語学者の時枝誠記《もとき》を紹介しよう。東京に生まれ、東京帝国大学を卒業後、京城帝大の教授等を経て東京大学の教授。定年の二年前に、東大と並行して早稲田大学でも大学院のゼミを開く。大昔、文学部の四年に在学中、恩師の波多野完治先生に大学院進学の希望を伝え、めざすべきゼミの相談をすると、近代文学の大家、柳田泉教授に相談するようにという指示があった。当時は久我山に住んでいたので、井の頭線で吉祥寺に出、国電の隣駅、三鷹からバスで延々と揺られて柳田先生宅を訪問。文体論の研究計画を説明すると、今度、時枝先生のゼミができるからと勧められた。

事前にそういう情報を得ていたので、そのゼミの一期生として入ることができた。正規のメンバーとしては、のちにICUで教鞭をとる金井英雄と二名のみ。米人宣教師が聴講していた。すでに文学部の教員になっていた先輩の杉本つとむ、秋永一枝が時折、挨拶に顔を出す程度だから、徹底的に鍛えあげられるはずだが、初回は顔合わせが済むと、すぐ新宿のライオンにお供して、ジョッキで乾杯。大学院の初日は夢のように終わった。今でも、夢のように思い出される。年始の挨拶にうかがって、日本語の系統にタミール語説を展開した学習院の大野晋教授と顔を合わせた年もあった。それ以外に個人で下北沢のご自宅を訪ねたことも何度かあった。そこまでは順調だったが、アルバイトのつもりで始めた塾にうちこみすぎ、経営まで任されるはめになった。おまけに、院生の身で修士論文そっちのけでICUの助手を兼ね、外国人に対する日本語教育にまで手を伸ばしたため、とうとう大学院の事務所から最後通告が届く。コピー機のないあの時代に三部提出というきまりになっていたため、自分が清書した論文を次々に転記してくれる人材を確保して、きわどく間に合わせ、ようやく修士号を取得した。その間、五年。不滅の大記録である。

そんな破格の弟子でも、波多野完治・勤子夫妻が仲人を務めた結婚式で乾杯の音頭をお願いし、引き受けていただいた。司式のICU教会の牧師以外に、日本語の教え子で大学の講義も持つカトリックのネラン神父、弓道の大日本武徳会の総師吉田能安、日本語教育の創始者の一人であるICUの小出詞子ほか、お偉方の出席を請いながら、何しろ金が無いため、歴代一、二位を争う質素な宴。見かねて秋永先輩が時枝先生を酒の出る店にご案内した由、ずっと後になって知った。先生の酒好きは、ゼミ初日のライオンで、とっくの昔に知っていたはずなのに、なんとも申しわけない。

当方が国立国語研究所に勤務して間もないころ、時枝先生が入院され、所長の命令で病室の前に通った。面会謝絶の旨を伝え、見舞い客に丁重に挨拶するのが任務である。

さらに長い長い年月が経ち、こちらが早稲田大学の名誉教授として現役を引退してからのある日、犬の案内で散歩に出て、小金井の東南の隅から近くの三鷹方面に向かった。その折、ある家の門のところで愛犬ディケンズがさかんに匂いを嗅ぎだした。なんだかどこかで見たことがあるような気がして、ふと表札を「柳田」と読める。とたんに半世紀前の記憶が甦った。延々とバスに揺られてたどりつき、時枝ゼミの予告を耳にした、あの柳田泉先生のお宅だったのだ。小金井のわが家から散歩の範囲にあったことを初めて知った。この椿事については、早稲田の国文学会の雑誌に「犬のいた日々」と題するエッセイで書いたことがある。

＊

岩波書店から刊行した『国語学原論』の続篇で、いわゆる言語過程説の成立と展開について解説している。「言語」というものを音韻と概念との結合体と考える、従来の言語構成説に対し、「言語を、精神、生理、物理的過程現象であるとする言語理論」を「言語過程説」と呼び、それを主張する。すなわち、「言語」は「もの」ではなく、人間の「表現行為」、「理解行為」そのものだとする考え方である。時枝の言語過程説の著しい特徴は、ソシュールの「ラング」という言語資材ではなく、言語主体の意識、活動、技術という人間の言語行為そのものさす、という点にある。

それでは、文学と言語との関係はどうなるか。「言語の成立は、表現が理解される過程にあるのであるから、文学の芸術性は、理解の体験の中に求められなければならない」とする。そして、「文学は、言語の匂いゆく姿において把握されるものであり、折目正しい言語であり、綾ある言語である」とする。そう考えてくると、「整然と構成された論文も文学」ということになるという反論を想定し、「正にその通り」、「議会の財政演説でも、教会の説教でも、自然科学の論文でも」、「実用的機能以外に、その表現が、我々の鑑賞に堪えるものである場合には、これを文学と呼んで差支えない」とする。ただ、それらの場合は、実用的機能が果たされると同時に、表現の意義も失われるから「文学」と呼ばないだけなのだとしている。

また、同じく岩波書店から今は無き岩波全書の一冊として出た『日本文法口語篇』に、従来の文法で「形容動詞」とされてきた「静かだ」「丈夫だ」などを、「静か」「丈夫」という名詞に、指定の助動詞「だ」が付いたもの、と解釈し、「親友だ」などと同様、名詞に「だ」がついたものと解釈し、いわゆる「形容動詞」を認めない立場をとる。「親友」という純粋な名詞と違って、「大変」「非常に」のような連用修飾語を加えることができるという違いはあるが、それは「意味」の関係であり、「語性」の問題ではないという立場をとる。

＊

もう一冊、その後、山田書院という出版社から『文章研究序説』として刊行された著書にふれておこう。文章・文体の研究を志す自分にとっては、さらに関係の深い本のはずだ。「文章」の定義から説き起こし、文章の冒頭、展開、主体、場面、素材、表現性と書き進め、文章史の構想を述べて結んでいる。そういう内容を解説するのが狙いではない。「序」の部分を読んでいて、最後に妙なことに気づいたのだ。「昨年（昭和三十四年）十二月から約二ヶ月間、神田猿楽町山楽荘の一室で、専らその仕事に従事した」と明記してあるではないか。最近はせちがらくなって、大学でも年間三十週ぐらい授業があるらしいが、そのころは二月に入試が集中し、一月は出題準備で忙しいのか、年が明けると講義はあっても一、二回で、大先生は年内で終了というケースも珍しくなく、時枝博士も当然そのくち。つまり、この著書は自分がピカピカの大学院一年生だったその十二月から仕上げに入ったことになる。早々と正月休みに入ったおかげで名著が完成したと考えると有意義だったわけだ。自慢するのは筋違いだが、自分も協力したような気分になるのはふしぎである。

桜の木の下には屍体が埋まっている

梶井基次郎

ふたたび文学返りして、その翌年、一九〇一年の二月十七日、大阪西区土佐堀通りに生まれた梶井基次郎を次にとりあげよう。父親は会社員、その次男で姉、兄と三人の弟。小学校の低学年のときに父親の転勤にともなって東京の芝に移り住み白金の小学校に転入。ほどなく父親の転勤により大阪に戻り、北野中学を経て京都の三高の理科に進むが、漱石、谷崎などの文学に熱中。肋膜炎に罹り、療養のため三重県船津に。卒業後、東京帝大英文科に入学。外村繁らと同人雑誌を創刊し、『檸檬』『城のある町にて』『ある心の風景』を発表。卒業論文の提出を断念し、伊豆湯ヶ島温泉で川端康成と交際を始める。病気に居直ったように天城峠を越え、湯が野、下田を見て帰る。『ある崖上の感情』『冬の蠅』『桜の樹の下には』などを残して永眠。

＊

まずは『愛撫』。例の雑誌の作家訪問の企画で、シリーズの最初に吉行淳之介を東京の帝国ホテルに訪ねた。その折、好きな作品を問うと、「強いて言えば梶井基次郎」と言い、気に入らない作品もあるが、好きなのは『愛撫』、猫の耳見てると改札のパンチで穴あけたくなるというあれなんか、文章が自分と波長が合うとのことだった。「猫の耳というものはまことに可笑しなものである。薄べったくて、冷たくて、竹の子の皮のように、表には絨毛が生えていて、裏はピカピカしている。硬いような、柔らかいような、なんともいえない一種の物質である」とあり、問題の発言はその直後に出てくる。

末尾には、仰向けに寝ころんで、猫の前足の柔らかい蹠を、一つずつ私の眼蓋にあてがうところが出てくる。そうすると、「快い猫の重量」を感じて、「疲れた眼球」に「しみじみとした、此の世のものでない休息」が伝わってくるという。こういう発想も凡人には浮かばない。そうして、「分別の出来た大人が、今もなお熱心に——厚紙でサンドウィッチのように挾んだうえから一と思いに切って見たら?」と考えているのだと展開する。まさに感覚の発見であり、表現の創造である。

＊

次は、有名な『檸檬』。この作品は、「えたいの知れない不吉な塊が私の心を始終圧えつけていた」と書き出される。以前は、高級品をいろいろ見てまわり、「一等いい鉛筆を一本買う位の贅沢」を楽しんでいた京都の丸善、今では重苦しい場所として避けている。

そんなある日、八百屋の店先で、「レモンエロウの絵具をチューブから搾り出して固めたようなあの単純な色」をし、「丈の詰った紡錘形の恰好」をした檸檬を一個買って「往来を軽やかな昂奮に弾んで」、気づまりな丸善の店に入ると、重い画集を開いてページを繰ってみるが、眺める意欲を失う。

別の一冊を抜き出しても同様で、その上に置く。そんなふうに何冊か重なった姿を眺めながら、奇怪な幻想を楽しむ。

画集の山を城に見立て、その上に檸檬を置く。当人は「丸善の棚へ黄金色に輝く恐ろしい爆弾を仕掛て来た奇怪な悪漢」になったつもりだ。「見わたすと、その檸檬の色彩はガチャガチャした色の諧調をひっそりと紡錘形の身体の中へ吸収してしまって、カーンと冴えかえっていた」。梶井は、「埃っぽい丸善の中の空気が、その檸檬の周囲だけ変に緊張しているような気がしたという。十分もすれば、丸善で大爆発が起こる、そんな想像を楽しむ日もあったのだ。

＊

最後は、やはり『桜の樹の下には』にふれよう。「桜の樹の下には屍体が埋まっている！」もちろん、これも空想だ。だが、そうでも考えないと、「桜の花があんなにも見事に咲くなんて信じられないこと」だからだ。事実、「信じられないので、この二三日不安だった」という。「屍体が埋まっている」と想像すれば、考えられないこともない気がするからだ。

「どんな樹の花でも、所謂真っ盛りという状態に達すると、あたりの空気のなかへ一種神秘な雰囲気を撒き散らすもの」で、それは「よく廻った独楽が完全な静止に澄むように、また、音楽の上手な演奏がきまってなにかの幻覚を伴うように、灼熱した生殖の幻覚させる後光のようなものだ」というのである。

満開の極限に達した折の一瞬の静止感に、人間が神秘的な気分を味わうことを象徴する、思考レベルでの比喩と考えてもいい。そのあと、イメージを変えて「音楽の演奏」もまた「幻覚」を誘うことを追加し、さらに「灼熱した生殖」というイメージを追加して、その「後光」ととらえる比喩的思考を重ねる。こうして、真っ盛りに達した花の「静止感」をゆたかなイメージ展開で、読者の感覚に訴える表現のゆたかさに圧倒されることだろう。

稲垣達郎

同じく一九〇〇年に生まれた著者からもう一人、作家でなく今度は、日本近代文学研究の学者、稲垣達郎を紹介する。福井県の敦賀に、稲垣家の四男として生まれる。滋賀県の膳所中学から早稲田大学高等学院を経て大学の国文科を卒業。卒業論文のテーマは河竹黙阿弥だったが、劇評のほか小説や短歌も発表した。早稲田の高等学院の専任となり、明治文学研究会の推進役を務め、この頃から日本近代文学に関する論文が増える。文学部の講師として雑誌『早稲田文学』に文芸評論の筆を執る。戦後は、『文学』誌に学界時評を執筆したあと、文学史に関する精緻な実証的研究を次々に発表し、「森鷗外の歴史小説」で学位を得る。

＊

波多野完治の紹介で大学院進学に関して柳田泉に相談し、時枝研究室の一員になったことはすでに述べた。もともと川端・井伏ほかの作家の文体を研究する計画だったから、国語学だけでなく近代文学の素養も身につける必要があり、時枝ゼミのほか近代文学のゼミにも毎週参加した。柳田泉の後任として大学院の指導にあたっていたのが、この稲垣教授であった。そういう縁で、当時文学部の学生だった稲垣令嬢にアルバイトを紹介していただいた。ちょうど大学の教会関係者が事件を起こした時期で、「キリスト教が脚光を浴びている折から」と、書きことばでその話を切り出され、さすがに教授の娘は違う、と印象に残った。その折に勧められ、日本語の文章指導にあたった相手がネラン神父。「徒然草」ぐらいは一人で読めるぐらいの日本語の知識があるが、自分で文章を書くとなると別で、自信がないから、日本語らしくなるよう手を入れてもらいたい、ということだった。そのアルバイトがその後、G・ネラン著という単行本が何冊も世に出るまで何十年も続くのだから、縁というのは実に不思議なものだ。

稲垣先生には、大学院を出てからしばらくご無沙汰していたが、井伏鱒二から尾崎一雄の祝賀の会があるからと通知があり、出席すると、井伏、尾崎はもちろん、檀一雄の娘にあたる檀ふみら大勢の出席者の中に、稲垣先生のお姿を見かけて久しぶりに談笑した。その折に『名文』と題する近著の話を出したらしく、その本が届いた旨の便箋五枚にわたる毛筆の丁重な礼状が届いて恐縮した。そして、程なく『角鹿の蟹』というご著書が届いた。とびらの見返しに「お笑」の下にクサカンムリの元になった字形を添えて「おわらいぐさ」と読ませ、宛名を書き、署名した直筆の紙が貼ってある貴重な一冊である。

「あとがき」に書名の由来が書いてある。「角鹿」は「つぬが」と読み、「敦賀」の古名。そこの蟹は「どこの蜜の味もかなうまい」と思うほどにおいしいとある。「この本に、そんな味があるわけがない、反対に、蟹の口からふき出す泡のようなもの」、と謙遜している。また、蟹のようにみごとに横這いできたわけでもなく、「折にふれて、ほんの少し横に這うようなこともあったに過ぎぬ」と、どこまでも謙虚だ。

＊

少し中身を紹介しよう。『三女』と題する随筆があり、「昭和十二年九月十五日の夕方に生れた。これで都合三人とも女である」と始まる。産科医の奥さんに「御安産で、お嬢ちゃんですよ」と言われ、「いつもの者か」と思ったという。いくらか出額で奥目だが愛らしい。鷗外の書簡に、「愛児の写真を、丈夫そうだと褒められて、何も勝手むきに使う道具ではあるまいし」と書いてあったのを思い出したらしい。「留女」と命名するが、女の子が続くのを打ち止めにするという意図はまったくなく、そのころ読んでいた志賀直哉の『留女』という作品にあやかったのだとある。生年月日から判断すると、その三女というのが、どうやら昔ネラン神父を紹介してくれた学生の稲垣令嬢だったことになる。

柳田泉に関するエッセイもいくつか載っている。英文学を中心とする西欧の理解をふくんだ、東洋の思想ないし倫理で、そういう合理主義をも大きく呑み込み、「茫洋としてきわまるところがない」、だから三宅雪嶺や幸田露伴に愛されたとある。そして、「博覧強記の巨人」で、体だけでなく「大型の研究者」であり、どの学者もそれより「幾まわりも小さい」と、その訃報を受けとめている。『建学八十周年記念早稲田大学アルバム』掲載の自伝が、「富貴栄達に念なく、楼学自得、孜々実証につとむ、蓋し天性也。学風は古人を期し、独創を尚ぶ。文章は自然を好んで華燭を排するも、詩歌はもって養神の具となす」という格調の高い文章で綴られているのを引用し、稲垣は「自然を好んで華飾を排」した、平易達意を旨とする、屈託のない文章である、と評している。そうして、「きちんとした格があり、なかなか艶がある」と評した。

最後に、『頭蓋骨』と題する短いエッセイを一つ。「多磨火葬場で荼毘に附された」柳田泉の頭蓋骨の話である。「薪をつかったむかしは、標本や考古学資料室などでみられるような完全なものがのこった」が、「火力の強いちかごろは、こわれがひどくなった」という。「カマから引き出された鉄の台には、まだ炎が立ち、火照りが感じられるくらいだった」らしい。「すぐ目にはいったのは、白く大きな頭蓋骨」。頭の「皿の方からうしろと側面へかけてが残っており、三分の二あたりで、縦にふたつになっている」。色は、「石膏のように白くはない」し、また、「白磁のような、なめらかな感じでもない。「やや肌は粗いが、しずんだ白色で、じつにきれいだった」と、冷静に観察し、そうして、「碩学の脳をつつんでいたものが、これほどの部分で、美しくのこっていたことがうれしく、感動した」と、鑑賞できた思いをしみじみと語っている。

小林秀雄

次は、翌一九〇二年生まれの文学者を二人、まずは批評家の小林秀雄。四月十一日に東京神田の猿楽町に、東京高等工業助教授ののち日本ダイヤモンド社を設立した父豊造と牛込出身の母精子との長男として生まれる。二年後に生まれた妹富士子は、のちに漫画「のらくろ」の作者、高見沢仲太郎と結婚。筆名「田河水泡」は本名の「たかみざわ」の宛て字という。当人の小林秀雄は白金小学校から府立一中に進み、富永太郎、河上徹太郎を識る。旧制一高でのちの心理学者波多野完治と同級であった関係で、波多野の小学校時代の同級生永井龍男と波多野の家で出会う。東京大学仏文科在学中に中原中也の恋人長谷川泰子と同棲。卒業後に『様々なる意匠』で雑誌「改造」の懸賞評論に入選。マルクス主義文学を批判し、谷崎潤一郎、室生犀星、正宗白鳥ら、時代の流行になじまない作家をとりあげた。川端康成らと雑誌『文学界』を創刊。戦後、戦争責任者の一人に指名され、明治大学教授を辞任。『モオツアルト』『ゴッホの手紙』『考えるヒント』『本居宣長』と鋭い洞察を歯切れのよい文章で展開、説得する文体を実現した。

＊

一九七六年の十月二十九日、例の雑誌の作家訪問企画の最終回として、鎌倉雪の下の小林秀雄邸を訪れた。アプローチの右側に白木にニスを塗っただけの高い板塀があり、建物も同様の造りになっていた。それが気に入って、ラワン縦張りの改築中のわが家にも採り入れた。といっても、むろん品質や値段は大幅に違うはずだ。

最初に波多野完治の弟子だと名のれば、なごやか雰囲気になったと今は思うが、その当時はこの批評家が同級生の波多野の家で永井龍男と初めて会ったなどという事実を知らない。不器用にもいきなり文章の具体的な質問をぶつけた。「漢語を駆使して論を展開しているのに抒情を感じさせる、その硬質の抒情の中にある俗語の問題」として「この世の真実を陥穽を構えて捕えようとする」と格調高く始めながら、「しみったれた歌」という俗っぽい話しことばが同居する実例を示しながら、その意図を問うところから入った。すると、「用語が乱雑で形式が整っていないわけだ」と応じ、「言語が社会的な秩序をもっている時代はもう過ぎちゃって、自分が文士になったころは形式が失われて、文章のうまい、まずいが一概にきめられなくなっていた」という。寄席に通うかたわらフランス文学をやってるから、書こうとすると両方の影響が出てくるらしい。

『ドスエフスキーの生活』『ゴッホの手紙』の末尾を例に、文章を閉じるとき、最後を締めるとか、逆にふくらみを持たせるとか、と書き手の意識を問うと、そこは意識するとのこと。「文章は音楽のように余韻が必要、終わってもまだ生きてる感じが。『本居宣長』は遺言状から始めたが、そこへ戻ってくるという予感があった」、「うまく戻せれば文章になる」とのこと。また、貶すときには分析ができるが、褒めるときには感動があって、それは分析できない、分析している間は論理であって感情が入らない。論理で説明できないものがなければ批評にならない。まず感動がなければ僕の批評はなかったという。

最後に、肌で感じている日本語の性格を問い、こっぴどく叱られた。日本人にとって、国語は外部にあるものではなく、僕らがその中にいる、国語は僕らの肉体なんだと激しい口調で論じだした。「日本語を批判しているわけではなく、関係詞がなく、テンス（時制）が心理的で、正書法がなく読点の位置が揺れ動く、そういう日本語の性格は論理を運ぶうえで具体的なご苦労がおありかと思って伺った」わけだと弁明すると、口調はやわらぎ、「言語学者と作家とでは考え方が違って当然」と認め、「国語という大河に流されながら、その源泉を感じる努力をしている」と締めくくった。

＊

インタビューが終わって雑談に入ってからも有意義なお話をいろいろうかがった。二十年ほど続いた喫煙の習慣を休んで三週間ほど経つという話を出すと、それならもう大丈夫だと言う。禁煙には二の字のジンクスというものがあって、まず二十分後に吸いたくなる、そこを過ぎると今度は二時間後に猛烈に吸いたくなる、そして二日後、二週間後と続くが、ジンクスもそこまでで二ヵ月後というのはないからだという。論拠は知らないが、大批評家に慰められ、それから半世紀経った今日まで休煙はまだ続いている。それから当人の体験を拝聴した。診察の際、酒はほどほどならいいが、たばこがよくないと医者に言われ、帰りかけたら、「おーい、忘れ物だ」と医者がピースの箱を持って追いかけてくる。禁煙しようと思って待合室に置いてきたと説明すると、「逃げる気か、そんな根性じゃ、たばこはやめられん、いつでも吸えるよう脇に置いて、それで吸わないでいられるようじゃないと」と説教をくらったそうだ。この批評家の話はいつも、一つ一つがずしりと重い。

＊

最初に『無常という事』をとりあげる。まず感動がなければ僕の批評はなかったと語ったとおり、慄えるまでの深い感動を源とするモチーフの激しさに呼応し、詩と批評の近接をめざす、この稀代の論客は、世間の常識をくつがえし、読者をねじ伏せる文章の奥で、論理にひそむ魂の響きが読者の胸を揺する。「評論」という語を避け、あえて「感想」と呼んだ、あの激越で奔放な文章の正体である。

「比叡山に行き、山王権現の辺りの青葉やら石垣やらを眺めて、ぼんやりとうろついていると、突然」、『一言芳談抄』の一節が「心に浮び」、滲みわたったという。「ひどく心が動き、坂本で蕎麦を喰っている間も、あやしい思いがしつづけた」と、異様な体験の余波を語る。こういう美との突然の出会いという神秘を穿鑿しても意味はないが、その瞬間、自分の中で満ち足りた絶対的な時間が流れたことは否定できない。およそ芸術にとって、知識など役に立たない。美との神秘的な出会いを可能にするのは、心を虚しくして対象に向き合う真摯な態度にほかならない、というのである。

＊

次は『徒然草』。「つれづれ」という語は平安時代の詩人に好まれたが、誰も兼好のように辛辣な意味をこめる者はない。兼好にとっては「紛るる方無く、唯独り在る、幸福並びに不幸」を意味するのだという。彼は「批評家であって、詩人ではない」から、新しい随筆文学が誕生したのではなく、「空前の批評家の魂が出現した文学史上の大きな事件」なのだとする。だから、「兼好は誰にも似ていない。よく引合いに出される（鴨）長明なぞには一番似ていない。かれはモンテエニュがやった事をやったのである。モンテエニュが生れる二百年も前に。モンテエニュより遥かに鋭敏に簡明に正確に」と、きわめて高い評価を与えている。そうして、「文章も比類のない名文」であって、「正確な鋭利の文体は稀有」なのに、そう見えないのは彼が名工で、「よき細工は、少し鈍き刀を使う」からだという。

＊

次に『実朝』。壮快な一首とされる「大海の磯もとどろによする波われてくだけてさけて散るかも」について、小林は「何やらぶつぶつ自問している様な上句と深く強い吐息をした様な下句との均斉のとれた和音」、「同じ性質の発想に始まり、同じ性質の動きに終っている」この一首。「こういう分析的な表現が、何が壮快な歌であろうか。大海に向って心開けた人に、この様な発想の到底不可能な事を思うなら、青年の殆ど生理的とも言いたい様な憂悶を感じ」る、この批評家はそこに実朝の孤独を読みとるのである。

＊

次は『モオツァルト』。「乱脈な放浪時代の或る冬の夜。大阪の道頓堀をうろついていた時、突然、このト短調シンフォニイの有名なテエマが頭の中で鳴った」という。（モーツァルトの交響曲四十番）「人生だとか文学だとか絶望だとか孤独だとか」、そんな「やくざな言葉で頭を一杯にして、犬の様にうろついて」いるとき、「街の雑沓の中を歩く、静まり返った僕の頭の中で、誰かがはっきりと演奏した様に鳴った」。「脳味噌に手術を受けた様に驚き、感動に顫えた。百貨店に馳け込み、レコオドを聞いたが、もはや感動は還って来なかった。自分のこんな病的な感覚に意味があるなどと言うのではない」が、モーツァルトの音楽についていろいろな知識を得た今、はたしてその頃よりト単調シンフォニーをよく理解しているのだろうかという問いは無意味ではないという。芸術における知性と感性という問題だ。美とは何か、芸術がわかるとはどういうことか、そんな悠久の問いに対する、この批評家の答えはこうなる。

「モーツァルトの音楽に夢中になっていたあの頃、僕には既に何も彼も解ってはいなかったのか。若しそうでなければ、今でもまだ何一つ知らずにいるという事になる。どちらかである」。こういう対極の表現できっぱりとニュアンスを断ち切るのが、小林秀雄の一貫した批評のスタイルだ。そうして、「僅かばかりのレコオドに僅かばかりのばかりのスコア、それに、決して正確な音を出したがらぬ古びた安物の蓄音機、何を不服を言う事があろう。例えば海が黒くなり、空が茜色に染まるごとに、モオツァルトのポリフォニイが威嚇する様に鳴るならば」と、昂る心を倒置表現に託して、まさに歌うようにその章を閉じるのである。

＊

最後に、『ゴッホの手紙』をとりあげ、その息づかいにこの批評家の文体を味わってみたい。「翻訳文化」という冷やかな蔑みの世評に「文学は翻訳で読み、音楽はレコードで聞き、絵は複製で見る。誰も彼もが、そうして来たのだ、少くとも、凡そ近代芸術に関する僕等の最初の開眼は、そういう経験に頼ってなされた」と一応認めたうえで、「尤もな言い分であるが、尤も過ぎれば嘘になる」と、独特の言いまわしで切り返す。そうして、「近代の日本文化が翻訳文化であるという事と、僕等の喜びも悲しみもその中にしかあり得なかったし、現在も未だないという事とは違う」とし、それらは何よりもまず「生きる為に、あれこれの退っ引きならぬ形で与えられた食糧である」と受け止める。つまり、「翻訳文化という様な一観念を食って生きて来たわけ」ではない、「喜びも悲しみもその中にしかあり得なかったし、現在も未だない」という。そして、「この方は当り前過ぎて嘘になる様な事は決してない」とし、「愛情のない批判者ほど間違う者はない」と斬り捨て、「現に食べている食物を何故ひたすらまずいと考えるのか」と、その思いあがりを戒める。

上林暁

同じ一九〇二年生まれのもう独りの文学者、作家の上林暁に移る。十月六日、高知県、現在の大方町に小学校教員の長男として生まれた。本名は徳広巌城。その後、父親は造り酒屋を経営し、長い間、村長を務めたという。当人は高知三中時代に文学に目覚め、回覧雑誌を始め、芥川龍之介に傾倒。熊本の五高に入り、校友会雑誌に入選する。そのころ熊本市の上林町に下宿したため、筆名に上林を用いる。上京し東京帝国大学英文科に進学し、卒業後、改造社に入り、「現代日本文学全集」の校正を担当後、編集部に移る。五高時代の仲間と同人雑誌『風車』を刊行し、作品を発表。社員の執筆が禁じられているため、上林暁の筆名を用いる。田島繁子と結婚後、伊藤整、瀬沼茂樹らの雑誌と合併し、「新作家」となる。『新潮』誌に『欅日記』『薔薇盗人』を発表し、文壇に進出。父親が病に倒れ、しばらく郷里で過ごしたあと、ふたたび上京し、丹羽文雄、尾崎一雄、伊藤整らと雑誌『文学生活』を創刊。不遇の時期から妻が発病し、小金井の聖ヨハネ会桜町病院に寝泊りして看病するも、八年後に三十八歳で死亡。当人ものちに左半身不全麻痺となり、十年後に再度の脳出血で入院、手脚や口が不自由となる。

＊

『聖ヨハネ病院にて』は、いきなり「僕はこの頃、聖ヨハネ病院の一室で寝泊りしている。この病院の精神病科へ移って来ている妻を看取るためである」と始まり、看護婦から「いつ如何なることが起るかも知れない」と告げられる場面へと続く。「顔の腫みが日増しにひどくなり、その腫みが右の脚にまで及んで、立ち居もままならなくなっている」から状況が理解できたし、院長の診察でも「衰弱が激しいから」「恢復は覚束ないものと思って」「看取りをするつもりで」と言われて「最後の宣告」を受けたことがわかる。「妻に別れる悲しみを通り越して、妻が亡くなった後の煩瑣な雑事を考えて」それに悩んでいたという。「この数年来、僕はすべてを諦めて、妻の病気が快くなって、もう一度社会に有用な人となり、家庭に幸福をもたらして呉れる人となることを望んだことはなかった」という。そういう悲惨な状況下にありながら、「妻の思い出話を筆録しておこうとする」のだから、作家の根性はすごい。そこで、「退屈ざましに、これから毎日、何か、思い出し放題に話して見ないか」と言うと、「憤然とした面持で」「嫌やですよ。貴方はまたそれを小説に書いて発表するんでしょう」と拒否したという。「心の奥底に潜む卑しい作家根性を、妻は看破した」と、「万年筆を鞘に納め」「ノートを閉じ」たと続く。「心霊的な透視力さえ伴って」きたように思う、こういう勘の鋭さが度を超えて、病気の一因になったかと、この作家は疑う。

＊

もう一編『極楽寺門前』をとりあげよう。妻の珠子がお産をして何日か経ったころ、妹の弥生を連れて新宿に出た。珠子も行きたいと言うが、産後まだ七十五日にもなっておらず、無理をすると体に障ると思ってなだめ、不興げな妻を残して二人で出かけた。駅前の支那料理で食事をし、帝都座の地下にあるモナミで冷たいものを飲み、高野フルーツで西瓜を買って帰宅した。少し冷やして弥生が「義姉さん食べない?」と勧めると、珠子は「ぷすんと黙ったきり」見向きもしない。珠子はまだ機嫌が直っていないどころか、「さっきの不興がいぶりつづけている」、いや、むしろ不興が募っている。「えこひいきに腹を立て」、「妹の方を自分より愛していると思う嫉妬の感情が、きざして来たのだ」。産後のせいで「一種病的でさえあった」とある。

やがて妻と妹は仲よくなり、妹の弥生は何一つ不満をもらさないで、名残を惜しみつつ国に帰る。そうして、「一昨年の春先きに、胃ガンで死んだ。最初の亭主は戦死して、のち後妻に行って百姓をしていた。享年五十七歳であった」として作品を閉じる。読者にとっても、なんともやるせない読後感である。

風鈴の音がその日いちにちの終りをセンチメンタルに結ぶ

森茉莉

その翌年、一九〇三年生まれから三人とりあげる。まずは一月七日、東京千駄木に森鷗外と二度目の妻志げとの長女として生まれた作家の森茉莉をとりあげる。病弱だったため大事に大事に育てられ、成人しても幼児性が抜けず世間になかなかとけこまなかったようだが、それが特異な作風の基盤となっている。御茶ノ水附属小学校から仏英和高女に転校。卒業後、仏文学者山田珠樹と結婚し、仏英独に滞在、西欧風的作風の基盤となる。のちに離婚し、東北帝大教授の医学博士と再婚して仙台に住んだが、やがて離婚し、孤独な生活の中で文学への道を探り、室生犀星に師事。回想的随筆『父の帽子』でエッセイスト・クラブ賞を受け、随筆家としてデビュー。身辺を描いた『贅沢貧乏』、小説『恋人たちの森』などと幅を広げた。

＊

まず、『記憶の絵』にある「写真」というエッセイを紹介しよう。「写真の科学現象を疑っている」

とある。それは自分の顔が「十五、六歳までは実物と同じ人間だということを誰も信じないほどの美人に写ったのが、現在では妖婆にうつるから」だという。ただし、悲哀から救ってくれた人が二人いて、一人は写真をひと目見て「まるで違う」と叩きつけるように言い、もう一人は本人を見て「まあお若くて、失礼ですけれどお写真の方は……」と語尾を消したという。失礼なことはない、写真とそっくりと言う人こそ失礼だ。「実は悪く写るという恐怖が悪く写る原因らしく、知らないでいるところを撮った写真は四十位の可愛らしいばあさんである」と添えて、一編を閉じる。

＊

『記憶の絵』にある「旧かなと新かな」と題するエッセイ。昔、「文部省で旧かなを新しいかなに変えようとした時」、父親の森鷗外がその会議で「長い長い話をして、かなづかいを変える案を葬ってしまった、ということを知った時、すごく感動した」という。「こんな風景も出てくる。フランスでも、ドイツでも、文明国はみんな、昔の言葉を変えない」から、自分が巴里で珈琲店に入って珈琲を誂え、「ギャルソンが紙切れに、腰に紐で吊した鉛筆で」「書くのを覗くと、そこに書かれる言葉はすべて、バルザックの小説の中にある同じ言葉と全く同じ綴り」らしく、今の日本では不思議だが、フランスでは不思議でも何でもない。店のテーブルやギャルソンのなりや鉢植えの蘇鉄まで、「モオパッサンの小説の挿絵と同じ」らしい。どこの国でも、「英雄を誇り、詩人を誇り、画家を誇り」、国の美しさを誇るように、「自分の国の言葉を大切にし、その美しさを自慢している」とある。読んでいると、すぐに新しいものに飛びつくこの国の国民性がつくづく情けなくなってくる。

＊

『空と花と生活』で、「棒杭に布を張った乞食の住居」でさえ、後ろに垂らした絨毯などにその男の好みが現れていたり、住人のうつろな表情にも楽人の趣がのぞいていたりする戦後の欧州の「華やかな廃墟」にひきかえ、現代日本人は「他人の頭で考え、他人の心臓で感動し、他人の眼でルオオに見惚れている」という。たしかにマスコミに操られる一極集中のこの国で、次々に画一的な価値観をもった日本人ができあがる。この作家はそういう風土に警鐘を鳴らし、何かに縛られた造りものの人生を批判する。

その意味で、もう一編、『贅沢貧乏』から「ほんものの贅沢」を紹介しよう。冷蔵庫も洗濯機も冷暖房も炊飯も電気仕掛け、部屋ごとにテレビを設置し、外車を乗りまわし、犬はポメラニアンかコッカスパニエル、猫はペルシャかシャム。脚気や神経痛になるほど、「人間が牛肉やハム並みに冷蔵庫に入っているなんて狂気の沙汰」とし、贋ものの贅沢な奥さんが高価な着物を自慢げに羽織り、すれ違う女を見下し、夫の地位を誇る。そんなのは品性いやしい人間が贅沢ぶっているにすぎないのだろう。心の奥底に「贅沢」を悪いことだと思う気持ちがあるようでは本物ではなく、「金を使ってやる贅沢には空想と想像の歓びがない」という。

幸福感は現実そのものではなく「空想の混じりあった所に」存在するからである。「隣の真似をしてセドリックで旅行するよりも、家にいて沢庵でお湯づけをたべる方が贅沢」であり、凝った「料理屋の料理より、沢庵の湯づけの方が贅沢なのは千利休に訊くまでもない」ともある。ともあれ、「ほんものの贅沢は悪いことではない」。この「贅沢」論は、「たしなみ」と切り放せないように思われる。

サトウハチロー

次は、同じく一九〇三年の十一月十三日に東京で生まれたサトウハチロー。父親は少年小説『ああ玉杯に花うけて』で人気を博した佐藤紅緑。「紅緑」は俳句の手ほどきを受けた正岡子規の命名という。八郎は生後すぐ、その佐藤家に寄寓していた小説・戯曲の真山青果に育てられ、小日向小学校に通う。同級にのちの姿三四郎の作者富田常雄がいたらしい。野球に夢中で、早慶戦で遊撃手として活躍する夢を追って早稲田中学に進学するも、授業に出ないため退学となり、あちこちの学校を転々、立教中学中退。その間、詩人の福士幸次郎に預けられ、その紹介状を持って西條八十を訪れ、童謡を学ぶ。雑誌に童謡を発表する一方、詩集『爪色の雨』で詩壇にも登場。昭和に入り、浅草でエノケンらと軽演劇の台本やユーモア小説を書き始める。戦後はさらに作詞も手がけ、『りんごの歌』『夢淡き東京』『長崎の鐘』などを残した。

＊

『愉快な溜息』にこんな場面が出てくる。「パラソルの影にお尻が一つモックリと書いてある」前衛的な絵画に「彼女のすべて」という画題がついているのを眺めながら、「真理のようにも思うけど、少し違うような気もする」とつぶやく場面だ。どちらの批評もあたっているような、いないような。そこが滑稽に感じられる。

『センチメンタル・キッス』には「夕方犬が寂しさのあまり、ひっかけた小便のしみがまだ建物にのこっているなんて、得も言われぬよき場面である」とある。汚いとされる対象にある種の美を見出す、こんな思いがけない発見にことばを失うこともある。こんな風景も出てくる。「横町におもいおもいの椅子をならべて、春の朝風に吹かれて髪をつむなんて悪い気持じゃなさそうだ。桜の花が、どこからか散って来て、刈られている四人の肩にとまったり、バリカンの柄についたりする」という一節にも、昔の風情と季節感がよみがえる。貧しさを楽しむ庶民の風流が心地よい。

『露地裏善根帳』には「よろこびはすぐ消えるけど、さびしさはなかなか消えない」とある。これも心理的な発見だ。そういえば、そうかもしれない。その少し先には、「いればうるさいが、いなくなるとものたりなさは倍増」というのも出てくる。どれも人間心理の深いところを言いあてているような気がする。

『僕の東京地図』には、「アセチリンガスの匂いを嗅ぐとおふくろを思い出す」とか、磯くさい匂いを嗅いで、「この匂いもおばさん位は思い出す」とかと展開する。詩人の感覚なのかもしれない。『青春相撲日記』には、「お隣りから濡れ縁を伝っておせんこ花火の匂いがしてくる」とあり、「風鈴の音がその日いちにちの終りをセンチメンタルにむすぶ」とある。風鈴の音が遠く過ぎ去った日々を思い出させ、郷愁をかきたてるのだろう。

出典が小説であれ、随筆であれ、ユーモアの奥に詩的な感性がのぞき、読者を黙らせる。

小津安二郎

同じく一九〇三年生まれから、もう一人、今度は映画監督の小津安二郎の作品をとりあげ、せりふにしみついた日本語の粋を鑑賞してみたい。十二月十二日に東京深川に父寅之助、母さゑの次男として生まれる。生家は肥料問屋、湯浅屋の分家。屋号は小津家の出身地、三重県の紀州湯浅にちなむ。深川の明治小学校に入学。好んで絵を書いたらしい。小津家の郷里である三重県松坂に転居し、地元の小学校に転校し、尾上松之助の映画を鑑賞し、病みつきになる。宇治山田中学に進学。高校受験に失敗して一年浪人したのち、小学校の代用教員となる。妹の女学校卒業を待って上京し、深川に両親とともに生活。叔父の助けで松竹キネマ蒲田撮影所に撮影助手として勤務。関東大震災で家を焼失。青山の近衛歩兵連隊に入営。伍長で除隊、撮影所に復帰し、成瀬巳喜男らと知り合う。撮影所の城戸所長に認められ、中篇喜劇を多作。一九四〇年に『お茶漬の味』、一九四九年に『晩春』、一九五一年に『麦秋』、一九五二年に『お茶漬の味』、一九五六年に『早春』、一九五七年に『東京暮色』、一九五八年に『彼岸花』、一九五九年に『お早よう』、一九六〇年に『秋日和』、一九六二年に『秋刀魚の味』などの傑作を残し、翌年の十二月十二日、満六十歳の誕生日、還暦を迎えたその日に死去、劇的な人生に幕を下ろした。

＊

母親が襦袢を縫っている途中で眠くなり、運針の乱れに気づくと、すぐにほどいて縫い直す、自分が死んでもこの襦袢は残るからだという。小津はそれを日記に書きとめ、自分も、いい姿でいつまでも残る、恥ずかしくない映画を撮ろうと心に誓ったという。その小津が出征中に、狙撃してきた敵に向かって応射した弾丸が偶然に杏の枝をかすめ、白い花がはらはらと散った。瞬間、闘いを忘れ、その風景に思わず目を奪われ、じっと眺めていたという。映画人の職業病である。

小津映画で映し出されるヒロインは潔癖、高潔な人物である。その一人、『晩春』の原節子演ずる曾宮紀子は、父の友人が再婚したことを知り、当人に面と向かって「何だかいやねえ」と率直に話しかけ、「何だか――不潔よ」と続け、「きたならしいわ」と追い討ちをかける。その原節子が母親役を演じ、司葉子が娘を演ずる『秋日和』では、母の再婚話を耳にしただけで「きたならしい！　そんなの大嫌い」と息巻いて家を飛び出す。最終作となった『秋刀魚の味』では、娘とあまり齢の違わない女と再婚した友人に、笠智衆の演ずる平山周平が「このごろお前がどうも不潔に見えるんだがね」と話しかけるから、潔癖なのはヒロインだけではない。案外、小津自身の倫理観を代弁しているのかもしれない。

小津映画では、東京に住む大人は「ちょっと」を「ちょいと」と崩す。そのため観客はその語形から笠智衆、佐分利信、中村伸郎、杉村春子、淡島千景らを連想する。ちょいと崩れた雰囲気は、ちょいと都会的で頽廃的な街に暮らす、ちょいとばかし小粋な味を出そうと考えていたふしがある。小津の畏敬する作家志賀直哉の口ぐせだったという。『東京物語』でも、おでん屋の女主人お加代は、ちょいと小粋な中年増であると、シナリオのト書きにまで使う念の入れ方だったのも理解できる。

作品『秋日和』には、風通しのよい粋な会話が目立つ。中村伸郎の演ずる「田口」が、北龍二の演ずる「平山」に、いきなり「お前ンとこは何年になる?」と尋ねる。質問の意味がつかめず「何が?」と聞き返すと、「細君を亡くしてさ」と肝腎の情報をようやく口にする。ここは共通の友人の七回忌の席だから、それだけで通じてもおかしくないのだが、あいにく勘の悪い大学教授には通じない。結果はともあれ、相手のプライバシーにかかわる話題では、露骨な表現を避けるのが日本人のたしなみとなっている。

原節子の演ずる未亡人「秋子」に、司葉子の演ずる娘アヤ子の年齢を尋ねた佐分利信の演ずる「間宮」が「もうそろそろだな。ねえ、奥さん」と話を向けると、それだけで何がそろそろなのかを理解し、秋子は「ええ、お願い致しますわ。いい方がありましたら」と娘の縁談をよろしく頼む。「見合い」も「結婚」も「縁談」も一言も口に出さず、会話がなめらかに進行する。その後も、間宮が「アヤちゃんの話」と言いかけただけで、秋子は見合いの件だと察し、「それがもうお決まりになってたんですって」と応じる。田口が間に入って進めようとした話が実はもう手遅れだったという情報が、これだけのやりとりで伝わる。いかにも日本的なコミュニケーションである。こういう隙間だらけのことばのやりとりを、小津は粋だと思ったらしく、名作と評価の高い作品に好んで多用する。

その後の作品、最後となった『秋刀魚の味』にも、そういう風通しのいい対話が目立つ。会社の上役、笠智衆の演ずる「平山周平」が休みの多い女子社員のことを話題に出すと、別の女子社員が「結婚するんだとかって」と応じ、平山が「じゃ、よすのかい」と尋ねる。何を「よす」のか言わなくても相手には退社の話と通じ、即座に「さア」と答える。そのあとも、「君はご主人、何してるの?」と尋ね、「わたくしまだ」と答えるだけで未婚という情報が伝わる。だから、すっきりとした対話になるのであり、いちいちことばに出したのでは、べったりと息苦しく、野暮ったくなる。

岩下志麻の演ずる娘「路子」が結婚することになって式に臨む直前、万感をこめて「お父さん」と呼びかけ、何か言いかけると、平山は娘の手を持ち添えて、「アア、わかってる……しっかりおやり……」とことばを返す。お前の気持ちも、言いたいことも、みなわかっているから、ことばはもういい。そんな場面だ。言い果《おお》せて何かある、皆まで言うな。そんな美意識が通用していた時代の、いかにも日本人らしい言動だ。ことばなしにコミュニケーションは成立し、心はすでに通じ合っているのである。

自らの内面を一切語ろうとしなかった小津安二郎は、「夕食の時老母の死去の電話が山内からあり、車を雇い蓼科を九時に出発、甲府駅前にてラーメンを喫し鎌倉に向かう」と淡々と記すのみ。記録はこれだけだが、訃報が届いたとき、「ばばあ、とうとう、いっちまいやがったか」と言ってタオルを取り、水道の蛇口からじゃあじゃあ水を出して幾度も顔を洗い、夕飯の席で一口ごとに顔を拭いたという。まさに小津映画の寡黙の感情表現である。

＊

作中人物の名は平山・間宮・三輪・小野寺・田口・河合・堀江、子供は実と勇、女は千鶴、紀子、秋子、アヤ、店の女は加代・とよがくりかえし登場し、俳優も笠智衆・佐分利信・中村伸郎・佐田啓二・佐野周二、原節子・杉村春子・淡島千景・沢村貞子らが何度も演ずる。テーマや題材の似た作品も多い。『晩春』と『秋日和』もその一つ。改作でなく後日談と解釈すれば、原節子の演ずる『秋日和』の未亡人秋子は、『晩春』の紀子の四半世紀後の姿に重なる。好きな人と結ばれてしあわせな娘、司葉子の演ずるアヤ子もまた、母と似たような人生を歩むかもしれない。多くの人の一生もこんなくりかえしのようだ。

『東京物語』に笠智衆の「周吉」と原節子の「紀子」とのこんなやりとりが出てくる。「あんたみたいないい人ァないいうて、お母さんもほめとったよ」と「周吉」が言い、「紀子」が「あたくし、そんなおっしゃるほどのいい人間じゃありません」と否定し、「あたくし狡いんです」と言ったあと、「そういつもいつも昌二さんのことばっかり考えてるわけじゃありません」「思い出さない日さえあるんです。どこか心の隅でなにかを待ってるんです」と続ける。脚本家の山田太一は最初にこの映画を観たときは、この「ずるい」というせりふを、相手が打ち消すのを見越した偽善のことばと感じ、それこそ「ずるい」言い方だと一瞬思ったという。戦死したと思われる時期から八年も経過していたら「いつも亡夫のことばかり考えていないのは当然」だからである。事実、周吉は「ずるうはない」と即座に否定し、「やっぱりあんたはええ人じゃよ、正直で」と仏壇から老妻の時計を形見に差し出す。その後、山田は突然納得する。あの戦争でおびただしい数の人間が死んだという厳然たる事実を忘れかけている日本人に呆れ、ああいう強いことばを言わせたことに思い至ったのだという。

そういえば、最後となった作品『秋刀魚の味』にこんな場面が出てくる。パチンコ屋で思いがけなく再会した元駆逐艦の艦長だった笠智衆の演ずる「平山」と、その部下だった加東大介の演ずる「坂本」とがこんなせりふを交し合う。「もし日本が勝ってたら、どうなってますかねえ?」と坂本がことばをかけ、今ごろふたりともニューヨークにいると言って、「目玉の青い奴等が丸髷か何か結っちゃって三味線ひいてますよ」と想像をたくましくする。ここで重要なのは、観客の誰もそんなイメージをまともに信じないということだ。たとい敗戦後でもアメリカ人がそんなまねをするとは思えない。それが日本ではどうだ、坂本は「今の若い奴等、向うの真似しやがって、レコードかけてケツ振って踊って」いると眉をひそめて情けない顔をする。

＊

最後となったこの作品の終わり近く、モーニングをめぐって思いがけず慶弔が一瞬交叉する対話が現れる。平山は娘の路子の結婚披露宴のあと、足もとをふらつかせながら、なじみのバーのドアを押す。岸田今日子の演ずるマダムがモーニング姿に目をとめ、「きょうはどちらのお帰り？　お葬式ですか」と軽い調子で声をかける。なじみ客に対するからかい半分のたわむれだ。ところが、きょうの平山は違う。娘を嫁がせた親のむなしさを亡妻に訴えたい気持ちがある。「うーむ」と唸って一瞬考え、「ま、そんなもんだよ」と応じる。ふだんなら軽い冗談ですむところだが、今夜は違う。気持ちの中で祝儀と不祝儀、慶弔が一瞬交叉する。娘の婚礼がめでたいものと知りながら、大事な家族を手放したというむなしさ、ある種の喪失感が心のどこかにわだかまっていたとしても不思議はない。

五彩の花々は絶間なく空を染め、絶間なく空に吸込まれた

木山捷平

　その翌年に生まれた四人の作家のうち、まず三月二十六日に岡山県の現在の笠岡市に生まれた木山捷平をとりあげる。父は村役場の収入役の静太、母為の長男。県立中学在学中から雑誌に樹山宵平の名で詩や俳句を投稿、同人誌も出している。卒業後、早稲田の文科志望は父の反対で果たさず、姫路師範を出て教鞭をとるかたわら、詩作に励む。上京し東洋大学に入学。詩の雑誌の同人となり、草野心平らを識る。病を経て次第に小説に専念するようになり、滑稽ななかに哀感をひそませる独自の世界を構築。宮崎みさをと結婚し、大久保に新居を構える。壁に描いた落書きのようにどこかうら悲しいユーモア小説を発表し、『河骨』『大陸の細道』『長春五馬路』『耳学問』などを発表しユニークな作家として知られ、井伏鱒二、尾崎一雄らと交際。食道癌で東京女子医大病院に入院し、死去。

＊

『文壇交友抄』に蔵原伸二郎の最後の姿が描かれている。読売文学賞に選ばれたが、白血病に罹り

授賞式にも出られなかったという。木山が見舞いに行くと面会謝絶になっていて、奥さんと小声で話していると、耳が遠くなっていて何を言っても聞えないという。帰るときに握手をしてやってくれと言われ、痩せ細った手を握ると、蔵原は握り返し、「酸素がうまいよ」とくりかえしたという。こんな話も載っている。井伏鱒二と将棋を指していて、考えていると、「君は八段の真似をするね」と言われたらしい。井伏は「文章でもポーズで書く人があるね」と続けたので、それ以来早ざしにかわったという。その井伏が甲府へ疎開していたころ「所用で上京して来たんだが、どうかね、一丁やろうか」と言う。こうなると、五番や六番ではおさまらないとある。状況が目に見えるようでおかしい。「阿佐ヶ谷将棋会」も将棋だけで散会するのだったら出席者は一人もなかったかもしれないとあるから、必ず酒宴に流れるのだろう。古きよき時代の文士の姿がしのばれる。

『酒中日記』にはこんな話が載っている。三好達治の三周忌の帰りに、朔太郎の娘の萩原葉子の提言で、森茉莉、庄野潤三らと「渋谷道玄坂の六兵衛ずしに繰り込んだ。達治の行きつけの店だったという。「女性がそばにいると見栄をはりたがる」木山が、「三好達治の勘定はまだ残ってない？」とおやじに尋ねると、「亡くなる三日前の晩に、きれいにすまして行かれました」とのこと。「もしまだならお前が払うつもりだったのか」と横槍が出て、「ダーとなってしまった」とあるから、正直な作家である。

『仲秋の名月』という一編には、月の出のようすを擬人化した描写が出てくる。「月はまず松林の松の幹の間にのぞき、それからしばらくの間用心ぶかくあたりの叢を照らしておいて、頃合を見はからってぱっと空におどり出るのである。そのおどり出る時の一瞬の姿がおもしろいのである」とし、「むろん一ぱいやっている私の気持が悪かろうはずがなかった」と続く。ところが、その松が伐採され、「じゃけんな地主さんよ、あなたは十三年も辛抱づよく待ったのに、どうしてあとの十日間が待てなかったのか」とぼやく。だが、木を切るときに月の出を気にする人はめったにいない。

『椎の若葉』にはこんな場面が出る。青森県の碇ヶ関温泉に一泊する。風呂からあがって、電気を消す。礼儀というのとは違うような気がするが、自分でもなぜ消したのかよくわからない。夕食のときに女中にその話をすると、「ここは温泉ですからね」と言い、「夏になって電気を消すと川で鳴く河鹿の声がいっそうよい声にきこえる」という。

『ふるさとの味』という一編には岡山らしく桃のおいしい食べ方が出てくる。「熟すると自然に木からおちるが」、その「寸前、プーンとあまったるい芳香を放っているやつを枝からもぎとって、うぶ毛のはえた、皮をクルクルッとむきとり、おつゆを地べたにたらたらたらしながら、食べるのに限る」というのである。

＊

最後に『酔いざめ日記』のあちこちを紹介しよう。雑誌に二年近く連載した自筆の日記から、文学的な会合に関する部分を抜粋し、その後に終焉までを追加したものという。

昭和七年の元日から始まっており、「遊廓をあるいて、ラジオで善光寺の除夜の鐘をきく」などとある。翌二日のところには「夜目がさめたら、部屋の中に何やらもえているものあり。あわてて、ふとんにつきし火に水をぶっかける。卓上電燈の電球が、フトンに引火したものらし。眼鏡のロイドもえてしまう」などと、小火さわぎの記述あり。

昭和十年三月十七日には「太宰治のペンネームで文壇に乗り出した杉並区天沼一‐一三六東京帝国

大学仏文科三年・津島修吉君は去る十五日午後友人の作家井伏鱒二氏と横浜へ遊びに行った帰路、桜木町駅から飄然と姿を消したので、十六日夜井伏氏から杉並署へ捜索願を出した。同君は芥川龍之介氏を崇拝して居り或は死を選ぶのではないかと友人は心痛している」と新聞発表ありという記述になっている。

昭和三十三年十二月七日には阿佐ヶ谷で忘年会があり、ふぐ料理が出たが、「慎重な伊藤整氏は、フグ料理が一わたり人々のノドを通ったところを見計らうかの如く遅れて現われた」という記述がある。昭和三十五年六月十七日には「自転車で吉祥寺に出る途中、前交番十字路で横断。」とあり、オートバイと衝突して救急車で病院に運ばれ、足の骨が二箇所折れているこがと判明。

昭和四十三年五月六日には、「車で東京女子医大消化器センターに行く」とあり、「中山博士の診断は一分間で終る」のあと、「ガンセンターに入った者は皆死んだ、ここに来たに死んだ人はいない」と言われたことが記されている。そして、七月二十一日、「珍品松たけを早速、汁にしてくれたが、口から入れて、香りと味をかむだけであった。食道を通さず悲しい」とあり、八月九日には「中山教授回診は一秒くらい」とある。夫人の加筆を含め、こうして八月二十三日分まで記されている。

永井龍男

一九〇四年生まれの作家四人のうち二番目に永井龍男をとりあげよう。五月二十日に東京神田猿楽町に、活版屋勤務の父教治郎、母ヱツの四男として生まれる。錦華小学校を経て一ツ橋高等小学校に入学。父の死亡で米穀取引所仲買店に小僧奉公に出るが、三ヶ月でやめ、数年間医者通い。文芸雑誌に短篇小説『活版屋の話』を応募して当選し、菊池寛の推賞を受ける。短篇『黒い御飯』の原稿を持ち、初めて菊池寛を訪れるが、関東大震災で家を焼失、最初の長篇小説の原稿百枚も焼失。翌年、小学校時代の同級生波多野完治の家で波多野の高校時代の同級生小林秀雄を紹介され、やがて同人雑誌に発展、堀辰雄を識る。横光利一の推薦で文芸春秋社に入社し、横光、川端、堀らと同人雑誌を起こす。久米正雄夫人の妹悦子と結婚。鎌倉二階堂に転居、芥川賞・直木賞の事務を担当。専務取締役に就任して終戦を迎える。公職追放令を受け、文筆一筋の生活に入る。『朝霧』で横光利一賞。林芙美子急死の後を受け、朝日新聞に『風ふたたび』を連載。短篇集『青梅雨その他』で野間文芸賞・芸術院賞、『コチャバンバ行き』で読売文学賞、『秋』で川端康成文学賞。

＊

一九七六年三月五日の午後、鎌倉雪の下にある永井龍男邸を訪ねた。小林秀雄の自宅も近い。その二人が初めて出会ったのが波多野家で、自分はその波多野完治の弟子にあたる、そんな因縁話から始めれば、すぐにうちとけた雰囲気になったと今は思うが、当時はそんな事実を師匠から聞いていなかったから、「小説と随筆の違いについて、落語でいえば桂文楽は小説的、古今亭志ん生は随筆的とお書きになっているが、文楽が登場人物の性格描写に凝るのに対して、志ん生の場合は話の主人公がみな志ん生に似てくる」ということかと確認するところから話を始めた。すると、大きくうなずき、文楽が舞台装置や登場人物の性格まで台本がきちんとできているが、志ん生の場合はその時の気分で勝手に進行してしまうと解説してくれた。そこで、ご自分の作品はどちらのタイプか、随筆的な小説も多いが、と水を向けると、鷗外の『諸国物語』に感心して、自分から離れた題材で短篇小説が十篇も書けたら満足だと思ったが、年齢を重ねるに従って想像力が枯渇し、身辺雑記のようなものになってしまうと振り返り、それでも頭の中に筋が終わりまでできあがってから書きだすようにしているという。

作中に描写や説明の省略が多いことを指摘し、『庭』から「湯河原へ行くか行かぬかが、返事の総てになる」として章を改め、「翌晩十時を過ぎて、律子は家に着いた」とある。肝腎の湯河原での場面がそっくり省かれているわけで、くどくならないようさらりと運ぶ垢抜けした展開だと生意気な感想を述べると、半意識的というか、省略する傾向があるようだと振り返った。語感の話題も出た。東京では「あたくし」ということばを女の人がよく使ったものだが、最近ほとんど聞かなくなったと残念がる。小津映画の世界だ。「あたくし」なんて書いても今は通用しないようだが、「わたくし」とすると田舎っぽくなるという。そこで、「あたくし」には都会の上品な女性のちょっと崩した甘えがあるのかと自分の語感をぶつけると、大きくうなずき、「教養を柔らかくしたような感じもあるかな」と補足した。

最後に、うまい文章なんていうものを信じないとおっしゃる名文論をうかがった。昔は名文の見本があったが、今はなくなったということでしょうかと尋ねると、昔は志賀直哉の文章を原稿用紙に書き写すのが文章修業だったが、今はそういうのがなくなった。現在では飛びぬけているのは小林秀雄、一般に若い時代のものが多い、樋口一葉もそうと言い、寺田寅彦を追加した。川端康成では『眠れる美女』、久保田万太郎では『末枯』あたりとか。帰りに門の外まで送って出られ、「あの井伏があんたによくしゃべったね、将棋や釣の話なら別だが」と言われる。筑摩書房の雑誌『言語生活』の二月号のインタビュー記事をすでに読んでいたらしい。井伏は自分の文章のことはあまり話したがらない作家なのだそうだ。

それから数年後、筑摩書房から三人の共編で全六冊の「講座日本語の表現」を刊行した。そのうちの第四巻『表現のスタイル』で木下順二、串田孫一、小島信夫、高井有一、三枝和子、安岡章太郎、中里恒子、後藤明生といった実作者にも原稿の執筆をお願いしたが、巻頭のとびらエッセイを永井龍男、中村光夫にお願いした。永井さんのは「文章と文脈」というタイトルで、末尾に「鎌倉・額田病院にて」とあるから、病の中の執筆だったのだろう。今でも申しわけない気持ちが残る。

＊

まずは小説『冬の日』の末尾、結婚して女の子を産んで間もなく若くして死亡した娘、母を喪った嬰児を見かねて、登利は東京のアパートから二人を自宅に引き取る。が、自分もまだ四十二、二年ほどともに暮らしてみたが、いつまでもこういう生活を続けるわけにもいかず、自分がこの家から出て行くほうがいいと、明け渡す決心をして、睡眠薬でぐっすり眠った。「節穴から射している光り」が「異様な赤さで、ほの暗い空気を染めている」のに恐怖を感じる。「日本の桜の細々とした冬枝越しに、真赤な巨きな太陽」が真向かいにある。「元日の夕日」が黒い屋根屋根の上で「弾んでいるようにも見え、煮えたぎって音を立てているようにも感じられ」る。登利は深々と息を吐き、板の間に膝をつく。「激しい情欲が迫り、煮えたぎる太陽の中へ、遮二無二躍り込んで行く体を感じた。／太陽はその間も、一瞬ごとに沈んで行った。」と、まさに躍りこむような激しい筆致で描いたあと、「小ぢんまりとした、古い二階家だった。／床の間に供えられた小さな鏡餅には、もう罅が入っているようであった」と、打って変わった落ち着いた文調で鎮め、しっくりと平静に一編を閉じる。

＊

次は、小説『風ふたたび』の花火の場面。昔の両国の川開き、今で言う隅田川花火大会の一景である。一連の仕掛け花火が終わり、「濃い一面の白煙が、ほのかに余燼に映えつつ」川上へ吹き上げられて、「対岸のビルの灯も、川を渡る総武線の灯も」見えがくれする。「両国橋をへだてた向うの空に、音なく開く花火」が見えると、「虚空を切り、風を打つ気配ともども、香菜江の頭上は、金のあざみ、銀のあざみに、さあッとおおわれた」として、最後の競り合いが描かれる。「金のあざみ、銀のあざみ、柳の雪が燃え、散る菊にダリヤを重ねる。五彩の花々は、絶え間なく空を染め、絶え間なく空に吸い込まれた」と続く。そうして、「めまいのように、ぺたりと、もうせんに腰をおとした香菜江を、爆音のこだまが、一時におそった。手のひらで顔をおおうと、眼の中にも花火があった」と展開する。

大きな花火の燃え尽きた直後、濃白の煙がもうもうと流れ、その奥に対岸のビルの灯や、川を渡る総武線の明かりが見え隠れする。仕掛け花火が終わってほっと一息入れた川筋のざわめき、時折行き交う甲高い叫びというあたりに、よく鍛えられた眼や耳を感じさせ、場面を生き生きと伝える。そのあとの描写も、動詞の現在形や名詞止めを織り交ぜ、臨場感を出している。「手のひらで顔をおおうと、眼の中にも花火があった」という記述も、空を焦がす花火のすごさを間接的に伝え、残像を描く文そのものがあたかも花火の残像であるかのように美しい映像に仕立てている。ここはある種の美文調だが、花火という伝統美の類型性に掻き消され、気取りを感じさせない。

幸田文

同じ一九〇四年生まれから、次に幸田文をとりあげたい。九月一日、東京向島に生まれる。父は明治の文豪幸田露伴。その次女。幼くして母と姉を亡くし、やがて弟も夭折。麹町の女子学院に学びながら、父から家事を含む厳しいしつけを受ける。昭和の初めに結婚し、長女の玉が誕生。性格の不一致から離婚し、長女を連れて幸田家に戻る。継母が別居中のため、以後は露伴のそばで一家を守った。戦時中は年老いた父の看護をしながら娘の成長を見守る。八十歳を迎えた露伴を祝う雑誌の記念号に求められ、父親との生活を綴る随筆を発表。同じ年に露伴逝去に伴う雑誌の追悼号に「雑記」を執筆、さらに雑誌『文学』の追悼号に「終焉の記」を、『中央公論』に「葬送の記」を発表し、新人として文壇に登場する。その後、小説に幅を広げ、『新潮』誌に一年間連載した長篇『流れる』で新潮文学賞、続いて芸術院賞を受ける。さらに短篇集『黒い裾』で読売文学賞。ほかに『みそっかす』『包む』『おとうと』『闘』など。

＊

まずは『流れる』から。女中志願の主人公梨花が蔦の家という芸者置屋を探しあてるが、勝手口が見つからず、玄関前でとまどっていると、家の中から芸者たちの話し声や物音が聞えてくる。この作者はその音を「ざわざわきんきん」と聴き取る。前半は「ざわつく」の「ざわ」、後半は「きんきん声」の「きんきん」で、ざわついた物音とよく響く高い声を象徴する創作的なオノマトペで感覚的に描きとる。「一尺ばかり格子を引いた。と、うちじゅうがぴたっとみごとに鎮まった。どぶのみじんこ、と聯想が来た」と続く。ちょっと格子の音がした瞬間、物音も話し声もぴたりと収まる。さすが客扱いのプロである。そのみごとな反応から、この作家は瞬間「どぶのみじんこ」を連想する。比喩というより直感なのだろう。そして、「あどけなく舌ったるく」職業上の声で出迎えた女主人は、相手が「見え《まみ》の女中だと」わかると、とたんにトーンを落とし、普段の声で応対する。相手がだれかわかって受け答えの声が劇的に変化するのを、作者は「同じその声が糖衣を脱いだ地声になっていた」と描きとる。女中として住み込むことになった初日、梨花が夜の十時を過ぎても食べ物にありつけないでいることに、その粋筋の女主人がはっと気づいて思わず相手の顔をのぞく。それを「じいっとこちらを見つめている眼が美しい」と書き、「重い厚い花弁がひろがってくるような、咲くという眼ざしだった」と描く。「眼」を「花弁」というイメージでとらえ、その視線を「咲く」と解した新鮮な発想の絶妙の比喩表現である。

＊

次は若くして逝った弟を偲ぶ『おとうと』。癇癪を起こして雨の中を傘も持たずに学校へ出かけた弟に、傘を持たせようと追いかける姉のげん。そのげんの視線で眺める大川の景色。「桜並木よりほかに物のない土手の朝」、「足達者の人たちを追いぬき追いぬき、げんは急いでいる」。その一町ほど先に、「今年中学一年にあがったばかりの弟が紺の制服の背中を見せて、これも早足にとっとと行く」。「その後ろ姿には、ねえさんに追いつかれちゃやりきれないと書いてある」。なかなか追いつけない姉には、そんな意地になって急ぐ弟の姿が感じられるのだろう。その距離はなかなか縮まらない。「腹立ちっぽいものはかならずきかん気屋なのだ。きかん気のくせに弱虫にきまっている」ときめつけ、「大股にしてせっせと追いつこうとする」。が、弟は「それを知っていてやけにぐいぐいと長ずぼんの脚をのばしている」ように感じる。

そうして、「げんも傘なしにひとしく濡れていた」と続く。そこまでずうっと主人公のげんの位置から、その視線の先を追ってきたカメラが、ここでようやく後ろに退き、初めて視点人物げんの姿を映し出す。もしもそうせずに、ここも同じ視点で「私も傘なしにひとしく濡れていた」となっていたら、濡れそぼつ自身のけなげな姿で同情を誘うようなナルシシズムに陥っていたことだろう。そういう危険を免れたのは、三人称形式の枠組みを残した作品の視点構造の効果であったように思われる。

＊

次はエッセイの『蜜柑の花まで』。雪が降ると勇んで父親の酒の支度にとりかかったという。「雪の日にあたたかい鍋のもの」を用意するのが人情だが、当人としては、「雪が降るからこそ湯気の鍋よりむしろ潔く青い野菜など」を膳につけたかったという。「声さえも籠るように深く降り積んだからこそ、ぴりりと辛いはっきりした食べもの」が合うのであり、鍋物はむしろ「こがらしのほうがいい」、「ひゅうっという裸木の声にからんで、ものの煮える音が膝のそばからたぎってくれば、うまさと酔いは倍まし」だという。

＊

次も『余白』と題するエッセイ。鏡に映る「畳のへりのけばだち」にも「卓上の花」にも、「秋の深さがきっちりと出ている」とある。嫁入り道具として購入したやたらに大きな鏡、部屋を少し広げて片づけ、ふと見ると、大きな鏡がまた残っている。寸法まで測っておきながらうっかりして、またはみ出してしまったまぬけな鏡。情が移ったのかいささか感傷的になりかけて、せめて裸の表面に蔽いをかけてやろうと物差をとった。見ると自分の姿を映している部分の周囲に余裕がある。自分の姿は幅も丈も縮まったらしく、鏡の中に納まっている。ふと気がつくと、「鏡の余白は憎いほど秋の水色に澄んでいる」。贅肉が落ちてスマートになったと思えば悪い気はしないが、気づかないうちに体力が衰えていたことを老いと考えると、いい気分ではない。鏡の余白が「秋の水色に澄んでいる」という発想は美しくすがすがしいが、そこに「憎いほど」という連用修飾語をかぶせずにいられないところに、澄みきった秋空の美しさに軽い反撥を感じる筆者の複雑な心が映っている。まさに憎いほどすごみを感じる表現である。

*

もう一篇、『崩れ』に軽くふれておきたい。初夏の楓の芽吹きが爽やかだと聞き、県の自然保護課の人と五月に静岡、山梨県境に位置する安倍峠に出かけた。「幸田さんは年齢七十二歳、体重五十二キロ」という奇妙な紹介があったのは、自力では歩けない場所に至った場合に誰かが背中を貸すための予告である。楓の芽吹きには少し早かったが、「山気に身も心も洗われて」下山した。その夜の宿は梅ヶ島温泉で、「宿の前を渓流が走っている」。安倍峠は「安倍川餅でおなじみの、安倍川の上流」、安倍川の源にあたる。翌日は「上天気で、山裾を右に巡り左に巡る車窓には、浅みどり、深みどり、黄緑、赤緑がふんだんに流れて」「快く緩んだ最高の気分だった」ころ、車が停まり、ドアが開く。ぐるっと見て、はっとする。「巨大な崩壊が、正面の山嶺から麓へかけてずっとなだれひろがっている」。「自然の威に打たれて、木偶《でく》のようになった」とある。それまで「緑、緑でうっとりしていて、突如そこにぎょっとしたものが出現したのだから」無理もない。

「大沢は富士山てっぺんの、俗にお鉢とよばれる火口の崖淵すぐ下から、山体を刳って一気に、ほぼ真西へ向けて走りおりる、すさまじい崩壊谷」、「新潟県は崩れの多いところ」、富山県の立山連峯の一つ、鳶山の崩壊もある。長野県の「姫川沿線は地すべり、崩壊、洪水の災害が多いところとはきいていたが、駅を出たとたん、そこがすべったところと指さされては度肝をぬかれる」。鹿児島の桜島の川はしばしば土石流となって暴れ、山はもともと「火山の噴出物で出来ている崩壊しやすい山であり、容易に深く刳られてしまう谷であり」、「一度雨がふれば狂奔する川」であって、「桜島のみならず火山国日本の、国土の背うている宿命だった」ことに気づく。

これが最後の長篇として刊行されるときに著者はすでにこの世を去っていた。娘の青木玉が執筆した「あとがき」によると、雲仙火砕流の映像がテレビに映り、「母の待って居たもの、書こうとしていたものは紛れもなくこれだと思った」とある。「岩肌をむき出しにした古い崩壊の恐しさでなく、細々と崩れつづける悲しみでもなく、凄まじく噴き上げる煙、弾けとぶ石、襲う熱気、駆け下る木だ」と思ったというのである。

堀辰雄

同じく一九〇四年生まれからもう一人、堀辰雄をとりあげる。十二月二十八日に東京麹町の平河町に裁判所勤務の堀浜之助を父として生まれた。妻との間に子がなかったため、母西村志気との子ながら堀家の嫡男となる。母はのちに彫金師の上条松吉に嫁ぎ、辰雄もそこで育つ。東京府立三中から一高に入学、同期に小林秀雄、深田久弥がいた。室生犀星、芥川龍之介に師事。関東大震災で母親が水死。東京大学国文科に進学し、萩原朔太郎、中野重治と交際。中野、田島いね子（のちの佐多稲子）らと同人雑誌を始める。卒業後、川端、横光、永井龍男らと同人雑誌を始める。翌年の夏に喀血して長い療養生活が始まる。翌年、長野県の富士見療養所に入院し、のちに婚約する相手、『風立ちぬ』のモデルとなる矢野綾子と出会う。詩誌『四季』を創刊、すぐに廃刊となるが、翌年、三好達治、丸山薫らと復刊、立原道造らの詩人を育て、中村真一郎、福永武彦ら若い作家の活躍の場ともなる。婚約者の病気が悪化し、療養所に共に滞在するが、暮れに死去。『風立ちぬ』を発表し、『かげろふの日記』を書き上げたあと、滞在中の追分の油屋旅館の火災により、その続編のためのノートを焼失。追分で知り合った加藤多恵子と結婚し、軽井沢に新居を構える。夫人と木曾から大和の寺々を歩き、『大和路・信濃路』を執筆したが、喀血し、しばらく安静に、一九五八年五月の末に突然の大喀血、追分の新居で夫人に看取られながら息を引き取る。川端康成が葬儀委員長を務め、多磨墓地に葬られた。

＊

やはり『風立ちぬ』の一節を紹介しよう。「私達はお前の描きかけの絵を画架に立てかけたまま、その白樺の木蔭に寝そべって果物を齧っていた。砂のような雲がそらをさらさらと流れていた。そのとき不意に、何処からともなく風が立った。私達の頭の上では、木の葉の間からちらっと覗いている藍色が伸びたり縮んだりした」という場面だ。「描きかけの絵を画架に立てかけ」、「白樺の木蔭に寝そべって果物を齧っている若い男女」がいる。空には「砂のような雲が」「さらさらと流れている」。「不意に、何処からともなく風が立つ」。そのせいで白樺の枝が揺れて、葉の間からのぞいている藍色の空が伸び縮みする。ふいに草むらに画架の倒れたらしい音が聞こえた。女が立ち上がりかけると、男がひきとめて離さない。その失いたくない時間の中で、二人は生きている実感をかみしめる。女の肩に手をかけた男の口に、ふと「風立ちぬ、いざ生きめやも」という一片の詩句が浮かぶ。

まさに絵のような風景であり、そこに必死に生きている男女に対する感情の動きが伴わなければ、一枚のスチール写真に堕してしまいそうな危険な美しさである。だが、読者はそこに、愛の戯れではなく、一瞬ずつを悼まねばならなかった悲愴な愛を感じて、その姿に打たれる。しかも、「お前」という二人称で語りかけられるため、そこに自身を重ねて読むこともでき、緊密感が横溢し、感情移入をなめらかにする。

「風立ちぬ、いざ生きめやも」、「ふと口を衝いて出たそんな詩句を、私は私に靠れているお前の肩に手をかけながら、口の裡で繰り返していた」とある。もはや取り戻すことのできない過去を思い出しているのだ。こんなふうに閉じられる文末表現に、過ぎ去った「あの時」への哀惜の念が痛いほどに感じられ、読者は黙してしまう。

もう一つ、論理的な意識を感じさせる接続詞によってではなく、「その白樺の木蔭」「そのとき」「それと殆ど同時に」「それは」「そこに」「そんな詩句」といった、先行文のある部分を指す語を用いて関係づけがおこなわれることで、文展開に連続感が生じ、そこを綿々たる抒情が流れる。

そのとき不意に、何処からともなく風が立つ。この立つ風は、季節感をよびおこし、その皮膚感覚をとおして象徴的に深まる。風が立ち、ひとつの季節が過ぎ去る。じっと封じこめておきたい二人の時間は、無情の終焉を迎える。ほとんど先の希望の見えない病を背負った恋人どうしが今の一瞬を大事に生きているようすが、「風立ちぬ、いざ生きめやも」という一句に凍結したようにも見える。意欲や意志というにはあまりに弱よわしい。むしろはかない希望に近かったかもしれない。ともあれ、時が移ることへの感傷が哀切に伝わり、ひとつの文学的空間を重ねることとなる。

伊藤整

翌年一九〇五年生まれの文筆家四人のうち、まずは一月十六日生まれの伊藤整をとりあげよう。父は広島県出身で日清、日露の戦役を経験した陸軍少尉。当人は兄弟姉妹十二人の長男で、北海道松前郡に生まれる。本名は「ひとし」と読み、「せい」は筆名。小樽高等商業に進学、一年上に小林多喜二がいた。そのころから詩歌に励み、のちに処女詩集『雪明りの路』に収められる詩を発表。卒業後、中学教師として詩作に励み、『雪明りの路』を自費出版。上京し、東京商大（のちの一橋大学）に進学。同人雑誌で梶井基次郎、外村繁、北川冬彦ら、学校の文芸部で瀬沼茂樹を識る。ジェイムズ・ジョイスら新心理学文学の唱導者が注目され始め、大学を中退。終戦前に郷里の北海道へ疎開し、一時、北海道大学の講師となるが、戦後に上京し、長篇『鳴海仙吉』、評論『小説の方法』を発表。早稲田大学第一文学部、東京工大に出講するかたわら、ロレンスの『チャタレイ夫人の恋人』の翻訳を刊行し、猥褻文書の容疑で押収されていわゆる「チャタレイ裁判」が始まる。そのかたわら、『伊藤整氏の生活と意見』『女性に関する十二章』などのベストセラーを発表するなど、旺盛な評論活動を展開。さらに大作『氾濫』を完成し、その前の『日本文壇史』とともに数々の文学賞を与えられた。当時のわが住いから北へ向かい、洋画家の東郷青児の瀟洒な門構えを右に見て、久我山街道に出ると右側の小高い場所に伊藤整の新しい家が聳えている。まっすぐ横切ると井の頭線の久我山駅で、早稲田大学に通学の折に毎日通ったものだ。

＊

『若い詩人の肖像』から、あちらこちらを引いてみよう。そのころ肺病で死にかけていたという山村暮鳥の「おうい雲よ／ゆうゆうと／馬鹿にのんきそうじゃないか／どこまでゆくんだ／ずっと磐城平の方までゆくんか」という系列の短詩を好んでいたという。また、その前に肺病で死んだ無名の八木重吉の「故郷」と題するわずか二行の詩を愛していたとして、「心のくらい日に／ふるさとは祭のようにあかるんでおもわれる」という、その全文を引用し、「私なら、きっとこの後に何か説明を四五行つけて、この効果をこわしてしまうだろう」と続ける。文章のどこにも、どの部分が八木重吉の詩の引用であるかを明記しておらず、文脈や日本語表現の約束ごとによって正確に伝わる。伊藤が感銘を受けるのは、まったく無駄のないすっきりとした姿であり、凡庸な詩人なら、こうすっきりとした表現に仕立てることはできず、よけいなことばを加えて台無しにしてしまうだろうというのだ。

「神経質な丸い顔だちで、度の強い眼鏡をかけた、早口の百田宗治」、「上体を真直にしていかつい顔だちで坐っている二十五六歳の青年は三好達治」、「隅の方に」「太った大柄の青年が学生服を着て黙りがちに坐っていた」それが「丸山薫」とある。「小柄で健康そうな、三十四五歳の男が、背広をきちんと着て壇上で喋っていた。それが写真で知っている里見弴」、「着物に袴をつけた蒼白い顔の長髪の男が立っていて、ひっきりなしに煙草を喫い、髪を掻き上げていた」それが芥川龍之介、という記述もある。

梶井基次郎が奇妙な幻想に襲われた話をしてくれたともある。「桜の花の根や幹が透明になって、地面の下まで透いて見える」、「幹の中にある数限りない細い管を、樹液が根の方から登って行くのが分る。そして桜の根元の地下には、色々な動物の死骸が埋まっている。それは鹿や犬や猫や猿や鼠や、色々な動物の」「腐敗した身体の方に、桜の根が生きもののように伸びて行って、毛細管がその死骸にからまっている。そしてその腐った死骸から養分を吸いとっては上の幹から枝へ、枝から花へと送っているのだ」と語ってくれたらしい。伊藤が「熱のさめないうちに、是非書いておけ」と梶井に言ったとある。とすれば、梶井の名品『桜の樹の下には』は、そのおかげで今日の読者を惹きつけることになる。

波多野完治

同じく一九〇五年の二月七日に東京神田神保町の古書店巌松堂の長男として生まれた波多野完治をとりあげよう。学者であって作家ではないが、文学との縁は深い。錦華小学校で永井龍男と同級、旧制一高で小林秀雄と同級生であり、その縁でもの書きの二人が初めて出会ったのが波多野完治の部屋だったことはすでに述べた。『日本文学大辞典』によれば、旧東京帝大の心理学科を卒業後、愛育研究所で児童心理学を研究し、東京女子高等師範学校、のちのお茶の水女子大学の教授、教育学部長を経て学長を務める。勤子夫人も児童心理学者として観察記録『少年期』を著し、ファミリースクールを設立して社会教育に尽力、小学館の絵本の監修も務めた。完治は、臨床法によって児童の知的活動の発達過程を研究して発生論的認識論を構築したスイスの心理学者ピアジェの活動を日本に紹介する一方、みずから近代文学作品の文章を語学的に分析し、計量言語学的な処理を加え、心理学的手法を駆使して、書き手の性格との関連を究明しようとする「文章心理学」という学問分野を提唱し、昭和初期に近代文学の文体研究の道を開いた。ご夫婦に結婚式の仲人をお願いした件については、すでに時枝誠記のところで述べた。編著を加えると優に三桁にのぼる本の著者で、ラジオやテレビの出演も数知れず、学生時代にNHKからのお迎えの車に便乗して研究指導を受け、国鉄の駅の近くを通りかかったところで降ろされて、早稲田まで戻る交通費のつもりか、きまって五百円の小遣を渡される。師匠と親を兼ねた存在だった。

信濃追分に山小屋を建てた際には、お祝いに花梨の座卓を買っていただき、しばらくして揺り椅子も頂戴した。車で山小舎に案内すると、入り口が狭いと寸評、テラスからせせらぎを見下ろして満足げだった。中軽井沢の北、通称学者村近くにある波多野別荘を訪ねた際には、入口近くの池に孫が飼っている大蜥蜴がおり、以前、マンションで這い出して、近くの政治家の後藤田家の窓にはりつき、夫人が悲鳴をあげたという逸話をうかがった。

＊

今、手もとに新潮文庫の一冊『ことばと文章の心理学』があり、とびらに「中村明君はたのかんじ」と万年筆のサインがある。奥付に昭和三十三年発行とあるから、受講した年に頂戴したらしい。古書店で「修辞学関係の本」はないかと問うと、「お習字の本は置いていない」という頓珍漢な返事が返ってくるほど、詳しいはずの古本屋でさえ通じにくくなっていて驚いた。早稲田修辞学の伝統を誇る大学では昭和三十九年まで続いたはずだが、ほとんどの大学でその当時すでに「修辞学」という科目は廃止されていたようだ。波多野先生招聘の任にあたった源氏物語の岡一男先生から、伝統が切れて他大学の先生を招くのが恥ずかしいと直接うかがった記憶がある。講義の名称は「修辞学」のままだが、内容はもちろん文章心理学、なぜか数学好きで文学に進んだ青年は、文章を数学で読み解く手法に惹かれた。

一九九〇年七月に小学館から刊行を始めた『波多野完治全集』全十二巻の第一巻『文章心理学』をもとに内容の概説をする。何十年ぶりかで母校錦華小学校を訪ね、漱石の「吾輩は猫である／名前はまだ無い」と彫った石碑を眺める愛用のベレー帽姿の写真に始まり、「緒論レトリックの再生」「Ⅰ文章心理学の諸原理」「Ⅱ　文章性格学」「Ⅲ　文章の類型学」「Ⅳ　作家の文章心理学」「Ⅴ　文学の心理学」と続き、〈付〉『文章心理学』初版序文が収録してあり、そのあとに中村明の解説、著者自身の「校正後語」、寺内礼「解題」の続く構成となっている。

まず、Ⅱのうち「文章と性格」の内容の一部を紹介しよう。深田久弥が、谷崎潤一郎の文章は「普通人のもつ感覚がすぐれた修辞技巧によってみごとに表現された」、という意味で「練達」の文であり、天成の文章とはいいにくい。一方、志賀直哉の文章は無造作に見えて「どこかカンのきいたところがあり」、「天成の感覚からあふれた真の名文」だ、と直感による批評を展開したことに注目した波多野は、人によって分かれる評価の面を捨象し、もっぱらそういう印象の違いが両者の文章のどのような差異から生ずるかに焦点を絞って調査・分析を試みる。

谷崎の『蘆刈』と志賀の『山形』からそれぞれ字数にして一〇〇字ていどのごく短いサンプルで比

較して見当をつけたあと、谷崎の『金と銀』、志賀の『雨蛙』からもう少し長いサンプルを採ってその傾向を確認する。比較の材料とした項目は、文の長さ、句読点の数、使用する単語の品詞、使用する比喩表現の量、それぞれの構文の特徴である。

その結果、次のような違いが見られたという。谷崎のほうが志賀より一つの文あたりの字数が平均で倍近く長い。外国文学の調査結果の解釈としては、長文には「委曲、屈開、ニュアンス、リズム、抑揚、印象性、力量」の特徴が指摘され、短文は「強調と明晰等の長所のある反面、リズムがなく調子が軽くなる」とされる。また、文の長いのは優柔体、短いのは剛健体という見方もあるという。

これを作家の性格学に即して考えれば、ことばのもつニュアンスに主体をおいて表現する立場と、伝えたい対象自体のニュアンスに力点を置く立場とがあり、谷崎は前者で「社会化」の傾向が強く、志賀は後者で「事物化」の傾向が強いことになる。谷崎は自分の呼吸に合わせた文をつむぐから一文あたりの偏差が小さく、志賀は表現対象とする事物の側のリズムに規定されるため、おのずと偏差が大きくなる。

次に、それぞれが使用する語の品詞の割合を比較すると、動詞がほぼ同じ数なのに対し、その間にふくまれる名詞の割合は志賀のほうがはるかに多い。形容詞の割合は谷崎が志賀の二倍、副詞の割合に目立った差はなく、接続詞は志賀のほうが圧倒的に多い。このような調査結果をもとに著者は次のような推論を展開する。

事物のリズムを直接伝える志賀の文体を具体的に示すため、作品冒頭の一文を引用する。「A市から北へ三里、Hと言う小さな町がある」と書きだされる。ここからすでにうかがわれるように、志賀の文章は多くの省略を含んでおり、読んでいて飛躍を感じ、力動感を味わう。そのリズム感は文中の余白から生ずる。谷崎が流動的でなだらかに進行するのに対し、志賀は飛躍的で弾力がある。「言語化の方向」と「事物化の方向」の違いである。

＊

『波多野完治全集』の第一巻『文章心理学』の解説を担当したので、その内容にも少しふれておこう。まず、波多野完治の「文章心理学」という名著がどの本をさすかという問題である。というのは波多野完治著『文章心理学』と名のる本が何種類も存在するからである。最初は昭和十年十月二十日付で三省堂から刊行され、「日本語の表現価値」という副題が付いている。自分の生後一ヶ月にあたるから驚く。同名の著書の二番目は、二年後の改訂版。第三は戦後ほどない昭和二十四年に新潮社から刊行され、その一年半後に『現代文章心理学』が発表され、姉妹編をなした。その次が〈新稿〉と付し、昭和四十年秋に大日本図書から出た一冊で、こちらは以下『文章心理学の理論』『現代文章心理学』『最近の文章心理学』『創作心理学』と続き、のちに『現代レトリック』を加えて全六巻となった。昭和十八年には言語学の小林英夫『文体論の建設』も加わり、まさに文体研究の勃興期であったことがわかる。将来の文体論研究が運命づけられたような因縁を今にして感じる。

このような計量的手法にはもちろん批判的な見方もある。一つは、文章という有機的存在をその要素に分解してしまっては、作品の生きた姿がとらえられないという根本的な否定論である。どれほど調査項目を増やし、分析の観点を拡げ、切り刻んだ言語の破片を網羅的に拾いあげても、それらはすべて数を数えられる項目であり、文体的特徴のすべてが計量可能であることは証明されていないという根本的な疑問も解消されていない。しかし、一方、文学作品といえども言語であることに変わりはなく、文体も言語のあり方を抜きにして語ることはできない。したがって、ことばの実証的な研究を伴わない文体論は信頼に値しない。毎朝研究テーマが頭に浮かび、専門の洋書を週に七百ページのペースで読破してきたこの学者の切り拓いた道は、その限界認識さえ誤らなければ、今なお文体研究の有効な動力源として効果的に働く。

＊

もう一つ波多野完治博士喜寿記念の文集『ないた赤おに』にふれておこう。書名は浜田広介の童話のタイトルを借り、自分が「心のやさしい赤おに」のつもりだと冒頭の挨拶にある。着物に袴姿で永井龍男と並んでいる小学校の卒業記念写真、博士夫妻を中心に、すべて東大出身の四人の息子からそれぞれの配偶者や孫までそろった家族写真、学長としての最終講義の風景、新美南吉全集の編集委員会で坪田譲治と隣り合った写真、水上勉との対談の写真をとびらに、カットは波多野勤子夫人。藤永保、吉田精一、外山滋比古、輿水実、川本茂雄、国分一太郎、与田準一、小出正吾、滑川道夫ほか、ゆかりのある名士が七、八十人思い出を寄せている。編集委員の末席に連なった関係で、最後が「茶色のベレー」と題する拙いエッセイとなっている。その末尾にこんな一節がある。茗荷谷の波多野家を訪れ、先生がお出かけになるときは地下鉄の駅までごいっしょする。細い路を並んで歩いていたら、塀の中から犬がやたらに吠えたてた。すると先生が「躾が悪いとああなるんだ」と寸評。師の前で青くさい文学談義を弁じたてていた自分が気になって、思わず先生の顔をのぞこうとしたら、「〝茶色のベレー〟はもう四、五メートル先にあった」と一編を結んだ。

薄鈍びて空に群立つ雲の層が増して

円地文子

次はまた作家に戻って、同じく一九〇五年の十月二日に東京浅草に生まれた円地文子をとりあげよう。本名は「富美」。父は東京帝大国語学の教授であった上田万年。東京高等師範学校附属の小学校から日本女子大附属高等女学校に進み、四年修了とともに退学。有朋堂文庫で日本の古典文学に親しみ、泉鏡花、永井荷風、谷崎潤一郎らを愛読。演劇雑誌に戯曲を応募して当選、選者の小山内薫が千秋楽の日の上田家の宴会の席で狭心症で死去。新聞記者円地与四松と結婚後、片岡鉄平らの紹介で次第に小説に転じる。空襲で家財道具や蔵書を焼失、軽井沢の別荘に移って敗戦を迎える。『ひもじい日々』が高見順、正宗白鳥らに注目され、次いで『女坂』を三島由紀夫が志賀の『暗夜行路』に匹敵する古典と激賞して野間文芸賞を受ける。さらに、『妖』『花散る里』を発表、『なまみこ物語』で女流文学賞を受ける。一方、「源氏物語」の現代語訳を完結し、長篇三部作『朱を奪うもの』ほかで谷崎潤一郎賞。芸術院会員にも選ばれた。

＊

一九七六年二月五日の午後、例の月刊雑誌の作家訪問企画で、東京上野の通称くらやみ坂の途中にある円地文子の私邸を訪ねた。階段を上ると、突如、王朝の世界が立ち現れた。一段高くなっている和室の部分は、華やいだ屏風といい、まさに姫君が立ち現れそうな雰囲気が漂う。その前の床の部分に椅子を並べてお話をうかがった。そこから見下ろす広い庭は、まさに源氏物語の世界を連想させる雰囲気を漂わせている。そういう古典的な趣のなかで、「主要な作品の成立過程を何か具体的にお話しいただけませんか」と、いきなり作家側に進行を委ねた。すると『女坂』の場合は、大体の骨組みになる話があった、モデルが母方の祖母にあたる……と具体的な背景に入るので、「あの白川倫という名で出る女の人ですね」と確認すると、小さくうなずいて話を続ける。母がいろいろ話してくれて、その家庭をある程度知っている、そんな忍従の生活なんかアホらしいと思っていたが、自分も結婚して理屈でいかないことが世の中にいろいろあるとわかってくると、祖母は大変だったんだ、ぜひ書き残したいと思ったものの、そのころにはすでに集めた資料が空襲で焼失。ところがさいわい、母の晩年は一緒に過ごしたから、いろいろ話してくれて、そのおかげで細かいことがわかってきたから、ようやく筆を執ったという。

小説の地の文の中に時折、批評のようなものが入り込む、その意図をうかがうと、エッセイみたいなものを小説のなかへ入れるのは源氏の影響だと認め、源氏には女性論もあるし、音楽論、教育論もあると補足。そこで、『女坂』には栂尾三重子という人の「野々宮記」というまとまった論も出ることを話題に出すと、女歌人の随筆だが、そういうものを小説に挿入するのは谷崎の影響だとふりかえる。次に、過去形と現在形とが交互に現れる箇所があることを指摘して、その意図を問うと、源氏物語の現代語訳の際には意識的にそうしたところがある、情景を素直に伝えるにはそのほうが自然な感じになるという。そうして、文体は年齢とともに自然に変わる、七十代になって目が悪くなると、そういうことを書きたくなる、これは五十代にはなかったことだと笑顔を見せた。

＊

まずは、話題になった『女坂』から入ろう。白川「倫の日常には弛緩した寛ろぎが少しもない。いつでも、鷹揚に身体をほぐしているようで真剣勝負のような気魄がしんにすわっている。肉体の絆の切れた夫が妻に対してどこまで理不尽を通せるものか、倫は一言も争わぬまま全身の力でうけとめている。行友の寵愛している女達に何か言えばそれがすぐ行友に微妙な反響を与えることを知っているので、倫は須賀や由美については何も意見がましいことは言わない。言われないだけに、倫の日常坐臥自分を崩さない油断のなさは須賀には眼に見えない強い束縛となっている。そうして又そういう束縛を倫が須賀達にあたえていることも行友には充分解っていてそれで満足なのである」。そうして、最後に、「私が死んでも決してお葬式なんぞ出して下さいますな。死骸を品川の沖へ持って行って、海へざんぶり捨てて下さればたくさんでございますって」と行友に伝言を頼む。「その眼は昂奮に輝いて生き生きしていた」とある。躊躇しながらも当人に伝えると、行友は「幽霊を見出したような恐怖の影が動」き、「そんな莫迦な真似はさせない。この邸から立派に葬式を出す」と叱るように言う。「四十年来、抑えに抑えて来た妻の本念の叫びを」身体いっぱいに受け、「傲岸な彼の自我に罅裂れる強い響きを与えた」として一編を結ぶ。

＊

次は『妖』。「ベッドは坂に面した壁によせてあるので、そこに寝ると、千賀子は路面から三尺ほど低い坂の腹にぴったりくっついて横たわっていることになる。それは棺の中にねているような異様な静かさに千賀子を誘い入れた」という。上野の動物園近くの通称暗闇坂の途中に建つ円地家を訪ねてインタビューをした経験から、この感じはよくわかる。寝床に横になると、外のすぐ脇が坂道になっており、「坂を歩いてゆく人の靴や下駄の音がからから乾いて耳の上に聞え」、「雨の降りしきる時は坂から崖を伝って流れ落ちる水の声が際立って耳に入る」。「地面から聞えて来るそれらの人間臭い音に耳を傾けていると、起きて眼でみている時よりも遥かにその人々の動き語っているさまが生々浮び上り、心を揺りたてる」とある。

そうして、季節の描写に入る。「梅雨時のしんめり冷やかな午後であった。千賀子はその日も坂に出て、人気の絶えた往来の静かさに浸っていた。土手の灌木の緑に半ば埋もれて額紫陽花の薄紫の花が水色に二つ三つのぞいている。薄鈍びて空に群立つ雲の層が増して、やがて又小絶えている雨が降りはじめるのであろう。千賀子はこの季節の白い光線を滲ませて降る雨が好きなのである」と流れる。「流れ落ちる水の声」「心を揺りたてる」「梅雨時のしんめり冷やかな午後」「人気の絶えた往来の静かさに浸って」「薄鈍びて空に群立つ」「小絶えている雨」「白い光線を滲ませて降る雨」と並べてみると、文学的な文章の品格を維持する用語選択が通り、美しい落ち着きを見せている。思考のリズムというより、聴覚的な諧調を感じる。特に「……降り始めるのであろう」から次の「千賀子はこの季節の……」という文に移る、その空間に、切れながらどこかつながっているような微妙な切れ続きが感じられ、その隙間から抒情をにじませるように伝わってくるのである。

平林たい子

一九〇五年生まれからもう一人、平林たい子をとりあげる。十月三日に長野県の現在の諏訪市に生まれる。家は代々名主を務めた名家。本名はタイ、当時の首相の愛妾「鯉」にあやかって名づけられたという。母が農業のかたわら雑貨屋を営み、学校から帰るとタイがその店をとりしきって働いたらしい。諏訪高等女学校に進み、時の校長土屋文明からアララギ派の写実手法を学ぶ。また社会主義思想に関心を抱き、堺利彦を訪ねようと無断で上京し連れ戻される。女学校卒業とともに上京し、電話の交換手となるが、勤務中に堺利彦に電話をしたのが発覚し、解雇される。アナーキスト連中に近づき、その一人と同棲するが、関東大震災の折に検挙され、市ヶ谷刑務所に留置される。東京を離れる条件で釈放され、二人で朝鮮や満州を放浪、施療病院で女児を出産するが、栄養不良で死去。『施療室にて』はこの経験を描いたもの。帰国後、深川八幡の診療所に住み込むも、またもやアナーキストのグループに近づき、三人の青年と同棲を繰返したあと、「文芸戦線」の同人小堀甚二と結婚。青野季吉らと労農芸術家連盟を結成。戦後、新日本文学会の中央委員に選出されたが、旧共産党派で戦争協力者であった連中がリードしたため、自分の構想と食い違い、作品にたてこもる時期を迎えた。戦後は『こういう女』『秘密』で二度の女流文学賞、ほかに『鬼子母神』『人の命』など。

＊

作者夫妻が養女をもらう体験をもとに創作したという『鬼子母神』をとりあげ、その描写を具体的に観察してみよう。「どんな良質の水銀の裏打ちのある磨きのよい鏡よりもよく澄んでいるこの目」は、「まだいくらも人生を映していないということで真新しく、こんなに綺麗なのだ」。また、「七月の葡萄の粒のような小さい二つの乳」は、この中に豊穣な稔を約束する腺や神経が絹糸ほどの細さで眠っているのだと思えば、蕾の時から実の形をつけている胡瓜や南瓜のなり花のように、「こましゃくれて見え」る。「臍はみずみずして母親と交通していた局所が、まだ死にも枯れも乾きもせずに、体とは別の生存を続けているよう」で、つい「乾葡萄のようになってしまった自分の臍」を連想してしまう。

比喩表現を活用してイメージゆたかに、可憐に描く。こんな箇所もある。「熱い手拭いでいつものようにだんだん拭いて下って行った柔かい太股の間に、半熟の水蜜桃を思わせる可愛いもの」といくぶんぼかしながら、「桃に共通した縦の筋をきっかり引いていていた」と、読者の脳裏に具体的な映像が結ぶように描く。その先には、「桃の筋が股を動かす度に割れ目となって、紅網を張ったような赤い中身が半分口をあけている」とある。「水蜜桃」の比喩に、「もみ」すなわち、紅花を揉んで染めた絹布のイメージを呼びこんで、「紅絹を張った」という鮮やかな比喩を利かせて可愛く描いている。このように、人体描写が心理描写ともなるような、象徴的な表現が深く印象に残る。

坂口安吾

その翌年、一九〇六年の十月二十日に生まれた坂口安吾は、阿賀野川流域の大安寺村の大地主の家に、政治家を父として十三人兄妹の十二番目の子供として生まれた。当人は反逆児で、あまり登校もせず新潟中学を退学し、東京の豊山中学に編入学、卒業後に代用教員をしたのち、仏教に関心を持ち東洋大学印度哲学科に入学。同人誌「言葉」ほかの雑誌に『風博士』などを発表。戦後になり、小説『白痴』や『堕落論』で当時の日本人に衝撃を与えた。太宰治、石川淳らとともに無頼派として流行作家となったあと、『桜の森の満開の下』『青鬼の褌を洗う女』などの秀作を世に出したが、なお創作活動に意欲を燃やしていた矢先、満五十歳を待たずに脳溢血で急死。

＊

戦後間もない時期の寓話風の幻想的作品『桜の森の満開の下』をとりあげよう。一緒に暮らしている女を背中に負って満開の桜の花の下に踏み込んだ瞬間、さっと雰囲気が変わる。あたりが急にひっそりとし、ひんやりと感じる。背中の女が鬼であることに気づき、「花の下の四方の涯から」冷たい風が吹き寄せる。「背中にしがみついているのは、全身が紫色の顔の大きな老婆」、口は耳まで裂け、ちぢれた髪は緑。ふと気がつくと、女の首をしめつけ、相手は息絶えて、女の死体の上にはすでに花びらが散っている。男は息の止まる思いで、女をゆさぶり、呼んだり抱いたりしたが徒労で、わっと泣き伏す。

ほど経て胸に生温かい思いが浮かぶ。それは思いもかけない胸の悲しみ。「花と虚空の冴えた冷めたさにつつまれて、ほのあたたかいふくらみが」少しずつわかりかける。女の顔の上に積もった花びらを払ってやろうとすると、女の姿はすでに消えている。掻き分けようとする男の手も姿も消え、そこには「花びらと、冷たい虚空がはりつめているばかり」として作品も消えてしまう。

こういう物語を紡ぎだすこの作家の文体を眺めてみよう。文を短く切り離し、その切断された文と文とを関係づけるはずの接続詞が徹底的に省かれている。たしかに一つ一つの事柄それ自体に論理的な関係があったにしろ、当事者は気がつかない。また、一時的な錯乱状態のせいで女の顔が鬼に見えたとリアルにたどったのでは、さっぱり面白くない。幻想風の作品では、読者は何の疑いもなく、作者の導くままに快く流されてゆく。そうして流された先には何もない。男が女の死体に手を伸ばし、顔の上に散りかかった桜の花びらを払いのけようとすると、その下は「降りつもった花びらばかりで、女の姿は掻き消えて」いる。一面に深ぶかと散り敷いた花びらとともに作品も消えるように終ろうとする。そこで作者はもう一段推し進め、その男の姿をも消してしまう。そうすることで作品の幻想性を強め、思想性の彫りを深くする。つまり、その男の姿が山賊の皮をかぶった孤独それ自体であることを暗示する。残忍な行為に明け暮れる山賊の心の奥にも、悲しみというものを知るぬくもりがあるということをほのめかす温雅な筆致で、人間の孤独を造形する。

男の姿さえ消す一編のこの終わり方は、底知れぬ青空の下に散り積もった落花そのものからの白昼夢を連想させる。この作品の発想は、「桜の花の下から人間を取り去ると怖ろしい景色にな」ることを作者が実感したところから出たことを空想させるのである。

朝永振一郎

同じく一九〇六年に生まれたもう一人、今度は科学者の朝永振一郎をとりあげ、随筆の文章を味わってみたい。西洋近世哲学史研究の先駆者である朝永三十郎の長男、東京に生まれ京都大学で学位を取得。理化学研究所の仁科芳雄研究室に入り、ドイツのハイゼンベルク教授のもとで原子核理論を研究。磁電管の発振機構と立体回路の理論的研究によって学士院賞、文化勲章、そして日本人としては湯川秀樹に次いで二人目となるノーベル物理学賞を受ける。東京教育大学の学長、日本学術会議の会長などを歴任。

＊

随筆「鏡のなかの世界」をとりあげよう。鏡に映る世界は左右が逆になっている。その事実は子供でも知っている。ところが、その理由に疑問を呈する科学者が現れ、なぜ、例えば、上と下が逆になってはいけないのか、という問題を投げかけたという。昼食後に理研の連中が議論を闘わせたが結論は出なかったという。

例えば、幾何光学によれば、鏡の前に立つ人の顔から鏡に向かって垂線を引くと、その延長上に顔が映り、けっして顔の向うに足が映るようなことはない。この説に対しては、右手から垂線を引いた向こうには右手が映り、けっして左手は映らないから、左右が逆になることはない、という反論が出て、つぶれたらしい。

心理的な説も出たという。人間の体は上下には非対称だが左右にはほぼ対称だからという説から、人間の目が横に並んでいるからという説までいろいろ出たが、後者は片目をつぶって見ても同じという反論ですぐつぶれたという。

上と下とが逆に見えることもあるとして、池に映る風景の例も出たらしい。問題は幾何光学にあるのではなく、「心理空間には上と下の絶対性のほかに前うしろの絶対性がある」らしいということになり、「鏡の横を通ってうしろにまわった自分の方が、鏡の上を通って向うがわでさかだちしている自分より想定しやすいからであろうし、鏡というものは自分の前すがたを見る目的で作られものだから、鏡の向うがわでは当然自分はこちらを向いているものだとの前提が暗黙のうちに認められていることもあるのだろう」と考えてみるが、「おく歯に物がはさまったような感じ」だという。

「かがみ再論」では、非常時における鏡の問題点を指摘している。デパートなどで、狭い場所を広く見せたり、品物が豊富にあるように見えるよう、鏡を利用することが多いが、いざという場合に方向感覚を狂わせる怖れがあるという。待ち合わせの相手を鏡面で発見してあわてて手を挙げたりすると、相手は後ろ側にいて一瞬戸惑うが、地震や火事で逃げようとする際に、方向がわかりにくいのは危険がともなう。「出口」と思って鏡にぶつかることもありそうだし、「出口」「入口」などという字形は、ほんものと鏡に映った映像とが似ていて、一瞬とまどうという。「非常口」もあわてて通り抜けると危険かもしれない。もっとも、透明な硝子戸を通り抜けた同僚も実際に身近にいたから、文字だけの問題ではない。

井上靖

その翌年、一九〇七年の五月六日に井上靖は、父の勤務地である北海道の旭川で生まれた。が、郷里は静岡県の湯ヶ島で、父は旧家石渡家の出で、母は四国から湯ヶ島に出て医者になった井上家の出。元芸妓の祖母とともに分家の土蔵の中で暮らした。祖母の死後、沼津中学で文学に関心を持ち、金沢の旧制四高で柔道に没頭、九州帝大に進むも勉学の意欲を失い、植木屋の二階で放埓な生活を送る。

結婚後、『流転』の入選が契機となって毎日新聞に入社、「サンデー毎日」編集部に勤務。日支事変に応召するが病気で除隊。学芸部に転じて美術の知識を身につける。終戦の玉音放送の記事を担当。『闘牛』と『猟銃』を懸賞に応募し選外佳作に。のちに佐藤春夫の紹介で雑誌『文学界』に掲載。『闘牛』で芥川賞。新聞社を退社し、多忙な作家生活に入る。ほかに『氷壁』『異域の人』『天平の甍』など。

＊

長篇小説『天平の甍』に「良弁は小柄で額の冷たい感じの無表情な僧侶であった」という人物描写が出てくる。これは客観的な描写ではなく、その人間の印象である。額にさわるとひやっと感じるというのではなく、その人物にそういう印象を受ける語り手の存在を意識させる、むしろ主観的な表現である。一時的な熱に浮かされて、そういう情熱の趣くままに行動に移すという面がなく、つねに平静でいられ、何ごとにも冷静に対応できる性格の持ち主らしいと思わせる雰囲気をそなえているのである。

『猟銃』では、「襟足の手入れが行き届いてレモンの切口のようにすかあっとして居り、腰の線が羚羊のように清潔でしかも逞しい、このたった二つの条件すら満足に具えた男性はそうざらに転がっては居りません」という箇所の、「レモンの切口」という比喩表現だ。「八方すきなしの、かんかちこの、やり切れない砦」である夫に離婚を求める手紙の一節である。この手紙を書いている夫人が昔、「シリア沙漠の真中で、羊の群れと一緒に生活していた裸体の少年が発見された」ときに新聞に載った写真にすっかり魅せられた衝撃がそのあとに語られる。

ここでの話題の中心は、「レモンの切口のようにすかあっと」しているように感じられるという比喩表現にある。すがすがしいレモンのイメージ、そうして胸の透くような「すかあっと」という表現。その比喩と擬態語が相乗効果を発揮し、読者の胸に鮮烈な印象を刻みつける。

浅草の路地の朝は、味噌汁のかおりで明けた

藤枝静男

同じく一九〇七年の十二月二十日に、静岡県の藤枝に生まれた藤枝静男を次にとりあげよう。本名は勝見次郎。薬局の次男として生まれた。計九人の兄弟姉妹だったが、そのうち五人が結核のために夭折。小学校卒業後、上京し、成蹊学園に入学し、人格教育を受ける。白樺派文学、特に志賀直哉に傾倒。旧制八高に入学し、平野謙を知る。文学に熱中し、のち、千葉医大に入学して眼科を学ぶ。結婚後、海軍の附属病院の眼科部長となるが敗戦後、妻の実家の眼科診療を手伝いながら、藤枝静男のペンネームで小説を発表し、志賀直哉や瀧井孝作の系統の執筆を続けて『空気頭』ほかを発表。一方、浜松で眼科医院を開業。

作品『雛祭り』をとりあげよう。妻と菩提寺を訪れて墓前に詣でた折、わたしはこの墓に入るのはいや、ひとりでに溶けて、水になってどこかへ消えてしまいたい、と妻は言った。「誰しも死んだ瞬間に離れて土となり水となり空気と化して永久に虚空に姿を消してしまう」。あるのはしばらくの感傷、ふわふわだけ。そう思うと、一歩死に近づいたことに「淋しさと、漠たる喜び」を感じるという。

実際に妻が死んだ折、桃の節句の雛壇の下に寝かせ、香水を撒いて通夜。火葬場から持ち帰った遺骨を「自分のために用意しておいた民窯の小壺に納め」、「親指の爪ほどの大きさの破片」だけは、自分のための壺に納めたとある。

人の行為の美しさが素直な表現をとおして読者に伝わる。

湯川秀樹

同じ年に生まれたもう一人、今度は科学者の湯川秀樹をとりあげよう。東京に生まれて京都大学の物理学科を卒業し、量子力学における中間子理論によって日本人初のノーベル賞を受賞したことでも知られる。また、科学者としての活躍のほか、平和論、文明論、科学論や教育論に及ぶ多彩な分野で幅広く論客として活動した。

＊

ここでは『具象以前』というエッセイをとりあげよう。「人生の最も大きな喜びの一つは、年来の希望が実現した時、長年の努力が実を結んだ時に得られる」として、研究者にとっては、「長い間、心の中で暖めていた着想・構想が、一つの具体的な理論体系の形にまとまった時、そしてそれから出てくる結論が実験によって確証された時に、最も大きな生きがいが感ぜられる」という。

だが、長い研究生活の間で、そんな瞬間はめったにやって来ない。現実としては、人生のほとんどが同じようなことのくり返し、平面上での行きつ戻りつに費やされてしまうように思えて、若いころは、人類の進歩とは無関係なエネルギーの消費で一生が終わるように考えていたという。それがいつか、無駄に見える日ごろの努力のほうが、たまにしか訪れない決定的瞬間よりはるかに深い大きな意味をもつように考えるようになってきたらしい。人間をわれわれはとかくその業績によって評価する傾向があるが、同時に、何についてどのように苦労してきたか、という目に見えない部分に注目すべきだと思われてきたという。

論文にまとまらないで終わる研究もある。絵の形に定着しなかったテーマや構想もある。彫刻家は素材を前にして、「まだ現実化されない理想的な形態を思い浮かべ」るはずだ。名作が誕生する前の小説家の頭の中も同じだろう。そういうこの世に実現する「具象以前の世界」に目を向けることも肝要だということに気づいたのだろう。

沢村貞子

その翌年、一九〇八年に生まれた著述家として、俳優の沢村貞子をとりあげることにしたい。役者の一家で、兄に沢村国太郎、弟に加東大介、甥に長門裕之、津川雅彦がいる。当人は日本女子大学在学中に左翼運動に加わり、プロレタリア演劇団で活動中に治安維持法違反で検挙され、獄中生活を送ったこともあるが、同志の裏切りにあったりして挫折し、転向して日活に入社、女優の道を歩みだす。のちに東宝に移籍し、映画の黄金時代に芸達者な名脇役として名を残した。実質的な引退後はエッセイストとして活動し、『私の浅草』『貝のうた』『寄り添って老後』などの随筆集を刊行して健在ぶりを示した。ＮＨＫの連続テレビ小説「おていちゃん」の内容は自伝的なエッセイをもとにしたものとされる。

まずは「浅草の路地の朝は、味噌汁のかおりで明けた」と嗅覚的に始まる『味噌汁』と題する一編をとりあげよう。そこからすぐに、「となり同士、庇と庇がかさなりあっているようなせまい横丁の、あけっ放しの台所から、おこうこをきざむ音、茶碗をならべる音、寝呆けてなかなか起きない子を叱る声」と、路地の朝の音声、音響を列挙して聴覚的に描写する。次いで、「――その中をくぐり抜けてくるご飯のおこげの香り、そして、それをみんな包むように、ふんわりと、味噌汁の匂いがただよってくる」と、ふたたび嗅覚的にまとめて象徴化する。もはや何の説明も要らない、もうこれだけで、下町の路地の朝の雰囲気が生き生きと伝わってくるのである。

貞子は「おからに油揚げとねぎを入れた味噌汁」が大好きで、「芝居ものの父が、景気づけにそういう名をつけたのか」、うちではそれを「大入り汁」とよんでいたとある。「甘味噌と辛味噌を適当にまぜて、すり鉢でゴリゴリすって、味噌こしで漉して――だしは雑魚を放りこんで」と具体的に説明しかけるが、ともかく「下町のおかみさんたちのこしらえる味噌汁はおいしかった。亭主も子供も、自分のうちの味噌汁がいちばんうまい、と思い」こみ、それを何杯もおかわりして、「浅草の裏町の人たちの、一日がはじまった」として、一編を閉じる。

ここに描かれるのは、今では霞の彼方へと遠ざかった過去であり、わが家の味噌汁を景気づけに「大入り汁」と呼んだ父親の姿も消えて久しい。たしかにあの頃は、ご飯と味噌汁で明けた日本の朝があったのだ。小さなしあわせを思い返し、筆者はひそかに息を弾ませていたかもしれない。明るい話題をいささか興奮ぎみに綴った一文だが、読後感は意外にしみじみと物思いに誘う。

大岡昇平

同じく一九〇九年生まれの四人の作家を、誕生日の早い順にとりあげよう。まずはスタンダールの研究者としては早くから知られたが、小説家としてのデビューの遅かった大岡昇平。三月六日に東京牛込に生まれた。父親は和歌山県の地主の息子で、当時は兜町の株式仲買店の外交員で、第一次世界大戦後の投機ブームで得た儲けから一財産築いたという。母親は和歌山の芸妓の出身。父親は満州事変のころに相場に失敗し、その身分の急変に翻弄される。青山学院に進み、キリスト教の感化を受ける。漱石、芥川の作品にショックを受け、白秋に憧れて「赤い鳥」に投稿する一方、『善の研究』やドストエフスキーなどにふれて知的深化を果たしつつ、成城高校に編入学し、フランス語を学ぶためにアテネ・フランセに通い、家庭教師に小林秀雄を迎える。京都大学に進学し、卒業後、国民新聞社に勤務するも、すぐに退社し、小林を通じて『文学界』にスタンダール研究を発表。結婚後の昭和十九年に召集されてフィリピンの戦線に赴き、米軍の上陸によって山中を彷徨中のところを俘虜となり、収容される。

戦後、小林に体験と魂のことを書くように勧められ、『俘虜記』を発表し、横光賞を受ける。以後は小説家として『野火』『武蔵野夫人』を発表。のちに『花影』のような日本的陰翳を描く小説を発表したりするが、最も大きな仕事は『レイテ戦記』の完結。捕虜体験を理由に芸術院会員ほかの栄誉を辞退した。

例の筑摩書房の雑誌『言語生活』の年間の作家訪問の企画の前に、三人の文学者をそれぞれ単発で訪問している。最初は武者小路実篤、次が堀口大學、そしてもう一人がこの大岡昇平で、一九七一年の十一月四日の午後、東京の成城学園に建つこの作家の自宅を訪ねた。白っぽい鉄筋コンクリートの大邸宅だった記憶がある。門を入って玄関から右側の大きな書庫を通りぬけ、庭に面した応接間に通された。

＊

まずオーソドックスに文学志望の動機から入った。すると、自分の体験を投射して対象化するのが文学の一般形態だが、なかなか小説が書けない。そのうち批評のほうが上位に見えてきたという。それでも小説に突き進んだ理由を問うと、戦争で異常な体験をして、それを書き残したかったのが動機らしい。道徳的な漱石の姿勢が神から離れるように働いたという。そういうふうに、少年のころに捨てたものだったが、『野火』という作品では、ぎりぎりの状態に、救いとして神が登場し、「神に栄えあれ」ということばで一編が終わる。ただし、「私一人を救うためにフィリピンの野に遣わされたのであれば」という条件がついている。これは神に対する冒瀆で、異端の書だが、ともあれキリスト教の影響が残っていたことになる、と解説してくれた。

このインタビューが志賀直哉死去の直後におこなわれた関係で、志賀の正義感は論理的というより、すべての中心に自分がいるという感情的な面が強いということを話題にすると、スタンダールにも別の形で自己への誠実という面があり、自分の正義感もキリスト教の影響を受け、漱石や志賀を読んだ少年のころのまま固定していると言い添えた。

文章の推敲の話題を出すと、話しことばの調子をとりのぞくから、朗読には適さないという。自分の作品の朗読を聞いていると気になって途中でやめるという。言い換えると、文字になって生きてくる文体なのだろう。最後に翻訳によって失われるものを問うと、すぐ具体的な回答がはねかえってきた。原文に「部落の中はアカシヤの大木が聳え、道をふさいで張り出した根を、自分の蔭で蔽っていた」という箇所がある。その木の形が自足自立した形になっているということが、部隊からおっぽり出された兵士にとっては、頼りになる形だということを伝えるつもりだったのに、自分の根を自分の蔭で蔽うのは当り前だと思ったのか、仏訳では削ってしまった、西欧語の直訳体なのに、と残念そうな顔をして見せた。

英訳の方では増えてるところがあるとして、海水を飲む場面で「風が来て、自分の股ぐらを吹きぬけていった」と書いたら、「股をくぐり、フィリピンの原野を渡り、脊梁山脈を越えていった」と余計なことがついてる。頭に来て、英訳からほかの外国語へ重訳するのを拒否したという。

＊

まずは戦後間もない時期に発表された『俘虜記』。まるで論文調の小説だ。戦場で出会った相手を撃とうとしなかった、思いがけない自分の行為を内省し、その心理を探る。「この決定的な瞬間に、私が目の前に現れた敵を射つまいとは、夢にも思っていなかった」として、その事実の背景を探る。「殺されるよりは殺す」というシニスムを放棄させたのが、「私がすでに自分の生命の存続に希望を持っていなかったということにあるのは確かである」とし、「殺されるよりは」という前提は私が確実に死ぬならば成立しないと説明するが、そこから導かれる道徳は「殺しても殺さなくてもいい」であり、必ずしも「殺さない」とはならないが、そこに「避けうるならば殺さない」という道徳が含まれていることを発見し、とっさにそういう判断を選んだ、と論理的な解説をほどこす。そうして、「要するにこの嫌悪は平和時の感覚であり、私がこのときすでに兵士でなかったことを示す」。

このように、総合雑誌の論文とほとんど区別のない文体で、硬質の用語や抽象名詞を駆使し、条件文さえ交えて、一編の小説が展開する。

こういう手記風の筆致から『野火』と題する小説に展開しても、「何故私は撃ったか。女が叫んだからである。しかしこれも私に引金を引かす動機ではあっても、その原因ではなかった。弾丸が彼女の胸の致命的な部分に当ったのも、偶然であった。私は殆どねらわなかった。これは事故であった」と類似の文体で推移し、わずかに「事故なら何故私はこんなに悲しいのか」というかすかなためらいが記されるのみである。

*

まったく雰囲気の違う作品『武蔵野夫人』でも、多摩丘陵の地形を書く必要が生じると、地質学会に加入して本格的に執筆する。可能な限り正確に書こうと努めたことは、インタビューの折に語ったとおりである。

しかし、のちの作品『花影』では、別の側面も見せる。この作品は、男に囲われて日蔭の身として生きてきた三十八歳の葉子が、相手の大学教員松崎と別れ、銀座のバー勤めの身に戻るところから始まる。幾人かの男と遍歴を重ねるうちに、やがて美貌が衰え、孤独のうちに死を選ぶ。第二章の末尾、「花の下に立って見上げると、空の青が透いて見えるような薄い脆い花弁である。／日は高く、風は暖かく、地上に花の影が重なって、揺れていた。／もし葉子が徒花なら、花そのものでないまでも、花影を踏めば満足だと、松崎はその空虚な坂道をながめながら考えた」というあたりの一節を引用し、福田恒存は「現代日本語の散文によってなし得る最高の表現」と絶讃した。『花影』という題名も、このあたりをふまえたものだろう。訪問の折、『俘虜記』や『野火』の漢語調は、「復員したての精神のたかぶりの姿勢から出てきたもので、『花影』というのは和文調に近づいていますよね」と、作者自身が解説してくれたとおりである。

花田清輝

次は同じく一九〇九年の三月二十九日に福岡市に生まれた花田清輝。福岡中学、七高を経て京都大学の英文科に入学。『サンデー毎日』の懸賞募集の大衆小説部門に入選。大学を中退して、中野正剛主宰の機関誌『東大陸』に経済論文を寄稿。『文化組織』誌を発行し、多くの評論を載せた。戦時中は新聞社に勤め、批判的な記事や社説を書く。佐々木基一、野間宏、加藤周一らと綜合文化協会をつくり、機関誌『綜合文化』を発行。また、埴谷雄高、岡本太郎らと夜の会を結成、戦後はアヴァンギャルド芸術を提唱し、芸術運動の推進に貢献。ほかに『鳥獣戯話』『泥棒論語』など。

＊

ここでは『伊勢氏家訓』をとりあげよう。風呂に入る時に、左の足から入り、出る時は右の足から、というのは男の場合であって、女のほうは逆に右の足から入り、左の足から出るのが作法とされる。

そうなった理由を考えるために、「美女沐浴の図」などを引き、また、女の体が左右対称なのに対し、男の場合は左右の睾丸の位置が微妙に違うのでいくらか非対称だが、それが入り方に影響するとは思えないとか、あるいは、礼儀作法というものはもともと男性本位であるとか、また、物を持つ場合に、男は左手を伸ばして物を持ち右手を添えるとか、男は刀を抜く右手を自由にして無防備な状態を避けるとか、「微風一つない空に煙りの立ちのぼるように、まっすぐに突っ立つのが小笠原流の立ちかたの極意」だとか、考えうるさまざまな理由をあげては次々に退け、どこまで行っても解決しない。そういう難題が、もともと、手足の左右と性別との関連といった、どうでもいいような些末な問題であるだけに、もっともらしい考察が限りなくくりひろげられる、その違和感が滑稽なのだ。もともと解決など期待しないだけに、生真面目に続けば続くほどばからしくなり、可笑しみが累積する。

中島敦

今度は、同じく一九〇九年の五月五日に東京四谷に生まれた中島敦をとりあげる。中島家はもともと尾張の中島郡の領主の末裔で、代々漢学を修めていたといい、敦の祖父は亀田鵬斎門下の儒者。敦が生まれたときに父は千葉県銚子の中学教員、母は小学校の教員だったが、敦の誕生後一年足らずで離婚し、ほどなく死去。第二の母も敦の妹を産んですぐに死亡。青春期にやって来た第三の母もなじめないうちに、やがて死亡し、祖母のもとで育つ。朝鮮の京城の小学校・中学を経て、一高に入学するまで首席で通したという。一高の『校友会雑誌』に作品を発表し、文芸部の委員を務めるが、そのころから喘息の発作が始まる。東京帝大国文科に進学し、永井荷風、谷崎潤一郎、森鷗外などを読破。

結婚後、卒業論文「耽美派の研究」四百二十枚を書き上げて卒業。女学校の教師のかたわら、東京帝大の大学院に籍を置き、鷗外の研究を続けるが、中退。喘息に悩みながら幅広く活動しているうちに、先輩の深田久弥のもとに置いて行った作品が深田の斡旋で『文学界』に掲載されたことを後に知る。『山月記』を含む作品である。さらに『光と風と夢』も掲載され、作家となる決意をするが、『李陵』を書き上げて死去。

＊

やはり、『山月記』をとりあげよう。古く中国で行われた官吏登用試験、科挙に若くして合格した李徴は、詩人として名を残す夢かなわず、一地方官吏の職に甘んじていた。ある日、公用で旅に出て汝水のほとりに泊まる。他との妥協を知らない狷介な性格が高じてついに正気を失い、虎に身を変じて叢の中から旧友に語る。「ふと眼を覚ますと、戸外で誰かが我が名を呼んでいる。声に応じて外へ出て見ると、声は闇の中から頻りに自分を招く。覚えず、自分は声を追うて走り出した。無我夢中で駈けて行く中に、いつしか途は山林に入り、しかも、知らぬ間に自分は左右の手で地を摑んで走っていた。何か身体中に力が充ち満ちたような感じで、軽々と岩石を跳び越えて行った」。ふと気がつくと、「手先や肱のあたりに毛を生じて」いるらしく、「谷川に臨んで姿を映して見ると、既に虎となっていた」という場面である。過去の出来事を描くのに「呼んでいる」「自分を招く」と、あえて現在形の文末を用いている。今思い出すさえ身の毛のよだつようなその悲劇の、自覚の瞬間である。物語の途中で突然こういう現在形の文が現れる違和感、そういう表現の摩擦によって、読者は〈いま〉〈ここ〉という臨場感をかきたてられる。こうして、物語の現場へと体感的に誘い込むレトリックである。

永劫であろうとするような光の顫動が音響をすら放って

太宰治

同じく一九〇九年生まれのうち、次に六月十九日に青森県津軽の金木村の大地主、津島家に十一人兄姉の下から二番目として生まれた本名津島修治をとりあげる。太宰治の本名である。長兄と次兄が夭折し、弟も早く死んだので、実質、八人きょうだいの末っ子として育てられ、早熟で感受性の強い子だったらしい。旧制の弘前高校に進むと、料亭で遊興し、女義太夫の師匠に入門。芥川の自殺に触発されたか、三年のときにカルモチン自殺を図る。東大の仏文科に入学したころから、非合法の左翼運動にかぶれ、階級闘争に参加するが脱落。青森の芸者紅子、本名小山初代と同棲中、兄が将来結婚させることを約束して地元に連れ帰る、その留守中、今度は銀座裏のバーの女と心中を図り、女が死亡、殺人の疑いで捕えられる。その翌年、初代が上京、生家との関係を断つ。同人誌に『思い出』を発表し、上京当初から師事した井伏鱒二を囲んで檀一雄らを識り、『道化の華』ほかを執筆。新聞社の入社試験に落ちると、鎌倉の山中で縊死を図って失敗、ほどなく急性盲腸炎から腹膜炎を併発して重態に陥る。鎮痛剤のパビナールの中毒となり、回復するが、初代が親戚の学生と間違いを犯した事実を知り、二人で水上温泉に赴き、カルモチン心中を図るも未遂に終わり離別。井伏鱒二の紹介で山梨県都留高女の教師石原美知子と見合いをして結婚。その経緯を『富嶽百景』として発表。その後、東京三鷹の新居に移り、『女生徒』『駆込み訴え』『走れメロス』『津軽』などを執筆。戦後は愛人の日記をもとにした『斜陽』や、『人間失格』などで流行作家となる。その愛人から子供ができたと知らされて間もなく、それとは別の、近所に住む山崎富栄という女とともに、近くを流れる玉川上水に身を投げ、井の頭公園近くの万助橋の下流で死体となって発見される。ことばがあふれ出す文面の奥に、生と死との間を揺れ動く繊細な心が揺れる。

＊

先輩作家であり恩人でもあった井伏鱒二と富士の御坂峠に登ったようすを描く『富嶽百景』をとりあげよう。十国峠で見えない頂をあのへんかと見当をつけ、いざ晴れて見るとそれよりずっと高いところに、青い頂が見える。その瞬間、「へんにくすぐったく、げらげら笑」い、「やっていやがる」と、「帯紐といて笑う」気分になる場面もある。バスの窓から何の「変哲もない三角の山を眺めて」乗客が「間抜けな嘆声を発して」いるときに、反対側の窓から「胸に憂悶でもあるのか」断崖をじっと見つめている老婆が、「おや、月見草」とつぶやく。「ちらとひとめ見た黄金色の月見草の花ひとつ、花弁もあざやかに」印象に残る場面もある。印象に残るのは場面だけではない。どこか歌うような、その語り口も耳につく。「蔦かずら掻きわけて細い山路、這うようにしてよじ登る私の姿は」といった一節にしても、その調子の高さが散文としては気になる。

井伏と登った折はあいにくの天気で、御坂峠に着いても富士の姿はまるで見えない。そこには、

「井伏氏は、濃い霧の底、岩に腰をおろし、ゆっくり煙草を吸いながら、放屁なされた」とある。ここも、「濃い霧の底で」とか「底の」とか、散文的な呼吸で流れず、「濃い霧の底」と名詞で中止するため、次の「岩に腰をおろし」との間に、ひとつの空間が漂う。その助詞の欠如が、「濃い霧の底」と「岩に腰をおろし」との関係をぼかし、詩的な流れをつくる。リズム優先の結果もたらされた意味の空白が、展開に詩的な効果を置き去りにする。

表現の焦点は「井伏氏」の悠揚迫らぬ「放屁」にある。人物の大きさとそれをとりまく独特の雰囲気が感じられるからだ。通常、迷惑とされるその行為を、ふざけることも照れることもせず、真正面からとりあげ、作品の小道具として生かしたことが注目される。その直後に「いかにも、つまらなそうであった」という一文を添え、晴れた日に登り始めたのに、ようやく頂上に到達して待望のパノラマ台に立とうとする直前に「急に濃い霧が吹き流れて来て」まったく眺望が利かなくなったのだから、その場の雰囲気をよく伝える。井伏鱒二自身も作品におけるこの場面の効果を認めている。ただし、作中に実名を出しながら嘘を書くのはよくないと太宰をたしなめたところ、太宰は事実だと主張して譲らず、井伏鱒二放屁事件として論争に発展したようだ。

太宰の死後、井伏は『亡友』という追悼のエッセイのなかで後日談にふれている。「三ッ峠の頂上で、私が浮かぬ顔をしながら放屁した」とあるのは「読物としては風情ありげなことかもしれないが事実は無根である」とみずから記し、その折すぐ近くにいた人物から、自分も友人も放屁という事実はないと確信しているから、太宰に厳重取消しを要求されるよう切望する旨の手紙が届いたことを書き添える。太宰にその話をしても、「たしかに、なさいましたね。いや、一つでなくて、二つなさいました。微かになさいました。山小屋の髯のじいさんも、くすっと笑いました」と言って取り合わない。井伏は「三ツ峠の髯のじいさんは当時八十何歳で耳が聾であった」と書き添えるが、相手の勢いに押されて「自分でも放屁したかもしれないと錯覚を起こし」かけたという。

ここで注目されるのは、対話中の太宰の表現についての井伏の見解だ。その折、太宰が「たしかに放屁なさいました」と発言したのに関し、井伏は「話をユーモラスに加工して見せるために使う敬語である」と解説した。『富嶽百景』の原文にある「放屁なされた」という尊敬表現も、まさしくこれに該当する。いずれにしても、今後は小説中に井伏鱒二という名を用いない旨を誓う太宰の詫び状が残っている事実は、創作における作品世界と実生活との関係に関し、両者の間に越えがたい考え方の溝があった証しと思われる。

原文はこのあと、茶店の老婆が富士の姿が見えないのを気の毒に思い、霧が晴れたら「富士は、ほんのすぐそこに、くっきり見えます、と言い、茶店の奥から富士の大きい写真を持ち出し、崖の端に立ってその写真を両手で高く掲示して、ちょうどこの辺に、このとおりに、こんなに大きく、こんなにはっきり、このとおりに見えます、と懸命に註釈する」と続き、「いい富士を見た。霧の深いのを、残念にも思わなかった」と続く。

松本清張

同じく一九〇九年生まれから最後にもう一人、十二月二十一日に福岡県の小倉に生まれた松本清張をとりあげよう。「せいちょう」と読むのは筆名で、本名は「きよはる」。生まれて間もなく、古戦場として知られる壇ノ浦に移り、八歳の折に小倉に戻る。尋常小学校の高等科を出て電気会社の給仕、印刷会社の版下工を経て、早稲田大学の講義録で独学、やがて朝日新聞九州支社の広告部に勤務。以後も広告部のデザインを担当。本格的に小説を書き始めたのは四十歳を過ぎてからという。週刊朝日に投稿した処女作『西郷札』が入選し、直木賞候補ともなる。のちに『三田文学』に発表した『或る「小倉日記」伝』で芥川賞を受ける。東京本社への転勤後、まもなく退社し、執筆に専念する。そのころは歴史ものが多かったが、『小説新潮』誌に『張込み』を発表したあたりから推理小説の分野に進出、『点と線』『砂の器』以下多数の作品を残したほか、『小説帝銀事件』『日本の黒い霧』などのドキュメンタリーなどを含め、幅広く活躍し、日本推理作家協会の理事長となる。

ここでは『或る「小倉日記」伝』をとりあげよう。身体に障害をもつ主人公が、森鷗外の小倉時代の日記の散逸部分を埋めようと執念を燃やして調べだすが、その日記の発見されるわずか二ヶ月前に、戦後の食糧難のため、目的を果たせないまま生涯を閉じる、という悲劇である。「じいさんは朝早く家を出て行って、耕作がまだ床の中にいる頃、表を通った。ちりんちりんという手の鈴の音は次第次第に町を遠ざかり、いつまでも幽かな余韻を耳に残して消えた」。耕作は枕に顔をうずめ、耳をすませて毎朝この鈴を聞くと、いつも「甘い哀感を誘った」らしい。このでんびんやの一家は一年ほどで夜逃げをした。家の戸が固く閉り、自分の父親の筆で「かしや」と書いた札が貼ってあるのは、子供心に「無慙な気がした」という。

後年、『独身』という鷗外の作中に「外はいつか雪になる。おりおり足を刻んで駆けて通る伝便の鈴の音がする」とあるのを知って、耕作ははっとする。鷗外が小倉で暮らした時期をふりかえる一節だ。そこには「会社の徽章の附いた帽子を被って、辻々に立っていて、手紙を市内へ届ける事でも、途中で買って邪魔になるものを自宅へ持って帰らせる事でも、何でも受け合うのが伝便である」と説明してある。これで「でんびんや」という職業の実態がはっきりした。と同時に、幼かった日々の思い出が実感をもって甦ったことだろう。戦後の食糧難で耕筰の病状は悪化し、昏睡状態となって息を引き取る前のある晩、うとうと眠っているはずの耕作が枕から頭をもたげ、聞き耳をたてるような恰好をして、鈴の音が聞こえるとつぶやいたという。「死期に臨んだ人間の溷濁した脳」が一瞬そんな幻聴を起こしたのだとしても、幼時の体験が時間の経過とともにいかに深化したかがうかがわれる。「その夜あけ頃から昏睡状態となり、十時間後に息をひきとった」。それは「雪が降ったり、陽がさしたり、鷗外が〈冬の夕立〉と評した空模様の日」のことであったらしい。

小山清

その二年後の一九一一年に生まれた作家のうち、まずは三月六日に東京浅草に生まれた小山清をとりあげる。父親は盲目の義太夫語り。五歳の折に大阪から東京に戻り、吉原遊廓の外れに住んだが、府立三中を中退して明治学院を卒業。武者小路実篤に傾倒して文学の世界にひかれる。戸山教会で洗礼を受けるが、間もなく離れる。母が他界し一家離散。下谷龍泉寺町で新聞配達を五年。ある時期、太宰に師事し、その疎開後、家を預かる。夕張炭坑の坑夫として北海道に渡る。戦後間もなく太宰の死に思うところあり。『聖アンデルセン』『落穂拾い』などで庶民生活の善意と愛情を描いたが、やがて失語症となる。妻が自殺し、失意のうちに当人も急性心不全で生涯を閉じた。

＊

まずは『聖アンデルセン』。「お母さん、今晩は。いま、月が知らせてくれました。君のお母さんは揺椅子に凭って編物しながら、こっくりこっくりしているって。昼間のお疲れが出たのだろうと私は返事をしておきました」。こんなたぐい稀なやさしい心からの、ほほえましい語りかけで作品は始まる。母と子、たがいに離れた土地で暮らしていても、二人を同じ月が照らし、同じ月を親子が眺める。

少しあとに、「古い馴染みの、そうして気のおけない友達の月です」とあるのも、そういった発想で、「月が知らせる」というメルヘンが誕生するのも、その延長上にある。「こっくりこっくり」している姿を連想するのも、そんなに根をつめて仕事をしないで、もうお休みになっては、と母をいたわる息子の思いやりである。

また、「わたしは編物をしながらお前のことを思っている時が一日で一番楽しいのだよ」と書いてある手紙を読む息子の気持ちも、涙が出るほどだろう。

＊

『わが師への書』には、こんな一節が出てくる。「父の、母の、稀なやさしい善い心を僕はもらうことが出来ませんでした。ただ一つ僕に顕著なる特質があります。それは母に似てひどく汗っかきなことです」とあり、「母の働く性質を、その濃情を語りがおに、汗は満ち溢れ、流れました。母はハンカチはいつもぐしょぐしょでした」と説明し、「先生、僕も汗っかきなのです」と、まるで自慢するように続く。どんな性質であれ、母から受け継いだものがあることを実感する嬉しさが、まさににじみ出て、理屈ではなく、読者の心の底に、そういう気持ちが、そのまましみわたるのである。

田宮虎彦

同じく一九一一年の八月五日、東京に生まれた田宮虎彦は、父が船員であったため幼少期を高知、下関、姫路、神戸と転々とし、旧制三高から東京帝大の国文科に進んで帝大新聞の編集に携わる。同人雑誌『日暦』に参加、森本薫、高見順らを識る。武田麟太郎主宰の「人民文庫」に執筆。大学卒業後、都新聞社に入り、徳田秋声研究の無届け集会に参加し、検挙されて退社。敗戦直後、文明社を興し、出版に従事。『霧の中』『落城』などの歴史もののほか、学生時代に材を得た『足摺岬』『絵本』『菊坂』などを発表。妻が病死したあと、『愛のかたみ』と題する書簡集を発表し、しばらく沈黙後、軍医の手記を小説化した長篇『沖縄の手記から』を発表し、活動を再開。

＊

一九七六年の七月二十一日の午後、東京赤坂のホテルニュージャパンで実施された田宮虎彦インタビューの一部を紹介するところから入ろう。「作品のテーマでまず目につくのは父親に対する憎しみですね」と、ぶしつけにも、いきなりずばりと入った。すると、作品に書いたような親子関係だったから、それを追求することで苦しみから逃れようというのが出発点だったという。そこで、書くことが救いになるのかと問うと、物語として自分の姿を客体化することで、ある程度逃れられたと言う。中山義秀にもなぜ親の悪口ばかり書くのか問われ、書くことで救われたと答えたという。父と子の確執としては志賀直哉の場合がすぐ浮かぶが、と水を向けると、『大津順吉』を読んでも贅沢な苦しみだなと思い、切実に感じなかったという。

次に、鷗外の場合は史実を再構成する態度が感じられるが、田宮文学では自己の心情を推し進める形で歴史を扱っている感じがする、と率直な感想をぶつけると、父親に対する憎しみ、ひいては体制に対する反感という自分の情感のせいだと解説した。

また、『落城』の「黒菅藩」のような架空の藩を設定する狙いを問うと、維新の史料を使ったと言い、戊辰戦争で東北列藩は最後に全部恭順の意を表明するのだが、あくまで戦うという考えもあったはずだから、それを具体化するために架空の藩を作ったのだという。岩手県の遠野を頭に置いて地理もそれに似せたという。それ以外の地名を尋ねると、黒菅から遠い場所は実際の地名を使い近づくにつれて一字変え二字変えしたらしい。

終わりのほうで、これから書く作品では感傷を切り捨てたいと言い、最近になってようやく吹っ切れたような気がするとして、『沖縄の手記から』はどうですかと、いきなり読後感を問われた。とっさに「実は、あの作品が一番好きなんです」と答え、「抒情の流れはあるし、感傷だってあるに違いないが、そういうものは深く沈潜していて表面は乾いている。そのために事実の重みがじかに伝わってきて、それだけ読者の感動が増す」と率直な読後感を口走ると、それを聞いて安心したと満面に笑みを湛えた。

＊

やはり、その作品から例を引こう。「暁闇の空に曳光弾が花火のように弧を描き、はげしい空襲の中に、やがて朝焼けに空が焼けて、夜が明けていく日もあるようになった」。B29が次々に上空を飛び去る。フィリピンのルソン島では戦闘が終わり、硫黄島で最後の抵抗を続けている。「上陸作戦を企図したアメリカの機動艦隊が沖縄近海に迫って来ていることは、もはや疑うことが出来なくなって」、すべて地上砲火にきりかえ、敵が上陸作戦を実施するのを待つばかりとなっている。「待つ」という言葉は、私たちの心のありようを決して正しくはつたえなかったが、それは、やはり、待つというよりほかいいようはなかった。「私たちはその日を待った。そして、その日は、待つ間もなく来た」。

このあたり、どの文もすべて過去形で終止してあり、例外はない。過去形終止の連鎖は一定の表現態度を崩さなかった結果であり、興奮の跡をとどめず、格調が保たれる。この作家の気にする〈感傷〉を消し去るには有効だろう。

もう一つ、「なる」と「ている」という文末表現が圧倒的に多い。これらはいずれも、動作性より状態性に重点があり、単なる行動記録に終わらせない。報道的な内容ではあっても、事実の報告を旨とする書き方とは違う。「空襲はまたはげしくくりかえされるようになった」と概括する一文こそ概括的な事実報道だが、すぐ次に「暁闇の空に曳光弾が花火のように弧を描き」とか「朝焼けに空が焼けて」とかと比喩や描写が続き、「私たちはその日を待った。そして、その日は、待つ間もなく来た」と、弾むような文展開も見られる。

「あかつきやみ」とも読める「暁闇」を仮に「ぎょうあん」と音読みすると、その文の自立語がそのあと「空」「曳光弾」「花火」「弧」「描く」と、きれいに字音と字訓が交互に並ぶ。流れるような和文調を漢語の響きで適度に締めつつ、「待つという言葉は、私たちの心のありようを決して正しくはつたえなかったが、それは、やはり、待つというよりほかいいようはなかった。私たちはその日を待った。そして、その日は、待つ間もなく来た」という流れるような響きを読者の耳に心地よく残す結果となる。事態がいよいよ切迫し、刻々と緊張感が高まる。いわば息を止めてその瞬間を迎える意識の流れを音響的に掬いとったように感じられるのだ。

森敦

その一年後の一九一二年、森敦は一月の十八日に長崎市に生まれ、京城中学から旧制一高に進むも中退。横光利一に師事し、その推薦で毎日新聞に『酩酊船』を連載。太宰治、檀一雄らと同人雑誌に参加するも、作品は発表せずに長い放浪生活に入る。山形県の月山の麓にある注連寺で雪深い冬を過ごした体験をもとに小説『月山』を発表して文壇に返り咲き、さらに『鳥海山』を執筆。

＊

まずは『月山』から。「月山は、遙かな庄内平野の北限に、富士に似た山裾を海に曳く鳥海山と対峙して、右に朝日連峰を覗かせながら金峰山を侍らせ、左に鳥海山へと延びる山々を連亙させて、臥した牛の背のように悠揚として空に曳くながい稜線から、雪崩れるごとくその山腹を強く平野へと落としている」とし、「月山と呼ばれるゆえんを知ろうとする者にはその本然の姿を見せず、本然の姿を見ようとする者には月山と呼ばれるゆえんを語ろうとしない」。「月山が、古来、死者の行くあの世の山とされていたのも、死こそはわたしたちにとってまさにあるべき唯一のものでありながら、そのいかなるものかを覗わせようとせず、ひとたび覗えば語ることを許さぬ、死のたくらみめいたものを感じさせるためかもしれません」と、神秘的な奥行を広げて展開する。

一方、『鳥海山』には、「海が広がって行って終わろうとするあたりから、空が広がって来、分かれがたいもののように、真珠にもまごうバラ色に輝いていた」とあり、「その美しさはたまゆらのものであるに違いなかったが、たまゆらもまた美であることによって、永劫であろうとするような光の顫動が、音響をすら放っているかに感じられた」という一節が現れる。哲学的とさえ思える思考を中核としながら、そこに「光の顫動」という視覚的な自然現象に「音響をすら放っている」という聴覚的なイメージを交差させ、多角的に響き合う交響曲を演じている。

夕日が波紋のような最後の光を放っている中へ五つの影が

吉田健一

同じく一九一二年の三月二十七日に東京千駄ヶ谷に生まれた吉田健一は吉田茂の長男、父は当時、本省在勤だったが、やがてフランス、イギリス、中国などの勤務を経て、戦後は首相。健一は学習院の初等科に入学したが、わずか一学期で退学し、父親の任地で少年期を過ごし、国際的な環境で育った。暁星中学を卒業したが、日本で進学せず、英国のケンブリッジ大学で英文学を専攻。翌年退学して帰国。学者的で観念的な英文学ではなく、実際のイギリス風土や英国生活を体験した者の語感を生かした批評を発表。帰国後、批評家の河上徹太郎、中村光夫との交際の中から書評や翻訳を発表。戦後、『英国の文学シェイクスピア』を発表し、批評家の地位を確立。小説的なエッセイ『乞食王子』を経て小説に軸足を移し、『瓦礫の中』『絵空ごと』『本当のような話』などを執筆。

＊

戦後のユーモラスな一編『満腹感』を紹介しよう。「食いしんぼうだけではありたい」と始まる。

「食うのが人生最大の楽みだということになれば、日に少くとも三度は人生最大の楽みが味える」ことになるから、たしかにそれは幸福だ。

「同じ部屋にいた女の子が、吉田さんがお弁当を食べているのを見ているとほんとにおいしそうだわ、ォッホッホと言った時は、張り倒してやりたくなった」という。「その四倍も五倍も食べたいのに、雀の涙四粒で我慢しているのだから、ガツガツしているように見えなかったらどうかしている」という気持ちだからだ。ある日の昼休みに、電車で飯倉まで出かけた。店はたくさんあるが、「休業」という札がぶら下っているのが大部分で、「営業中」とあるのは昆布茶しか出ない喫茶店。そんな中に水色のペンキが剝げ掛った木造の建物が開いていて天ぷらを売っている。油で揚げただけだが、珍品中の珍品。しかも安くはないが皿に制限はない。「腹の中が久し振りに温い」ので「自分にも青春があった」という気分になり、八皿までは記憶があるとある。その当時の空腹ぶりを数字で示せば「零下何十度」となるはずで、「満腹感」という言葉が「発明」されたことでもわかる。

この満腹感を与えるための国家施設が「雑炊食堂」。宣伝に釣られて出かけ、二杯ずつ腹に入れて四軒まわった。「日本政府認可の雑炊を八杯食うとどんな気持になるか、これはちよっと筆紙に尽し難い」として、「下を向くと危いので、なるべく顎を上にして重い足を引き摺って明治生命ビルの方に戻って行った時、腹の中でおじやがごっぽんごっぽん揺れる」のを感じて、雑炊は駄目だとやっと覚ったという。

それから三年後の一九一五年の二月二十八日、岐阜県稲葉郡加納町に仏壇師の次男として生まれた小島信夫は、生後間もなく岐阜市に移り、岐阜中学在学中に大衆小説類を読みふけり、吃音矯正学院を経て、第一高等学校入学とともに文芸部員中村真一郎、福永武彦を識る。東京帝大英文科に入学後、緒方キヨと結婚。加藤周一らと同人雑誌を発行して作品を寄せる。卒業後、中学教師を経て軍隊に入り、北京の情報部隊に属する。この軍隊体験はのちの『小銃』などに生かされる。復員後、教師をしながら諷刺的な作品を発表。森敦と創作について語り合う。安岡、吉行、庄野らとともに「第三の新人」と呼ばれる。明治大学に勤務しがら芥川賞の『アメリカン・スクール』以下『島』『城壁』などを発表。長篇『抱擁家族』で谷崎潤一郎賞。

＊

一九七六年一月十三日の午後、東京お茶の水にある山の上ホテルで、小島信夫に対するインタビューが実現した。例の筑摩書房の雑誌に連載した第三回がそれである。隣が明治大学、この作家の勤務先で便利だったこともあろう。諷刺の利いた滑稽な作品の目立つのはどういうところから来ているのかという点から入ると、父親の影響があるという。百姓の出で、町でいろんな職業をやっていると、百姓的なところと商人的なところが交じり合う。そういう雰囲気の中で育つと、自分も距離を置いて話すようになるという。『汽車の中』から『小銃』『アメリカン・スクール』と諷刺の利いた作品が続くがその間におのずと波があることを指摘すると、諷刺的な作品から象徴的な作品に変わったようだと概括して、何かおかしなことになってるぞ、というところに光を当てると、その世界の仕組みが浮かび上がるという。

小島文学のテーマとして、主人公に重くのしかかっている得体の知れない何かが常にあることを話題にすると、周りの人間がよく死んで、八人きょうだいだったのに今は自分だけ。それを私小説風に感慨を伝えるのではなく、死の不当性を一般化してつかむと説明してくれた。そこで、神に向かうのは逃げであって、むしろ振り払う対象として神がある、という意味合いかと尋ねると、それなしには生きられないけれども、不当にのさばっている、不当と必然との二重性、それに叫び声をあげているのだという。

視点人物を固有名詞で出すと三人称なりの小説の書き方になるとか、一人称でも『小銃』や『殉教』のように「私」にする場合と、『吃音学院』や『星』のように「僕」となる場合とでは作品の性格が違ってくるように思うが、そのへんの意識は？と尋ねると、「私」にすると落ち着いた文章になったりセンチメンタルになったりし、「僕」にすると躍動的になると同時に軽はずみになったりするという。

『郷里の言葉』というエッセイの結びが「そこでこときれた」のあと、「しぶとい人や、母はそういった」で切れている。父親という人間の死に対する抵抗を身内が「しぶとい」と評価する意外性は小島文学の短篇の結末らしいと水を向けると、エッセイ風に書いた作品だから、違和感をぶちこんで閉じないと具合が悪い。もう一つ別の世界をぶち込んで、新しい空間がいろんな可能性を孕んで拡がるように終えたいのだと解説してくれた。

＊

まず、「何や、お父っつぁん、何かいいたいことがあるんか。早う、いいんさい」とその原文を引こう。「彼は息を引きとるとき、何か口の中でつぶやきはじめた。私が耳に口をつけて言うと「トンプク、ナミアミダブツ、トンプク、ナミアミダブツ、トンプク」／そこでこときれた。／「しぶとい人や」／母はそういった。」として『郷里の言葉』という作品は結ばれる。この作品は「私は時々、親父の死にざまには、なかなか捨てがたいものがあったと思うことがある」という一文で始まる。「わっちら、もう、あかんわなも」という言い方を当然、卑下だとおもって油断していると、「わっちら」の中に「お前さんも入っているぞ、いい気になるな」という意味合いが含まれていて、「どたわけめ」と言われた気分になるという。このように郷里の岐阜では「人間ぜんたいを嘲弄したような口ぶりで話す」といった方言談義を間に挾んで、父親の話に入る。

そもそもこの父親は「この世ではじめて見たときから、やせて、老人であった」とある。それが、「動脈硬化で胃袋がいたんだり、手足がしびれたり」してきて、寝床の中で体操をしようとすると、「首をしめられる前の、カゴの中の鶏のように」、寝たまま手を動かすだけになり、当人はそういう自分を嘲笑っていたという。

「トンプク」というのは、胃袋の上に漬物石を載せてもまだ痛みがひどい折に服用していた「頓服」のこと。末期に何か言い残そうとするようすで、家族が聴き取ろうとする場面だが、聞こえてくるのは南無阿弥陀仏という念仏の合間に、その頓服を求めることばのみ。それにしても、父親が「こときれた」とたんに、母親の発した「しぶとい人や」という突き放すようなことばはきつい。エッセイふうの作品だから、ああでもしないと作品が拡がっていかないのだという。

＊

もう一つ、『小銃』から引こう。「私は小銃をになった自分の影をたのしんだ」という書き出しにいきなり現れる静かな抵抗の姿勢に気づく前に、次に出る「日なた、軍靴の土煙をすかしてうつる小銃の影の林の中で、ふとその影をさがすということを私はいくどもした」というあたりから、兵士たちの行進、整然とした軍靴の響き、乾いた土が舞い上がる、淡く短い影、そういう情景を脳裏に浮かべた。戦時中の童詩の記憶が浮かび、抒情的に読んでしまったのだろう。その先に「なつかしく、故郷のように思われるのだった」のあたりでいくらか恥ずかしく感じたのは、きっとそんな自分に気づいたせいだろう。

この作家の文体は、抒情を消すところに本領がある。作品の意義は重い背景を担う遊戯性にあり、現実との違和感をどう形象化するかに成否がかかっている。「キラキラと螺旋をえがいてあかるい空の一点を慕う銃口をのぞくと気が遠くなるようだった。それから弾倉の秘庫をあけ、いわば女の秘密の場所をみがき、銃把をにぎりしめ」と続く。「右手の腹のここのところの鈍いまるい創《きず》、それから少しあがったところの手術あとのようなくびれた不毛の創口、左手の銃把に近いところに切れた仏の目のような創」と、ある女を思い出すために幾度も触れる。有能な射撃の名手が兵士になりきれずに落伍してゆく姿を正当化することなく、むしろ戯画化して投げ出したような創作態度を、文体がなぞるのだ。

串田孫一

同じく一九一五年の十一月十二日、のちに哲学者、詩人、随筆家として作品を発表し、絵や音楽もよくし、登山家としても知られる串田孫一が東京で生まれた。九段の暁星中学に入学してほどなく山登りを始め、東京高校を経て東京帝大哲学科を卒業。矢内原伊作、福永武彦らと文芸同人誌を始め、のちに草野心平に誘われて『歴程』誌の同人となる。東京外国語大学の前身となる学校で教壇に立ち、山岳部長のかたわら絵や音楽に親しむ。人生、愛、幸福、孤独、漂泊などに関する思索を『随想集』『著作集』にまとめる。

＊

筑摩書房の講座「日本語の表現」全六巻を編集した昔、その第四巻『表現のスタイル』に原稿の執筆を依頼し、『紀行文について』と題する一文を掲載したこともある。その折、文章は絵画とは違って、うっかりすると衰えの目立つものだから、量を減らしてさらに努力を重ねるように心がけている旨のお手紙を頂戴して、その人柄に感動した記憶がある。軽井沢にある信濃追分の山小屋で黄葉した落葉松が金色の雨のように散る光景を眺めた折、手紙で報告すると、串田さんから自宅の庭でもそういう絵のような光景が見られる旨の返信があった。同じ小金井市に住んでいることでもあり、もう少し作品を読んでからご挨拶にうかがおうと思いながらためらっているうちに他界されてしまい、面談の機会を逸してしまった。

＊

『秋の組曲』の中から、明るい描写の奥に揺れ動く翳を追ってみたい。「湖の岸から少しずつ離れて行く道が、暫らく土手のわきをとおって行くと、向うの方に峠が見える。二つの丘がなだらかな斜面を交わらせるところで、そこにはもう一本の木も立っていない」。「そこへ大きな太陽が沈んで行った。終日その太陽は湖に金色の小波を作り、湖畔の小径を歩く人たちに少しばかり汗をかかせた」とスケッチしたあと、感覚的な描写に入る。「五人の乙女たちが、とりどりの色の毛糸で編んだものを脱いだ時」、「少し焦げたような、懐かしい埃の匂いがする」。ほんのわずかの間、「顔の前をたくしあげたスウェターが通る時だけ」「汗ばんだ肌が急に涼しくなって、一斉に声をあげたからだ」。

＊

峠まで送って行くと言って私が一足あとからついて行ったことを忘れたように、乙女たちは「真紅の落日へ向って駆けて行く」。「夕日が波紋のような最後の光をやっと人の目にも見えるように放っている中へ、五つの影が入って行く」。そうして、「影のへりは金色になり、それが段々と影の方へ浸入して来て、しまいには細い腕だの、ひるがえる帽子のリボンなどは光の中へ溶けてしまう」。

描かれるのは、まばゆいばかりの対象だが、描いている文章そのものには陰翳がある。それは、若さを振り返る中年の視点で、今では眺めるほかはない輝きとしてとらえられているからである。若々しい乙女らは底抜けに明るく、その狂奔する生命の姿に快く呆れながら、すでに過ぎ去ったわが青春を振り返る羨望のまなざし。それは織り縞のように目立たないが、そういう薄っすらとした翳が読後感を複雑にする。

島尾敏雄

それから二年後の一九一七年四月十八日に島尾敏雄は横浜市に生まれたが、関東大震災で兵庫県に移転。長崎高等商業時代に阿川弘之らと同人雑誌に加わる。九州帝大の東洋史学科に入学するが、途中で海軍予備学生に志願して旅順教育部に入隊。特別攻撃隊の第一期魚雷艇搭乗要員として訓練ののち、魚雷艇「震洋」による指揮官として奄美群島の基地で待機中に終戦を迎える。翌年、庄野潤三、林富士馬らと同人雑誌『光耀』を発刊。神戸市外語大を辞職して東京の江戸川に移住、新日本文学会に加わり、安岡章太郎、吉行淳之介、小島信夫、少し遅れて吉本隆明を識る。病妻とともにその故郷である奄美に渡り、カトリックの洗礼を受けたあと、『死の棘』『出発は遂に訪れず』などを発表。

*

ここでは『出発は遂に訪れず』を紹介する。特攻隊の隊長として、すべてをなげうち、死の準備をしていた。生のすべてがその死を目的として営まれる異常な状況にある。しかし、即時待機のまま、出発の瞬間はなかなかやって来ない。そうして、そのまま無期延期となる。戦争が終わったからだ。このようにして偶然取り戻された自分の生というものが、どれほど人をとまどわせるか。それを事実と同じ重さで描く。

「重なり過ぎた日は、一つの目的のために準備され、生きてもどることの考えられない突入が、その最後の目的として与えられていた。それがまぬかれぬ運命と思い、その状態に合わせて行くための試みが日日を支えていたにはちがいないが、でも心の奥では、その遂行の日が、割けた海の壁のように目の前に黒々と立ちふさがり、近い日にその海の底に必ずのみこまれ、おそろしい虚無の中にまきこまれてしまうのだと思わぬ日とてなかった」。ところが、その怖ろしい運行は、はたと動きを停止し、「自分を奇妙な停滞に投げ」入れる。「目的を失って放り出されると、鬱血した倦怠が広がり、やりばのない不満が、からだの中をかけめぐる。矛盾したいらだちにちがいないが、からだは死に行きつく路線からしばらく外れたことを喜んでいるのに、気持は満たされぬ思いにとりまかれる。目的の完結が先にのばされ、発進と即時待機のあいだには無限の距離が横たわ」る。

生き延びる喜びに肉体は素直に反応するが、目的を遂行しそこねた精神のほうはとまどうばかりで、逆にむなしさが広がる。そういう肉体と精神とのねじれ現象を浮き彫りにする。

福永武彦

その翌年、一九一八年に生まれた作家のうち、まず三月十九日に福岡県に生まれた福永武彦をとりあげよう。幼少期は福岡市で過ごすが、母を亡くし、小学校の途中で東京に移住し、開成中学で中村真一郎と同期。旧制一高を経て、東京大学仏文科に入学。雑誌『映画評論』の同人となり、毎号映画の批評を執筆。卒業後、日伊協会に勤務し、雑誌の編集にあたる。高村光太郎に出会い、初めて訪れた軽井沢、追分で堀辰雄を識る。戦時中は参謀本部で暗号の解読に従事したが、肋膜炎になり、その予後のため北海道の帯広に疎開、戦後は中学の英語教師。加藤周一、中村真一郎とともに時評を執筆。

病気が再発し、東京清瀬の療養所に入って長い療養生活に入る。長篇『草の花』で文壇的地位を確立。恋愛小説の長篇『海市』で読者層を広げ、加田伶太郎の名で推理小説を執筆、船田学の名でSFを発表するなど、幅広く、多彩な活動をくりひろげた。池澤夏樹の父にあたる。

＊

『風花』を紹介しよう。「鉛色に曇った空がところどころに裂け目を生じて、その間から真蒼な冬の空を覗かせ」、その部分は無限の彼方に感じられる。すると、その裂け目から「かすかな粉のようなもの」が「静やかに下界に降って来た」。幼いころの記憶である。

その主人公は今、結核療養所の病棟にいる。両親に子供を預けて出版社に勤務している妻は、「見舞に来ると、堰を切ったように」おしゃべりして帰って行く。「親父は筆不精なんだ」と説明しても、同情してくれないことを恨みに思い、「ヒステリックに泣き喚」くこともある。「他の患者の聞いているこうした大部屋の中で、妻から責められるのはたまらな」い。その妻が男友達でもできたらしく、いつか快活になり、話を合わせて笑顔をつくっていると、やがて妻は、自分の青春は終わりかけている、人生をやり直す権利があると、離婚話を切り出す。自分のほうは「寝台の中に横になり、咳や痰に苦しめられ、検査の結果に一喜一憂していれば、現在から未来に向けて愉しい想像をすることなどは不可能」で、脳裏に暗い想像ばかりひろがる。

しかし、今は明るく、目覚めたあとの気分は爽快。掛布団を引き寄せた、として回想場面に入る。「吐く息が白く空中に漂った」という感覚的なイメージで寒さを伝えたあと、「白く細かなものが宙に舞っていた」と肝腎なものに言及するが、「雪片」という語が出るまで、その正体を明かさない。病床からぼんやりと眺めている目には、事実、雪というより「白い細かなもの」と映ったのだろう。次に「あるかないか分らない程かすかで、ひらひらと飛ぶように舞い下りた」とあることからもわかる。

空を「無限に遠く見えた」と書くことで、次の「静やかに下界に降って来た」という大仰な表現が自然に感じられる。「天界から舞い落ちる」という連想を誘うからだ。と同時に、「風花」というキーワードの象徴性を高める。主人公が「ああ風花か」と呟くとき、「何かが彼の魂の上を羽ばたいて過ぎ」る。そのことばを初めて聞いた幼い日々を思い返し、「晴れた空から忘れられた夢のように白い雪片が舞い下りて来るのを見るたびに」抱く「言いようのない陶酔」の感覚を味わっていたいのだ。そして、それは、初めて「風花」ということばを教えてくれた自分の父親とのつながりを断ち切りたくない思いとつながる。

貝がらを耳に当てると海の音が聞えるの

小沼丹

同じく一九一八年の九月九日、重陽の節句に牧師の父邁《すぐれ》、母涙子の長男として、東京下谷に生まれた小沼丹に移ろう。小沼家は祖父の代まで会津藩士。ペンネームの「丹」は科学随筆などで健筆を揮った縁続きの寄生虫学者、小泉丹《まこと》を尊敬していたところから。本名は救《はじめ》。明治学院中学部から同高等学部英文科へと進み、機関誌『白金文学』に作品を発表。掲載誌を贈呈したことをきっかけに井伏鱒二を訪問し、師事する。早稲田大学英文科に入学し、同人雑誌を始める。井伏家で太宰を識る。戦争による繰上げ卒業後、盈進学園に勤務。学園長の娘丸山和子と交友し、のちに結婚。吉岡達夫らと同人雑誌『文学行動』を始める。『早稲田文学』の同人となる。武蔵野の中島飛行機工場の近くに住んでいたため、たびたび空襲があり、盈進学園も被災し、長野県更級郡八幡村に疎開し臨時教員となるが、戦後すぐ帰郷し盈進学園に復帰し、『早稲田文学』の文芸時評を担当。谷崎精二の推薦で早稲田の高等学院や学部の授業を担当。『村のエトランジェ』『白孔雀のいるホテル』が芥川賞候補となり、作家として文壇に登場する間際に胸部疾患で中断、安岡、吉行らを識る。のちに早稲田大学文学部の教授に昇任する。妻和子の死による中断を挟んで、『世界』誌に『黒と白の猫』を発表、フィクションに興味を失い、作風を一変しての再出発をとげる。諫山純子と再婚。『懐中時計』で読売文学賞を受ける。『銀色の鈴』『竹の会』などを発表後、在外研究員として渡英し、その体験を『椋鳥日記』と題する長篇エッセイとして発表、平林たい子賞を受ける。

＊

『名文』と題する著書で小沼丹の『懐中時計』をとりあげるころまでは、この著者に一面識もなかった。国立国語研究所に勤務していたその頃から、すでに早稲田大学の文学部や大学院で講義を担当していたから、小沼教授にも『名文』に掲載、論評の報告をすべく、出講の折に演習中の教室を訪れた。初対面の挨拶を交わし、数分おしゃべりしていたら、休憩後の演習が始まりかける。演習室をあとにするおり、「あなた、お酒召し上がる?」と問われ、とっさに「たしなむ程度」と答えて失礼した。思えば、それが囲碁や将棋のあとの酒宴の常連となるきっかけである。瀟洒な屋根裏部屋で手合わせした将棋は一勝一敗だったが、負けたほうの一番を覚えていないのには閉口した。

酒宴の終わりかけたころに、作品に「一番」として登場する「ピカ一」という荻窪の鮨屋から、先刻井伏先生が現れて呑み始めたが、小沼を呼べとまでは格別おっしゃっていない、という妙な電話が入ったこともある。意を察して小沼さんはすぐに出かける用意をする。われわれ孫弟子どももお供をした。合流すると、土産物を店に置き忘れることをさかんに気にし、周りが品格を下げるのをたしなめ、御坂峠に太宰の記念碑を建てたことをくりかえし後悔しながら、井伏師はさかんに酒盃を重ねる。両師匠を送り届けて小金井まで帰ったら、自宅の東側の広場の空はもう薄白くなっていた。これが

「たしなむ程度」かどうかは知らない。

＊

まずは『汽船』。「ミス・ダニエルズの追想」という副題がついている。明治学院で英会話を習った教師の思い出を綴った一編。実際には三十代の女性の若白髪だが、生徒には五十代にも八十代にも見えたらしい。アメリカに帰国すると聞いて横浜の港まで見送りに行ったら、一年の休暇で帰るのだとわかり、拍子抜けがする。ところが、「妙なことに」「二度と海を渡って来なかった」という。「記憶の片隅に細ぼそと名残を留めているに過ぎない」が、「もともと婆さんに見えたからいまでもたいして変ってはいないだろう」と、思いがけず永遠の別れとなってしまった教師を偲ぶ一文の結びに、ほんのりと灯りをともす。

＊

次は『小径』。「障子に映る樹立の影を見ていると、古い記憶が思い掛けなく顔を出すことがある。それは障子に映って消える小鳥の影のように、心の窓を掠めて消えて行く」とエッセイに記す作者の一編を眺めたい。伯母が死んで間もなく、その家は人手に渡り、その後どうなったか知らない。ただ、「想い出のなかで、赤土の崖に沿ったひんやりした小径を上って行くことがある」として、「門を這入って威勢良く銅鑼を鳴らすが、音ばかり矢鱈に大きく跳ね返って来て、玄関には誰も出て来ない。どこに行ったのかしらん？　しいんと静まり返った家のなかに人の気配は無く、裏山の辛夷が白い花を散らしているばかりである」として一編を閉じる。悲哀を意味する一語も用いず、深い喪失感がこのような仮想の情景とおして読者の胸の奥深くしみこんでゆく幕切れだ。

＊

次に、恩師の谷崎精二を偲ぶ『竹の会』にふれよう。日本酒を三本飲むとみごとに盃を伏せるので、文学の師匠である井伏鱒二にその話をすると、大いに見習うべきだと言う。そこで早速見習うことにして、「ではそろそろ失礼します」と言うと、井伏は「ふうん、君はそう云う男か」と、そっぽを向いたらしい。

先輩の批評家青野季吉の逸話も出てくる。早慶戦は青春の祭典だ、勝敗にこだわっちゃいかんと言うくせに、早稲田が負けると「何だ、あのざまは。酒まで不味くなる」と怒り出す。宴会の途中で腹を立てて「ぼ、ぼ、ぼくは竹の会を止める」と帰りかけたとき、幹事の小沼がレインコートを持って行くと「すごい権幕で食ってかかる」。そのまま座敷に戻ったら、「青野さんが血相を変えて、土足で座敷」まで追いかけて来たという。『大先輩』という随筆に後日談が出てくる。気まずい状態で何年か経ったある日、新宿で飲んでいたら肩を叩かれ、振り向くと青野さんの春風駘蕩の笑顔。一緒に飲んで、帰りに小田急の乗り場まで送ったのが青野さんの最後の姿となった。だから、「記憶に残る最后の青野さんは上機嫌で温和な」姿だが、「寂しくてならぬ」とある。「怒りっぽい青野さんでないと青野さんらしくない」と、ほほえましい矛盾感で結ぶ。

谷崎精二は正月に年始の挨拶に出かけると、毎年きまって「今年こそは間違無く墓に入りますから来年は御迷惑は掛けません」と挨拶する。そこで、「そんなことを云う人に限って百迄生きるから、とても安心なんか出来ません」と応じる習慣になっていたらしい。ところが、入院されて重態だという電話が入り、やがて亡くなる。豪徳寺の駅で友人と待合せてベンチで待っていると、「上りのプラットフォームには乗客が沢山いるが、此方側には他に誰もいない。向う側は陽が当っていて、みんな陽気な顔をしているように見えるから不思議であった」とある。たしかに、そんなふうに感じられることがあるものだ。

そのあと、「穏かな冬の陽の落ちている」静かな路を眺めていたら、「谷崎さんがステッキを振って出て来そう」に思う。すると「着いた下り電車から降りて来た友人が、いや、どうも、と谷崎さんのような口を利いた」と、ふわりと緩めて作品を閉じる。

＊

今度は『昔の仲間』。学生時代の友人を偲ぶ一編だ。「昔、伊東と云う友人がいて、或る日、鉢植の桜草を持って尋ねて来たことがあった。春風に誘われて、ふらふらと出掛けて来たのだろうと思う」と飄々としたタッチで、のんびりと始まる。かつてその友人と訪ねたことのある東京調布の深大寺をその何年後かに再訪し、苦い煙草を吸う場面。「暗い長いトンネルがあって、トンネルを出て見たら、いつの間にか座席のあちらこちらに空席が出来ていて、座席の主は帰って来ない。棚の上に残されたのは、追憶と云うトランクだけである。伊東の座席も空席の儘竟《ままつい》に塞がらない……雨に濡れる青葉を見ながら、そんなことを考えていたように思う」と続く。

＊

次に、『黒と白の猫』から。主人公は「大寺さん」。妙な猫がいて、別荘代わりに大寺家にあがりこみ、主人が入って来ても「素知らぬ顔でお化粧に余念が無い」。「細君なぞ歯牙にも掛けぬ風情を示す」。「人間にするとさしずめ巴里の御婦人ぐらいに見えぬことも無い」、「来客があると、澄してその膝に乗ったり」するから、客が「名前、なあに?」と訊いても、猫はむろん答えない。「自分が訊かれたのではないから、大寺さん」も「知らん顔して烟草を喫んでいた」とある。飼い猫ではないから名前なんか知らない。同僚の米村さんにこの猫の話をすると、病床の夫人に話してやるのだと興味深げに耳を傾ける。その奥さんが病死し、米村さんを慰めるために酒持参で将棋を指しに行く約束をする。ところが、その約束は果たせない。その理由を説明するついでのように、この作家は大寺夫人の急死をだしぬけに読者に告げる。

その折の大寺さんの慟哭の心も、「死ぬにしてもちゃんと順序を踏んで死んで呉れりゃいいんだけれど、突然で、事務引継も何もありゃしない」とか、「挨拶無しに死ぬから困ります」とかと、まるで死んだ当人に文句をつけるような調子で他人に語る。妻と死別し、日々に募る喪失感にじーんと来る底の抜けたような孤独感も、読者に直接ぶつけることはない。「或るとき、テラスでぼんやりしていると、珍しく麦藁蜻蛉が訪れて、テラスの先のちっぽけな池に何遍も尻を附けた。／おい、おい。／大声で細君を呼ぼうとして、大寺さんは家のなかに自分一人なのに気附いた。「蜻蛉が卵産んでるらしいぜ」／大寺さんはそう云う心算だったのである。」そうして、「大寺さんは蜻蛉を見ながら、何れその裡慣れるだろう、と思った」と続ける。

＊

次は『懐中時計』。ある晩「僕」が酒に酔って腕時計を紛失。一緒に飲んだ上田友男に電話しても、すぐ別れたから知らないと言う。数日後、上田から、自家に宝蔵してある由緒あるロンジンの懐中時計を譲ってやらないものでもないという、もったいぶった申し出があり、値段の交渉を肴に二人で飲み歩く。「動くのかね？」とか「ほんとにあるのかい？」とかといった質問の応酬やら、「只で呉れたらどうだ？」「死んだ親爺に失礼だ」というやりとりもあり、一万円対千円から始まって、六千円対四千円まで漕ぎ付けるのに半年もかかる。そのうち相手の上田友男が健康を害して酒場から足が遠のき、あっけなく死んでしまう。ユーモアの底をさりげなく無常感が漂う。

＊

次に、『黒と白の猫』の後日談にあたる『銀色の鈴』をとりあげよう。妻に突然先立たれて心に空白が生じ、ぼんやりしている。来客が庭を眺めて「木蓮が咲きましたね」と言うと、「ええ、弱りました」と「頓珍漢な返事」をすることもある。それまで電気製品に無頓着だった大寺さんが、娘たちが家事を担当すると思うと無関心ではいられない。ある意味で妻は「戦友」という存在だったが、娘は本来なら庇護されるはずの存在だったから、どうしても負い目を感じて、少しでも負担を減らそうという気持ちになるからだ。

仲間連中が大寺さんの再婚話を肴に酒を飲み、審査委員会を通過した相手となら再婚を認めるなどと勝手な話をして盛りあがる。そんな話を冗談半分に娘に伝えても関心を示さず、「いいと思う女性がいたら、結婚したらいい」とあっさり言う。さっぱりしていて悪くない半面、何となく物足りない。少しはこだわってくれてもいいような気がするのだ。学校に出て、たまに酒を飲まないで帰宅し、娘がまだだと、「自分で玄関の鍵を開けて家に這入る」。冬だと家の中は寒く暗く静まり返っている。わかっているのに「何だ、まだ帰っていないのか」と声に出し、やたらに電気を点けてまわる。「暗くていけない」と声に出し、「独言を云ったのに気が附いて、余計面白くない気分になる」。

＊

早稲田大学教授でもあったこの作家は、大学の在外休暇という制度を利用して、半年間英国に渡り、次女の李花子とともにロンドンに滞在した。時折、気が向いたら小旅行を試みたらしい。そういう半年ばかりの体験をもとに作品化したのが、小説じみた長篇エッセイ『椋鳥日記』である。人通りのない横町を生垣沿いに歩いていると、「教会の尖塔が見えたり、花の香のする風が吹いたりして、何となく茲《ここ》は倫敦だと思う」。そんな心地よい路で突然「雀斑《そばかす》嬢がロオラア・カナリヤみたいに甲高い声で囀り始め」たり、「人間離れしていて箒に跨った方が似つかわしい」婆さんが「呪文を唱え始めたと思ったら、どうもわれわれに話し掛けているらしい」と気づいたりする。とても二十世紀のロンドンとは思えないほど古風に彩られていて、小沼文学の倫敦は無性に懐かしい。

「ライは苔むした丸石で舗装した路が続き、中世の建物の残る古い可愛らしい町」だという。その帰途、途中で汽車を乗換える折、雨が降り出して、寒い。プラットフォームに軽食堂があるのを見て、「何となく、蕎麦を食おう……と思った」という。英国の駅で立ち食い蕎麦を売っているはずはないから、当人も「どう云う料簡だったか判らない」と書いている。娘が「珈琲でも飲みましょうか」と言ったとたん、「蕎麦は消えてしまって何だかたいへん淋しかった」とある。それがきっかけでそろそろ「引揚げる汐時」かなと考えたようだ。

安岡章太郎

その翌々年の一九二〇年五月三十日、高知市に生まれた安岡章太郎を次にとりあげよう。父はこの地方の名家で陸軍軍医であったため、その転勤にともなって朝鮮の京城その他の軍隊の所在地を転々とし、小学校も京城。以後は青森県の弘前や東京などで転居が続き、成績、素行、ともに不良だったという。日中戦争から敗戦まで、ほとんど父不在の生活が続き、母に溺愛されたことも影響したらしい。高校の受験に失敗続きで、そのころから小説家志望の意思を固め、慶応文学部の予科に入るが、ほとんど登校せず、作品を書き始める。戦後は復員した父、母と藤沢で困窮生活を送り、脊椎カリエスを発病。病床で書いたうちの一編が北原武夫に認められ、『ガラスの靴』として『三田文学』に載って芥川賞候補となり、続く『陰気な愉しみ』で受賞。高知の精神病院で母親が死亡し、長篇『海辺の光景』を発表して文壇での地位を固める。いわゆる「第三の新人」の中心的存在。

＊

まずは『海辺の光景』。信太郎という息子が、高知の海に臨む精神病院で母親の死を看取る十日足らずの物語だ。すべてのことは終わってしまった。今は誰に遠慮も気兼ねもなく、病室の分厚い壁をくりぬいた窓から眺めた〝風景〟の中を自由に歩きまわれることが、たとえようもなく愉しかった。「体のすみずみまで染みついた陰気な臭いを太陽の熱で焼きはらいたい。海の風で吹きとばしたい」と思いながら歩いていた信太郎は、「なだらかな海面に、幾百本ともしれぬ杙が黒ぐろと、見わたすかぎり眼の前にいっぱいに突き立って」いることに気づく。「櫛のような、墓標のような、杙の列をながめながら彼は、たしかに一つの〝死〟が自分の手の中に捉えられたのをみた」。風景を主体化して描く圧倒的なフィナーレである。

＊

次に『朝の散歩』をとりあげよう。この作品は「なつかしいという情緒の底には、諦念ないしは断念がある」という一文で始まる。代々木公園の近くで超高層のビルがそびえたつ道路のわきに、思いがけず国木田独歩の住居跡を示す標識を見かけ、このあたりが武蔵野の一画だったことを知って、しみじみと隔世の感にひたったのだろう。朝早く犬を連れて散歩する習慣になっているが、どきりとすることもあるとして、人が長ながと寝そべっていると死体を連想し、そうでないとわかると、今度は圧迫を覚えるという。夏の終わりか秋の初め、「女が一人、茣蓙を敷いて坐っている」のを見かけて、散歩を中止する。翌日、その女に出会わないように時間を遅らせて出かけたら、今度は黒っぽいカーディガン姿の五十代ぐらいの仲間と並んで坐っており、身じろぎ一つしない。「強い無言の圧迫」を感じて、そそくさと立ち去るほかはない。半月ほどして秋が深まってからその場所を通ると、女は「激しく身もだえして」「懺悔のようなことをやって」おり、カーディガンの年輩の女は「そ知らぬ顔で正面を向いたきり」。「同情心とも好奇心ともつかぬ奇妙なものに」引かれて傍へ行こうとしては、「うしろめたいものを覚えて、立ちどまってしまう」。「他人の不幸を覗き見することが気が咎めるのか」はわからないが、「恐怖に憑かれたように、その場を足早やに遠避った」という。「女の高い声が、澄み切った秋の空に響く」ときに、今は亡き母の声をふと思い出すというのは、抑えつけてきたある種の情念が、心の隙間からむらむらと頭をもたげてくるのかもしれない。得体の知れない恐怖に取り憑かれたように、その場を立ち去るところで作品は終わる。地の底にめり込むようななつかしさと感じるのは、メニュエル氏病で目を廻し、生涯の終りが視野に入ってきた作者の自覚なのかもしれない。

庄野潤三

その翌年、一九二一年の十一月二十日、当時の大阪住吉、のちの帝塚山に帝塚山学院の校長の三男として生まれた庄野潤三をとりあげる。児童文学の庄野英二はその兄。帝塚山学院の幼稚園、小学校を経て、大阪府立住吉中学に進み、詩人の伊東静雄に国語を習う。大阪外語の英語部に入学。チャールズ・ラムや内田百閒、井伏鱒二の作品に親しむ。九州帝大に進学し、東洋史を専攻。一年上に島尾敏雄がいた。伊東静雄、林富士馬らと旅をする。繰り上げ卒業で広島の大竹海兵団に入り、館山の砲術学校に移って、海軍少尉に任官。復員後、大阪の今宮中学に勤務。その翌年、浜生千寿子と結婚。『愛撫』『舞踏』で家庭の危機を描き、朝日放送に入社。東京支社に移って練馬区に住む。いわゆる「第三の新人」の一人として安岡、吉行らと交友。『プールサイド小景』で芥川賞を受ける。家庭の平和の悦びを描く『静物』以降の作品『夕べの雲』で読売文学賞、『絵合せ』で野間文芸賞。『鍛冶屋の馬』『インド綿の服』やラムを訪ねる長篇エッセイ『陽気なクラウン・オフィス・ロウ』など。

＊

一九七六年五月二十一日、シリーズ作家訪問で川崎の多摩区三田の丘の上に建つ庄野潤三邸を訪ねた。作文の思い出から話に入ると、小学校を卒業するまでは好きだったが、中学に入ったとたんに点数ががくんと落ちたという。中学には模範作文というものがあって、きまった書き方をしないと成績が悪い。俳句をなさった経験は作文に役立ったかと問うと、勘どころをつかめば、まわりは自然に浮かぶことがわかったという。

次に、『星空と三人の兄弟』の中で「お前も何か仕事を覚えて、自分で食べていかなくては」という一言には、「父と子、あるいは男、生活、家族と世の中、そういうものを要約したようなところがある、それに私は惹かれる」とあって、日常生活を大事にする態度が見られるが、これは戦時下に青春を送ったところから来るのかと問うと、兄が戦地から無事に帰って来ると、今度は二番目の兄が戦争に行くから、家族が無事に顔をそろえるのは難しい、明日は保障し難いことが身にしみこんだのかもしれないと説明し、平和な世の中になればそういう感じは薄れるはずだが、あとは自分の性分らしいと補足した。

次に視点の問題として、噂話の聞き書きという形の作品が目立つことを話題にすると、それは臆病なところが関係しているかもしれないとして、物事に直接ぶつかるよりも、他人の話から好きなところを選び出して一つの世界を組み立てるほうに惹かれると説明した。『鍛冶屋の馬』は女性の語りになっているが、「結婚するの……残っていたの……といってるの」というふうに同じ文末表現が続くのは、会話を実際より抽象化しているのか、作者の意識を尋ねると、「そう、そういう気持ちが強いんです」とすぐ反応し、ニュアンスとして女性らしい、あるいは田舎らしい感じが出るようにしたいと解説してくれた。

最後に、「ふくらみのある文章」というあたりに庄野さんの理想とする文章のお考えが集約されるかと問うと、即座に、そう、「ふくらみ」というのは、いいことばだと認め、「彫琢した文章より内容が大事で、内容が優れていればおのずと、いい文章になる」と結論した。そこで、美しい文章と言われると抵抗があるかどうか確かめると、求めているのは美しい文章じゃなくて、ひとりでに笑えてくる文章だという。念のために、滑稽味というより「ヒューマー」のほうですね、と確認すると、そう、イギリス風に言えば「ヒューマー」。わざとらしいのは、ちっともおかしくなくて、人間がまともに生きてるのを見ると、どっかしらおかしい。まじめなところにしか、おかしみも悲しみもない、というのが僕の文学観なんです。まさに、それが庄野文学である。

『貝がらと海の音』から入ろう。庄野家の次男の家の小学校二年生の文子通称フーちゃんは、貝がらを耳にあてて、「貝がらを耳に当ててると、海の音が聞こえるの」と言う。自分も子どものころ、そうやって海の音を聞いた庄野夫人は、孫も同じことをするので驚く。ほほえましい一景である。庄野文学の世界だ。

次は『つぐみ』。飯田龍太という俳人の随筆に、シベリヤからはるばる海を越えて日本へたどり着いた時には、目方が三分の二くらいまで減っているとあるのでびっくりしたという。体力を使い果していて、山の尾根を越えるのがやっと、あとは群れを解いてそれぞれなじみの場所に散らばるらしい。庄野家にも五年ほど前から一羽やって来る。大きさ、羽の色の濃淡、パン屑のついばみかた、風に吹かれながら佇んでいる姿などがそっくりだから、同じ一羽だろうと妻と話し合う。もしそうなら、うれしい。

ひよどりがムラサキシキブの枝をぐい呑から引きずり出そうとして、地面に落した牛脂を、つぐみがつつく。「海を越えて帰るんだから、しっかり食べてもらいたい」と思う。

＊

次に『童心』。英文学者の福原麟太郎に関する思い出を綴った随筆だ。「愛犬のクロの首輪に附けた綱を持って庭先を歩いているいい写真がある」と始まる。そして、「クロに引張って貰っているというふうにも見える」と続き、そのクロは「カメラマンの存在をまるで無視した、ご主人とふたりきりのつもりらしい、いそいそとした足取りなのがおかしい」と展開する。

福原が最初に飼ったのは「ポチ」。隣の女の子が小犬を拾って来て、おじさん、これを飼って頂戴、と言ったから飼うことにして、名前も女の子がそう呼んだから、そうしたという。それが十二年生きて死んだ折には、「共に来し十二の坂や薄霞」と書いた紙をはりつけた柩を寺に持参し、墓地に葬ってもらったらしい。その次にはシロという犬を飼ったが、太平洋戦争の旗色が悪くなり、食糧事情も難儀になって来たころ、犬がみずから姿を消したらしく、福原は「しみじみとあわれであった」と記している。

＊

今度は『驢馬』。親しい作家、小沼丹の逸話だ。小沼にはいくつかの散歩コースがあって、その日の気分できめるらしく、葉書によると、久しぶりに「驢馬と山羊のいる」ほうの道を通ってみたという。懐しかったので、「おい、と声をかけたら、驢馬のやつ、のこのこやって来て、柵越しに鼻面を出した」とあり、せっかくだから撫でてやったと続く。そして、「先方はどう思ったか分らないが、当方はまことによい気分でした」と結んである。

＊

次は『誕生日のラムケーキ』。「南足柄の長女からの宅急便が届いた」と始まる。その中身が父親の誕生日用につくったラムケーキとアップルパイとアップルケーキ。包みの中に手紙が入っていて、「生田の山の親分さん江」とあり、「今年もまたお達者でお誕生日の佳き日を迎えられたことをお喜び申し上げやす」と書き出してある。そうして、結びは「ではこの辺で失礼さしていただきやす。ごめんなすって。金時のお夏より」となっていて、なんだか遊び人みたいな文面だ。実は、金時が産湯を使ったという夕日の滝にほど近い山の中腹に建つ家に住んでいて、名前が「夏子」だから「金時のお夏」とふざけたもの。例になっているから、こうでないと「誕生日の気分にならない」という。いい家庭だ。

今度は『やきもの好き』。古美術の目利き、鑑賞家として知られた青柳瑞穂は、備前の壺を手に入れたとき、大き過ぎて台所で洗うわけにいかず、その壺を抱えて風呂に入った。「窓ガラスから洩れる午後の陽ざしを浴びながら、壺といっしょに昼の温泉にひたっているくらい愉快なことはない」という。「何の焦燥もなければ、不安もなく、さながらここは太古のような静けさだ」とある。

＊

『メジロの来る庭』から、ある年の庄野家のお盆を紹介しよう。「送り火たく」と一行あり、「夕方、妻と二人で玄関にオガラを持ちだして火をつけて燃やす」とあり、玄関の戸をあけておいて、「また来年来て下さいよ」と声に出して、ご先祖さまを送り出す。迎え火のときは、オガラを燃やして、

「さあ、みなさんお入り下さい」と声をかけ、ご先祖さまを家の中へ招じ入れ、身近なご先祖さまは「お父さん、お母さん」一人ずつ名前を呼び上げるという。

「庭木の花が咲いたことをはがきで知らせ合う風雅の友であり、なじみの飲屋で夜ふけまで酒を飲んだ友の名前もそこへ出て来る、とある。その人物は「懐中時計」で読売文学賞を受賞した小沼丹のこと」と説明がある。ちなみに、店については言及がないから補足すると、中央線の大久保駅近くにあって、井伏鱒二ゆかりの作家たちなどがよく通った「くろがね」という店である。残念ながら今は姿を消した。

ご先祖さまではないが、そういう親しい仲間もいっしょに呼び込むと、「お盆の間、家の中が何となく賑やかになった気がする」そうだ。そうして、千寿子夫人が「ご先祖さまに上って頂く料理をいろいろとこしらえては、父母の写真を置いてある書斎のピアノの上にお供えする」のだという。

＊

『せきれい』という長篇にも、小沼丹の話題が出てくる。「足柄山からこんにちは」で始まる手紙の主、「金時のお夏」こと旧姓庄野夏子、現姓今村夏子に結婚の話を持ってきたのは井伏鱒二だが、仲人は小沼丹。庄野家の朝、こんな会話のやり取りがあったらしい。「さつきメジロがつっついていた笞のムラサキシキブのかごの脂身がからっぽになっている。どうやらオナガが来て、食べてしまったらしい」とあり、「さっきオナガの鳴く声が聞えたのは、やーい。食ったぞー」と言ったのかもしれないと想像する。ピアノの上に供えるお茶を持って行った千寿子夫人が「パン屑が一つもない」と言うので、「さっき、むくどりが二羽で食べていたよ。つぐみならいいんだけど。まあ、むくどりでもいいや」と説明すると、妻は「小沼さんに『椋鳥日記』がありますね。小沼さんの供養と思えばいいわ」と言いだす。

こんな一景も出てくる。ハーモニカで庄野が「カプリ島」という曲を吹くと、妻は「今日は波打際を走る白の、ピンクがかったやどかりがリボンをつけて笑っているの」と言う。そんな風景が浮かぶのだという。その直後に、「悲しい知らせ」とあり、その曲が好きだった小沼が亡くなったという作家仲間の吉岡達夫から電話が入った一件が語られる。小沼家のすぐ近所に住み、一緒に散歩していた作家仲間である。家族だけで葬儀を済ませ、お骨になって家に帰ったと小沼夫人から電話があったという。しばらくぶりで小沼に葉書を出したばかりの折で、届いたときにはもうこの世にいなかったと思われる。『文学交友録』という著書の最後の章に、「小沼夫妻を誘って伊良湖崎の長い海岸線を見下すホテルへ行った」ことを書いたから、小沼もそれは読んだはずだと、夫人と小沼の冥福を祈って手を合わせ、夜のハーモニカは小沼の好きだった「カプリ島」一曲にしたという。しみじみと吹いたことだろう。

その年の十一月八日の昼過ぎ、早稲田の国際部の会議が始まる前、小沼丹の碁敵と自称する英語学の小黒教授に、気になる夢の話をした。小沼家を訪ねたが姿が見えないので、あたりをはばかる声で呼びかけると、突然、窓が開いて甲高い声が響き、懐かしい笑顔が見えてほっとする。が、玄関の扉を閉めると、裾が帯状に黒く染まっている。十日の朝、訃報が入り、その日の十二時十分だったことに仰天。われわれが夢の話をした、まさにその時刻だったからだ。翌一九九七年の雑誌『群像』の一月号に、追悼小沼丹として、庄野潤三、三浦哲郎のあとに掲載された「なつかしき夢——小沼文学の風景」という一文を「先立ちし人や犬や花や、あるいは街並や時代を追っているのかも知れない」と結んだことを思い出す。

＊

『庭のつるばら』に、小沼丹のスケッチ集『馬画帖』のことが出てくる。牧師の父親が、子供のころ馬の絵ばかり書いていたらしいが、死を前にした小沼自身もさかんに馬の絵を描いていたという。それを次女の李花子が一冊にまとめた画集である。庄野潤三は、それに描かれた馬は「みんなやさしい目をしている」し、それをとりかこむ男たちも「残らずおだやかな顔をしている」ことを記し、「ふしぎなスケッチ集である」と評している。庄野家のその日の夕食は、千寿子夫人が井伏一門のなじみの店「くろがね」から送ってもらった日高昆布をたっぷり使って出しをとり、それに、かつおぶし、酒を加えた松茸の土びんむしで、中の海老、とり肉、ぎんなんをつまみながら、庄野潤三は「お酒を飲む」と書いてある。読者は、思わず生唾を飲みこみながら、溜息をつくことだろう。

山田風太郎

次は一九二二年生まれから二人、まずは一月四日生まれの作家、山田風太郎。本名は誠也。兵庫県養父郡関宮町の医者の家に誕生し、東京医科大学を卒業。苦学しながら小説の創作に励み、在学中の戦後すぐ、推理小説専門誌「宝石」に応募し、島田一男らの審査を受けて短篇『達磨峠の殺人』が入選。二年後に『眼中の悪魔』『虚像淫楽』で探偵作家クラブ賞を受ける。「面白倶楽部」に連載した『甲賀忍法帖』『くノ一忍法帖』なども当たり、『山田風太郎忍法全集』を出版。『戦中派不戦日記』も注目された。

＊

やはり、思いがけない発想で世間をはっとさせた、あの『あと千回の晩飯』にふれよう。「いろいろな徴候から、晩飯を食うのもあと千回くらいなものだろうと思う」という、ぎくりとする一文で始まる。冷静に考えてみれば、乱暴な内容ではなく、ある年齢以上の読者にとっては、当たらずとも遠からずという計算だろう。ただ、ふつうの人間はそんな怖ろしいことを日ごろ考えようとしないからショックを受ける。著者自身も格別どこかが悪いわけではなく、七十二歳の今、漠然とそう感じているだけで、「病徴」というより「老徴」というべきか、と述べているから、深刻ではない。

二十一世紀には勤労者の四人で六十五歳以上の老人を一人養わなければならず、「戦慄すべき計算だ」。また、老人病院の医者の観察によれば、長命の人は春風駘蕩、無欲恬淡の人柄かと思うと、とんでもなく、「人の頭でも踏みつけて人生を越えてきたような個性の持ち主に見える」という。人間以外の動物は「こんな醜態をさらすことなく、介護者もなくひとり荘厳に死んでゆく」。

志賀直哉は八十四のとき、テレビドラマを見ても筋がわからない、アタマがおかしい、ヘンなんだよ、といって八十八まで生き、武者小路実篤は八十九のとき「この世には立派に生きた人、立派に生きられなかった人がいる。皆立派に生きてもらいたい。皆立派に生きて、この世に立派に生きられる人は、立派に生きられるだけ生きてもらいたく思う。皆立派に生きて、この世に立派に生きられる人は、立派に生きられるだけ生きてもらいたく思う。皆人間らしく立派に生きてもらいたい」という「一回転ごとに針がもとにもどるレコードのようなもので、果てしがない」状態で、九十歳で死んだという。身につまされる。

清岡卓行

次は、同じ一九二二年の六月二十九日に大連に生まれた清岡卓行。父親が満鉄の技師であった関係である。大連一中時代から詩に惹かれていたという。旧制一高を経て東京大学の仏文科に進み、友人と満州に旅行、そのまま大連の地で両親とともに敗戦を迎える。戦後の大連で英語と数学を教えたりしながら過ごし、その地で沢田真知と知り合い結婚。翌年、引き揚げて復学。プロ野球の連盟に就職、のち、ニュース映画の会社に転職。一九五九年に最初の詩集を書肆ユリイカから刊行。法政大学の教師となり、妻と死別後、在宅時間が長いのを利用し、小説を書き始める。月刊雑誌『群像』に載った『朝の悲しみ』がその第一作で、『アカシヤの大連』などを含め、四部作を完成させ、芥川賞を受賞。

＊

やはり、『アカシヤの大連』をとりあげよう。「にせアカシヤの見なれた花房の方がずっと綺麗だ」と思うのに、「にせ」などという汚名をかぶせられていることに義憤を感じる。そのため、響きの悪い「刻印を剝ぎとって、今まで町のひとびとが呼んできた通り、彼はそこに咲き乱れている懐かしくも美しい植物を、単にアカシヤと呼ぼうと思った」という。アカシヤの花香る港町、大連に生まれ育ったこの作家は、祖国日本の敗戦と同時に、このふるさとをも喪失。自分の中で欠落したまま、いつまでも埋められないでいる空虚感に焦慮し、癒しようのない不安に襲われる。大連の町にしか故郷という思いを感じられないのに、日本語にしかことばのふるさとを感じない。そんな矛盾感に引き裂かれながら青春の日々をふりかえる一編である。

「池のまわりのアカシヤの花はもう散りかかっていた。ごく幼い頃、西空の夕焼けは、池の表面を眩しいほどカッと輝かせていたが、山の裾のあちこちの小さな谷間には、すでに夜の気配の暗く不気味な影ができていた。そこらあたり全体が、ふしぎな明暗の照明を浴びた舞台のようであった」。池を照らすその夕焼けは、今思い出している過去の実景なのだが、その折の回想として幼児体験を組み込む。現実としては初めて訪れた場所なのに、なんだか前にも来たような気がすることがある。いわゆる「既視感」だ。ごく幼い頃、それと似た西空の夕焼けを眺めて、赤煉瓦の粉がはらはらと降っているようだと思ったことがあったのだ。彼は、そのとき、雨あがりの小さな屋上庭園の片隅から、おそるおそる、そのように乾燥した感じの明るい赤を背景として、ポッカリと女の顔が浮かんでいるのを眺めていたのであった。

「幼い彼が日没の空に眺めたその女の顔は、どうやら、彼が毎朝歯を磨くときに眼にする、歯みがき粉の袋に色刷りされた女の顔であった。幼かった彼は、なぜそんなものが夕空に現れたのか、わけがわからなかったが、それを眺めることには、少しばかりいけないことをしているような感じがあることを漠然と意識していた」という。

遠藤周作

その翌年の一九二三年の三月二十七日、遠藤周作は東京巣鴨で、安田銀行勤務の父と上野音楽学校卒の母との次男として生まれる。父の転勤にともなって満州の大連に移るが、両親の離婚にともなって日本に戻り、母と神戸に移り住む。灘中学に入学後、伯母の影響でカトリックの洗礼を受ける。三年の浪人生活を経て慶応義塾大学の文学部予科に入学。仏文科に進み、卒業後、カトリック留学生としてフランスに渡り、リヨン大学で二年半を過ごす。その間に、のちのユーモア小説『おバカさん』のモデルとなるネラン神父と交際。帰国後、小説を書き始め、『白い人』で芥川賞を受賞。安岡章太郎を介して吉行淳之介、庄野潤三、小島信夫らと構想の会に参加。ほかに『海と毒薬』『沈黙』『死海のほとり』など。

＊

やはり、『海と毒薬』をとりあげよう。こんな内容の小説である。「私」という一人称で出てくる主人公が、ちょっと気になる町医者に出会うところから一編は書き出される。むくんだ蒼黒い顔の、無愛想で言葉に訛りのある中年の男だ。近所の噂では、腕は確かで、勘定もやかましく言わないらしい。実際に診察を受けてみると、気胸針を胸に突き刺す技術も、熟練の結核医のみごとさだ。ただ、肋骨をさぐるたびに触れる太い指は金属的な感じで、患者の生命本能が怯えるほど不気味である。妻の妹の結婚披露宴で隣の席だった新郎の従兄が、その勝呂医師と同じ医学部の出身で、戦争中に生体解剖に加わったらしい。物語はここで一転、その当時にさかのぼる。

病院で死ななくても空襲で命を落とす、そんな時代だから、助からないとわかる患者に貴重な薬を使うのは無駄だという風潮があり、施療患者は無視される。そんな折、大学の大杉医学部長が脳溢血で死去、その後継者争いが起こる。最も有力と見られている橋本第一外科部長も、第二外科部長の権藤が軍部に通じているという噂に焦る。大杉の親類にあたる田部夫人の手術の時期を早めたのも、選挙前の点数稼ぎという見方があったが、手術中に死んでしまい、手術に参加した全員で、いわゆる「後始末」をほどこす。縫い合わせて全身を包帯で包み、病室でリンゲルを注射し、術後の手当てをほどこして、家族には手術は無事に終わったが今晩が山場だと告げて面会謝絶にしておく。手術中に死ねば執刀医の責任になるが、術後に死んだことにすれば弁解の余地が残るからだ。

　その工作に加わった勝呂は、それから間もなく呼び出され、捕虜の生体解剖に参加させられる。軍でも銃殺ときまっているから、眠っている間に死ぬほうがましだと説得され、断れなくなったのだ。自分を押し流す運命から人間を自由にする「神」はあるか？　屋上から闇に光る海を見つめながら、勝呂はそう問いかける。その謎の医者の前身である。

街燈に照らされた雨が、物思いにふける主人公の姿を映す

吉行淳之介

吉行淳之介は一九二四年四月十三日に、新興芸術派の小説家吉行エイスケと美容家の母あぐりとの長男として岡山市に生まれた。妹に女優の和子、詩人の理恵がいる。幼くして東京に移り、番町小学校、麻布中学、旧制の静岡高校を経て、終戦の年に東京大学英文科に進学。東京空襲で被災したときに、詩を書いたノートだけ持って逃れたという。戦後は『新思潮』などの同人として小説の島尾敏雄、詩の中村稔らとの交友が始まる。小説の処女作『薔薇販売人』、『原色の街』のあと、肺結核による入院を経て『驟雨』で芥川賞を受賞し、庄野潤三、安岡章太郎、小島信夫らとの交友が始まる。私小説の手法を意識して抽象化を試み、恋愛の心理と生理を明晰な文体で描き出し、短篇集「不意の出来事」で新潮社文学賞、『星と月は天の穴』で文部大臣芸術選奨、『暗室』で谷崎潤一郎賞、『鞄の中身』で読売文学賞を受賞。軽妙な語り口のエッセイでも知られる。

＊

一九七五年十一月十四日の午後、帝国ホテルに吉行淳之介を訪ねた。筑摩書房の月刊雑誌『言語生活』に一年間連載する作家訪問シリーズの第一回としてである。コーヒーを一口すすったあと、文体構築の礎石として学校時代の作文があったかという話題から入ると、麻布中学時代まではゼロだとのこと。そこで、旧制静岡高校時代には何かお書きになっていたとかと促すと、思い出したくない程度の詩を書いていたと認め、そのせいで小説を書き始めるのに苦労したという。詩と散文では発想法がまるで違うかららしく、散文風になるまで四年もかかったそうだ。短篇と長篇との姿勢の違いにもつながるかと話を向けると、自分の場合はフラグメントを一つ置くのが短篇。五十ぐらい積み上げると三角錐になって抽象的な問題に向うと説明した。もの書きだった父親の影響について問うと、実は父の作品は短篇もいまだに読んでいない、キラキラした形容が多すぎて読めない、ああいうんじゃないのを書こうという気持ちがあるからだという。それでは、好きな文章は?と角度を変えると、どう書いてあるかというより、何を書いているかというほうに頭が向くから、武者小路が悪文の見本と言われていることも知らず、読んでみると、なるほど調子が違う。逆に、好きな作品は?と問うと、梶井基次郎という名をあげ、気に入らなくて読まないのもあるが、好きなのは『愛撫』、波長が合うと言う。

『寝台の舟』とか『不意の出来事』とか、小説の中に童謡や詩が出る作品が目につくが、発想に密着したものなのかどうか尋ねると、窮余の一策という場合もあるが、それがなぜ童謡かとなると自分でもわからないという。

『原色の街』のあけみ、『驟雨』の道子、『娼婦の部屋』の秋子というヒロインは、それぞれ別の女性として描き分けてあるかと失礼な質問をぶつけると、『原色の街』のころは赤線を知らなかったから、「あけみ」は架空のイメージ、その後出入りするようになって、自分の作った女そっくりのを見つけてしまったらしい。その女が道子で、『驟雨』と『娼婦の部屋』の主人公だという。

「そのまま過ぎてゆくものではなかった」とか「それが結局は彼女を一層不幸にしてゆくということには、あけみはまだ気付いていない」とか、全部を見渡している作者がいるという作品構造になることを指摘すると、『自選作品集』を出すときに二十枚ぐらい削ったが、そこも削ったかもしれない、見渡してるという感じが嫌だったという。そのあと、作品の結びの話になり、ストンと落ちがついて終わるのは作者の衰弱だとし、曖昧にぼかしてもいけない、終わってギュッと締めて、フワッと放してふくらます感じを出す。プロの極意なのだろう。

＊

まずは『驟雨』から。「高い場所から見下ろしている彼の眼に映ってくる男たちの扁平な姿、ゆっくり動いていた帽子や肩が、不意にざわざわと揺れはじめた。と、街にあふれている黄色い光のなかを、煌めきつつ過ぎてゆく白い条。黒い花のひらくように、蝙蝠傘がひとつ、彼の眼の下で開いた」とあり、「街を俄雨が襲ったのだ」と続く冒頭場面である。

高い場所から垂直に近い角度で見下ろせば、下は扁平に見えるから、感覚的に正確だ。そこで文が中止し、即かず離れずの間隔で以下が展開する。こうすることで、「扁平な姿」と「ゆっくり動いていた」との間に微妙な空間が生ずる。文の内側の流れに見られるこういう隙間が、詩的な間合いを感じさせる。動くのが「人」でなく「帽子や肩」なのも、見下ろす人間の眼にそう映るからである。帽子や肩の動きを「揺れる」ととらえるところにも、そういう視角が感じられる。雨が降ってきたと概説せず、その場にいる人間の感覚をとおして描き出す。その人間の視覚に映る順に文章が展開し、「町を俄雨が襲った」という判断や「大部分の男たちは傘を持たぬ」といった説明はそのあとから出る。こういう場面優先の展開が、表現の具象性を高め、感覚を生き生きと伝える。

娼婦たちが男の客を呼び止める嬌声が乱れ飛ぶ。主人公は「その呼び声を気遠く聞きながら、夜はクリーム色の乾燥したペンキのように明るいだけの筈のこの町から、無数の触手がひらひらと伸びてきて、彼の心に搦みついてくるのを知った」と続き、「夜のこの町から、彼ははじめて「情緒」を感じてしまう」のである。夜の街の明るさの質を「クリーム色の乾燥したペンキ」ととらえる感覚も的確であり、そこに惹きつけられる気持ちの動きを「無数の触手がひらひらと伸びてきて、彼の心に絡みついてくる」とイメージ化するのも、いささか表現過剰ぎみながら、感覚的に的を射ている。

娼婦が客を呼ぶ場面でありながら、「眼に映る」「煌きつつ」「交錯」「嬌声」「狭斜の巷」「書物を播く」「触手」「情緒」といった品格を維持する用語が続出することも見逃せない。

＊

もう一編、『鳥獣虫魚』の冒頭をとりあげよう。作品はいきなり「その頃」と始まり、「街の風物は、私にとってすべて石膏色であった」という総括に続き、「地面にへばりついて動きまわっている自動車の類は、石膏色の堅い殼に甲われた虫だった」と具体例をあげ、「そういう機械類ばかりでなく、路上ですれちがう人間たち、街角で出会いがしらに向い合う人間たちも、みな私の眼の中でさまざまの変形と褪色をおこし、みるみる石膏色の見馴れないモノになってしまった」と続く。異様な心象風景である。

ニュアンスを単純化すれば、漢字表記は意味を伝え、ひらがな表記はことばを伝え、カタカナ表記はその音だけを伝える記号という雰囲気が漂う。主人公の心象風景を映し出すのに、この作家は「者」や「物」でも「もの」でもなく、無機的なカタカナを採用し、「モノ」と記した。その表記の選択が、その折の書き手の意識のあり方を映し出すものとして一定の効果を奏している。

さまざまに変形しては、結局「見覚えのない形に定着してしまう」、そんなモノとモノとの間を通り抜けて、同僚のいる部屋に向かうと、そこには色の着いた「見覚えのある人間たち、私の同僚の、色彩をもった人間たちが、机の前に坐ってタバコを喫っていたり、机と机のあいだを動きまわったりしていた」とあり、「しかし、うっかりすると、その人間たちもたちまちのうちに、私から遠く離れ去って、手がかりのない場所で、石膏色の見馴れない形にうずくまってしまいそうだった」と展開する。

しかし、変化が起こることもある。自分の席の近くにいる「誇りたかく坐っている」美人の事務員も日頃は「椅子の上にうずくまる石膏色のかたまり」に過ぎないが、その「軀をおし倒した瞬間から、私の眼の中で、彼女は人間の形に変化しはじめる」。というよりも、「にわかに色濃くただよいはじめる彼女の獣のにおいと、私の獣のにおいとがまじり合い、それが彼女と私とのあいだの架け橋となる」のだ。そんな無機質で低温の作品世界である。

作家訪問の際に、吉行文学における《性》はそれ自体の本質をつきとめる対象として位置づけられるのか、それともそこをとおして、どこかへ向かうのかという問題提起をしたことを思い出す。この作家は「小説は結局、人間を書くもの」だとし、その入口になぜ《性》を選ぶかとなれば、時代的に長い間遮断されていてボルテージが上がったからかもしれない、と振り返った。

インタビューの最後に、作家を解く鍵としてのキーワードをとりあげ、志賀直哉で「拘泥する」「こだわる」だとすると、吉行文学では「町の汚れ」「生活の汚れ」とか「汚れ」という語が気になると率直な感想を述べると、「それは気がつかなかったな」と言う。そこで図に乗って、色彩語では「石膏色」ですね、あれは、感動のない、倦怠感のようなものを象徴する色として使われるわけですか?と尋ねた。すると、「ええ、そうです」と応じ、その逆が「夕焼け」で、どちらも幼児体験がもとになっているという。そこで、「夕焼け」は何かの救いかと問うと、「感動、生理的な感動というのかな」と応じた。ちなみに、この作品の美人の事務員も日頃は「石膏色のかたまり」とある。

三島由紀夫

その翌年、一九二五年生まれの三人のうち、まず一月十四日が誕生日の三島由紀夫をとりあげる。東京四谷に農林省の官吏平岡梓を父とし、母倭文重との長男として生まれた。本名は平岡公威。祖父は樺太庁長官、母も、前田藩の儒者で開成中学の校長を務めた人物の次女という家系に生まれる。学習院初等科のころから詩歌や俳句を試み、さらにその後、三島由紀夫という筆名を用いて小説『花ざかりの森』を発表。東京大学法学部に進学し、中島飛行機工場で勤労動員、豪徳寺で敗戦を知る。卒業後、大蔵省に就職するも、すぐに退職して文筆生活に入る。『仮面の告白』で新進作家として世に出る。『真夏の死』『潮騒』も続き、放火犯をモデルにした『金閣寺』が大きな反響を呼ぶ。『鹿鳴館』などの戯曲のあと、『憂国』に表面化した、国を憂える思いや死の美学などが行動へと駆り立て、ついに自衛隊の市ヶ谷駐屯地に乗り込み、自衛隊の決起を促してまさに劇的な割腹自殺を遂げる。

＊

そんな三島作品のなかから、もっとも三島作品らしからぬ短篇『橋づくし』をとりあげよう。題名の「橋づくし」というのは、花街界隈の伝統的な風習であって、陰暦の八月十五日の夜、願をかけて、誰とも口を利かずに七つの橋を渡りきると、その願いが叶うという言い伝えがあるのだという。誰かに話しかけられたり、同じ道を二度通ったりすると、願いごとがだめになる、という風習で、何かにつけて験を担ぐ花柳界では、こういう伝統行事を大事にする。

料亭の箱入り娘で早稲田の芸術科の学生である主人公の満佐子は、毎年、浴衣姿で、小弓という中年の小太りの女と、小学校時代に同級生だったかな子という若い女と、二人の芸者と連れ立って出かけることにしている。ところが、今年は、東北育ちの女中の「みな」という山出しの女がお供に加わることになった。「頬の肉に押しひしがれて、目はまるで糸のよう」だし、「口をどんな形にふさいでみても、乱杙歯のどの一本かがはみ出してしまう」。おまけに「顔も黒く、太い腕も真っ黒だ」。そういう「用心棒」みたいな女がお供として参加した。途中、かな子は下腹が痛み出して落伍し、小弓も知り合いから声をかけられて脱落。深夜のことで、二人だけになると、後ろの足音がやけに甲高く響く。小刻みな自分の足取りに比べ、悠揚迫らぬ後ろの足音が嘲るようにあとをつけてくるようで恐怖を感じる。

七番目の橋のたもとで手を合わせ、最後の橋を渡りかけたところで、男の声で呼びかけられる。今時分こんなところでと訊問する警官の声だ。投身自殺と勘違いされたらしい。満佐子が痛恨の目つきで先を見ると、お供のはずの体格のいい女が、なんと最後の祈念をこらしている姿が見える。

後日、みなに、あのとき、いったい何を願ったのかと、うながしても、相手は不得要領に笑みを浮かべるだけ。あきれて、「マニキュアをした鋭い爪先で、みなの丸い肩をつつ」くと、その爪は弾力のある重い肉に弾かれ、指先には鬱陶しい触感が残って、「満佐子はその指のもってゆき場がないような気がした」として一編は終わる。くすぐったい。まいったなと思う。

丸谷才一

次は、同じ年の八月二十七日に、山形県鶴岡市の町医者丸谷医院の次男として生まれた丸谷才一。のちにこれをペンネームとして、本名根村才一を名乗る。県立鶴岡中学を卒業、旧制新潟高校に入学するが、在学中に応召して山形の連隊に入営し、ほどなく終戦を迎える。軍隊経験により徴兵忌避という主題のモチーフを得る。東京大学英文科に入学し、さらに大学院に進み、国学院大学助教授となる。結婚後、東大英文の講師などをしながら、英文学者としてグレアム・グリーンやジェイムズ・ジョイス『ユリシーズ』などの翻訳に従事。小説家としての出発は『エホバの顔を避けて』に始まり、『笹まくら』『たった一人の反乱』『横しぐれ』『裏声で歌え君が代』など。詩論『後鳥羽院』、日本語論『文章読本』など多彩な執筆活動を展開した。ちなみに、医者の兄は丸谷と旧制中学時代の同級生、弟の自分は丸谷の姪と高校の同期生。また、丸谷才一自身から「日本語論／花冷えの日も夜も」と三行書きにした俳句を受けとったこともある。

＊

まずは、徴兵忌避のテーマを扱った『笹まくら』。非戦論者とは無関係に、ひたすら戦争を避けて逃亡し続けた男の物語だ。過去の秘密をひた隠しにして沈黙するほかはない人間にとって、その心の傷が癒えることはない。人の死を伝えられても、心の反応はなく、「香典はどのくらいがいいだろう?」というだけの反応になっているその男のもとへ、かつての恋人であり命の恩人でもあった女の死を知らせるはがきが届く。それでも反応は変わらない。戦争というものが残した隠れた爪あととして、ひそかに他人として生きたために、戦後もそういう感情麻痺のまま生きるほかはない人間を描き出したのだろう。

＊

がらりと雰囲気は変わるが、やはり謎の多い作品として、もう一つ、『横しぐれ』をとりあげよう。語り手は大学の国文学の助手。父親は町医者で、病気で寝つくようになると、昔話が多くなり、松山の道後温泉に出かけた際に出会った人物についての推測で盛りあがる。ある日、茶店で休んでいると、居合わせた坊主に馴れ馴れしく話しかけられ、そのうち酒になる。結局その勘定は自分がもつことになってしまった。「わたし」が、たかられたの?と聞くと、父親は「ま、早く言えばそうなる」と笑う。その父親の通夜の晩に、その道後行きに同行したという国語の教師に、その折のようすを聞くと、急に天気が崩れて、横なぐりの雨になった。そこで自分がとっさに「横しぐれ」とつぶやくと、その坊主はしきりにうなずき、「まさにその通りですな」と何度かくりかえしたらしい。また酒を飲みだし、しばらくして、礼を言って出て行ったという話だった。もしあれが「うしろ姿のしぐれてゆくか」の作者、ほんとうの種田山頭火だとすれば、町医者にすぎない父にとって、ただ酒をふるまった思い出は、その生涯を飾ることになりそうな気がして、息子は山頭火全集を調べる。めざす句は見あたらないが、「朝湯こんこんあふれるまんなかのわたくし」という句を発見、この朝湯のあとで茶店に休んでいて父親に出会ったのかもしれないと考える。知り合いの詩人にその話をすると、相手は「しぐれ」という音は「死暮れ」の意を内包するという新説を出し、それがこの俳人の生涯と文学を集約していると主張する。そうして、「うしろ姿のしぐれてゆくか」という自嘲の句を、「後ろ姿の死」「暮れてゆくか」と分節する。

辻邦生

同じく一九二五年生まれの作家から、もう一人、九月二十四日に東京本郷駒込に生まれた辻邦生をとりあげる。両親の家はともに代々医者だったという。父はジャーナリストで薩摩琵琶の弾奏家でもあったらしい。赤坂小学校を卒業、日大三中を経て旧制松本高校に入り、北杜生の斎藤宗吉と知り合う。東京大学仏文科に進み、菅野昭正と同期。スタンダールに関する論文で卒業、後藤佐保子と結婚し、学習院大学に勤務。渡仏して森有正を訪うなど欧州諸国を歴訪。帰国後、『廻廊にて』で近代文学賞。『洪水の終り』『安土往還記』『天草の雅歌』『嵯峨野明月記』など。高潔な精神をストイックで端正な文体で綴る。

筑摩書房の月刊誌『言語生活』の巻頭座談会で何度か司会を務めたが、最初にお目にかかったのはその折で、大岡信、谷川俊太郎とこの辻邦生がゲストだったからだ。すぐに谷川俊太郎から「先夜は長時間迷論をリードしてくださり云々」と始まる手紙が舞いこんでびっくり仰天。

辻邦生からも『作家の文体』や『名文』などの著書や「余情」に関する論文を読んで方法意識に注目する旨のありがたい手紙を受けとって感激。パリから戻ったら「一度ゆっくりお話いたしたく存じます」というはがきを頂戴して楽しみにしていたのに、ついに実現しなかった。軽井沢に避暑に出かけた辻さんが買物をしたスーパーの店先で倒れ、突然世を去られたからだ。わが家でも信濃追分の山小屋に出かけるたびに利用している店と知り、なおさらショックは大きかった。

＊

やはり、激しく余情の降りそそぐ『旅の終り』の結び近くを紹介しよう。イタリアの小さな静かな町で、旅の若い男女が服毒自殺をしたことを知り、ショックで眠れなくなる。しばらく蒼ざめていた妻がようやく寝息をたててからも、夫はずうっと夜の雨の音が耳から離れない。「私たちはその夜、一晩じゅう雨の音をきいていたように思う」という一文は、雨の音が耳について離れないという意味だけではなく、いろいろと考え込み、眠れない夜を過ごしたという内面をそれとなくにじませる。「雨はまだ降りしきり、街燈の光のなかで、雨脚がしぶきをたてていた」から「雨につつまれた町は死にたえたように静まりかえり」と展開する流れを、読者はきっと、雨の激しさが心の哀しみをかきたてるように象徴的に読み、「雨にうたれた空虚な闇」も、空間的な存在を超えて、心理的な存在感へと読みを深めることだろう。街燈に照らされた雨が、物思いにふける主人公の姿を映す、その先に、妻が「こんな静かな町で、誰にも知られず、野心もなく、暮してみてもいいわね」と言ったときの気持ちが、「私のなかに、雨のしずくのように、流れこんでくるようだった」という、しっとりとした一文がある。何に喩えるかは基本的に自由であるはずの比喩表現において、作者があえて作品場面から「雨」を選びだして、妻の気持ちと融合させた、この流れによって、ひんやりとした潤いが「私」の内面の奥深く、浸み入る感じに響くのだろう。

そのあと、「私は思わずそうつぶやき、街燈の光のなかにしぶく雨脚を、ながいこと見つめていた」と展開する。「私」という一人称で語りながら、こうして「見つめていた」と自身の行動を振り返ることによって、見ている「私」が「見つめられる」対象へと後退する。そうして主体が遠ざかるにつれて、読者の心に、もの想う気持ちが広がってくる。

吉村昭

その二年後の一九二七年に生まれた四人の作家のうち、まず五月一日に東京日暮里に生まれた吉村昭をとりあげる。開成中学二年のときに太平洋戦争が始まり、そのころ、肺疾患で欠席が多く、また、旧制学習院高等科に進んでからも肺疾患のために休学、左胸の肋骨五本を切除。復学後、小説を発表するなど文学活動を開始し、大学は中退したが、同人の津村節子と結婚。芥川賞候補作数編のあと、『星への旅』で太宰治賞を受け、本格的な作家活動に入る。『戦艦武蔵』『陸奥爆沈』『神々の沈黙』など。

＊

吉村作品に読者が事実の重みを感じるのは、資料や取材によるだけではない。即物的な描写で微細画を綴り合わせることにもよるし、舞台となる場所を実際に歩いてみてから執筆に入ることも無視できない。ここでは『帰艦セズ』という脱走兵の行為を振り返る作品を紹介する。禁固拘留の身でありながら外の厠に立った折、釘で手錠を外して脱走し、タコ部屋に偽名で身を潜めて終戦を迎えたという経歴の持ち主が、海軍機関兵が小樽南方の山中で「飢餓に因る心臓衰弱」で死亡したことになっている一件の調査に乗り出す。下艦した折に弁当箱を取りに戻ったために、緊急出港した船に間に合わず、そのまま行方不明になったことになっているが、海軍側から逃亡と告げられた折に、父親が家族の名誉のために乗り遅れたことにしたものと推定する。調査している自身も同じ海軍からの逃亡者、その自分が生きているのに、弁当箱を一個忘れたせいで、この男は最後に飢えて死んだらしい。そう思うと、時代に翻弄される人間の弱さを思わずにはいられない。

北杜夫

同じ一九二七年の同じ五月一日に生まれたもうひとりは、歌人斎藤茂吉の次男、北杜夫、本名は斎藤宗吉である。兄の斎藤茂太を含め、いずれも精神科の医者。父は山形県の出身だが、青山脳病院の院長を務めており、宗吉自身は渋谷の日赤の産院で誕生。麻布中学時代は昆虫採集に夢中で、文学書に関心を持たなかったらしい。終戦の年の四月に旧制の松本高等学校に入学。同期生に辻邦生がいた。この年、父茂吉の歌集を初めて読んで感動。東北大学医学部に進学するが、授業にはあまり出席せず、トーマス・マンに心酔して作家を志し、北杜夫のペンネームで同人雑誌に作品を発表。東北大を卒業後、附属病院でインターン実習を受け、茂吉の死後すぐ国家試験に合格して慶応病院の神経科の助手となる。同年から掲載を始めた『幽霊』を自費出版。内向的な性格からペシミズム、ニヒリズムをベースに死の影を追う作風の出発。このころ、佐藤愛子、なだいなだらを識る。水産庁調査船に船医として半年間、欧州各地を回った体験をもとに『どくとるマンボウ航海記』を刊行。翌年、『夜と霧の隅で』で芥川賞を受賞。続いて雑誌『新潮』に連載した『楡家の人びと』で毎日出版文化賞を受ける。

＊

「謹んで新年のお祝詞を申し上げます」といった型どおりの挨拶状を頂戴したのは初回だけで、「山かぜのつたふる音をさびしみて硫黄の湯あみ一夜をねむる」という自作の短歌のこともあれば、「紅白も見ずあらめでたやな」といった即席の近況報告のこともある。時には、お贈りした著書が着かないうちに礼状が届くこともある。ユニークなのは「万能ハガキ」で、蛙の北杜夫が「臥床中」の漫画に「季節の変り目」「祝／悼」「合格／落第」「御成婚／御離婚」などと印刷してあり、必要なものを○で囲めば済むようにできている。まさか落第や離婚を祝う人はいないだろうから、「実用」というより「作品」なのだろう。

初期の作品『幽霊』をとりあげよう。父親の死後、主のいなくなった書斎に入ってみる。無意識のうちにその椅子に腰掛けて父の姿勢をまね、ぎこちなくページをめくる。父は姿を消したが、その匂いが残っている気がして、酔ったような気分になる。「死が旅先の父を隠す」とか「意味ありげな錯覚が、酩酊のように僕を領した」とかといった生硬な表現が目立ち、「無数の本たちはいつものとおりおし黙っていた」といった擬人化も気にかかるが、亡くなった父の書斎にたたずみ、ほとんど父の一部であった書物の群れの中で思わず発した肉声であったと考えることによって、きざっぽさを感じさせない。

少年にとっての父の匂いは、父親自身の体臭と古い書物にしみついた微の臭いとの融合した、父の気配として全身を包む、そういう象徴的な実在感であったかもしれない。そういう文脈を背負い、「僕は無意識に父の姿勢をまねていた。猫背ぎみに、首をやや左にかしげ、ぎこちないいらだたしさでページをめくった」というあたりで読者は息をとめる。その一瞬に凝縮された思いをどう表現すべきか、まだ考えあぐねている。

小川国夫

同じく一九二七年の十二月生まれの作家二名、まず、二十一日に静岡県藤枝市に富木太郎、まきの長男として生まれ、その風土を愛して生涯の多くをこの地で過ごした小川国夫をとりあげる。祖父の代に幅広い商品を扱う店を創立。当人は浜辺に出ると発熱するような体質で、小学校五年から肺結核で二年間休学。この間に文学書を読み、絵画を試みる。旧制中学時代に学徒動員で造船所に通う。戦後すぐ旧制の静岡高校に入学し、カトリックの洗礼を受ける。東京大学国文科に入学後、非現実的な自分の精神に悩み、自伝的な小説を書き始める。もう一つの試みが日本脱出で、私費留学生として渡仏、二年あまり滞在して地中海沿岸地方をオートバイでまわった体験をもとに『アポロンの島』にまとめるが、数年後に島尾敏雄がそれを推賞することばを朝日新聞に掲載して注目を浴びる。省略を利かせた明晰な文章で、ほかに『悠蔵が残したこと』『試みの岸』など重厚な作品を発表。

＊

今は昔、筑摩書房から『名文』と題する著書を刊行した。五十人の作家から各一編ずつの作品を選び、具体的にその名文たる所以を解説しようと試みた。全体を作品の執筆年代順に配列するに際し、小川国夫の『アポロンの島』だけ成立年の調べがつかず、やむなく作者自身に問い合わせたが、返事がない。執筆に多忙で、それどころではないのだろうと諦めかけたころに、思いがけない手紙が原稿用紙で舞い込んだ。「もう間に合わないと存じます」という書き出しで、いつ誰に出した手紙ではまだ影も形もなく、何月何日に出した手紙のころはもうできあがっているとして、その必要箇所をみずから抜き書きまでした懇切な封書である。驚いて恐縮するとともに、そのお人柄まで伝わって感激した。その後、ご子息とも縁ができ、当人との折にふれての文通も長く続いた。

＊

その『アポロンの島』から「貝の声」の一節を引こう。酒場での一景だ。「貝殻の色ってのは褪せないものだな、海にある儘だ」そんな話をしながら飲んでいたジャンガストが、夕刊に目を走らせている浩の横顔を見つめると、バーテンが気にして「安南人ですな」と声をかける。顔を向けなくとも、「膝の辺から臙脂の頸巻まで」視野に入っており、相手が「痩せた長身の男」だとわかる。顔つきを「浜に打上げられた古靴のようだろう」と勝手に想像し、「水に晒されて冷い感じ」を脳裏に浮かべる。女の子を海で亡くし、見習い美容師のベトナム人の若い男に女房を奪われた元ボクサーのジャンガストにとって、「安南人」というバーテンのことばは、その憎いベトナムの男を思い出させて、心穏かではない。店内の視線が浩とジャンガストの二人に注がれる、そんな緊張した雰囲気を描いた場面だ。そういう一触即発の重苦しい空気を、作者は「酒場は静まり返った」とだけ簡潔に描きとり、「想像は違ったな」と思いながら、浩がカウンターに「勘定」と一声かけて店を出る事実だけを述べ、行動の周囲にも、それにまつわる思いにも、一切言及しない。抑えに抑えた筆致でサスペンスを残し、振り上げた拳の持って行き場が失われた憐れっぽい男の気持ちにも一切ふれない。旅人である浩にとって、目の前を流れるさまざまな人生の、切れぎれのうしろ影にすぎないからだろう。

胸の中にほんの少し不逞な気分が入りこんできた

藤沢周平

同じ年に生まれた作家の最後に、同じく師走の二十六日、大雪の夜に、山形県東田川郡黄金村、現在の鶴岡市高坂で生を享けた藤沢周平に言及しよう。本名は小菅留治、農業を営む小菅繁蔵、たきゑの次男として誕生。現在の黄金小学校に入学、六年生のころ忍者ものの時代小説を書く。覆面姿が「怪傑黒頭巾」にそっくりだったと当人が書いている。卒業の際に郡賞を受ける。旧制の鶴岡中学、現在の鶴岡南高校（わが母校でもあるが、間もなく藩校の名を継いで致道館と名のるはず）の夜間部に通い、昼間は鶴岡印刷という会社で働く。卒業後、山形師範学校に進学。一級上に「山びこ学校」の無着成恭がいた。蒲生芳郎らと同人雑誌を始め、詩を載せる。卒業後、湯田川中学の教員となり、国語と社会を担当。集団検診で肺結核と判明、鶴岡市三日町の中目医院に入院、半年後に退院して通院。二年後に上京し、東村山の篠田病院に入院、保生園で手術。療養仲間の俳句同好会に参加。静岡の俳誌「海坂《うなさか》」に投句。のちに小説中の架空の藩の名として用いる。手術の予後が芳しからず時間がかかったが、業界新聞社に就職が決まって通勤。その二年後、鶴岡市藤沢の女性三浦悦子と結婚し、東京練馬に住む。翌年、日本食品経済社に入社し、生活が安定。翌年、長女の展子が誕生。同年の秋、妻が品川の昭和医大病院で死去。翌年、清瀬の団地に移転。五年後、江戸川区小岩の女性高沢和子と再婚し、翌年、東久留米に移転。同年、妹が死去。その翌年、『溟い海』でオール読物新人賞を受け、『暗殺の年輪』で直木賞を受ける。秋に鶴岡に帰郷、湯田川中学などで講演。その翌年、母死去。秋に丸谷才一らと鶴岡市で講演。このころから作品の連載などが増え、『用心棒日月抄』『よろずや平四郎活人剣』『橋ものがたり』『白き瓶』『三屋清左衛門残日録』『蟬しぐれ』などの人気も高い。

＊

藤沢周平の小説は、書き出しの一文を読むと、次を読まずにいられない気分に誘われる。「霧がある」という極度に短い一文で幕を開ける『潮田伝五郎置文』、主語もなしにいきなり「よく笑う女だった」と始まる『さくら花散る』、主語はあっても「熊蔵は足をとめた」と書き出す『しぶとい連中』など、何か異変に気づいたからだと、読者は思わず息を呑んで先を急ぐ。「誰かに見られている、と思った」と始まる『おつぎ』のように、そう認識する主体を明示しない入り方も、読者をすぐ作中に引き込む。「事件が知れたのは、その夜四ツを過ぎた頃である」と始まる『闇の顔』も同様だ。「日が暮れかけているしぐれ町二丁目の通りを、おさよははだしで歩いていた」と書き出す『乳房』も同様で、読者はいったい何が起こったのかと、落ちつかない気分で先を急ぐ。「とっさに背を向けたが間にあわなかった」と始まる『晩夏の光』などはさらに極端である。

事件が解決して作品が終わってからも、作中人物はさらに生きて暮らす。作品の結びに、そんな雰囲気をけはいだけちらりとのぞかせて終わると、作品に余情が漂う。この作家はそんな臨場感を大事にしているように思われる。『おふく』では、「小名木川の水も、造酒蔵の背も赤い光に染まっていた」と、「胸をひたひたと満たしてくる哀しみ」とともに歩み去る主人公の後姿を描いて作品を閉じる。『夜の橋』は提灯の光に浮かぶ二人の影が、人気のない町を遠ざかる場面で作品の幕が下りる。「どこかで夜廻りの拍子木の音が微かにひびき、雪は音もなく降り続けていた」という最後の一文は、一緒に暮らした横網町へと向かう、一度は別れた夫婦、民次とおきくの感覚を思わせる結びで、そこで共に暮らす日々に読者の思いを誘う。

もう一例あげよう。『驟り雨』は神社の軒先で雨宿りしていた男が、病気の母を気遣うけなげな幼女に心惹かれ、さっきまで、盗みに入ろうと忍び込む家のようすを探っていたことなどすっかり忘れてしまう、そういうほのぼのとした幕切れである。「雨はすっかりやんで、夜空に星が光りはじめていた」という作品末尾の一文は、外から大きく男を包む風景であると同時に、その現場で男が実際に目にしたはずの光景でもある。深読みすれば、その男の内面を、ひとしきり、雨のように驟り去った盗み心を象徴するようにも読める。

＊

もう一つ、雑誌『文芸春秋』に一年間連載された企画『江戸おんな絵姿十二景』の第三景「おぼろ月」を紹介しよう。神田の糸問屋の老舗の娘おさとは、一月後には同業の店に嫁ぐことになっている。久しぶりに遊び友達の家を訪ねて話し込み、日が落ちたのに驚いて急ぎ足で帰途につく。秋とは違って春の日はためらいがちに沈んでゆく。とっぷりと暮れる前に両国橋までたどり着き、ほっとしたところで物につまずいて、橋の上ではでに転ぶ。脱げた下駄を見ると、鼻緒がのびて、今にも切れそうになっている。通りかかった職人風の男がその下駄を拾い、近くに知っている家があるからなおしてもらいましょうと言う。月の光で見ると、風采のいい商人風の男だ。知らない男と一緒にいる不安に、いくぶん得意な気持ちもまじる。浮いた噂ひとつなくこのまま嫁入りするのは物足りないという気もする。嫁入りを間近に控えた娘のそういう微妙な心理を、この作家は「おさとは、胸の中にほんの少し不逞な気分が入りこんで来たのを感じている」と記して一編を閉じる。作品末尾のこの一文は、そういう娘の心理をほのめかす描写の白眉と言うべきかもしれない。

竹西寛子

その二年後の一九二九年の四月十一日、竹西寛子は広島市に生まれた。戦前に父を喪う。広島県立第一高等女学校在学中は、太平洋戦争の末期で、学徒動員で被服廠、東洋工業などで働く。敗戦直後に広島県立女専の国文科を経て上京し、早稲田大学文学部国文科に入学、年齢は違うが、紅野敏郎、竹盛天雄、鳥越信らと同期。卒業後、河出書房に入社、倒産後に筑摩書房に移って現代日本文学全集などの編集作業を手がけ、数年後に退社して文筆活動に専念。『往還の記』で田村俊子賞、「日本詩人選」の一冊『式子内親王・永福門院』で平林たい子賞を受ける。『往還の記』で評論家として世に出たあと広島での被爆体験を沈潜させた『儀式』で小説家としてもデビュー。『兵隊宿』『五十鈴川の鴨』などの小説のほか、『山河との日々』『広島が言わせる言葉』などの随想集がある。

帝国ホテルで開かれる集英社の会合でたびたびお目にかかった縁で、文通の機会も多かった。岩波書店から出した『日本語の文体』をお贈りした際には、文章心理学、文体論という学問に新鮮な驚きを感じた旧制の女専時代を懐かしく思い出す旨記した礼状を戴いて恐縮したあたりから文通が始まり、三省堂から『類語新辞典』を刊行した折には、推薦文を書いていただいた。国語学の林巨樹、脚本家の山田太一と三人並び、豪華な顔ぶれとなった。東京堂出版から出た『日本語の文体・レトリック辞典』に対しては「長い期間にわたる整然とした仕事の蓄積」と一筆あり、感激した。『山河との日々』『一瞬の到来』『竹西寛子随想集』『五十鈴川の鴫』など、たくさんのご著書を頂戴したが、「文章の見識の高いお方に差し出すのもどうかと思いますが」云々という謙虚なことばが添えてあるとよけい恐縮する。

＊

『山河との日々』の最終章「暮れない空」から入ろう。「離れて心に見る広島の山並は、いつも稜線がなだらかで」さほど高くも険しくもないと概説し、「南の海の側を残して、町を北側から庇うように連なっている山々の中に殊更聳える峰はなく、山が山を隠しながら続いてゆくその陰翳にも、春秋、穏やかさは消えない」と一編は穏かに始まる。新幹線で故郷の広島駅に降り立つと、「青葉の山頂に、暘に輝く白い仏舎利塔が見える」。広島を離れる頃にはまだ建っていなかったし、増え続ける新築の高層住宅のために環境は様変りした。

翌日、宮島に渡り、厩舎の馬を見ようと厳島神社の社殿に向かう。近づいても生きもののにおいがしない。白馬は模造に変わっている。ホテルに戻り、「窓の外で穏かに暮れてゆく空」を眺めていると、それにあの日の空が重なる。「夜半になってもいっこうに暮れない空が重なった。燃え上がり、焼けひろがる地上の熱で、朝方まで夕焼を見ていたような空」だ。それは一日だけではなく、「幾日も続いた」とあり、「そうして、町は低くなった」と結ばれる。この作者は、そういう悪夢のような現実の風景を自分の目で眺めたはずである。

今度は随想集から『モーツァルト交響曲第四〇番ト短調に』と題する短章。「悲しみのきわまる時に、人は、涙などおぼえはしない。よろこびのきわまる時にも、人は、歌などうたいはしない。この上質のうすぎぬをまとっているような明るさが、もし、暗さの淵から見上げた明るさでないとすればば？　この、繊細で勁い理性が、注意深い歯止めとなって、甘美へのなだれをふせいでいるのでないとすれば？　恐らくここには、人間の心とからだのすべてがこめられているのに違いない。表現は、日記や手記のそれではなく、あくまで三人称小説的である。深刻に沈むことも、苦しさに濁ることもなく、軽やかに、そしてどこまでも優雅に、端正に撒かれ、重なり、ひびき合う音は、それゆえにいっそうのがれ難い人の世の苦しみを思わせ、はかなさにいて永遠を夢みる心を刺激する。この、異性の音楽！」これで全文だ。

若き日の小林秀雄が大阪の道頓堀をさまよっているときに、突然、頭の中で鳴り出し、店に飛び込んでレコードを聴いても、ついに感動が甦ることがなかったという、あの一曲だ。この短章もまた、竹西寛子が思わずことばを失った、魂の絶叫ではないか。

向田邦子

次に、同じく一九二九年に東京世田谷区で生まれた作家、向田邦子をとりあげよう。実践女子大学の前身、実践女子専門学校を卒業したあと、映画雑誌の編集をてがけたが、その折に書いたテレビの台本が好評で、シナリオライターとして独立。放送作家として『七人の孫』『だいこんの花』『寺内貫太郎一家』『阿修羅の如く』などのドラマで人気を集めた。乳癌で入院手術後、遺言のつもりで書いたという『父の詫び状』と題するエッセイも好評で、『花の名前』『かわうそ』『犬小屋』などで小説家としてもデビュー。ほかに『思い出トランプ』『あ・うん』なども残したが、人気の絶頂期に航空機事故で不慮の死を遂げる。

＊

最初の随筆集『父の詫び状』のなかの一編「ねずみ花火」にこんな一節が出てくる。「何かのはずみに、ふっと記憶の過去帳をめくって、ああ、あの時あんなこともあった、ごく小さな縁だったが、忘れられない何かをもらったことがあったと、亡くなった人達を思い出すことがある」とあり、それが自分にとっての「お盆であり、送り火迎え火」なのだと続く。最初は、小学校六年のときに知った日本刺繍の職人の死、いつもの席にその姿がなく、別の職人が坐っていて、「香典」とか「葬式」とかということばが聞こえてくるので察しがついたという。なぜか自殺のように思えてならない。その前に弟の友達の母親が亡くなった折に出かけたお通夜が「花もなくお経も聞えず、供えものすらなかった」ことを覚えている。女学校の西洋史の先生がヴァスコ・ダ・ガマの話をすると、生徒が蝦蟇を連想して笑うので注意されたことを懐かしく思い出し、あの先生も予防注射のショックで息を引きとったのだったとしんみりする。そうして、フィナーレに入る。

「思い出というのはねずみ花火のようなもので、いったん火をつけると、不意に足許で小さく火を吹き上げ、思いもかけないところへ飛んでいって爆ぜ、人をびっくりさせる」と比喩を利かせ、「何十年も忘れていたことをどうして今この瞬間に思い出したのか、そのことに驚きながら、顔も名前も忘れてしまった昔の死者たちに束の間の対面をする。これが私のお盆であり、送り火迎え火なのである」と、しっとりと結ぶ。

青木玉

同じく一九二九年に生まれたもの書きとして、もう一人、青木玉をとりあげる。幸田文の長女として東京に生まれる。幸田露伴の孫にあたる。東京女子大学国語科の卒業。『小石川の家』という著書は、祖父の露伴、母の文とともに暮らした小石川の家で、厳しい躾を受け、凛とした潔い生き方を身につけた生活をふりかえる作品である。表紙カバーの絵を担当した安野光雅は、道の真中に生えている椋《むく》の大木を悦んで描き、著者はその頃の家の前の風景を懐かしく眺めたと「あとがき」に嬉しそうに記している。

時折、歌人で青山脳病院の院長でもあった斎藤茂吉がやって来る。あるとき、生まれ故郷の山形のほうで作る納豆餅の話をして、搗き立ての餅を召し上がって頂けないのは残念ですと言って、「臼から取り上げたままの餅を納豆に芥子、ねぎ、醤油を入れた大鉢に一トロ大にちぎって入れる」と説明し、「納豆餅にしまして食べますと、いくらでも食べられます」と言う。そして、「口が飽きてくると、別に作ったおろし和えのからみ餅を食べると、さっぱりしてこれも又いい」と言ったあと、「ああ、先生に是非納豆餅を召し上って頂きたい。しかしあればかりは搗き立ての熱いのを、大急ぎで作ったのでなくては駄目です」と力説する。「そこいら中ネバネバ、ヌラヌラになるが、そんなことは物ともせず食べ進む」と強調するので、脇で話を聞いていた編集者が「そいじゃ先生、酒呑むひまもないんですね」とまぜっかえすと、茂吉は澄まして、「なに、それは合い間にちょこっとやります。いや旨いですよ納豆餅は、酒にもいい」と身を乗り出してしゃべるのだという。話を聞いている露伴もだんだん食べたくてたまらなくなったようで、その翌日から、それとなく催促が始まったらしい。たしなみのある露伴のことだから、食べたいなどとあからさまな言い方はしない。「斎藤君の山形ではうす紅色の菊を酢を使ってうまく料理するそうだ、色も香りもやさしげなものだな、大豆も丸くて粒の大きいのを納豆なんかにしたものは柔らかくて旨いそうだ」といった、やんわりとした「壁訴訟」だという。そうして、「この頃お前のおっ母さんは、大そう忙しがっているようだが、どうかしたかね」という展開になるから、母の幸田文も話の先を読まないと、思わぬ展開になるという。家庭の雰囲気がよく伝わってくる一編だ。

大岡信

その翌々年の一九三一年、二月十六日に静岡県の三島に歌人の長男として生まれた大岡信は、文学的雰囲気の中で育つ。旧制の沼津中学のころから同人雑誌に詩歌を発表。旧制最後の一高を経て、東京大学国文科に進学するが、講義に出席せず、日野啓三らと『現代文学』を発行し、「菱山修三論」を発表。卒業論文に夏目漱石論を執筆して読売新聞社に入社。記者生活を経て明治大学の教員となる。その間、谷川俊太郎らの同人雑誌に加わったり、清岡卓行らと研究会を起こしたり活動。詩集刊行のかたわら、評論活動でも『現代詩試論』などを発表。朝日新聞に長く連載したコラム「折々のうた」

は幅広い読者を獲得した。月刊雑誌の座談会の司会を終えたあと、その近くに住む辻邦生と別れ、武蔵野方面に住むこの大岡信と谷川俊太郎と三人で歓談しながらタクシーでそれぞれの自宅まで送ってもらった思い出も忘れがたい。ちょうど大岡邸に書庫を増築する時期で、小さな書庫をつくった体験を話したことなど、今では遠い昔となった。夢のような記憶が無性に懐かしい。

＊

大岡作品では、講演の速記原稿をもとに加筆して、岩波書店の雑誌『世界』に発表した「言葉の力」をとりあげたい。言語と人間、ひいては、生あるものの存在のあり方を深く考えさせる衝撃的な内容のエッセイである。一編は、ドイツの詩人ノヴァーリスの紹介から始まる。「見えるものは見えないものにさわっている。聞えるものは聞えないものにさわっている。それならば、考えられるものは考えられないものにさわっているはずだ」という難解で深遠なことばを引き、自身も詩人である大岡は、それを「詩人の直観がとらえた大変に深い洞察をあらわしている」と高く評し、ことばによる伝達は、まさにそういうものではないかとして本論に入る。「さわる」と訳した動詞は、「つながっている」といった意味合いで、心と心とのつながりをさすには「コミュニケーション」などというぴかぴか光る外来語は似つかわしくない。

相手に伝えたい気持ちは微妙な複合体なので、大事なことほど伝わりにくい。だから、気持ちを相手に伝えようなどと、簡単に考えないほうがいい。「言葉の通路には薄くらがりがあちらこちらにある」ほうがいいという主張である。人間の心には、無数の扉があって、ある扉はたえず開いたり閉じたりしているが、一生に一度しか開かない扉もある。その開かずの扉がなんらかのきっかけで開くとき、暗い部分に光が射しこみ、ノヴァーリスの言う「見えないもの」が見えてきて、他者との新しい関係が生ずるのだと、この詩人は考える。

自然界にもそういう現象があるとして、京都の嵯峨に住む染織家、志村ふくみを訪ねた折の感動を熱っぽく語る。「美しい桜色に染まった糸で織った着物」を目にして、何から採り出した色かと問うと、「桜」という答えなので「花びらを煮つめ」たイメージを連想すると、「木の皮」だと言われて驚く。ただし、「桜の花が咲く直前」に限ると説明されてはっとする。花が咲くと人間はすぐ花だけに目が行くが、「桜は全身で春のピンクに色づいて」いて、開花直前の樹皮だけが、上品であえかなピンクに染め上げると気がついた詩人は、そこから、ことばによるコミュニケーションへと切り込む。「言葉の一語一語は、桜の花びら一枚一枚」にすぎず、「全身でその花びらの色を生み出している大きな幹、それを、一語一語の花びらが背後に背負っている」と論を展開するのである。

お前の舌／お前の眼／お前の昼寝姿が／今はっきりと

谷川俊太郎

次は同じく一九三一年の十二月十五日に東京信濃町の慶応病院で生まれた谷川俊太郎。哲学者であった父親谷川徹三と母親多喜子との一人息子。高円寺の聖心学園に通い、幼いころから夏は浅間山麓の北軽井沢の別荘地で過ごす。杉並第二小学校を経て都立の豊多摩中学に進む。空襲が激しくなり、母とともに京都に疎開、桃山中学校に転校。戦後、東京に戻り、豊多摩中学（のちに高校）に復学。教師に反抗して成績が低下、定時制に転じて何とか卒業。同年の暮れに、詩集「ネロ他五編」が三好達治の紹介で文芸誌『文学界』に載る。その二年後に第一詩集『二十億光年の孤独』を東京創元社から刊行。翌年、同社から『六十二のソネット』を刊行。その翌年、岸田裕子と結婚し、谷中初音町に住むが、次の年に離婚し、西大久保に移る。二年後に大久保知子と結婚し、青山に住む。エッセイ集『愛のパンセ』を実業之日本社から刊行。翌年の秋、杉並区の久我山に家を建てる。翌年、長男賢作が誕生。その三年後、長女志野が誕生。その三年後に西欧、アメリカに旅をして翌年に帰国。ほかに、青土社の『ユリイカ』の臨時増刊号として「谷川俊太郎による谷川俊太郎の世界」を編集、刊行。その四年後、「ことばあそびの会」を設立。その数年後、『日々の地図』で読売文学賞を受ける。

＊

月刊雑誌のその座談会が始まる前、大岡信は必ず三十分以上は遅れて現れるからと、もう一人の詩人、この谷川俊太郎から事前に予告があったため、小説家の辻邦生を含め、三人で雑談しながら待っていると、その予告どおりの時間、定刻の三十分後にもう一人の詩人が姿を現した。おかげでみんな舌馴らしが済んでおり、座談はなめらかに進行した。すると、ほどなく谷川俊太郎から封書が届き、驚いて開封すると、先夜はとてもくつろいでお喋りができました。中村さんのお人柄が触媒となったのだろうと思います云々とあるので仰天。語感をめぐるその座談会の修了後、両詩人とタクシーでそれぞれの自宅まで送ってもらう折に、三人並んで歓談できた幸運をかみしめながら、レターファイルに収めた。

＊

『二十億光年の孤独』に「万有引力とは／ひき合う孤独の力である」とある。

『ネロ――愛された小さな犬に』は「ネロ／もうじき又夏がやってくる／お前の舌／お前の眼／お前の昼寝姿が／今はっきりと僕の前によみがえる」と始まる。そうして、「ネロ／もうじき又夏がやってくる／しかしそれはお前のいた夏ではない／又別の夏／全く別の夏なのだ」と続き、少し置いて、「ネロ／お前は死んだ　誰にも知れないようにひとりで遠くへ行って／お前の声／お前の感触／お前の気持までもが／今はっきりと僕の前によみがえる」と続く。たしかに、愛犬を喪った哀しみは深く、いつまでも新鮮なままだ。わが家でも、昨年の五月二十四日、アーサーと名のる三代目の愛犬が旅立った。心の傷はいまだに疼く。眠っていても、胸のあたりの蒲団の上に小犬の重みを感じることもしばしばだ。

こんな詩もある。「世界は不在の中のひとつの小さな星ではないか」と語り起こし、「暮……／世界は所在なげに佇んでいる／まるで自らを恥じているとでもいうように」と承け、「そのようなひとときは／私は小さな名ばかりを拾い集める／そしていつか私は口数少になる」と続ける。そうして、「時折物音が世界を呼ぶ／私の歌よりももっとたしかに／遠い汽笛／犬の吠え声／雨戸の／また／刻みもの音」とあり、「その時世界は夕闇のようにひそかにそれにききいっている」と続き、「ひとつひとつの音に自らをたしかめようとするかのように」として、一編全体が消える。

三浦哲郎

同じく一九三一年に誕生した作家をもう一人とりあげよう。三月十六日に青森県の八戸に生まれた小説家、三浦哲郎である。呉服屋の六人きょうだいの末っ子だが、たびたび不幸に見舞われたという。満六歳の誕生日に、二番目の姉が津軽海峡の連絡船から身を投じたのが最初で、同じ年の夏に長兄が失踪、翌年の秋には一番上の姉が服毒自殺、戦後になって二番目の兄が失踪、ただ一人残ったすぐ上の姉は先天的な弱視と、当人を除いてほとんどが不幸を抱え、「病める血統」を意識したのが文学への動機となったかもしれない。県立八戸高校を卒業して早稲田大学第二政経学部に入学、深川の木材会社の専務をしていた次兄の世話になるが、その次兄も失踪し、絶望して大学を中退して郷里で中学の教師となる。二年後に退職し、ノートに小説の断片を書き始めるなど、文学志望の気持ちが高まって、早稲田大学文学部の仏文科に再入学。同人雑誌に発表した作品が機縁となって井伏鱒二の知遇を得て師事する。その縁で、大学で英語の授業を受けた小沼教授とも親しい交際が始まる。新潮同人雑誌賞を受け、翌年、海老沢徳子と結婚、翌年に大学を卒業。病を得て一時帰郷するが、翌年上京してPR編集社に勤務。同年秋に発表した小説『忍ぶ川』で芥川賞を受ける。亡びの血を意識した作品を何篇か発表するが、父親がふつうの死を遂げたことによって精神的に救われ、妻に子供を生ませる決断に至る。ほかに『初夜』『幻燈画集』『ユタとふしぎな仲間たち』『拳銃と十五の短篇』『白夜を旅する人々』など。

なお、個人的には、『小沼丹全集』を三人で編纂して未知谷から刊行した際、小沼丹の親しい作家仲間だった庄野潤三、三浦哲郎、吉岡達夫の三氏に監修をお願いした関係で、練馬区高松町の三浦宅を訪ねて親しく歓談したこともある。

*

まずは初期の随筆『汁粉に酔うの記』。八戸の旧制中学時代に、当時は「籠球」と言ったはずのバスケットボールの選手として、金沢で開かれた国体に出場した思い出を綴った文章の末尾を紹介する。戦後間もなくで、生徒はいつも腹を空かせていたし、列車もすし詰め状態で、ダイヤの乱れもひどい。金沢まで引率して来た先生は、とても勝ちあがれるレベルでないと思いながら、「せっかく金沢まできたんだから、一つ、旨いもんでも食っていくんべ」と福島なまりで話しかけ、選手たちにお汁粉をふるまったという。その甘さに感動して、明日の試合に勝ったら二杯、あさっても勝ったら三杯とおねだりし、まさかと思った先生は簡単に承知した。選手たちは食いたい一心で、試合中も「お汁粉だ」という合いことばで励まし合い、準決勝まで勝ち上がった。先生はあわてて「ズンケツマデススム、カネオクレ」と電報を打ったが、神通力もここまで、準決勝で一ゴールの差で敗退。それでも鼻高々の先生はその晩、五杯ずつふるまって労をねぎらったらしい。一回戦敗退のはずが準決勝進出を果たしたのだから、得意満面で金沢を引き揚げる。地元の学校のほうも夢のような快挙に沸き立ち、全校生徒が駅まで出迎えて歓迎するという盛り上がり。ところが、列車の接続がうまくいかず、何時間も遅れて到着。楽しみにしていた凱旋風景とはまるで違って、出迎えの人はもう誰もいない。「駅前広場の防空壕跡に咲いている鶏頭の花が眩しかった」という一文でエッセイは結ばれる。まさに眩しいような結びで、一読、ほのぼのとした笑いがこみあげる。

＊

もう一つ、『めまい』という短篇の一節を紹介しよう。「ぎいぎいと釣瓶が軋んでいる。それから、桶に注ぎ入れる微かな水音。」日暮れになると、近所から娘が天秤棒を肩に水くみに来る。それを眺めるために窓を細目に開けておくのだという。「まるい腰や足首のくびれた脛に力がみなぎったり退いたりするのを眺めていると、額を触れている窓のガラスが顫《ふる》えてくるほど胸が鳴る。それに、夕闇のなかでなにかをこっそり踏み洗いするときの、あのふくらはぎの白さ」とあり、少し先に、「指が焦げますよ」という女の声に、はっと我に返る場面がある。見ると、煙草はフィルターだけになっている。そういう夢を見ていたのだが、「胸にはときめきが尾を引いていた」と続く。

この短篇は「入院してから十日目の朝、ふと、忘れていた煙草のことを思い出した」という一文で唐突に始まる。健康診断のために病院を訪ねたら、血圧が測定不能なほど高く、即刻入院。十日目の今日、エレベーターの前で「鉢植えのゴムの木の根元に、白いフィルターの吸殻が一つ転がって」いて、それに「うっすら口紅の色が滲んで」いることに気づいた。妻にそんな説明はできず、なぜかふっと煙草が吸いたくなったことにする。

後藤明生

その翌年、一九三二年生まれの作家のうち、まず四月四日に北朝鮮の緘鏡南道永興郡水興郡邑に生まれた後藤明生をとりあげる。本名は明正と書き「あきまさ」と読む。曽祖父は宮大工だったが、父親の規矩次は商店を経営。母美知恵との次男。永興小学校を経て元山中学に進むが、日本の敗戦とともに閉鎖、朝鮮が独立。その冬に父と祖母を亡くし、三十八度線を越境して、福岡県の本籍地に引き揚げる。朝倉中学一年に編入し、朝倉高校から、早稲田大学第二文学部露文科に進学。在学中に『赤と黒の記憶』が全国学生小説コンクール入選作となり、『新早稲田文学』を発行して編集を担当、そのころに小島信夫と識り合う。卒業後、博報堂を経て平凡出版社に九年間在職。初の書き下ろし長篇『挾み撃ち』で新進作家として名声をあげる。

＊

高校国語教科書の編集を長年ともに勤めた早稲田の先輩教授、紅野敏郎氏から、ある日、思いがけない電話があり、作家の後藤明生から電話があると紹介された。何事ならんと電話に出てみると、当時、近畿大学に文芸学部を新設して学部長を勤めている後藤教授から、日本語文体論の講座を担当するようにという委嘱の打診だった。集中講義という形式でもよいとのことで、快諾し、毎年、一週間ばかり滞在して十年ほどは続けたように記憶している。受講生に後藤明生の姪にあたる女子学生を含め、早稲田の卒業生が圧倒的に多い。早稲田の文学部にも文芸専修はあるが、大学院にそういう課程がないせいで、この近大の大学院に集まるらしい。実施するのはたいてい夏だから、後藤教授当人は夏休みでもう軽井沢に出かけている。だから直接会って歓談するのはこちらも信濃追分の山小屋に出かけてからで、後藤別荘を訪問した折が多い。酔っぱらって近くの墓場で眠り込むという話を夫人から聞いたこともある。これも余談になるが、学生と酌み交わす酒どころを推薦してもらって出かけてみて驚いた。後藤明生のメモに「和笑居」と書いてある「わっしょい」という店に、なんと「大山」という自分の贔屓にしている荘内鶴岡の酒が並んでいたのだ。まさか東大阪市の酒場でお目にかかるとは夢にも思ってもいなかったから、得意になって学生たちにも紹介したような記憶がある。さぞや目尻の下がった、だらしない笑顔だったことだろう。その一人である市川君は今、早稲田の文学部の教授になっているはずである。

＊

ここでは軽井沢の縁で『吉野大夫』をとりあげる。タイトルからは吉野大夫という人物を主人公として展開する話に思われるが、これはそういう題で小説を書こうとしている「わたし」の行為を描く作品である。しかも、江戸前期に京都島原の名妓として知られたあの人物ではなく、中山道の信濃追分の宿場にいたらしい遊女の通称で、隠れキリシタンの疑いで処刑されたとも伝えられるが、真偽は不明。中山道の旧道から現在の大通りに出てまもなく、花の吉野に向かう路と月の更科を目ざす路との分岐点となる「わかされ」の少し手前から左に折れる細い路がある。そこを入って間もなく、その吉野大夫の小さな墓があるため通称「吉野坂」。作中に「低い土手」とあるのは、今はレタス畑の端に位置する、信越線の線路ぎわに連なる高みだろう。ふうーっと一息入れて振り返ると、巨大な浅間山がスクリーンに映し出されたように見える。藤村が眺めていたはずの小諸からの浅間も、旧軽井沢から見る浅間も、西武小学校から仰ぐ浅間も、これには及ばない。「浅間のお化けだ」と思うほどの「怪しげな巨体」だったとある。

吉野大夫の墓はまだ見つからないが、バスの時間が迫ってきたので「あと戻りしてコンクリートの小橋を渡り、さっき下りて来た坂を登りはじめた」。林の中はもう夕暮れの暗さになっている。問題の変則四叉路を探しているとき、ふと「誰かとすれ違ったような気がし」て振り返ると、「薄暗がりの中にモンペをはいた女の尻」と「背中の薪が見えた」。二、三歩きかけたとき、「首筋のあたりが、ぞくっと」して、もう一度振り返ると、「女の姿はもう見えなかった」。ふと誰かとすれ違ったような気がして、ここまで読んで、読者も首筋のあたりがひやりとする感じに襲われる。たそがれ時でもあり、坂の途中でもあったが、「すれ違って、あっと思い、振り返ったときすでにモンペをはいた女の姿が坂の下に消えてなくなるほどの」急勾配ではない。そんなことを考えながら、ぼんやり立っていると、稲束満載のトラックが登って来る。道が狭いので脇に寄ろうとしてつまずく。憮然としてトラックをやり過ごし、足もとを見ると、三つずつ二列、小さな墓石が並んで立っている。その一つ、「春貞禅定尼」と刻んであるのが、探していた吉野大夫の墓だと知る。毎年のお盆には、今でもその一基にきまって花が供えられているという。

＊

もう一編、『首塚の上のアドバルーン』を紹介しよう。作者の後藤明生は近畿大学に勤務する期間は、もちろん東大阪に住み、避暑の時期は軽井沢の追分で過ごすが、自宅は千葉県の高層マンションにあったらしく、歴史的にも地理的にも、そのあたりの雄大なスケールの物語である。一万八千分の一という大きな地図を広げると、自分の住んでいるマンションも載っている。十四階のベランダから見下ろすと、神社がいくつも見え、道祖神社の位置が首塚にあたる。古ぼけた小さな鳥居があって、女が境内を掃いている。猿田彦神社らしく、女の実家が神社を守ってきたが、昔の人はみな死んでしまったと、女はひとりごとのように言う。石橋山の合戦に敗れた源頼朝が、千葉常胤を頼って安房に逃れ、館に幕を張りめぐらして指揮をとってから三百年近く云々と、『日本城郭大系』やら『千葉大系図』やらを駆使して考察を続け、その首塚の由来を探ろうとするが、遅々として進まない。

そんなある朝、眼を覚まして枕元のピラミッドトークを押すと、「十一時二十六分です」とのお告げ。「起き上がってパジャマの上にチョッキを着け、上にガウンを羽織り」、「ベランダに出て見ると、黄色い箱の真うしろのこんもりした首塚の丘の上に、アドバルーンが浮かんでいました」として一編は結ばれる。首塚とアドバルーンというイメージの落差に、読者は一瞬、唖然とし、しばらくして笑い出す。

黒井千次

同じく一九三二年生まれの作家をもうひとり、黒井千次をとりあげよう。本名は長部舜二郎。東京大学を卒業後に富士重工に勤務。この企業体験が『聖産業週間』『穴と空』などの小説に生かされる。『五月巡歴』『群棲』『眠れる霧に』など。戦後派との共通点も指摘されるが、いわゆる「内向の世代」のひとりで、職場と家庭と個人という問題をテーマに、「生」を実感できなくなった現実の社会、混沌とした日常生活の悲哀を扱う。人間を時間と空間との交点でとらえようとするという見方もある。

長く同じ出版社の高校国語教科書の編纂に携わった縁もあり、同じ市内に住んでいることもあって、身近な先輩として親しみがわく。以前、『日本語のレトリック』という編著書をお贈りしたところ、その中の論文の筆者のひとり、佐藤信夫と中学から大学まで一緒の親友だったと書いた礼状が届いた。レトリック研究の先達佐藤信夫には以前、著書の書評を寄せてもらったこともある。杉並区の市民講座で講演した折、聴衆の一人が、佐藤信夫の家内だと名乗り出た古い記憶もよみがえる。

＊

連作短篇『群棲』の中から、「オモチャの部屋」の一節を紹介しよう。路地を挾んで向かい合う「向う三軒片隣」の各家庭の話が順に展開するが、描こうとしているのは家庭や家族という人間よりも、家や土地に重点があるという。それだけに、見慣れていた近所の木が切られたとか、今の家のどのへんが、前に建っていた家のどの部屋のあたりだとか、いろいろ想像をたくましくする。そのため、古い家の幻が今の「家の底を動き廻る」ような気がする。子供の手を引きながら、暗い中で幻の古い家の探索を始める。ことばで説明するのではなく、以前、廊下のあったあたりを、以前の間取りにしたがって歩き、「眼の前の見えない障子を丁寧に引き開け」るまねをする。そうして「オモチャの部屋」に入ると、「予想もしない大きなものが足の先にあった」と、かつての出来事を思い浮かべる。「横たわるのでも、蹲るのでもない不自然な姿勢で俯している」祖父の体。それを発見したあの日の衝撃を、まだ父親は忘れかねて立ち止まり、思わず息を呑んで、その事実だけを子供たちに伝える。そこにふとんを敷いて窓のほうを頭に安置した。今ここにふとんを敷くとしたら、半分はコンクリートの上になるなどと考えていると、女の子はもう我慢できないように「電気つけて、早く」と叫ぶ。明かりをつけてしまえば、頭の中のオモチャの部屋の映像は消滅し、子供の靴の散らばる現実の玄関に戻ってしまう。現実には「道から届く街燈の光が、たたきの正面に作られた窓の梨地のガラスに、雨に濡れた梅の葉の重い影をぼんやり映し出している」。そのようすが、水中での藻の揺れるように見えるのか、作者は「薄暗い玄関が水の中のように感じられる」という比喩表現を導入する。

作品はこのあと、こう展開する。子供の父親は、「うちの人はいま、オモチャの部屋を通って毎日この家に出たりはいったりしているんだよ」と幻の話をつづける。「そっちに行くと、長い廊下にぶつかるぞ」と父親にからかわれると、娘は「嘘。なんにもないよ」と、むきになって父親の言葉を否定しながら、それでも後ろを振り向かずにいられない。こんなふうに、この作家は人物と心理を実に巧妙に描いて読者の心を離さない。

思いつめた目をした中年男が冷たく光る鋭利な刃物を

久保田淳

作家ではないが、その翌年、一九三三年に東京で生まれた国文学者、中世和歌の第一人者である久保田淳の、「すきま」の美意識を紹介しよう。東京大学の名誉教授で日本学士院会員。主著に『新古今歌人の研究』『新古今和歌集全註釈』全六巻などがある。長く高校国語教科書の代表委員をともに務めた関係で長い交友関係のある傑出した先輩学者である。

＊

鴨長明の『無名抄』に「幽玄体」に関する解説があるとして、「言葉に現れぬ余情、姿に見えぬ景気なるべし。心にも理深く、言葉にも艶極まりぬれば、これらの徳はおのづから備はるにこそ」と述べ、四つの比喩によって「幽玄」を解説する。一番目は、「秋の夕暮れの空の気色は、色もなく、声もなし。いづくにいかなるゆゑあるべしとも覚えねど、すずろに涙こぼるるがごとし」。二番目は、「よき女の恨めしきことあれば、言葉にも表さず、深く忍びたる気色を、さよとほのぼの見つけたるは、言葉をつくして恨み、袖を絞りて見せむよりも心苦しう、あはれ深かるべきがごとし」。三番目は、「幼き子のらうたきが、片言してそことも聞こえぬこと言ひゐたるは、はかなきにつけてもいとほしく、聞きどころあるに似たることも侍るにや」。四番目は、「霧の絶え間より秋の山をながむれば、見ゆるところはほのかなれど、おくゆかしく、いかばかりもみぢわたりておもしろからむと、限りなく推し量らるる面影はほとほと定かに見むにもすぐれたるべし」。

久保田は、「この四つの比喩に共通するのは、はっきりわからないが何かしら心を惹くもの、心を動かすもの、あるいはそのような状態ということで、それら自体が幽玄な存在なのであり、そういうものや状態に惹かれ、動かされる心もまた幽玄である」とし、「奥に何か深い意味や尊重すべき価値を蔵するもの」を「幽玄」と呼ぼうとしたと解釈している。

そうして、この長明の考え方は、似たような境涯を送った『徒然草』の吉田兼好にも見られるとし、「花はさかりに、月はくまなきをのみ、見るものかは。雨に向かひて月を恋ひ、垂れこめて春のゆくへも知らぬも、なほあはれに、なさけ深し。咲きぬべきほどの梢、散りしをれたる庭などこそ、見どころ多けれ」という一節を紹介する。ただし、満開の花や翳りのない月の美しさを認めないわけではない。その美しさを十分認めながら、満開の花はやがて散り、満月は翌晩から欠けはじめる事実をも認め、完全な、理想的な状態だけを求める姿を「かたくな」とする。そういう断念、諦めの上に立つ美意識を述べている。

大村彦次郎

同じく一九三三年に東京で生まれたもう一人、大村彦次郎を紹介しよう。作家でも学者でもなく、早稲田大学の政経学部と文学部を卒業後、長く講談社の編集者として活動し、取締役まで務めて退職、以後は執筆活動に専念。『文壇栄華物語』『時代小説盛衰史』『文士のいる風景』など著書も多く、新田次郎文学賞、長谷川伸賞、大衆文学研究賞を受ける。『文士のたたずまい』の著者でもある文芸春秋社友の豊田健次らを含め、かつて文学部国文科の同級生であった仲間が集まって荻窪で飲んだのが、どちらとも最後の思い出となった。

『荷風 百閒 夏彦がいた』に、銭形平次の生みの親である野村胡堂のこんな逸話が出てくる。妻が日本女子大の附属高校で教鞭をとっていたころ、附属幼稚園で保育士をしている井深という女性が、休みの日には男の子を連れてよく野村家に遊びに来ていた。その息子が早稲田の理工学部を卒業し、何種類かの特許を得たりしたので将来を楽しみにしていたところ、仲間の盛田昭夫と東京通信工業という会社を始めたが、金策に困り、印税の転がり込む野村家に借金を申し込む。その資金を元手にテープレコーダーを手がけ、さらにトランジスタラジオを開発して人気を呼び、社名をソニーに変更。増資のたびに野村家で株を買ったため、天上知らずの高値をつけるころには数万株にのぼったそうだ。証券会社が今が売り時だとやって来る。そのたびに、井深君のために買ったのだ、金儲けを考えるなら、作家なんか辞めちまうと言って追い返したという。事実、貧乏学生のために野村学芸財団を設立し、胡堂の死後は井深が理事長を務めたという。

＊

永井龍男のこんなこぼれ話も出てくる。紅茶を紅茶茶碗で喫むのと、コップで飲むのとでは味が違うと言ったら、新聞界の長老阿部真之助に笑われた。日本酒も猪口に注いだのと、コップやグラスに注いだのとでは味が違うような気がする。お汁粉をスープ皿に、刺身を西洋皿に盛って、いちど阿部に食わせてみたいと思う。

家庭では煙草の缶の蓋をいちいち閉める、開けておくと香りが逃げる気がするからだ。ところが妻の意見は違う。蓋を閉めた缶を進められるのと、開けっ放しのを出されたのとでは客の気分が違うと言われ、反論できなくなる。

井伏鱒二のこんな逸話も紹介される。藤原審爾は阿川弘之、吉行淳之介らとよく徹夜麻雀をしたという。別れたくないというだけの理由で長くなるらしい。淋しがり屋の藤原は、静脈瘤から肝臓ガンと悪いコースをたどって亡くなるが、入院先でも医者の指示はほとんど無視して煙草も平気で吸ったらしく、見舞いに来た安岡章太郎の煙草を抜き取って、別れの煙草のつもりか深々と吸って、死ぬのは大変だよと笑ったという。師匠にあたる井伏鱒二が見舞いに来たのは、亡くなる数日前らしい。藤原はベッドの上にきちんと座り直したという。井伏は十数分間病室にいたが、痩せ衰えた相手を眺めたまま、一言も発しなかったという。どんなことばもむなしいとわかっていたのだろう。藤原には痛いほど通じたはずである。

阿部昭

阿部昭は、その翌年、一九三四年九月二十二日に父親の任地広島市に、三人兄弟の末っ子として誕生したが、次の年に一家で神奈川県藤沢市の鵠沼西海岸に移り、以後そこに落ち着く。父親は職業軍人で大戦中は海軍大佐だったが、敗戦によって生活能力のない家庭となり、屈辱感の中に少年時代を送る。東京大学仏文科を卒業後、ラジオ東京に就職し、番組制作に携わる。父親の死を悼む『大いなる日』『司令の休暇』で世に出る。『父と子の夜』などを含め、身辺の日常的な題材を私小説風の手法で描き、散文精神の底にリリシズムとユーモアをひそませる作風が目立つ。今は昔、日本の近現代文学から五〇編の文章を選び、それぞれの性格や優れている表現を分析して『名文』と題する著書を刊行した折、この作家の『大いなる日』をとりあげたので一冊進呈したところ、早速、その部分を読んだ旨の礼状が届いて驚いた昔を懐かしく思い出す。

＊

まずは『大いなる日』から。職業軍人だった父親の戦後の不器用な生き方が、ようやく少しわかりかけたころ、すでに父はこの世にいない。「さよならだ。永かったつきあいも」と絶句し、「いちばん古い友達をなくした」と軽やかにつぶやく。「父親の死こそは、息子への最大の贈り物だ」と不思議な歓喜をもってつぶやく鎮魂の声である。父親という圧迫感の消えた解放感がほとばしり出たように、不謹慎とも思える不当に軽快な諧調には、無理をしている明るさがうつろに響く。

病人を担ぎこむ人間は、そこから死んで担ぎ出される場面など誰も想像しない。まして、病院の玄関から入って裏口から出ることになろうとは夢にも思わない。この作品の主人公も、正面の玄関に向かって歩き出し、誰かに注意されて、死者専用の裏口があることに気がつく。長身だったおやじの足首が蒲団からはみ出し、「左右の足の甲が思い思いのちぐはぐな角度にねじれて、まったく力なく傾いている」ことに気づき、「生者の場合にはあり得ない」統一的な意志の欠如と解する。

『父と子の夜』には、「父の死の一瞬ははなはだ喜劇的な一瞬でもあった」と概括し、こんな偶然の出来事を記した。危篤状態のまま一と晩徹夜させられ、この状態がいつまで続くかわからない。ここらで腹ごしらえしておこうと出前を頼んだ。父親の容態が変わって息を引きとった、その直後に、出前持ちが到着し、「お待ちどおさま」と声をかける。部屋の中で何が起こったか知らない出前持ちとしては、いつもどおりのごく自然な挨拶である。ところが、覚悟をして死を待っていた家族の身としては、そのことばが、まさに自分の気持ちを代弁してくれたように感じたとしても不思議はない。思いもかけない形で実現した、この偶然の符合は落語じみているが、実人生にもけっしてありえないわけではない。筋のない人生そのものが小説の筋なのだと語ったチェーホフのように、この偶然の符合が、まさに筋のない人生の実景だと考えると、深いおかしみに襲われる。

この作家は、『訣別』という別の作品に、「小雨もよいのその朝、父の遺体は藤沢火葬所の「い」号焼却炉」で、「九時半から約五十分間かかって処理された」と書いている。死して物体と化した父親がさらに白骨と化す過程を、それに使用した焼却炉の番号や所要時間まで明記して記録する、こういうひんやりとした筆致には、作家としての覚悟を見る思いが漂う。

『父と子の夜』には、こんな背景を記している。「父はテンヤ物は家人がとって食べるのも好かなかった」と結んだあと、「父が死んだのは八月の暑い土曜日の午後」だったことを付け加え、その昔、土曜日にはいつも父が息子たちにみやげを買って来たことを書き添える。しかも、「ドライアイスの入ったアイスクリーム」「まだ湯気を立てていそうなキムラヤのアンパン」と目に見えるように記し、父に対する思いはどこにも記さない。それでも、その思いは文章の底を、あるかなきかのぬくもりとして這う。

井上ひさし

同じく一九三四年の十一月十七日、やがて小説家、劇作家となる井上ひさしが山形県小松町に誕生。本名は内山廈。やはり「ひさし」と読む。仙台一高から上智大学を卒業後、浅草六区の軽演劇の台本を書くかたわら、NHK教育テレビの人形劇『ひょっこりひょうたん島』で人気が出る。ほかに『小林一茶』『吾輩は漱石である』『頭痛肩こり樋口一葉』『きらめく星座』『國語元年』『泣き虫なまいき石川啄木』『花よりタンゴ』『キネマの天地』などの戯曲、小説に『モッキンポット師の後始末』『青葉繁れる』『四十一番目の少年』『ドン松五郎の生活』『吉里吉里人』『腹鼓記』『不忠臣蔵』など。多彩な表現で遊ぶ、ことばの奇術師として、独特の言語宇宙を構築。

＊

雑誌の企画で、井上ひさしの文体に関する論文を発表したり、作者自身の要請で井上ひさし論を執筆したり、という間接的なつながりは幾度かあったが、直接お目にかかる機会はなかった。受けとったはがきに、中村明先生の御著作は『作家の文体』『名文』ともに買い求めて、二度も三度も読ませていただきました。つまり先生の学恩をうけている云々とあって仰天したのが最初の間接的な接触ということになるかもしれない。直接お目にかかったのは、「劇団こまつ」の旗揚げ興行の初日に招待をいただき、芝居のはねたあとのパーティーの折だったような気がする。こちらが名乗ると、「お若いですね」と驚いたようすだったので、とっさに「井上さんは昭和一桁のお生まれですが、わたしは二桁ですから」と減らず口をたたいた記憶がある。九年と十年だから算用数字で書けば、たしかに桁が違う。だから嘘ではないが、たった一年の違いにすぎない。もっとも、こちらの著書の文章がいかにも年寄りじみていたので、見かけとだいぶ違うと思ったのかもしれない。いずれにしろ、それ以来、何度かお目にかかり、文体論学会で講演までお願いした。

＊

まずは『犯罪調書』。原文では「白い下半身を剝き出しにした娘が横たわっている。麻酔薬を嗅がせられているらしく身動きひとつしない。娘の、高く盛り上った胸が皮鞴《ふいご》のように規則正しくゆっくりとせり上り沈み込む。と、思いつめた目をした中年男が冷たく光る鋭利な刃物を握りしめ、娘の下腹部へ顔を近づけて行き、ぐさりとその刃物を突き立てた……。」真っ正直な読者なら、殺人事件と思う。そう思いやすいように書いてあるからだ。ところが「帝王切開がこれから始まるのである」と続き、出産の場面だとわかる。こういう思い込みがなぜ生ずるのか。出産場面なら「剝き出し」などという当然のことは書かない。「嗅がせられ」という表現も「むりやり」という雰囲気を感じさせる。医者は真剣な表情だろうが、「思いつめた目」とは違う。「ぐさりと」という表現も犯罪を連想させやすい。つまり、ほんとの手術場面ではありえない表現を織り込んで、そういう誤った思い込みを誘う巧妙な手段なのだ。「妊婦」と的確に表現せず、「女」とさえ書かずに「娘」とずらし、執刀医を「医者」とさえ書かずに、いやらしい語感のしみついた「中年男」とし、手術道具を「メス」と書かずに「冷たく光る鋭利な刃物」と表現するのも、誤った理解に誘う有力な手立てとして働く。

*

今度は読売文学賞と日本SF大賞をダブル受賞した大長篇、『吉里吉里人《きりきりじん》』の書き出しを、冒頭の一文のみ引用しよう。「この、奇妙な、しかし考えようによってはこの上もなく真面目な、だが、照明の当て具合ひとつでは信じられないほど滑稽な、また見方を変えれば呆気ないぐらい他愛のない、それでいて心ある人びとにはすこぶる含蓄に富んだ、その半面この国の権力を握るお偉方やその取巻き連中には無性に腹立たしい、一方常に材料《ねた》不足を託《かこ》つテレビや新聞や週刊誌にとってははなはだお誂え向きの、したがって高みの見物席の野次馬諸公にははらはらどきどきわくわくの、にもかかわらず法律学者や言語学者にはいらいらくよくよストレスノイローゼの原因《もと》になったこの事件を語り起すにあたって、いったいどこから書き始めたらよいのかと、記録係はだいぶ迷い、かなり頭を痛め、ない智恵をずいぶん絞った。」これで一文。一つのセンテンスだけで実に三百字の長さに達する。この極端に長い一文で語り出される、長大なスケールの物語である。しかも、東北地方にある一つの村が、この日本の国から独立するという、とんでもない内容の破天荒な喜劇である。

やがてだれもいなくなった庭だけが残った

大江健三郎

その翌年、一九三五年の一月三十一日に愛媛県喜多郡大瀬村に七人兄弟の三男として生まれた大江健三郎をとりあげよう。大瀬国民学校に入学して三年後に父親が死去。戦後最初の新制中学である大瀬中学校に通い、県立内子高校から松山東高校に転校。東京大学仏文科に進み、渡辺一夫教授のもとでサルトルを読む。東京大学新聞に投稿した『奇妙な仕事』が荒正人に認められて五月祭賞を受け、平野謙も文芸時評にとりあげる。『文学界』掲載の『死者の奢り』で作家として世に出る。『飼育』で芥川賞を獲得。長篇『芽むしり仔撃ち』で新しい文学の旗手的存在となる。映画監督伊丹万作の長女ゆかりと結婚。『個人的な体験』で新潮文学賞、『万延元年のフットボール』で谷崎潤一郎賞を受ける。『洪水はわが魂に及び』で野間文芸賞。日本では、川端康成の次にノーベル賞を授与された作家。

＊

ここでは読売文学賞をうけた連作短篇集から『「雨の木」を聴く女たち』を紹介しよう。日本人は、芽吹いてすぐの欅に目を奪われる。「それは樹幹の大きさ、樹枝の延長の広さに対して、不つりあいにこまかな葉が、しかし無数について均衡している、そういうありようによってなの」だという。ハワイ大学の東西文化センターの主催するセミナーに出席していた語り手は、パーティーの途中で、ドイツ系のアメリカ女性に「あなたは人間より樹木が見たいのでしょう」と、連れ出され、広大な闇に導かれる。この土地で「レイン・ツリー」雨の木に案内するのだという。「雨の木」というのは、夜なかに驟雨があると、翌日は昼すぎまでその茂りの全体から滴をしたたらせて、雨を降らせるようだから。他の木はすぐ乾いてしまうのに、指の腹くらいの小さな葉をびっしりつけているので、その葉に水滴をためこんでいられるのだそうだ。そういう頭のいい木なのだという。

富岡多恵子

次は、同じく一九三五年の七月二十八日に大阪市西淀川区伝法町に生まれた富岡多恵子をとりあげよう。大阪女子大学英文科在学中に詩集を出版し、翌年H氏賞を受ける。卒業後、高校の英語教師となり、退職後に上京し、長篇詩で室生犀星賞を受ける。小説を書き始めて何度か芥川賞候補となり、長篇小説『植物祭』で田村俊子賞、『冥土の家族』で女流文学賞を受ける。『回転木馬はとまらない』という評論、篠田正浩との共同執筆によるシナリオ『心中天網島』、自伝『青春絶望音頭』など、多彩な活動を重ねた。

＊

ここでは『当世凡人伝』から老後の噺家を無感動に描いた「立切れ」を紹介しよう。主人公菊蔵は、七十を越えて木造アパートの一室に暮らしており、リューマチや神経痛で脚をひきずって歩く。そのもとに学生が「ホットなクルワ噺」を聴く会を申し込んで来た。珍しいからという理由で、運動がわりに引き受ける。以前、週刊誌の取材に「年季を入れても一流にはなれない芸もある」ことを話したら、一流の芸人の談話のように扱われて腹を立てたこともある。風呂屋の脱衣所に敷いた座布団の上でバレ噺をすると、現世の欲の抜けた透明感が出て、噺が落ちれば落ちるほど陰気な艶が出てくる。近所で男の子がドブに落ちて死ぬと、「ヒャーというような声をあげて」いる若い母親の顔を眺めながら、「昔どこかで見たような女だ」と思うだけで、無表情に足を引きずりながら駅前のマーケットに「晩のオカズ」を買いに行く。それが機嫌のいいときの反応なのだという。

三木卓

同じ一九三五年の五月十三日に東京淀橋に生まれた三木卓は、本名が富田三樹。生後二年で満州に移り住み、大連で、そこの伏見小学校に入学するが、翌年に奉天に移転、北陵在満国民学校に転校。八月にソ連軍の進攻が始まる。敗戦の翌年に父親が死亡。新京を引き揚げて奉天、錦西に移り、祖母が死亡。十月に父母の出身地である静岡市に引揚げ、安東小学校、城内中学を経て静岡高校に入学し、早稲田大学第一文学部露文専修に進んで五木寛之らの雑誌に加わり、詩作を始める。大学院の露文修士課程に進むが、のちに中途退学。日本読書新聞編集部に入社。満州体験にもとづく長篇童話『ほろびた国の旅』にとりくむ。河出書房新社に入り、詩作でも詩集『東京午前三時』でH氏賞を受け、詩集『わがキディ・ランド』で高見順賞を受ける。軸足を次第に小説へと移し、『鶸』で芥川賞を受賞、『ミッドワイフの家』、連作『砲撃のあとで』と続く。

＊

集英社を中心とする財団「一ツ橋文芸教育振興会」に長くかかわった関係で、毎年その会合や酒宴の機会に親しく会話を交わしてきた。毎年恒例になっている駄洒落の年賀状にも欠かさず、この作家から読後感を述べた返信を受け取ってきた。読書新聞の特集「中村明」の号に、ユーモアと文体研究に関する長い「中村明」論を執筆してくださったことを含め、思い出は尽きない。

＊

ここでは、雑誌『群像』に『隣家』というタイトルで発表し、のちに『胸』と改題した短篇小説の書きだしの一節を紹介しよう。若いうちは、相手がある程度離れているうちから音が聞こえ始め、だんだん音が大きくなる。ところが、齢を重ねてくると、どうしても聴力が鈍るから、音が小さいうちは気がつかない。そのため、はっきり物音が聞こえるころには、かなり近づいていて、見てびっくりすることがある。そんな入沢ヨシが居間にすわって、亡くなった長女の写真をアルバムから剝がそうとしていると、畳の下からゴトゴトいう響きが伝わってきて、驚いて庭先に出てみると、男の子が何人か濡れ縁の下に竹竿を押し込んで奥にいる猫を脅している。一人が偵察に来て人がいないと報告したらしい。子供のほうも驚き、おまえ、いねえぞって言ったのに、どこ見てたと偵察をとがめると、「それが急に出た」と答える。「ばあさん」と呼ばれ、「出た」とお化けのように言われて、機嫌を悪くする。子供たちはいっせいに逃げ出して、「やがてだれもいなくなった庭だけが残った」と続く。ここは、ひとりその場に取り残された人間の心理を描いたようにも読める。

前にもこんなことがあったことを思いだす。テレビで男子の体操競技を見ていて、脚のきれいなお気に入りの選手が背面車輪に入り、思わず身を乗り出したとき、突然、庭に面したガラス戸があく音がして驚いた。いきなり開けるなんて、不作法なと思って振り向くと、隣の娘君枝の丸い顔が「こっちを見つめている」。男の体操に夢中になっているところを見られて、すこしきまりが悪い。が、相手は「玄関で呼んだんですけど、いくら呼んでも返事がない」と平気な顔だ。「何か思い詰めて来たという雰囲気」で、最近張り替えたお宅の玄関ホールの壁紙がうちのダイニングと同じで困ると、怒ったような表情だ。同じでも、うちはかまわないと応じ、業者がただで張り替えるというならどうぞ、と別れたきり姿を見せない。

そういえば、こんなこともあった。ヨシが低い垣根の傍に立っていたら、「ほら、おばさん、これ」と君枝が糸屑をつまんだ指を差し出し、「さっきおばさんの布団からとれて、家の庭に侵入して来たずうずうしい糸屑なの。だから今お帰りいただいたところ」と言って「大股に歩き去っ」たこともある。意地悪い敬語表現に腹を立てるが、その三日後に君枝の母親が他界、その通夜の席で顔を合わせる。「少しも動揺をみせていない喪服姿」を見やりながら、糸屑でいやがらせをされた「あの日は、もう彼女の母親の回復は望み得ないまでに、悪化していたにちがいない」。あまりかたくなになって不幸な人に対するのは止めよう」とヨシは考え直した。

一人になった君枝が美容院で、入院前に髪をさっぱりしたいからと立ち寄ったという客の話を聞いて、不幸な女もいるものだと思った。そういえば「このところ隣家に明りがつかないことに気づ」き、

「男ができて、そっちへいって暮らしているのかもしれない」などと、のんきに考えていた。ところが、ある日、パン屋で知人に会い、お隣の「安原さんは、やっぱり、そうは保たないみたいですよ」と言われ、美容師から聞いた話と結びつけて、「はっとこぶしを握りしめた」。

それから幾日かして、隣家はまったくの空き家になった。ほどなく人手に渡り、取り壊しが始まる。君枝の母が「毎日の雑巾がけを欠かさなかった」廊下も、「ヨシの玄関ホールと同じ模様の」あの因縁のある壁紙も、すべてが「あっというまに古材木の山」となりやがて整地された。その上に少し欠けた月がのぼった。余韻をひきずりながら、作品はしっとりと終わる。

古井由吉

その二年後の一九三七年十一月十九日、古井由吉は東京荏原区、現在は品川区となっている土地に生まれた。戦災のため一時、父祖の地岐阜県に疎開したが、東京の小中学校から日比谷高校を経て東京大学の独文学科に進学、カフカに関する論文で卒業し、大学院修士課程を経て金沢大学の助手となる。結婚後、立教大学に転任。のち独文学者から小説家に転じ、大学を退職して専念する。作品集『円陣を組む女たち』『男たちの円居』で新進作家としてデビューを果たし、『杳子』で芥川賞を獲得。長篇『行隠れ』や短篇集『水』など。いわゆる「内向の世代」の中心的な一人。

＊

ここでは『息災』の末尾を紹介する。転居先がきまって家財道具の荷造りが済んだあと、母親が亡くなる。やむなく病院の霊安室に一夜置かれ、真宗の寺で初七日を済ませたあと、骨となって新居に入ることになった。父親はその寺からの帰り、膝にのせた遺骨をたたきながら、「この道を何度も通ったんだよなあ」と大きな声で死者に呼びかける。偶然のめぐりあわせで、「それから十年後に父親は八十歳の手前で、おなじ病院に運びこまれる」ことになるのだが、担架で運ばれる間もあれこれ指図してうるさく、閉口して従いていく長兄と、どっちが病人かわからない、などとそのようすを活写する。「死ぬかと思った」ということばをくりかえす「その声にも目にも、渦中にある人間の興奮が張りつめて」、医者が一言いえば、すぐに歩き出しそうに見えたという。

そんなふうに見えた父親は、実際にその翌日、付き添い看護婦が眠り込んだ隙に、病室からだいぶ離れた、どこにあるとも知らされていなかったはずの手洗いまで行って、帰りには壁をたどり這うようにして来るところを、夜勤の看護婦に見つかる。

こんなふうに、ディテールについての執拗な説明を積み重ねたあと、まさにそんな細部の事実を丁寧に綴る長い一文の末尾に、作者はその謎に包まれた脱走事件が「自分で立って歩いた最後となった」という婉曲表現で、唐突に死をほのめかし、同時に作品世界をきっぱりと断ち切ってしまう。ページをめくっても何もない。読者はその場に取り残されて作品は消えてしまう。

池澤夏樹

ぐっと飛んで一九四五年に北海道に生まれた池澤夏樹。父は作家の福永武彦だが、それはたまたまだと当人は言う。翻訳や詩やエッセイなどの活動をしたあと、『夏の朝の成層圏』で小説家としてもデビュー。『真昼のプリニウス』『マリコ／マリキータ』『骨は珊瑚、眼は真珠』ほかの小説以外に日本の古典にも通じ、幅広く活躍している。生まれ故郷以外に、東京から沖縄、フランス、と各国を飛びまわり、外国暮らしも多い。多彩な活動を続けている。

＊

『骨は珊瑚、眼は真珠』と題する奇妙な死者の一人称小説をとりあげよう。死んだ人間のほうが、生きている妻に語りかけるという設定になっている。その「わたし」は生前、テレビ番組の制作を担当し、入院してからも冗談の絶えない陽気な患者で、いちばん危険な場所は病院のベッド、毎年多くの人間が死ぬ、そんな冗談で相手をからかう。いかにもテレビ屋の発想らしい「人生最後のくだらないアイディア」を思いつく。死とともに自分のすべてをこの世から消してしまおうというのだ。遺骨を粉にして海にばらまく仕事を妻に依頼して息をひきとる。「おまえが私の骨を拾う」とあるように、妻が夫の遺骨を箸でつまみ上げる「骨広い」の場面から始まる。「白っぽい骨と破片と粉になったわたしをおまえは拾ってゆく。おまえは自分の中からゆっくりと滲み出す悲しみにどんな形を与えればいいのかまだわからない。喪失感はすぐには襲ってこない」というふうに、死んだ人間が生きている者の行動を記述し、その心理を解説するという破天荒な構造となっているのだ。

病気で痩せてからでも四〇キロ以上あったはずで、このわずかな灰が自分のすべてなら、大部分は「水蒸気と炭酸ガスと僅かな煙となって微風に運ばれた」ことになる。人が死ぬということは「皮膚によって閉じられた狭い領域から解放されて、大気に混じり、風に散り」、空へ昇ることだと信じる男は、空に昇れない「身体の残余をまた別の形で解放してほしい」と妻に依頼した。その残余は壺におさまり、白木の箱に入り、錦の袋に包まれ、真田紐で口を閉じられる。「煙となって空にただよう気体としてのわたしの大部分が、おまえの膝に抱かれた」少量のわたしを見下ろし、次第に拡散してゆく。

「心の中以外の場所に具体的な形で自分がこの世にあったことの痕跡を残したくない。残るのは次第に薄れる記憶だけ」で十分だと考えた夫の希望に近づけようと、妻は壺のふたを開き、中の破片を出して乳鉢に入れて乳棒で押して割る。ようやく「わたし」は微塵に砕ける。

やがて夏になると、沖縄へ行き、無人島の岸に近い場所で、船頭に背を向けて、バッグから少量の「わたし」の残滓を入れた袋を取り出して、沖に向かって泳ぎ、最後の儀式を執り行う。わたしははじめ一条の白い粉となって水の中にふわっと舞う。そこでおまえは一気に袋の端をつかんで引き、中のわたしをすべて解放する。一瞬、水の中に白い濁りのかたまりができ、やがてそれは広がって、しばらくの後、水はまた透明に戻る。

「海に拡散してゆくわたしは流れに乗ってちゃんと航海をはじめる。自分がどんな形でどこにいるのか、もうわたしには何の自覚もない。これでわたしというものはすっかりなくなった。」それでも「最後の声でわたしはおまえに言う。ありがとう、と。」として終わる。

こんなふうに、一人の人間が物理的に存在した跡を地球上から永遠に消し去ろうとする執念じみたものを、科学的な方法論でなぞってみようとした作品である。死という気まぐれな現象に対する、この作家なりの正直なとらえ方の象徴だったのか、それとも、ある日に浮かんだ、そんな気分のデッサンだったのか、いずれにしても不思議な作品である。

彼女自身の心みたいに暗い森の奥で

宮本輝

次は、その二年後の一九四七年に神戸市で生まれ、富山や大阪などで暮らした作家、宮本輝をとりあげよう。本名は宮本正仁。『泥の河』でデビュー、芥川賞、太宰治賞を受けた『螢川』で地位を固めた作家である。以後、小説に『幻の光』『道頓堀川』『錦繍』『青が散る』『夢見通りの人々』『流転の海』六部作など、エッセイ『二十歳の火影』も知られる。

＊

まずは『螢川』から。今年は珍しいことに大量の螢が見られそうだという。いつもは川沿いにぽつぽつ螢が飛ぶころだが、今年はまだ一匹も姿を見せないから、きっと一時にかたまって出てくると、例年の勘で言うのだが、案外そんなものかもしれないと思い、母親も一緒に行くからと、英子を誘った。

せせらぎの響きがだんだん近づいて来て、道を左に曲がりきると、「月光が弾け散る川面を眼下に見た瞬間、四人は声もたてずその場に金縛りになった」。そこには「何万何十万もの螢火が、川のふちで静かにうねっていた。そしてそれは、四人がそれぞれの心に描いていた華麗なおとぎ絵ではなかった」という。「螢の大群は、滝壺の底に寂寞《ひっそり》と舞う微生物の屍《しかばね》のように、はかりしれない沈黙と死臭を孕んで光の澱《おり》と化し、天空へ天空へと光彩をぼかしながら冷たい火の粉状になって舞いあがっていた」。

しばらくすると、「一陣の強風が木立を揺り動かし、川辺に沈澱していた螢たちをまきあげ」、二人に降り注ぐ。英子が悲鳴をあげて身をくねらせ、見たらいやゃァと言いながら、スカートの裾を持ち上げてあおる。「夥しい光の粒が一斉にまとわりついて、それが胸元やスカートの裾から中に押し寄せてくる」。そのせいで、「白い肌が光りながらぼっと浮かびあが」る。そうして、螢の大群はざあざあと音をたてて波打つ。

「絢爛」「乱舞」「行末」「静寂」「はるか」「月光」「灯」「せせらぎ」「砕け散る」「川面」「螢火」「華麗」「おとぎ絵」「寂寞」「舞う」「天空」「光彩」「立ちつくす」「木立」「波しぶき」といった美的な用語が続出するが、それ自体が美的な雰囲気を醸し出すわけではない。螢の大群の舞うクライマックスの設定という発想レベルの効果なのだ。展開を追うと、「梟が鳴いた」「虫の声がぴたっとや」む。「その深い静寂のうえに蒼い月が輝いた」「再び虫たちの声が地の底からうねってきた」。そして、「田に敷かれた水がはるか足下で月光を弾いている」という水田が現れ、「川の音も遠くなり懐中電燈に照らされた部分と人家の灯り以外、何も見えなかった」として一旦、沈黙と闇の中に沈んだあと、「せせらぎの響きが左側からだんだん近づいてきて」という音響面での漸層的なリードがあり、「その道を曲がりきり、月光が弾け散る川面を眼下に見た瞬間、四人は声もたてずその場に金縛りになった」と、視覚面で一挙に絶頂へと昇りつめる。

このように、音響と静寂、光と闇という、聴覚・視覚両面での点滅が漸層的にくり返されたあとに、あの信じがたい光景が一瞬にその全貌を現す構造となっている。読み進む過程での感覚の練磨を経て、読者は次の夢幻的なクライマックスの眩しさにかろうじて踏みとどまる。目の前で数知れない螢が乱れ舞う実景の凄さは、華麗なおとぎ絵どころではない。目も眩むような光景が、目も眩むような表現で乱舞するフィナーレである。

＊

次は、父親の最期の姿を思いだす随筆『二十歳の火影』を紹介しよう。打って変わった雰囲気の作品だ。「父が死んだのは私が二十二歳のとき」で、事業に失敗してからは家に寄りつかず、女の部屋に入りびたりだったという。脳溢血で倒れる数日前、夜遅く息子を呼び出し、屋台で酒を飲みながら昔話をくり返す。相手をしていた息子は、ようやく腰を上げて足元のふらつく父親を、アパートの女のもとまで送り届ける。女は留守らしく、部屋が真っ暗だ。父を置いてそのまま帰ろうとすると、螢光燈の紐が切れているから、電気を点けてくれと言われ、短くなった紐を背伸びしてひっぱった。その瞬間、顔の前に真赤なひろがりが現れた。思わず声を上げそうになって、よく見ると、ハンガーにぶら下がっている「真っ赤な長襦袢」。人の姿はないが、母とは違う別の女の影が、息子の上になまましくかぶさってきたにちがいない。

「そのままそっと父を坐らせたとき」に、壁に吊るされていた真っ赤な長襦袢がハンガーから滑り落ち、ふわっと畳の上に舞い落ちる。二十歳の息子がそれを見届ける長い瞬間が、やがて過ぎ、「二呼吸ののち、部屋に沈んでいた女の匂いが浮いてきた」とある。読者は感覚的、心理的にゆさぶられる。部屋が暗い間はさほど具体的に意識することのなかった父の女の存在が、突然螢光燈の白々とした光に照らし出された。単に思いがけない場所に女物の衣装を見たという衝撃とは違う。息子にとっては、「真っ赤な長襦袢」を目にした瞬間、母や自分とはまったく別の世界に住む人間となってしまった父親、という思いを決定的にしたことだろう。自分が長い間ずるずる引きずってきた、冷たくじめじめとしたこだわりが、見事に断ち切られた瞬間だったような気がする。だからこそ、「父に対する憎しみは、なぜかその瞬間すうっと消えていった」のだろう。

その夜、何もかも無くして死んでゆく父親のことを考えながら、「私」は「呆けたようにゆらゆらと」「雨の中を濡れて帰る」と、「母は寝たふりをして、遅くまで私の帰りを待っていた」と消えるように終わる。

＊

『花火のあと』という短い随筆をもう一つ紹介する。一般に花火は夏の風物詩とされるが、自身にとっては秋の思い出が多く、「セーターを着込んでいても少々薄ら寒いくらいの、晩秋を思い浮かべる」のだとある。大がかりな花火大会を見物した際の情景が浮かぶと、「そのとき自分が厚手のセーターを着込んでいた」記憶がよみがえるのだという。「次から次へと天空で炸裂する花火」は「赤や青や黄の大輪の菊やしだれ柳が、息もつかせぬくらい、黯い虚空で咲き乱れて、まろびあっていた」とき、花火を打ち上げている場所へ行こうと走り出したのを、母親があわててセーターの袖をつかんで止めたので、袖が長々と伸びてしまい、母親に抱きしめられた記憶があるという。

そのあと、最近、結核で入院し、その間に「多くの病める人たちとの出逢いと別れを経験した」として、その一人との一期一会を、子供の頃に見た花火の思い出とともに綴って結ぶ。「二十年間も結核で苦しみつづけたひとりの婦人が死んだ日の夜、私は病室の灯を消し、暗い気持で夜空を眺めつづけた」。一面に闇が支配する中で、病院の「近くにある西宮球場の上空あたりだけが、ナイターの照明によって煌々と明るく」見える。しかし、それは「安静を強いられている病者」にとっては「無縁の光芒」にすぎないことを記し、フィナーレに入る。

消滅とは何か、この宇宙の中に、そんなことがありうるのか、スイッチが入るかどうか、火がつくか否か、それだけで「存在の有り様が変わる」だけではないか、そんなことを考えながら、「亡くなった婦人とつい二日前、言葉を交わしあったときのことを思い浮かべながら、花火が、果てしなく果てしなく、咲いては消え、咲いては消えるさまを心に描いていた」と、消えるように終わる。

一九七九年の三月に筑摩書房から『名文』と題する著書を刊行した。漱石、鷗外以下五十人の近代文学を対象に、各作家一編、名文と思われる箇所を抜き出し、大胆な論評を加えた一冊で、時代順に配列してある。その五十番目に宮本輝の『螢川』をとりあげた。存命中の現代作家でもあらかじめ当人の了承をとったわけではない。そのため、この作家も知人に言われて気がついたらしい。翌年刊行の小説『幻の光』をサイン入り、捺印までして贈っていただいた。添えてあるお手紙に、名文の規準とした「何ともいえない一つの雰囲気」という曖昧模糊とした表現を支持してくださったのも心強かった。

村上春樹

その二年後の一九四九年に、京都伏見で生まれ、西宮、芦屋で育った村上春樹を次にとりあげよう。早稲田大学文学部の演劇専修の出身で、『風の歌を聴け』で作家デビュー。日常に非日常が忍び込む現代の哲学的な世界を、感性ゆたかにとらえ、クールなタッチで描く。『羊をめぐる冒険』『回転木馬のデッド・ヒート』『ノルウェイの森』『ねじまき鳥クロニクル』『海辺のカフカ』『ＩＱ84』などのほか、翻訳も多い。

＊

まずはデビュー作『風の歌を聴け』。「もしデレク・ハートフィールドという作家に出会わなければ小説なんて書かなかったろう、とまで言うつもりはない」としながら、「進んだ道が今とはすっかり違ったものになっていた」と当人がふりかえるほどだから、よほどの刺激を受けたのだろう。この作品も乾いたタッチで青春のかけらを形象化している。比喩表現の氾濫も特徴的だ。客でごった返す店内を「まるで沈没寸前の客船といった光景」、カウンターに載せた手の指を眺めるようすを「たき火にでもあたるような具合にひっくり返しながら」、本をのぞきこむようすを「蠅が蠅叩きを眺めるように物珍しそうに」、ビールは飲んでもすぐ小便になって出てしまうことを「ワン・アウト一塁ダブル・プレー、何も残りゃしない」と表現し、煙草とビールのおかげで喉は「まるで古綿をつめこまれたよう」だとか、デッキは潮風で赤く錆びつき、その脇腹には「病人のかさぶたのように」貝殻がびっしりとこびりついている、そんな比喩もあり、「繊細な触角のように小さく上を向いた鼻」ともある。「モーツァルトの肖像画が臆病な猫みたいにうらめしげに僕をにらんでいた」という例もあり、「店の中には煙草とウィスキーとフライドポテトと腋の下と下水の匂いが、バウムクーヘンのようにきちんと重なりあった淀んでいる」といった手の込んだ比喩もある。「右の乳房の下に10円硬貨ほどのソースをこぼしたようなしみがあり、下腹部には細い陰毛が洪水の後の小川の水草のように気持よくはえ揃っている」と比喩表現の連続した直後に、「左手には指が四本しかなかった」という衝撃的な情報開示があって、読者は思わず息を呑む。そうして、末尾にふたたびハートフィールドに言及し、その墓碑銘に刻まれた「昼の光に、夜の闇の深さがわかるものか」というニーチェのことばを紹介して、象徴的に作品を閉じる。

*

もう一つ、長篇『ノルウェイの森』の上巻の最後にある第六章の末尾近くを紹介する。「ワタナベ君」と呼ばれる主人公の「僕」が、神戸の高校時代の自殺した友人「キズキ」の幼なじみで恋人でもあった「直子」と上京後に交際を始め、誕生日の祝いにそのアパートを訪ねて一夜を過ごす。直子は泣き出したまま、朝になっても一言もことばを発しない。その後、一週間経っても連絡がとれないのでアパートを訪ねると、姿がなく、引っ越したらしい。神戸の自宅に手紙を出しても返事が来ない。七月に入ってから簡単な返事が届き、大学を休学して病院で静かな土地で神経を休めることを勧められ、京都の山の中にある療養所に来ているという。秋になってからその施設を訪ね同室の女性を含め三人で話し込む。十一時過ぎに女性が寝室に引揚げてからも「僕」はブランデーを飲みながら一日の出来事を思い出しているうちに眠りに落ちる。

夜中にふと目を覚ますと、足もとに直子がしゃがんで、じっと窓の外を見ている。寝る前に髪どめをはずしていたはずなのに、蝶のかたちをしたヘアピンでとめていて、額が月明かりでくっきりと見える。やがて、夜の静寂の中で、直子はすっと立ち上がって、床に膝をつき、「僕の目をじっとのぞきこんだ」。が、目の奥の「向う側の世界がすけて見えそうなほど、」「不自然なくらい澄んでいて」、その目は何も語りかけてこない。そこでガウンを脱ぐためにボタンを外すのだが、そこには「美しい指が順番にそれを外していく」とある。主体が「直子」ではなく「指」となっているのだ。その指先に視線が吸い寄せられているからとも解せるが、直子の意志とは無関係に指が勝手に動いている感じにもなる。神経を病む直子ならいかにもありそうな感じで、謎めいた存在がいっそう非現実化する。その次に「夢の続きを見ているような気持」と添えて、夢かうつつか、幻想か現実かという境界線をぼかす。次に「虫が脱皮する」イメージを添え、人間らしさを失った直子がガウンを脱ぐ行為を非現実的な姿のように印象づける。体の動きとともに「月の光のあたる部分が微妙に移動し、体を染める影のかたちが変わる」ようすを描いて現実的な雰囲気を強める中に、「静かな湖面をうつろう水紋」という比喩的なイメージを添えて、現実味を削ぎ落とす。このように現実と非現実との波に揺られながら、心を病む直子の現実だったのか、あるいは幻想にすぎなかったのかと、読者はまさに夢うつつの気分に誘われる。その直子が八月末の真夜中、施設から姿を消し、首を括って果てた姿で発見されたことを知る。それはまさに「彼女自身の心みたいに暗い森の奥」での決行だったと「僕」は思う。

森まゆみ

それから五年後の一九五四年に東京文京区に生まれた森まゆみは、早稲田大学政治経済学部を卒業後、東京大学新聞研究所を修了し、出版社に勤務したのち、地元の地域雑誌『谷中・根津・千駄木』を創刊し、九四号の終刊まで編集人を務める。著書に『一葉の四季』『鷗外の坂』『千駄木の漱石』『女のきっぷ』など。

＊

ここでは『女のきっぷ』を紹介しよう。「きっぷ」は、もちろん「切符」ではなく、「きっぷがいい」のあの「きっぷ」、気風である。「まえがき」によれば、「婦人」という語もしっくりこないが、「女性」という和製漢語も好きでなく、「女性自身」などという語は気色が悪いとある。樋口一葉、与謝野晶子、相馬黒光、沢村貞子ら、逆境を強く生き抜いた女たちを歯切れよく語る粋な本である。新宿中村屋を起こした女主人、相馬黒光はこんなふうに描かれる。一般に、商売をした女の記録はあまり残っていない中で、この女性は有能な助手を得て自伝的な聞き書きを残したという。一八七六年に仙台伊達藩の漢学者星雄記の孫として生まれ、本名は良。星家の屋敷があったのは、青葉城下の広瀬川に面した一等地だったが、薩長との戦に敗れて領地を減らされ、北海道に開拓に出かける者もあり、星家も没落、姉の蓮は心を病む。黒光は仙台教会に通い、入学した宮城女学校で日本の伝統を無視した教育を行うことに反撥した生徒たちに共感して退学。横浜フェリス女学院に進むが、信仰の押し付けに疑問が募る。才気にあふれる良に、少し隠すようにと先生が「黒光」という号を与えたとも言われる。大きな理想を抱く女性を正しく導く学校は明治女学校だと考え、そのキリスト教を基礎とする学校に移る。島崎藤村、北村透谷、馬場孤蝶、戸川秋骨らの教師が雑誌『文学界』を刊行、一葉の『たけくらべ』も載ったらしい。早稲田大学の前身、東京専門学校を出た信州出身の相馬愛蔵と結婚。田舎の旧家の嫁という立場になじめず衰弱している姿を見て夫婦でふたたび上京。本郷の帝大赤門の前にあった「中村屋」というパン屋を屋号ごと譲り受けて商売を始める。給料取りになると、良心に恥じるようなこともやらなければならない、それよりは商売をして得た利益で社会のためになりたいという気持ちから始めた店らしい。

黒光は客扱いに慣れず、「いらっしゃいませ」と大きな声を出す練習をしたという。クリームパンを発明して順調に発展し、新興の盛り場新宿に移転する。人のために売って喜びを分かち合うことを目標に、店員を厚遇するだけでなく、講師を招いて講義をしてもらう義塾を設立。福袋での利益を店員に還元し、労働時間の短縮、休日の増加に務める一方、欧州帰りの荻原碌山が家族同様に暮らし、その「生命の芸術」に魅せられて洋画家や彫刻家が出入りするようになる。その友人のために店の一部をアトリエに改造するなど、中村屋はサロンのようになって、早稲田の島村抱月教授や芸術座の面々、松井須磨子、中村吉蔵、書家で歌人の会津八一教授、秋田雨雀らがたびたび店を訪れたという。

一九一七年にロシア革命が起こり、亡命ロシア人が日本に避難、その一人、盲目の詩人エロシェンコを碌山のアトリエにかくまって自分の隣で食事を与えたともいう。彼をモデルに二人の画家が別の角度から描き、二作とも帝国展覧会で絶讃され重要文化財となったらしい。淀橋警察が身柄を連れ去ったときには、人権蹂躙として告訴するなど、権力に屈しない面を見せた。インド革命のボースをかくまって、インド式カリーライスを伝えられたように、ロシアチョコレートやボルシチは、世話になったエロシェンコが伝えたという。孫文ら中国人との交友から饅頭や月餅も伝わった。最後は、収入の一部を積み立てて老人ホームを建設する活動を開始、黒光の没した年に杉並区の浴風園のなかに黒光ホームが竣工したそうである。

川上弘美

その四年後の一九五八年に東京で生まれた川上弘美を次にとりあげよう。お茶の水女子大学の理学部生物学科を卒業。『神様』でパスカル短篇文学新人賞を受けてデビューをはたし、その二年後に、若い女性の自立と孤独を描いた『蛇を踏む』で芥川賞を受賞。ほかに『いとしい』『神様』『溺レル』『センセイの鞄』など。

＊

手もとにこの著者から受けとった二〇〇三年の年賀状が大事に保管してある。井の頭公園の近くにお住まいの頃らしい。引用していただいて嬉しかった旨の添え書きがあるから、前年に刊行したどれかの著書のなかで作品に言及したようだ。たぶん『溺レル』か『センセイの鞄』あたりだろう。

＊

『溺レル』から。人名は男が「モウリさん」、女が「コマキさん」とカタカナ表記で登場する。男のほうがかなり年かさらしい雰囲気が漂うが、妙に古風で、ことばづかいも丁寧、遠慮がちにしゃべる。女のほうは、こどものころから人生を諦めたような老成した感じがある。駈け落ちという熱っぽい感じのまるでない、その夫婦ではなさそうな二人が、ひたすら何かから逃げつづけているという物語である。「死にましょうか」とモウリさんが言い、「そうねえ」と、考えもせずに応じ、「寒い日に海岸なんか、歩きはじめてしまう」。一人が「死に日和ですね」とつぶやき、もう一人が「ちょっと死に日和すぎて困ってしまいますね」と応じては、並んで浜を歩いて行く。およそ情熱など感じさせないシーンである。

「せっかくのミチユキなんだから、シニタイとかなんとか言いながらカタくカタくイダキアったり、アイヨクにオボレたりしてもいいんじゃないの」という対話など、「道行」「死にたい」「堅く堅く抱き合う」「愛欲に溺れる」という漢字平仮名交じりの通常の表記に改めると生臭い場面に一変する。原文のカタカナ表記は、真剣さを欠く感じを演出し、愛欲場面の生なましい空気を稀薄にしている。「死に日和」などという遠足気分のことばがとびだすなど、雪の降る日の海岸での情死という重苦しい雰囲気をぼかす。自分の死という重大事件も外から眺めている感じとなり、切迫感がない。だからこそ、モウリさんが「死ぬのは寒いねきっと」と言い、コマキさんが「寒いの、やだな」と応じて、そんな気分は萎えてしまう。このように、カタカナ表記の無機質な質感が微妙な働きをしていることは否定できない。

＊

もう一編、やはりあの長篇『センセイの鞄』をとりあげたい。高校を卒業してだいぶ経ってから、駅前の飲屋で偶然隣り合わせた人から「大町ツキコさんですね」と声をかけられる。見ると、高校時代に国語の古典を教わった先生だ。とっさに名前が思い出せず、「センセイ」でごまかした。その後、同じ店で何度か顔を合わせて話しているうち、たがいに親近感を抱き、相手を大事に思うようになる。ぎこちないデートを何度か重ねたあと、センセイは「ワタクシと、恋愛を前提としたおつきあいをしていただけますか」と言い出し、ツキコは、なにを今さらと呆れながら、うなずく。

相手にも「ケータイ」を持たせようと「何かあったときに安心だから」と言うと、「何か」とは？と問い返す。危険人物とか爆弾とかと、思いつきを並べる漫才もどきのやりとりのあと、「携帯電話」と言う条件で承諾する。携帯用の電話そのものの問題ではなく、国語教師として「ケータイ」などという軽薄な略語を使わないようにという教育的配慮だったらしい。

また、昼間っから湯豆腐をさかなにビールを飲んでいるとき、突然、「ワタクシはちょっと不安なのです」と言いだし、「長年、ご婦人と実際にはいたしませんでしたので」と事情説明を始める。ツキコがあわてて「いいですよ、そんなもの」と応じると、「体のふれあいは大切なことです」と始まる、毅然としたセンセイの平家物語調の講義が長々と続き、最後に「ふかぶかと頭を下げた」。「わたしも正座したまま頭を下げた」と続く。

こんなふうに、おもちゃのような大人の恋を、「愛」という漢語はおろか、「恋」という和語も、「好き」という日常語さえ用いずに、淡彩画のタッチできよらかに描きとる。妙齢の女性の頭を撫でたり、油断している唇の間に指を突っ込んだりする、センセイの大人げないいたずらなど、はっきりと描かれるのはディテールだけ。それでも読者は、ちょっとしたことばのやりとり、声にならずに飲み込まれた会話をとおして生の恋愛感情を味わい、相手を大事に思う気持ちをきわめて不器用に表現するほかはない人間の息づかいを感じとる。

マッシュされたじゃがいもに長靴の底の模様が残る

小川洋子

その四年後の一九六二年、岡山市に生まれた小川洋子を次に紹介しよう。早稲田大学文学部文芸専修を卒業の年、『揚羽蝶が壊れる時』で海燕文学新人賞、二年後に『妊娠カレンダー』で芥川賞を受賞し、作家デビュー。『博士の愛した数式』で読売文学賞を得る。ほかに『冷めない紅茶』『夕暮れの給食室と雨のプール』『沈黙博物館』など。二〇二四年度より日本芸術院会員。

＊

宝蔵品の中に『沈黙博物館』の宛名入りの毛筆署名本がある。筑摩書房の担当編集者を介して頂戴した貴重な一冊である。二〇〇〇年一〇月六日と日付も入っている。その後、この作家の作品や文章に言及した場合は、こちらからも必ず献呈するようにしているが、そのたびに内容にふれた礼状が届くから恐縮する。すべてはお人柄である。

＊

まずは『夕暮れの給食室と雨のプール』。ある朝、玄関のブザーが鳴って、子連れの男が立っている。宗教の勧誘らしい。その数日後、犬を連れて散歩に出ると、小学校の近くで、またその親子に会った。給食室を眺めていて、「千個のパン、千匹のえびフライ、千切れのレモン、千本の牛乳」というものを想像できるかと話しかけ、その工程を事細かに説明する。それから十日ほどして、また、犬の散歩の折に校庭でその親子に出会う。一瞬の沈黙のあと、男は「夕暮れの給食室を見ると、僕はいつも雨のプールを思い浮かべる」と話を切りだし、小学校時代のいやな思い出を語る。泳げないことから来る水の恐怖、赤い帽子をかぶらされる恥辱。そのころ、給食室の裏口をのぞいたら、「長靴から肉が不恰好にはみ出し」た給食のおばさんが、錆びたシャベルでかき回し、「鍋の中に入って、じゃがいもを踏みつぶして」いて、「足を踏みしめるたびに、マッシュされたじゃがいもに長靴の底の模様が残る」ようすを見て以来、給食が食えなくなったという。「長い話が終わった時、夕暮れはもうわたしたちの間に淡い闇を運んでいた。彼の横顔の輪郭は、その闇の奥へ吸い込まれようとしていた。ジュジュにもたれている男の子は影のようにしん、と動かなかった」。そうして最後に、「ひっそりうずくまっていた時間が急に息を吹き返し、一筋、風が通り過ぎていった」という詩的な一文で、作品が消えてしまう。

＊

次は、第一回の本屋大賞を獲得した『博士の愛した数式』を紹介しよう。あけぼの家政婦紹介組合から派遣された女性が、痩せた老婦人が自分のギティの部屋を掃除し、彼の食事を用意するのが仕事だと説明する。「ギティ」というのは「義弟」らしく、数学者だが、交通事故で記憶力に問題が生じ、八十分間しか持続できない。三十年前に発見した定理は覚えていても、昨日食べた夕食のメニューは覚えていないという。だから、毎朝、同じ時間にやって来る家政婦と、いつも初対面の応対になる。家政婦が靴のサイズを訊かれて24と答えると、実に潔い、４の階乗だ、1から4までの自然数を掛け合わせた数だと言う。電話番号を「５７６の１４５５」と言うと、すばらしい、一億までの素数の数に等しいとほめる。「博士」と呼ばれるその変人は、六十四歳の元大学の数学の教員。家政婦の息子は頭のてっぺんが平らなので、博士は「ルート」と呼ぶ。数学の記号だ。

「数の森をさ迷う時、博士の心を満たす沈黙」が「幾重にも塗りこめられてい」て、「その奥に隠れる湖のように、透明な沈黙」だから、居心地が悪くはない。この博士の提案で、家政婦と「ルート」名づけられたその息子も同じ家で生活するようになる。話題は、２２０の約数の和は２８４だとか、２８４の約数の和は２２０だとか、28の約数を足すと28になったとかといった話題が多いが、昔から野球に興味があって、阪神タイガースのファンだったという。が、何しろ記憶が中断しているから、ルートと話していても、江夏豊の防御率は今どのぐらいか?とか、奪三振はどこまで伸びたか?とか、時代がずれてしまっていて、ルートに「江夏はトレードされたよ。僕が生まれる前に……それにもう引退したんだ」と教えられるしまつだ。

「この世で博士が最も愛したのは、素数だった」という記述もある。また、「博士には不思議な能力があった」として、長い言葉でも瞬時に逆さまにすることができるという。たとえば、「竹やぶが火事で焼けたところなんて見たことない」と言うと、すぐ「いなとこたみてんなころとたけやでじかがぶやけた」と逆転させてしまう。そうして、2以外の無限にある素数がすべて、4n+1か、4n-1かに分けられることを見抜く。だが、やがて、「八十分のテープは、壊れてしまいました。義弟の記憶は最早、一九七五年から先へは一分たりとも前進できなくなっております。あなたを覚えることは一生できません」という知らせが届く。しかし、それからも一、二ヶ月に一回、サンドイッチ持参で博士を訪問し、談話室でおしゃべりしたり、テラスで一緒に食事をしたり、ルートは芝生でキャッチボールをしたりして、博士の生存中、何年も続けた、とある。

＊

この作家の作品には、こんなふうな不思議な構想の小説が目立つ。その典型とも見られる『沈黙博物館』を紹介しよう。故人の遺品の収集だが、通常の価値ある品々を収蔵するのではない。物品の金銭的価値とも、思い出といった感情とも無関係に、その故人がかつて存在したことを生々しく記憶する品々を集め、死の完結を永遠に阻止するのが狙いだ。そのため、切り取られた乳首、娼婦の体温がしみこんでいる避妊リング、闇手術で稼いだ欲深い医者の耳縮小用のメス、愛犬のミイラなど、ふつうの人間には何の価値もないものを蒐集、陳列する博物館を企画した老婆が、蒐集した形見について語り、最後の文書化が完了したところで劇的に意識を失う。作品は、満足して死んでゆく明け方の老婆の姿を描いて終わる。「カーテンに映る窓の色は、刻々と変わっていった。闇が次第に薄れ、群青色が混じり、やがてそれも縁から溶け出していった。風も雪も止んでいた。／一段と長く喉が鳴った。目蓋の下で眼球が微かに動き、唇が震え、老婆は最後の息を吐き出した。／三人は老婆の身体から手を離し、目を伏せて祈った。僕は立ちあがってカーテンを開けた。雪の照り返しを受けていっそう鮮やかにきらめく朝日が、一筋老婆の死顔に射し込んだ。」

　このラストシーン、特に作品末尾の一文は、暗い不気味な物語を背負って、突然雲が切れたように、ひときわ光り輝いて見える。

俵万智

　次も同じく一九六二年に大阪で生まれた、今度は歌人の俵万智をとりあげよう。早稲田大学文学部で歌人の佐佐木幸綱の講義を受け、感性が合ったのか短歌の制作に没頭する。日常会話に近い斬新な口語の短歌で、すぐに頭角を現し、歌集『サラダ記念日』で現代歌人協会賞を受ける。『プーさんの鼻』で若山牧水賞、『未来のサイズ』で迢空賞、詩歌文学館賞、『愛する源氏物語』で紫式部文学賞、『牧水の恋』で宮日出版文化賞。創作活動全般で朝日賞を受ける。そのほか、歌集に『オレがマリオ』『未来のサイズ』『アボガドの種』など。

＊

　まずは歌集の中から、記憶に残る作品を何首か眺めてみたい。「吾のなかに吾でなき我を浮かべおり薄むらさきに過ぎてゆく梅雨」という一首は、季節の雨を眺めながら、身ごもったしあわせをしみじみと噛みしめている一首。「ぽんと腹をたたけばムニュと蹴りかえすなーに思っているんだか、夏」という一首からは、その胎児とのコミュニケーションを想像している幸福感が伝わってくる。また、「びっくりとブロッコリーは似ていると子の発音を聞きつつ思う」は、生まれてきたその子が、ことばを発するようになって、「びっくり」と「ブロッコリー」という、意味のまったく違うことばが、意外に発音の似ていることに気づいた発見の一首で、弾んだ心が伝わってくる。「おばあちゃん次は何色？　子は問えり米寿をベージュと聞き間違えて」という一首もその子のエピソードだろう。アクセント次第で意味がまったく違ってしまう単語を、またひとつ発見して、つい笑ってしまう。

「海の日が命日となる魚らの死体を煮つけ命いただく」の一首は、牛、豚、鶏はもちろん、魚を食す場合にも、生き物の命を奪って生きている人間の残酷さを意識させる。これは池に鯉を飼い始めてから、鯉が食えなくなった経験からも、実によくわかる。深く考えてみれば、野菜や果物でも生物という意味では似たようなものだが、動かないぶん、生きものという生々しい感じは薄い。

「ふるさとの母と話せば里芋の味少し濃い時間の流れ」という微妙な心理の一首もあれば、「「死ぬまでの待合室」と父が言う老人ホーム見学に行く」という一首も、年齢を重ねるにつれて身にしみてくる。「動詞から名詞になれば嘘くさし癒しとか気づきとか学びとか」という一首は、まったく同感だ。昔、どこかの講演中にその話題の質問が出て、軽薄な風潮が気に入らないと口走り、聴衆にあえて時代後れの印象を残した、古い記憶がよみがえる。「かすみ目の不眠の母親が今日の私の不調を見抜く」の一首も、いかにもありそうな風景だし、「採血のたびに謝る看護師の声やわらかに針雨の降る」にも共感する。

＊

もう一つ、『牧水の恋』と題する、歌人若山牧水の評伝にふれよう。歌人による作品解題を折り込みながら、その愛と悲しみの人生に文学的接近を試みた力作である。個人的には「白玉の歯にしみとほる秋の夜の酒はしづかに飲むべかりけり」の一首に学生時代から深い同感を覚えてきたが、一読後は、「白鳥は哀しからずや空の青海のあをにも染まずただよふ」の一首にも共感を覚え、特に「幾山河越えさりゆかば寂しさのはてなむ国ぞけふも旅ゆく」には、めぐり経てきた人生の総決算のような、深い思いをともに噛みしめる気持ちに誘われる。

「エピローグ」に紹介してある長女の岬子が昭和六年三月発行の沼津高等女学校の「校友会報」第二十四号に寄せた『お父さんのこと』と題する一文、「何もかも満ち足りた生活の中で、お母さんや、子供の私達から愛されてしかもやりばのない淋しさを、ひたひたと身に感じていた様なあの色々の様子。私は悲しくてたまらない」というあたりに、あの一首はやはり人生の総決算だったのだという思いを新たにするのである。

角田光代

次は、その五年後の一九六七年、神奈川県に生まれた角田光代をとりあげよう。早稲田大学の文学部の文芸科を卒業し、『幸福な遊戯』で海燕新人文学賞を受けてデビュー。その後も、『まどろむ夜のUFO』で野間文芸新人賞、『ぼくはきみのおにいさん』で坪田譲治賞、『空中庭園』で婦人公論文芸賞、『対岸の彼女』で直木賞と、次々に数々の賞を受けている。

＊

ここでは、中央公論文芸賞を受けた『八日目の蟬』を紹介しよう。「ドアノブをつかむ。氷を握ったように冷たい。その冷たさが、もう後戻りできないと告げているみたいだ」と作品は始まる。そうして、「平日の午前八時十分ころから二十分ほど、この部屋のドアは鍵がかけられていないことを希和子は知っていた。なかに赤ん坊を残したまま、だれもいなくなることを知っていた」と続く。主人公の希和子がその赤ん坊を盗み出し、人目を忍んで、はらはらしながら日を送る残酷な話の発端だからである。

この残酷な物語を時折やさしくほぐすのが、巧みな比喩表現だ。「お腹の底から、ちいさなあぶくみたいに笑いがこみ上げてくる」とか、「女は薄いガラス玉を抱くように、こわごわと薫を抱き、ひきこまれるように薫に頬ずりをした」とかといったあたりは、そのほんの一例。「口を開いたら心臓がぼとりと落ちてしまうような気がして、口にあてた手を外すことができない」とか、「私の名前が載った新聞と、笑う赤ん坊が表紙の雑誌は、見る間に背後に流され、墨のような闇にかき消される」とか、「ずっと背中にのしかかっていた重い岩を払いのけたような快感があった」とかといった大仰な比喩もあれば、「水槽のように暗い待合室」というようなシンプルな比喩に混じって、「ある本は蛇のように執念深い女として、ある本は愛憎劇を演じたエリートOLとして、ある本は気の毒な恋愛被害者として、誘拐犯を描いていた」というように、比喩に導かれる列挙も現れる。

「言葉はむなしく散らばっていく」といった比喩的な結びつきもあり、「希和子は両手を思いきり開いて、指のあいだの青空を眺める。青空をつかむようにぎゅっと手を握りしめると」、あるいは、「太陽は高い位置で、怒りをふりまくみたいに照っていた」といった大きなスケールの比喩も登場する。「公園の隅にあるトイレは、降り立った宇宙船みたいに発光している」、「地雷みたいにタブーのある家」というのも類例だろう。

「からみつくような視線」のように、視覚に触覚のからむ比喩もあり、「おしっこをもらした見知らぬ子どもを見るように」といった、思いがけない結びつきの比喩もある。「満ちる」を強調した「部屋に充満する静けさ」という例も見られる。「からすべりしていく騒々しさ」の例も、聴覚と触覚の結びつきだ。「疎ましくて記憶の底に押しこんだ光景が、土砂降りの雨みたいに私を浸す」という比喩例も、感覚系統の複雑な交錯が感じられる。

まさに辞書の鬼で、鞄は「どす黒い情念の塊」

江國香織

次は、同じく一九六四年に、書評や落語など演芸関係の随筆家として知られる江國滋の子として、東京で生まれた江國香織。目白女子短大卒業後に一年間、アメリカの大学に留学。『草之丞の話』で小さな童話大賞、『409ラドクリフ』でフェミナ賞、『こうばしい日々』で坪田譲治文学賞『きらきらひかる』で紫式部文学賞、『ぼくの小鳥ちゃん』で路傍の石文学賞、『泳ぐのに、安全でも適切でもありません』で山本周五郎賞、『号泣する準備はできていた』で直木賞を受ける。ほかに『つめたいよるに』『神様のボート』『東京タワー』など。絵本の翻訳も多い。

＊

当人とはむろん一面識もないが、父上の江國滋氏とは何度か文通がある。手元に残る書簡はすべて和紙の便箋に万年筆で認めてある書簡。『作家の文体』という稀有の名著以来注目している旨の記述のほか、『名文』の読後感は連載中の「読書日記」にて開陳という予告も添えてある。文章批評の先輩であり、恩人である。

ここでは、『神様のボート』を紹介しよう。必ず戻ると言い残して姿を消した父親のあてのない帰りを待って、引越しをくりかえす妻と娘の遙かな旅の物語である。「昔、あたしのママは、骨ごと溶けるような恋をした。骨ごと溶けるような恋、というのがどういうものであるにせよ、その結果あたしが生まれた」とある。そのママが「あなたにもいつかああいうことが起こったら素敵ね」と何度もくりかえす。おんなじことは起こらないの?とあたしが訊くと、そりゃあ、あんたのパパみたいな人は世界じゅうにただ一人だものと、うっとりした声でいう。聞いていて、娘は思う。パパに関して、あのひとは完全にイカれていると。「いまここにパパがいればいいのに。ママの言う「天国みたいに居心地のいい腕の中」にあたしをいれてくれればいいのに。「ものすごくきれいな顔」でわらってくれればいいのに。ママの頬骨にぴったりの肩の下のくぼみを、あたしにもちょっと貸してくれればいいのにと、そんなことを考えていると、屋根を打つ雨の音がやさしくなった。

こんな一節もある。「夏は特別な季節だ。細胞の一つ一つが抱えている記憶。その一つ一つがふいに立ち上がり、風に揺れる草みたいに不穏に波立ってしまう季節」。

こんなふうに、散文のあちらこちらが、ふと詩のようにざわめくのである。

笹原宏之

その翌年の一九六五年に東京で生まれた笹原宏之を次に紹介しよう。作家ではなく、漢字の博士である。早稲田大学文学部の中国文学専修を卒業後、大学院文学研究科の日本文学専攻に進み、それ以来の交友は長い。博士号を取得。国立国語研究所を経て、現在、早稲田大学社会科学総合学術院教授。文化庁の委員や三省堂の新明解国語辞典の編集委員などを務め、金田一京助博士記念賞、白川静記念東洋文字文化章を受ける。主著に『日本の漢字』『国字の位相と展開』『漢字の歴史』『漢字の現在』『漢字に託した「日本の心」』など。

*

ここでは『謎の漢字』の話題をあれこれ紹介する。「嬲る」と書いて「なぶる」と読ませる例は比較的よく知られているだろう。「男」が両側から「女」を挟んでいるから、「なぶる」すなわち「いじめて楽しむ」といった意味で使われる。その逆に、真ん中の「男」を両側から「女」が挟む漢字もあるという。時代は天保年間に遡り、歌舞伎の市川団十郎のお家芸の一つに「うわなり」という演目があるという。めかけに怨念を抱いた本妻が嫉妬する芝居だが、「うわなり」はもともと後妻をさすことばで、平安時代から女男女と左から並べた漢字があてられてきたという。この芝居では「後妻」ではなく「めかけ」を意味したらしいが、いずれにしろ、「嫐」というこの字形は、そういう修羅場の状況を凝縮した感じにできている。

「赤とんぼ」の作曲で知られる山田耕筰。「夕焼け小焼け」に続く「アカトンボ」の部分が「ア」の部分の高いメロディーになっている。現在の標準アクセントでは「ト」の部分を高く発音するが、このメロディーは当時の東京のアクセントを忠実に表現したものとされる。それとは別に、名前の用字にも話題があるという。もともと「耕作」だったが、同姓同名の人が多いことに加え、姓名判断を信じて「作」に竹冠を加えたことを「竹かんむりの由来」という文章に自ら書き残しているそうである。

「嫁に迎える」という意味の「めとる」という語は「娶る」と書く。うまく漢字を宛てたものだと感心するが、事実はその逆のようだ。すなわち、その漢字の字面を眺めた日本人が、そこから「めとる」という和語をつくりだしたという説が有力だという。こんなふうに、興味深い事実を実例で語る楽しい一冊である。

柳美里

その三年後の一九六八年、横浜市中区に生まれた在日韓国人、柳美里を次にとりあげよう。ユ・ミリと読むらしいが、作家としての通称は「ゆうみり」。劇団「青春五月党」を主宰するなどの演劇活動を経て戯曲『魚の祭』でデビューし、小説『フルハウス』『家族シネマ』、小説風のエッセイ『水辺のゆりかご』など、若くして脚光を浴びた。

ここでも、やはり『水辺のゆりかご』をとりあげよう。在日韓国人家庭の長女として生まれ、若くしてあまりにも多くの重い過去をひきずって執筆活動を始めた自身の自画像とも言える作品である。ただし、当人のことばによれば、自伝でも小説でもなく、単に「言葉の堆積」「ことばの土砂」にすぎないという。『家族シネマ』と題する作品もあるように、家という劇場で家族は日常という芝居を演じているというふうに、この作家は家庭というものを劇的にとらえている。ただし、それは楽しい喜劇や心温まる人情劇ではなく、むしろ魂の陰惨な告発という深刻な悲劇なのだろう。

エッセイであるはずのこの作品でも、「部屋の畳を剝すと、その下にはほんとうの家族、畳の上とは違う普通の暮らしをしている私たちがいるのではないか」といった小説じみた記述が出てくる。畳の上は悲惨な現実、畳の下には渇望しながら果たせなかった家庭の幻想と、エッセイでそういう二重の層を思い描く発想に、読者は震撼とする。伝わってくるのは、むごい現実にうちひしがれ、一瞬の狂気に酔おうとする書き手の心情だ。気がつくと家族団欒の声はなく、家は静まり返り、伝わってくるのは、ひんやりした畳の感触だ。家庭では、「父と母の間柄は日に日に険悪になり」、父が自分たちにふるう暴力が激しさを増し、深夜に母親が出刃包丁を握って枕元に立ち、「おまえを殺して、あたしも死んでやる」と叫ぶこともあれば、「サラダ油のボトルとライターを握りしめている」時もあり、埠頭で「海に突き落とされそうになった」こともある。そんな「針のように突き刺さってくる時間に堪え」る生活も限界に達して、十五歳のときに逗子の海岸で自殺を企てる。

その場所を十三年後の真冬に再訪する場面。海を左に見ながら歩いていてつまずく、浜に埋もれている「錆びた鉄のパイプ」だ。「砂を掘ると、乳母車の骨と朽ちた布」が姿を現す。その「骨格だけの乳母車」に体を押し込むと、「目の前には巨きな蝙蝠のような海が広がっている」。乳母車を揺すりながら、一度も乗った記憶のない「ゆりかご」ということばを心に描きながら、海に目を投げる。

そして、象徴的なフィナーレ。「私のゆりかごは、私の墓場でもある。海は生誕の約束の場であり、死んで帰るべき場所だ。私たちが生きている場所は砂浜なのだ。私は骨ばったゆりかごにゆったりと身をまかせた。遠くから子守唄が流れてくる。／海の向こうに、幻の海峡が見えた」。両親の祖国である朝鮮半島へと続く幻の海峡だ。仮想のゆりかごに揺られながら、幻想の子守唄を聴き、幻の海峡を眺める。まさに、フィクションを思わせる幕切れである。

三浦しをん

もう一人、最後に一九七六年、東京に生まれた三浦しをんという作家をとりあげよう。早稲田大学文学部の出身。『格闘する者に○』でデビューし、『まほろ駅前多田便利軒』で直木賞を受ける。小説に『風が強く吹いている』『木暮荘物語』『舟を編む』など。

これまで長い間、「〜辞典」と名のつくさまざまな著書を出し、国立国語研究所勤務が長かった関係で国語辞典もいろいろ手がけた。二人の上司の声がかかって某有名書店の企画に参加したのが最初の経験だが、なぜか途中で中止になった。理由は皆目わからない。完成したものとしては『角川国語新辞典』が最初で、当時の國学院大学の学長と、後の成城大学の学長とが代表編者で、編集委員が数名、この若者はその末席に連なった。それでも会議終了後の宴会のあと、きまって車で新宿の店まで案内される。

企画段階から編者の一人としてさらに深く関ったのが『集英社国語辞典』。そこでは持論を展開して小百科を兼ねた国語辞典を実現させた。通常の小型国語辞典ではいわゆる言語項目だけで、専門語などは集録しない。しかし、各分野の辞典を何冊そろえても、どの辞典を引けば載っているかを調べる、もう一冊の索引がないと、めざす項目にたどりつかない。国語辞典がその役を兼ねれば飛躍的に便利になる。最小限の情報が得られれば、あとはそれぞれの分野の専門辞典にあたればいいから、細かい解説は不要。いわば『岩波国語辞典』が『広辞苑』を兼ね、『新明解国語辞典』が『大辞林』を兼ねるような構想だ。書名はまさか『狭辞苑』とか『小辞林』とかと名のるわけにはいかないから、出版社の名称を被せた。この企画は、成蹊大学教授の時代から早稲田大学に移り、定年退職後の今でもずうっと続いている。

＊

ここでは、やはり、およそドラマなどになりそうもない、そういう細かく地味で淡々とした国語辞典の編集過程を、なんと小説に仕立てたこの作品、『舟を編む』をとりあげよう。淡々とくりひろげてきたこの地味な本のフィナーレに案外ぴったりなのかもしれない。

昔、雑誌の企画で、見坊豪紀という国立国語研究所時代の大先輩の自宅を訪問したことがある。当時は研究所を退職する人の大部分が、行く先は大学勤務だった。ところがこの先輩だけは違って、国語辞典の執筆に集中するためと当人の口から直接聞いていただけに、自宅の門に「明解研究所」と記した表札を掲げてあり、なるほどと思った。案の定、室内も用例カードであふれていた。書籍はもちろん、新聞や雑誌、あるいは車中で耳にした他人の会話にも耳目を集中させ、新しい用例を発見するたびにカードに記載すると聞いていた。そういう思い出があるだけに、この小説の「松本先生」にどうしてもそういうイメージが重なる。こちらのほうは枯木の如く痩せているが、「まさに辞書の鬼」で、その靴は「どす黒い情念の塊」だという。なんと「三角関係の実相を体得させるためだけに」、独身の男と女、「馬締と西岡を恋の泥沼に放りこもうとした」とあるほどだ。「馬締」は男の苗字で「まじめ」と読ませる。作中ではむろん、「真面目」一方の人間を象徴する。この作中の架空の国語辞典「大渡海」はおそらく「大言海」のもじりだろう。

「大勢のひとの情熱と時間が注ぎこまれた辞書を」眺めながら、「夜空に浮かぶ月のごとく、正常な輝きを放っている」ように、作中の編集者荒木は思う。その編集に取り組む者たちの覚悟は「地球の核（コア）より硬く、マグマより熱い」という比喩表現も現れるし、「はるか昔に地球上を覆っていたという、生命が誕生する前の海」を想像し、人の中にもそれに似た海があって、「そこに言葉という落雷があってはじめて、すべては生まれてくる。愛も、心も。言葉によって象られ、昏《くら》いうみから浮かびあがってくる」という大きなスケールの比喩も現れる。

その他、「探求心は、なおも燃えさかっているようだ」とか、「人間関係もスムーズには行かなくて、目隠しで迷路を進むような心持ちだった」とか、「悲しみに押しつぶされそうな肺に、なんとかして空気を取り入れようとでもいうように」とか、「涙と獣のようなうなり声とがあとからあとからあふれ」とか、作中が比喩的な表現にあふれている。

そんな中で、国語辞典編集の作業を経験した身には、エレベーターの比喩がもっとも印象に残る。駅で電車が停車し、ドアが開くと乗客が大勢降りてホームに人があふれる。昔はそれぞれ歩いて改札口に向かったが、エスカレーターのある今ではそういうばらばらという感じが薄れ、「ホームにあふれていた人々が、吸い込まれるかのごとく、エスカレーターの前で整列し運ばれていく」。その風景を辞典の編集作業に喩える例には思わずにやりとする。「そこかしこに散らばっていた無数の言葉が、分類され、関連づけられて、整然と辞書のページに並び収まるように」と喩え、編集にたずさわる者は「そこに美と喜びを見いだす」とある。順調に運んでいる間の編集作業は、たしかにそんな感じなのだろう。ただ、そうでなく、エスカレーターの前で立ち止まったり、考え込んだり、列から離れて用例探しに戻ったりという、思わぬ時間が実際には多かったような気がする。

会話中に「男と女のことで揉めています」と出てきても、男女関係ではなく、辞書の「男」という項目と「女」という項目の語釈や記述のしかたについて意見が合わないといった話題なのだから、世間話とはほど遠い。しかし、松本先生は食道癌の宣告を受け、「大渡海」の完成間近に病院で目を閉じる。その最後に編集者に宛てた手紙に「あの世があるならあの世で用例採集するつもりです」とあった。「言葉があるからこそ、一番大切なものが俺たちの心のなかに残った」とあり、「記憶をわけあい伝えていくためには、絶対に言葉が必要だ」ともある。われわれ日本語で生きてきた人間にとって、いや、すべての人間にとって、この結びは重い響きを残すことだろう。

あとがき

こどものころから純真な良寛の逸話が好きだった。のちには短歌や「天上大風」を代表とする書風にも心惹かれ、高校時代には小宮豊隆の『夏目漱石』を読んで、あの臍曲がりの正義感に同調した。文学研究を志してからは、川端康成の文体の数量的な分析から入り、井伏鱒二、永井龍男、小沼丹、庄野潤三らの文章を中心に、表現鑑賞を軸として紹介し、論評してきた。本書は、この世で出逢い印象に残る著書を振り返り、著者の年齢順に配列した一冊で、実に一二四人の著作にのぼる。この世で出逢い、それだけ多くの方々の恩恵を受けてきたことに驚く。

その恩人著書の紹介とも言うべきこの本は、また青土社からの刊行となり、『美しい日本語』『日本語の勘』『日本語人生百景』などと合わせ、実に八冊目の著書となる。ありがたいご縁である。そして、またありがたいことに、本書もセンス抜群の村上瑠梨子さんの担当となった。今度も安野光雅画伯の装丁になる懐かしい夢のような表紙になるだろうか。いつも「あとがき」に顔を出していた愛犬が昨年の晩春に天国へ旅立って、ぽっかりと空いた心の空白がいくらか薄れ、ヱビスビールからブルゴーニュのピノノワールへと黄金のひとときが訪れることを期待して乾杯。

庭に海棠の淡紅色の花咲き残り、花水木や黄色いバラの見頃も近い。
東西の柿若葉も美しい東京小金井の自宅にて

中村　明

中村 明（なかむら・あきら）

一九三五年九月九日、山形県鶴岡市の生れ。県立鶴岡南高等学校を卒業。早稲田大学第一文学部国文専修を卒業（論文指導：波多野完治）。早稲田大学大学院日本文学専攻（国語学）修士課程を修了（指導教授：時枝誠記）。研究分野の関係で近代文学の稲垣達郎ゼミにも参加。国際基督教大学助手として外国人学生に対する日本語教育を担当。同大学生え抜きの女性教員と結婚したために退職。東京写真大学（現：東京工芸大学）工学部専任講師を一年、翌年、国立国語研究所員となり長く勤めた。室長の時期に成蹊大学教授となる。その間も早稲田大学の非常勤講師を兼ねていたが、五年後、正式に母校早稲田大学の教授となり、日本語研究教育センター所長、大学院文学研究科専攻主任等を経て、現在は名誉教授。その間、非常勤講師として東京学芸大学・お茶の水女子大学・大阪大学・近畿大学・実践女子大学・青山学院大学・国際基督教大学その他の大学で講義を担当。

著書・編著書に『比喩表現の理論と分類』（秀英出版）、『比喩表現辞典』『手で書き写したい名文』（角川書店）、『作家の文体』『名文』『現代名文案内』『悪文』『文章作法入門』『たのしい日本語学入門』『文章工房』『文章の技』『笑いの日本語事典』『比喩表現の世界』『小津映画 粋な日本語』『人物表現辞典』（筑摩書房）、『日本語レトリックの体系』『日本語文体論』『笑いのセンス』『文の彩り』『吾輩はユーモアである』『語感トレーニング』『日本語のニュアンス練習帳』『日本の一文 30 選』『日本語 語感の辞典』『日本の作家 名表現辞典』『日本語 笑いの技法辞典』『ユーモアの極意』（岩波書店）、『文体論の展開』『文章プロのための 日本語表現活用辞典』『小津の魔法つかい』『日本語の美』『日本語の芸』（明治書院）、『文章をみがく』（日本放送出版協会）『文学の名表現を味わう』（NHK 出版）、『文章力をつける』（日本経済新聞社）、『センスある日本語表現のために』（中央公論社）『日本語のコツ』（中央公論新社）、『名文・名表現 考える力読む力』『文章作法事典』（講談社）、『漢字を正しく使い分ける辞典』（集英社）、『新明解 類語辞典』『類語ニュアンス辞典』（三省堂）、『日本語表現に自信がつく本』『日本語の「語感」練習帖』（PHP 研究所）『名文作法』『文体トレーニング』（PHP エディターズ・グループ）、『現代日本語必携』（學燈社）、『感情表現新辞典』『分類たとえことば表現辞典』『日本語の文体・レトリック辞典』『センスをみがく 文章上達事典』『日本語 描写の辞典』『音の表現辞典』『文章表現のための辞典活用法』『文章を彩る 表現技法の辞典』『類語分類 感覚表現辞典』（東京堂出版）、『日本語のおかしみ』『美しい日本語』『日本語の作法』『五感にひびく日本語』『日本語の勘』『日本語名言紀行』『日本語人生百景』『心にしみる日本語』（青土社）など。

共著に『中学生の漢字習得に関する研究』（秀英出版）、『企業の中の敬語』（三省堂）。共編著に『講座 日本語の表現』全六巻（筑摩書房）、『テキスト 日本語表現』『表現と文体』（明治書院）、『三省堂 類語新辞典』。『角川 国語辞典』『集英社 国語辞典』編集委員。『日本語 文章・文体・表現事典』（朝倉書店編集主幹）。

日本文体論学会代表理事（現在は顧問）、表現学会常任理事。高校国語教科書（明治書院）統括委員。一橋文芸教育振興会評議員。鶴岡総合研究所の研究顧問などを歴任。

記憶に残る日本語

文豪一二四人の名言・名文

2024年5月21日　第1刷印刷
2024年6月6日　第1刷発行

著者　中村 明

発行者　清水一人
発行所　青土社
東京都千代田区神田神保町1-29　市瀬ビル　〒101-0051
電話　03-3291-9831（編集）　03-3294-7829（営業）
振替　00190-7-192955

組版　フレックスアート
印刷・製本　双文社印刷

装幀　重実生哉
装画　安野光雅「蓮華岳と爺ヶ岳」（『安曇野』より）
ⓒ空想工房　提供　安野光雅美術館

Printed in Japan
ISBN 978-4-7917-7646-7